Die Kraft des Stromes

RR

Jochen Frickel

Die Kraft des Stromes

Historischer Heimatkrimi

Roland Reischl Verlag

Bibliografische Information der Deutschen Nationalbibliothek. Die Deutsche Nationalbibliothek verzeichnet diese Publikation in der Deutschen Nationalbibliografie; detaillierte bibliografische Daten sind im Internet über www.dnb.de abrufbar.

Titelbild: Fr. Ernst (Schiffsmühle); Reischl (Hintergrund), Montage: Reischl
Illustrationen (S. 20, 42, 99, 129, 144, 269): Horst Seil, Ginsheim
Umschlaggestaltung, Satz und Layout: Roland Reischl

© Jochen Frickel 2015. Alle Rechte vorbehalten
Erstmalig erschienen im Autorenverlag Mainspitze 2015

Überarbeitete Neuausgabe Roland Reischl Verlag 2016

6. Auflage 2024

Alle Rechte dieser Ausgabe:
Roland Reischl Verlag, Herthastr. 56, 50969 Köln, www.rr-verlag.de

Druck: Libri Plureos GmbH, Friedensallee 273, 22763 Hamburg

ISBN 978-3-943580-16-7

Für Vincent

Vorwort zur Neuausgabe

Die freundliche Aufnahme meines historischen Heimatkrimis durch die lokale Leserschaft hat mich ermutigt, nach einem Verlag zu suchen, der das urprünglich nur für die Freunde unserer Ginsheimer Rheinschiffsmühle geschriebene Werk einem breiteren Publikum zugänglich machen könnte. Ich freue mich, im Roland Reischl Verlag einen Partner gefunden zu haben, dem es genauso wie mir am Herzen liegt, die Erinnerung an eine bedeutsame Epoche der Industriegeschichte auf unterhaltsame Weise lebendig werden zu lassen.

Roland Reischl hat nicht nur Layout und Gestaltung des vorliegenden Buches übernommen, sondern mit einem professionellen Lektorat auch zahlreiche orthografische und stilistische Fehler ausgemerzt. Ich bin ihm zu großem Dank verpflichtet.

Die Schiffsmühlen, die den Hintergrund der Handlung abgeben, waren einst längs des Rheins sowie auf vielen anderen europäischen Flüssen ein vertrauter Anblick und unverzichtbar für die Ernährung der Bevölkerung. So hoffe ich, dass der Roman vielleicht auch über den engeren Umkreis seines Schauplatzes hinaus Interesse findet – und das nicht nur bei Mühlen-Enthusiasten.

Einige der Themen, die angesprochen werden, sind erstaunlicherweise immer noch aktuell. Der Konflikt zwischen traditionellem Handwerk und den Anforderungen einer sich rasant entwickelnden modernen Industrie wirkt bis in unsere Zeit nach. Und Misstrauen sowie Vorurteile gegenüber Fremden, die unerwartet eine scheinbare Idylle durcheinanderwirbeln, beschäftigen uns auch heute (wieder).

Viel Spaß beim Lesen und Glück zu!
Bischofsheim, im Februar 2016
Jochen Frickel

Donnerstag, 29. September 2011

Von Weitem sah es aus, als sei eine ziemlich große Scheune versehentlich in den Rhein gerutscht, die nun gemächlich flussabwärts trieb.

Es war ein goldener Spätsommertag. Die sanfte und freundliche Septembersonne hatte Scharen von Spaziergängern, Radlern und Kurzurlaubern an die Ufer des viel besungenen und gnadenlos verschunkelten Stromes gelockt. Sie alle wunderten sich und rätselten, was da wohl an ihnen vorbeischwamm. Keiner von ihnen hatte jemals etwas Vergleichbares gesehen.

Die Scheune hatte ein Walmdach aus Blech und Wände aus rötlichem Holz mit relativ kleinen Fenstern. An den beiden Längsseiten – das war allerdings ungewöhnlich für eine Scheune – drehten sich zwei gewaltige Schaufelräder wie bei einem historischen Raddampfer. Das Ganze war auf einem schwarzen, eisernen Schiffsrumpf älterer Bauart montiert.

Schiffsführer Luuk Kamies aus Nijmegen, der im Ruderhaus des Tankers *Prinses Margriet* nach Basel unterwegs war, griff verdutzt zu seinem Fernglas. In der letzten Zeit waren ihm auf seinen Touren schon einige schwimmende Kuriositäten begegnet: Ein Floß mit Bierzelt und Blasmusik, ein veritabler Ponyhof auf einem umgebauten maroden Frachtkahn, eine römische Galeere mit vierzig schwitzenden Ruderern. Schräge Ideen von irgendwelchen Event-Agenturen, um den Leuten das Geld aus der Tasche zu ziehen. In so einem düsteren Holzbau ohne richtiges Sonnendeck würde er jedenfalls nicht so gerne auf Fahrt gehen.

Luuk Kamies saß nur noch selten am Steuer eines Tankschiffes. Als Miteigentümer und Seniorchef der *Reederij Kamies*, die immerhin achtzehn Frachtschiffe auf den europäischen Binnengewässern schwimmen ließ, sollte er eigentlich von seinem Büro in Nijmegen aus Kunden hofieren, Aufträge akquirieren und Tonnagen disponieren. Aber wenn mal ein Schiffsführer ausfiel, sprang er gerne ein und verabschiedete sich für eine Woche oder zwei von seiner Familie. Er liebte diese Abwechslung. Die Kamies waren Flussschiffer seit Generationen – ein Urahn hatte angeblich schon zu Zeiten der Dampfschiffe den Rhein befahren.

Erst als er fast auf gleicher Höhe mit dem rätselhaften Objekt war, bemerkte Kamies das schwere Schubboot am Heck. Das Ding fuhr offensichtlich nicht mit eigener Kraft, sondern wurde von einem 1.000 PS starken Dieselboot vorwärts getrieben. „Rupertus – Trechtingshausen", las er an der Bordwand.

Er griff zum Mikrofon seines Funkgeräts und wählte den UKW-Kanal 10. Rheinschiffer kennen einander.

„Hallo Friedel – sag mal, was schiebst du denn da durch die Gegend?"

„Ahoi Luuk – gell, da staunst du?", kam es zurück. „Das ist eine nachgebaute historische Schiffsmühle – erst gestern bei der Braun-Werft in Speyer vom Stapel gelaufen, ob du es glaubst oder nicht. Die kommt jetzt nach Ginsheim, Rheinkilometer 493[1]."

„Eine Schiffsmühle? Nie von gehört. Bei uns in Holland gibt es nur Windmühlen."

„Ja, ihr Käsköpp' wart schon immer große Windbeutel." Bei seinen Scherzen wahrte Friedel Loh nicht immer die *political correctness.* „Aber früher, so vor 150 Jahren, gab es anscheinend Dutzende von diesen schwimmenden Getreidemühlen auf dem Rhein – und auf anderen Flüssen auch. Jedenfalls hat mir das mein Auftraggeber erzählt, der es sich in den Kopf gesetzt hat, dass man so ein Teil unbedingt mal nachbauen sollte – weiß der Deiwel, warum. Jetzt ist es fertig, und ich setze es ihm vor die Haustür."

„Bei uns sagt man dazu: *ieder zijn eigen ding.*"

---

[1] *Die Rhein-Kilometrierung erfolgt seit 1939 ab Konstanz flussabwärts. Früher wurde ab Basel gezählt; Ginsheim lag damals bei Stromkilometer 325.*

„Ja, ja – jedem Tierchen sein Pläsierchen. Na dann, gute Fahrt und Schiff ahoi!"

„Schiff ahoi, Friedel!"

An Bord des wunderlichen Fahrzeuges befand sich eine Handvoll Passagiere, die sich einen Logenplatz bei dieser historischen Fahrt redlich verdient hatten: einige Herren im Rentenalter, die sich schon seit Jahren mit der Idee der Rekonstruktion einer Schiffsmühle beschäftigten. Die tüchtigen Zimmerleute, die die „Scheune" in kürzester Zeit auf dem Schiffsrumpf aufgeschlagen hatten. Und natürlich Harald Jacobi, der geistige Vater und Initiator des Projekts. Als am Rheinufer eine große weiße Tafel mit der Nummer 490 auftauchte, entfernte er sich mit einer undeutlich gemurmelten Entschuldigung von der kleinen Gruppe und ging ein paar Schritte nach vorne bis zur Bugspitze. Dort stand er nun, einsam und unbeweglich wie eine Galionsfigur, und schaute aufs Wasser. In diesem Moment, wo die Reise zu Ende ging, wollte er allein sein mit seinen Gedanken und Gefühlen. Außerdem wollte er nicht, dass seine Begleiter die Tränen in seinen Augen bemerkten. Das wäre ihm schon sehr peinlich gewesen.

Noch drei Kilometer, und wir sind am Ziel, ging ihm durch den Kopf. Er fühlte sich müde, ausgelaugt und überglücklich. In den letzten Wochen hatte er kaum geschlafen, weil er nur noch für diesen einen Tag gearbeitet und ihm entgegengefiebert hatte. Der Tag, an dem sein Lebenstraum in Erfüllung gehen würde. Der Tag, von dem an es am Rheinufer bei seinem Heimatort endlich wieder eine Schiffsmühle geben würde.

Noch vor einem Jahr hatten ihn viele für verrückt erklärt. Er selbst war sich keineswegs sicher, ob das Projekt erfolgreich zu Ende geführt werden konnte. Schließlich hatte seit mehr als hundert Jahren auf der ganzen Welt niemand mehr den Versuch unternommen, eine funktionsfähige Schiffsmühle zu bauen.

Wie in einem Zeitrafferfilm liefen die letzten Jahre vor ihm ab, während er hinaus aufs Wasser starrte. Am Anfang stand die mühsame Spurensuche zur längst vergangenen Geschichte der schwimmenden Mühlen in seiner Heimat. Dann der Versuch, trotz dürftiger Faktenlage die Technik und Arbeitsweise der letzten produktiven Rheinschiffsmühle zu verstehen. Die Entwicklung von Plänen und technischen Zeichnungen für einen möglichst originalgetreuen Neubau.[2] Die vielen bürokratischen Prozeduren bei den unterschiedlichsten Behörden, um alle erforderlichen Genehmigungen einzuholen. Das Klinkenputzen bei den Sponsoren, um die Finanzierung sicherzustellen.

Vor einem halben Jahr war mit der Kiellegung auf der Werft in Speyer endlich der Startschuss gefallen. Und nach nur sechs Monaten – auf den Tag genau wie geplant – waren sie unterwegs zum Liegeplatz. Eine Punktlandung. Unglaublich.

Je näher sie ihrem Ziel kamen, desto größer wurde das Geleit von Ausflugsschiffen, Segeljollen, Motor- und Paddelbooten, die sich ihnen anschlossen. Alle wollten dabei sein bei der Jungfernfahrt der wiedererstandenen Rheinmühle. Ihre erste Fahrt sollte allerdings gleichzeitig ihre letzte sein. Denn von nun an würde sie wie ihre Vorgängerinnen an einem festen Platz ankern und sich nicht mehr von der Stelle bewegen. Aber ihre Wasserräder würden sich weiterdrehen und die Kraft liefern zum Antrieb der vielen alten Maschinen und Geräte, die man schon vor Jahren in stillgelegten Mühlen abgebaut hatte, und die jetzt, in verschiedenen privaten Garagen zwischengelagert, auf ihre Wiederbelebung warteten.

Harald Jacobi schloss die Augen. Er lauschte dem gleichmäßigen Stampfen des Dieselmotors und dem zischenden Geräusch aufspritzender Gischt beim Eintauchen der sich munter drehenden Schaufelräder in die

---

[2] *Hierzu ausführlich:* Jack 2014 *(siehe Quellennachweis auf Seite 299).*

Fluten des Rheins. Von ferne drangen Wortfetzen seiner Gefährten an sein Ohr – oder waren das die Geisterstimmen des Müllermeisters und seines Mühlburschen, die sich drinnen am Mahlgang zu schaffen machten?

Er schreckte aus seinen Träumen auf. Das Geräusch des Diesels hatte sich verändert. Friedel Loh hatte auf „volle Kraft zurück" geschaltet, um das letzte und schwierigste Manöver der Fahrt einzuleiten: das zentimetergenaue Einparken der Schiffsmühle vor den beiden massiven Stahlröhren, im Fachjargon Dalben genannt, die schon vor einigen Wochen sechs Meter tief in den Flussgrund gerammt worden waren, um dem Mühlenschiff sicheren Halt zu bieten. Der Schubverband stand jetzt quer zum Fahrwasser. Die beiden Schaufelräder waren zum Stillstand gekommen; die Geräusche spritzenden Wassers waren verstummt. Für einen Moment erschien ihm das mächtige Gebilde leblos und fremdartig wie ein gestrandeter Wal.

Keine Angst, sagte sich Jacobi. Sobald das Schiff mit dem Bug gegen die Strömung an den Dalben festgemacht hat, werden die Wasserräder wieder Fahrt aufnehmen. Noch ein paar Monate Arbeit waren wohl nötig, um Walzenstühle, Siebvorrichtungen und andere Gerätschaften einzubauen und nach und nach ans Laufen zu bringen.[3]

Aber von nun an hatten sie Zeit. Seine Freunde und Helfer, die er in den letzten Jahren für das Projekt begeistern konnte, brannten schon darauf, ihre Improvisationskünste bei der Montage altertümlicher Technik unter Beweis zu stellen.

Jetzt erst bemerkte Jacobi, dass sich am Ufer offenbar einige hundert Menschen eingefunden hatten, um dem Schauspiel des Andockens beizuwohnen. Sie winkten herüber und riefen ihm etwas zu, was auf die Entfernung nicht

---

[3] *Zweck und Funktionsweise der verschiedenen Mühlengeräte werden in der einschlägigen Literatur beschrieben; vgl.* Oppermann 2012, Hagen 2009.

zu verstehen war. Doch Harald Jacobi begriff: Diese Menschen waren gekommen, weil er ihnen ein Stück Heimat, ein Stück ihrer Geschichte zurückgegeben hatte. In vielen Ginsheimer Familien war die Erinnerung an die große Zeit der Schiffsmühlen immer noch lebendig. Die ältesten unter denen, die ihm jetzt zuwinkten, hatten wohl die letzte Rheinschiffsmühle noch mit eigenen Augen gesehen. Die nachfolgenden Generationen kannten diese Zeit lediglich aus den Erzählungen ihrer Vorfahren. Aber in vielen Wohnzimmern des kleinen Ortes hingen auch heute noch vergilbte Fotos oder verstaubte Ölgemälde von ehemaligen Schiffsmühlen.

Schon bald würde er diesen Menschen hier in der neuen Schiffsmühle anschaulich zeigen können, wie hart und beschwerlich damals das Leben und Arbeiten war, und wie einfallsreich und geschickt die Müller mit allen Schwierigkeiten fertig wurden. Ja, er würde die alten Zeiten wieder lebendig werden lassen. Er sah es ganz deutlich vor sich ...

Ein ohrenbetäubender, sekundenlanger Ton des Signalhorns brachte ihn in die Gegenwart zurück. Die Schiffsmühle war endgültig angekommen.

Ginsheim 1898

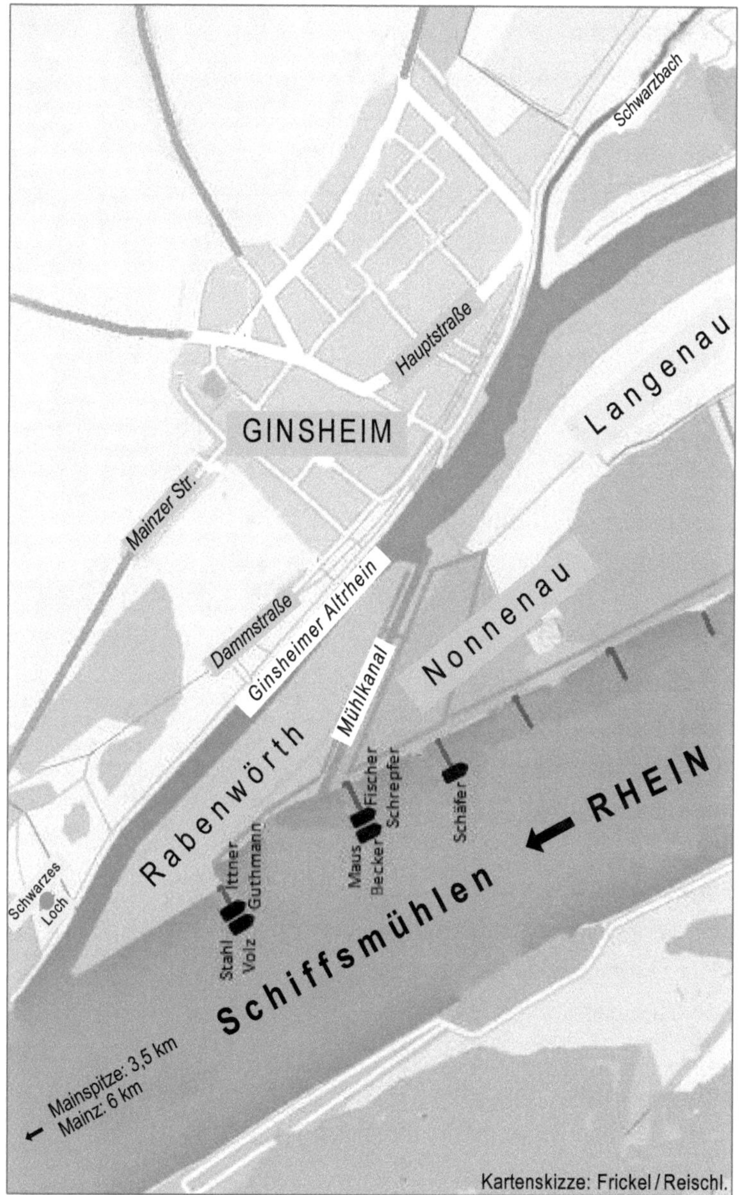

Dramatis personae

DS Concordia

Frans Kamies, Kapitän

Cornelis Dongen, Erster Steuermann

Niklas und Hendrik, Matrosen

Adrianus, Heizer und Koch

Obere Mühle

Heinrich „Heiner" Schäfer, Müllermeister

Margarethe „Marga" Schäfer, seine Frau

Luzie Schäfer, deren Tochter

Jean und Max, Mühlburschen

Mittlere Mühle, Landseite

Friedrich „Fritz" Fischer, Müllermeister

Philipp Schrepfer, Müllermeister

Mittlere Mühle, Flussseite

Richard Maus, Müllermeister

Ariel Becker, stiller Teilhaber

Kurt und Siegfried, Mühlburschen

Untere Mühle, Landseite

Johannes „Hannes" Ittner, Müllermeister

Peter Guthmann, Müllermeister

Ilse Guthmann, seine Frau

Untere Mühle, Flussseite

Georg „Schorsch" Stahl, Müllermeister

Karl Volz, Müllermeister

Weitere Ginsheimer

Ludwig Gärtner, Dammwärter

Christoph Krug, Gastwirt *Zur Post*

Christine „Christel" Krug, seine Tochter

Günther Dauborn, Gastwirt *Zur Deutschen Eiche*
und Fuhrunternehmer

Adolf Ohly, Pfarrer

Jakob Rauch, Bürgermeister

Dr. Gottfried Pahl, Sanitätsrat

Alfred, Emil und Heinz, Ruderburschen

Toni, ein Fischer

Polizei

Wilhelm Penk, Polizeidiener

Klaus Hebel, Polizeidiener

Paul Hartmann, Kriminalkommissär (Darmstadt)

Konrad Mathes, Gendarm (Groß-Gerau)

Werner Guldenthal, Oberwachtmeister (Mainz)

Dienstag, 30. August 1898

„Und weiter geht's – eins, zwei, eins, zwei ...“ Müllermeister Karl Volz und sein Lehrling Walter standen an Deck ihrer Schiffsmühle und bedienten die Bilgepumpe. Über einen zuckenden Schlauch gelangte das Wasser in einem pulsierenden Strahl zurück in den Rhein.

Georg Stahl, ebenfalls Müllermeister und Miteigentümer der Mühle, kam aus dem Bauch des Schiffes nach oben. „Ihr habt's gleich geschafft – nur noch eine Handbreit Wasser in der Bilge. Dann geht's wieder an die Arbeit.“

„Ja freilich – bis der nächste Dampfer kommt und uns wieder eine Ladung verpasst!“, entgegnete sein Kompagnon sichtlich genervt.

„Du weißt ja, Karl, es sind nicht nur die Wellen der Dampfer. Der Spalt in der Bordwand ist größer geworden. Da sickert dauernd Wasser rein. Wir müssen das unbedingt abdichten.“

„Das kriegen wir schon irgendwie hin, Schorsch.“

Georg zweifelte nicht daran. Bisher war seinem Partner immer etwas eingefallen. Für jedes noch so komplizierte Problem schien er eine Lösung zu haben, und jedes Mal bekam er es „irgendwie hin“. Aber die Mühle war bereits mehr als dreißig Jahre alt und bei einem Holzschiff ist dann irgendwann mal Schluss – das war den beiden klar. Langsam mussten sie an eine Neuanschaffung denken. Das ständige Ausschöpfen des Schiffes zerrte an ihren Nerven. Es kostete Zeit. Es kostete Kraft. Es war eine unwürdige Tätigkeit für einen Müller – und trotzdem überlebensnotwendig.

Die Schiffsmühle direkt neben ihnen, die Peter Guthmann und Johannes Ittner gehörte und durch einen kleinen Steg mit ihrem Schiff verbunden war, hatte es etwas besser. Sie lag zur Landseite hin und war dadurch vor den Wellen ein wenig geschützt. Beide Mühlen ankerten auf der Höhe eines flachen Steinwalls, der vom Ufer aus in den Fluss hineinragte.

Die flachen Steinwälle am Rheinufer, Buhnen oder Krippen genannt, waren vor einigen Jahrzehnten angelegt worden, als man den Rhein begradigte, um bessere Bedingungen für den wachsenden Schiffsverkehr zu schaffen. Durch den kleinen Umweg wurden die Wassermassen an der Krippenspitze beschleunigt. Auf diese Weise nutzte man die Kraft des Stromes, um die Fahrrinne zu vertiefen. Der Rhein grub sich sozusagen sein eigenes Bett.

Wegen der stärkeren Strömung an den Krippen waren diese Stellen natürlich auch als Liegeplätze für Schiffsmühlen heiß begehrt. Leider war dadurch der Konflikt zwischen Müllern und Schiffern – im wahrsten Sinne des Wortes – unausweichlich. Denn die Mühlen, von denen bis zu sechs nebeneinander aufgereiht waren, ragten weit ins Fahrwasser und zwangen die vorbeifahrenden Dampfschiffe zu schwierigen Ausweichmanövern. Umgekehrt waren die Schiffsmühlen den hohen Wellen, die die Schaufelraddampfer verursachten, schutzlos ausgesetzt. Immer wieder schlugen die Brecher über die zu niedrigen Bordwände und brachten, wenn man nicht schnell genug abpumpte, die Mühlen in Schieflage. Und mehr als eine war in den letzten Jahren nach der Vorbeifahrt eines Dampfers kläglich untergegangen.

Vor zwanzig Jahren arbeiteten vor den Rheinauen bei Ginsheim noch siebzehn Schiffsmühlen, verteilt auf sechs Krippen. Inzwischen waren gerade mal fünf übrig geblieben. Einen Teil der früheren Mühlen hatte man auf die andere Rheinseite nach Nackenheim verlegt, wo sie die Schifffahrt nicht behindern konnten. Etliche Mühlenbesitzer hatten aus unterschiedlichen Gründen aufgegeben: Die Mühle von Christoph Krug war im Winter 1879/80 durch Eisgang regelrecht zerquetscht worden. Zwei weitere rissen sich drei Jahre später bei Hochwasser aus ihrer Verankerung und wurden kilometerweit abgetrieben, bis sie an irgendeinem Brückenpfeiler zerschellten. Und so manche Müllerfamilie war finanziell am Ende, weil sie der wachsenden Konkurrenz durch die neuartigen Dampfmühlen, die von der Wasserkraft unabhängig waren, nicht standhalten konnte.

Es war keine Frage: Die große Zeit der Schiffsmühlen auf dem Rhein neigte sich dem Ende entgegen. Neue Konzessionen wurden ohnehin seit längerem nicht mehr erteilt. Es war absehbar, dass bald die letzte Rheinschiffsmühle ihren Betrieb einstellen musste.

Der Raddampfschlepper *Concordia* der holländischen Reederei *NSR* machte gute Fahrt. Kapitän Frans Kamies ließ sich im offenen Steuerstand, der nur durch ein Sonnensegel geschützt war, den Wind um die Nase wehen und genoss den Tag. Endlich mal eine Tour, bei der er nicht ständig nach hinten schauen musste, um die Schleppkähne im Auge zu behalten. Die *Concordia* war auf Leerfahrt talwärts.

Gestern hatten sie fünf Salzkähne nach Ludwigshafen zur Chemiefabrik gebracht. Dort wartete ein Telegramm auf ihn, mit einer neuen Order der *Nederlandschen Stoomboot Reederij*, seinem Arbeitgeber. Sie sollten so schnell wie möglich leer nach Köln fahren, um drei Kähne für Rotterdam zu übernehmen.

Ganz ohne Lastschiffe im Schlepptau war die Strecke leicht in zwei Tagen zu schaffen. Die *Concordia* war zeitig in Ludwigshafen gestartet. Kamies hoffte, vor Sonnenuntergang in Koblenz zu sein. Schon zeigten sich auf einem Hügel voraus die Türme der Oppenheimer Katharinenkirche.

Er freute sich auf den Abschnitt, der jetzt vor ihm lag. Hinter Nierstein folgte der Fluss einem leichten Bogen, und von links schoben sich die steilen Weinberge bis fast ans Ufer heran. Unterbrochen wurden sie nur von kleinen Taleinschnitten und schroffen Felsen aus rötlichem Gestein. Ganz anders die Landschaft auf der rechten Seite: flaches Land, so weit das Auge reichte. Das Ufer war gesäumt mit ausgedehnten Auwäldern, und verschiedene größere und kleinere Inseln trennten den breiten Strom von den stillen Altrheinarmen, die nach der Rheinbegradigung zurückgeblieben waren. Sie bildeten den Lebensraum zahlreicher Wasservögel und die Erwerbsgrundlage vieler Fischer.

Kamies liebte sein Schiff. Seine Kollegen lächelten mitunter über die altmodische Form des Schiffsrumpfes, die noch an die Zeit der Segler erinnerte. Doch der Eindruck täuschte. Die Concordia war vor einigen Jahren zur Ertüchtigung auf eine Werft in Rosslau an der Elbe geschickt worden. Alle Antriebskomponenten wurden ausgetauscht. Unter anderem wurden neuartige bewegliche Radschaufeln eingebaut, die beim Durchgang durchs Wasser weitgehend in der Senkrechten blieben. Danach war sie zweifellos eines der modernsten Schiffe auf dem Rhein.[4]

Der Kapitän war mit seinem Dampfer so vertraut, dass ihn das kleinste ungewohnte Geräusch, die winzigste Unregelmäßigkeit im runden Lauf der Maschine sofort irritierten. Er spürte jetzt ein leichtes Vibrieren in den Fußsohlen und runzelte die Stirn.

„Cornelis, übernimm mal“, rief er seinem Ersten Steuermann zu. „Ich glaube, mit der Maschine ist etwas nicht in Ordnung.“ Cornelis Dongen kam auch sofort auf die Brücke und stellte sich an das Haspel, das große waagrecht liegende Steuerrad.

Der Kapitän stieg hinunter und inspizierte die massive Antriebswelle, welche die Kraft der Dampfmaschine auf die Schaufelräder brachte. Steuerbordseitig glaubte er ein leichtes Flattern der Welle zu beobachten.

Er kletterte wieder an Deck und ging zu dem Radkasten an der Steuerbordseite. Der Geruch von verbranntem Öl stieg ihm

---

[4] *Vorbild für die DS Concordia ist der Dampfer „Mathias Stinnes 3“ (vgl. Oehmig 1980). Ein solches Schiff fuhr mit 15 Mann Besatzung. Diese wurde hier der Übersichtlichkeit halber auf fünf Mann reduziert.*

in die Nase. Ein feines Qualmwölkchen verwehte am äußeren Lager der Antriebswelle.

„Halbe Kraft voraus, Cornelis", rief er dem Steuermann zu. „Und immer schön am Rand der Fahrrinne bleiben."

Kamies instruierte den Heizer und die beiden Matrosen, an Deck zu kommen und sich auf ein Ankermanöver vorzubereiten. Dann stieg er wieder auf die Brücke.

„Das Außenlager ist heiß gelaufen", erklärte er seinem Steuermann. „Wenn uns das um die Ohren fliegt, sind wir manövrierunfähig. Wir müssen schnellstens einen Ankerplatz finden."

Dongen schien besorgt. „Querab kommen jetzt ein paar Schiffsmühlen", erwiderte er. „Dort können wir auf keinen Fall ankern. Wir suchen uns unterhalb ein Plätzchen, wo wir ..."

Ein kurzes, scharfes „Pling" unterbrach ihn; unmittelbar darauf setzte ein ohrenbetäubendes Quietschen ein.

„Maschine sofort stopp", brüllte Frans. Cornelis hatte schon die Hand am Fahrschieber und zog ihn in die Mittelstellung. Zischend entwichen weiße Wolken von heißem Dampf durch die Überdruckventile an den Schornsteinen. Das Quietschen wurde schwächer und hörte auf, als die Schaufelräder zum Stillstand kamen.

„*Verdomme!*", fluchte der Kapitän. „Die Lagerschale ist gebrochen." Inzwischen trieben sie bereits in geringem Abstand an der ersten Schiffsmühle vorbei. Zwei Männer waren an Deck gekommen und schauten voller Entsetzen zu ihnen herüber.

Der Steuermann betätigte die Dampfpfeife: hüüt-hüüt-hüüt-hüüt. Vier kurze Töne – das Signal eines manövrierunfähigen Fahrzeuges.

Langsam begann das Heck des Dampfers zur Flussmitte hin abzudriften, was Kamies mit wachsender Unruhe registrierte.

„Cornelis, schnell, leg dich ins Haspel!" Zu zweit zerrten sie am Steuer, doch das antriebslose Schiff war widerspenstig wie ein störrischer Esel.

Nur wenige Meter trennten sie von den beiden mittleren Schiffsmühlen, an denen sie jetzt vorbeitrieben. Wenn sie ihren Kurs nicht ändern konnten, würden sie an der nächsten Krippe auflaufen oder die dort liegenden Schiffsmühlen rammen. Jetzt kam es auf jede Sekunde an.

„Wir schaffen es nicht!", schrie der Kapitän. „Wir müssen zwischen die Krippen! Adrianus, Hendrik: ans Haspel! Hart Steuerbord! Niklas, lass den Buganker fallen!"

Schon waren der Heizer und ein Matrose auf die Brücke gesprungen; zu viert zogen sie an dem gewaltigen Steuerrad. Der zweite Matrose lief flink wie eine Gazelle aufs Vorschiff. Das Rasseln der Ankerkette war zu hören.

„Volle Kraft zurück", brüllte der Kapitän und riss den Fahrschieber nach hinten. Der Dampf strömte in die Kolben; dicke schwarze Rauchwolken kamen aus den Schornsteinen. Der geborstene Stahl schepperte und dröhnte, als sich die Schaufelräder wieder in Bewegung setzten. Erneut schrillte das unerträgliche Gequietsche, noch lauter als vorhin. Ein Rütteln ging durch das lange Schiff, als wollte es auseinanderbrechen.

„Hendrik, den Heckanker fallen lassen!" Doch der Matrose konnte ihn bei dem Höllenlärm nicht hören. Kamies sprang selbst aus dem Steuerstand, hastete nach achtern und gab die Ankerkette frei.

Das Rütteln und Quietschen erstarb allmählich. Cornelis hatte die Maschine gestoppt. Die Überdruckventile fauchten und zischten.

Das Schiff stand jetzt quer zur Fahrrinne und drehte sich weiter langsam um die Bugspitze, bis auch der Anker am Heck Halt gefunden hatte. Noch ein Ruck, dann kam die *Concordia* endlich zum Stehen, keine fünfzig Meter von den Schiffsmühlen entfernt!

„*Verdomme nog aan!*", stieß Kamies hervor.

„Walter, komm mal hierher an die Uffhelf[5]." – Georg Stahl zeigte auf ein Handrad am Mahlstuhl. „Den Läuferstein ganz langsam absenken, sonst brechen die Kämme des Königsrads. Ja, so ist es

---

[5] *Auch „Lichtewerk" genannt; Hebelvorrichtung zum Einstellen der Spaltbreite zwischen den Mühlsteinen* (vgl. Oppermann 2012).

gut. Siehst du, wie der Rüttelschuh im Trichter arbeitet? Und jetzt vorsichtig weiterdrehen, bis der Stein ins Korn greift."

Mahlgänge mit tonnenschweren Mühlsteinen waren eigentlich schon seit geraumer Zeit aus der Mode gekommen. Die kleineren und leistungsfähigeren Walzenstühle, bei denen die Getreidekörner zwischen rotierenden Stahlwalzen zerrieben wurden, hatten ihnen längst den Rang abgelaufen. Trotzdem stand in fast jeder Mühle neben den modernen Geräten noch die traditionelle Holzbütte, in der ein fester Bodenstein und ein rotierender Läuferstein dafür sorgten, dass Getreide zu Mehl wurde. Die Müller bewahrten weiterhin diese alten Geräte – man nutzte sie als Reserve für Spitzenlasten, und einige behielten sie vielleicht auch nur aus Nostalgie, weil sie ihr halbes Leben lang damit gearbeitet hatten.

Walter, eine Junge von gerade mal fünfzehn Jahren, stand noch am Anfang seiner Ausbildung. Er war der Sohn von Philipp Schrepfer, der zwar selbst Müller war, aber darauf bestanden hatte, dass sein Sprössling bei einem anderen Meister in die Lehre gehen sollte.

„Ein guter Müller muss mit allen seinen Sinnen arbeiten", erklärte Stahl. „Er sieht mit einem Blick, ob an seinem Arbeitsplatz alles in Ordnung ist. Er fühlt nach jeder Passage das Mahlgut zwischen seinen Fingern. Er schmeckt mit der Zunge, ob eine Mehlprobe die richtige Qualität hat. Vor allem aber spitzt er die Ohren und achtet auf jedes Geräusch, das die Maschinen von sich geben. Jetzt zum Beispiel ..." Er hielt mitten im Satz inne. Das vertraute Rumpeln des Mahlgangs wurde von einem schrillen Quietschen draußen auf dem Rhein übertönt. Es hörte sich an wie ein Eisenbahnzug bei einer Vollbremsung. Nach zwanzig Sekunden war es vorbei.

„Was war denn das?" Georg erschrak und lauschte. Alles war wieder still. Er wollte gerade mit seiner Lektion fortfahren, als er die Dampfpfeife hörte: hüüt-hüüt-hüüt-hüüt.

„Ich geh mal nachsehen. Walter, du bleibst hier an der Maschine."

Er hastete zum Vorschiff und stieß fast mit Karl Volz zusammen, der das Geräusch auch gehört und seine Arbeit unterbrochen hatte. Als die Männer an Deck waren, erstarrten sie vor Schreck. Ein langes schwarzes Ungetüm aus Eisen, mit zwei hohen Schornsteinen, bewegte sich direkt auf ihre Mühle zu!

„Um Himmels willen, Schorsch, der kann uns jeden Moment rammen!", rief Volz in panischem Entsetzen. „Wir saufen ab!"

Wie gelähmt standen sie da und sahen hilflos mit an, was sich dort drüben abspielte. Vier Männer zerrten gleichzeitig an dem riesigen Steuerrad, während ein dunkelhäutiger Matrose zum Bug rannte. Sie hörten laute Kommandorufe, die sie nicht verstanden.

Unterdessen kam der bedrohliche Schiffsrumpf mit seiner Breitseite unaufhaltsam näher. Plötzlich setzte ein ohrenbetäubendes Getöse ein, gefolgt von einem hässlichen, markerschütternden Gequietsche. Weiße Wolken von Dampf brodelten zischend und sprudelnd aus dem Radkasten; pechschwarzer Rauch stieg aus den Schornsteinen auf. Ein Mann in blauer Uniform rannte zum Heck. Dann ließ der Lärm langsam nach, und das Schiff kam mit einem Ruck zum Stillstand.

Georg Stahl merkte, dass er am ganzen Körper zitterte. Sein Freund Karl war weiß wie die Wand.

Noch einmal gingen drüben die Überdruckventile auf; keuchend und pfeifend entwich der heiße Dampf. Allmählich beruhigte sich der fauchende Drache, bis nur noch eine dünne graue Rauchsäule aus dem Schornstein aufstieg.

Johannes Ittner kam über den Steg aus der Nachbarmühle herüber. Auch ihm stand die Panik noch ins Gesicht geschrieben.

„Es wird immer schlimmer mit diesen Stinkern", schimpfte er. „Man ist sich ja seines Lebens nicht mehr sicher."

Es war wieder still geworden – unnatürlich still. Karl Volz merkte als erster, dass ein vertrautes Geräusch fehlte. Das muntere Plätschern der Wasserräder, das die Arbeit auf den Mühlen Tag und Nacht begleitete, war auf einmal verstummt.

„Schaut mal, unsere Wasserräder ..." Ittner und Stahl folgten seinem Blick. An beiden Mühlen schaukelten die hölzernen

Schaufeln gemächlich hin und her, versuchten mühsam eine Vierteldrehung und blieben wieder stehen.

„Himmel Sakrament, der nimmt uns ja die ganze Strömung weg", fluchte Ittner. „Reicht es euch nicht, dass ihr uns ständig voll Wasser schaufelt?" Er ballte die Faust in Richtung des Havaristen.

Am Dampfer wurde unterdessen ein Beiboot heruntergelassen. Ein großer Mann in blauer Uniform – offenbar der Kapitän – und ein dunkelhäutiger Matrose kletterten hinein. Das Boot kam rasch näher.

„Glück zu, meine Herren", grüßte der Schiffsführer mit holländischem Akzent, als er in Rufweite war. „Ich bin Kapitän Kamies, wir sind auf dem Weg nach Köln. Wir haben einen Maschinenschaden und brauchen Hilfe."

Immerhin, der Mann hat Manieren, dachte Georg. Er kennt unseren traditionellen Müllergruß. Dann will ich auch mal höflich sein.

„*Goeden middag, Mijnheer*", antwortete er. Damit waren seine Kenntnisse des Niederländischen bereits erschöpft. „Was können wir für euch tun?"

„Warum sollen wir denen helfen?", giftete Ittner. „Wer hilft uns denn, wenn wir voll Wasser laufen und von unseren angestammten Liegeplätzen vertrieben werden?"

Der Mann in dem schaukelnden Ruderboot schien es nicht gehört zu haben. Er wandte sich weiterhin an Georg. „Das Außenlager der Antriebswelle ist gebrochen. Ich muss meine Reederei kontaktieren und Ersatzteile bestellen. Das wird ein paar Tage dauern. Bis dahin muss mein Schiff an einen anderen Platz geschleppt werden, denn so kann es sicher nicht liegen bleiben."

„Nein, sicher nicht", schrie Ittner dazwischen. „Wir können hier nicht mehr arbeiten, weil ihr uns die Strömung wegnehmt. Der Dampfer muss fort, und zwar gleich. Seht nur zu, wie ihr das hinkriegt."

„Das tut mir leid, aber wir hatten keine andere Wahl", entgegnete Kamies in aller Ruhe. „Wenn wir es nicht geschafft hätten, hier in letzter Sekunde zu ankern, wäre es wahrscheinlich zu einer Kollision gekommen."

„Hannes, das hat keinen Zweck", raunte Georg seinem Nachbarn zu. „Wenn wir ihn jetzt hängen lassen, bleibt das Ding umso länger vor unserer Nase liegen." Und zu dem Kapitän sagte er: „Ich bringe Sie zum Dammwärter. Hier läuft heute sowieso nichts mehr." Er winkte das Boot an die Steuerbordseite und sprang hinein.

Georg zeigte mit der Hand die Richtung flussabwärts. Der Ruderer setze ein breites Grinsen auf, ließ seine schneeweißen Zähne sehen und legte sich ins Zeug. Er schien eine unbändige Freude darüber zu empfinden, dass sein Dampfer beschädigt war und es endlich ein bisschen Abwechslung gab. Der Kapitän hatte Georgs neugierige Blicke bemerkt. Sicher kam es nicht allzu oft vor, dass sich ein Schwarzer nach Ginsheim verirrte.

„Das ist Niklas; er stammt von den Niederländischen Antillen. Guter Mann. Im nächsten Jahr wird er das Steuermannspatent machen."

Das Grinsen des Ruderers wurde noch breiter. Sie hatten bereits die Nordspitze des Rabenwörths erreicht und bogen in einer scharfen Rechtskurve in den Altrhein ein. Obwohl sie jetzt keine Strömung mehr im Rücken hatten, flog das Boot mit unverminderter Geschwindigkeit voran. Schon wurden die ersten Häuser und das kleine barocke Kirchlein von Ginsheim sichtbar.

„Langsam, wir sind gleich da. Dort drüben können wir anlegen." Am Ufer lag eine Schwimmtonne mit einem kurzen Landungssteg; eine kleine Segeljolle war dort festgemacht. Neben dem Steg war ein Emaille-Schild angebracht; es zeigte den hessischen Löwen und die Aufschrift *Großherzogl. Hess. Wasserbauinspektion – Section Ginsheim.*

Niklas blieb beim Boot zurück; Georg und der Kapitän stiegen ein paar Stufen hinauf zu einem grasbewachsenen Damm. Dahinter duckte sich eine Reihe älterer Fachwerkhäuser. Die beiden letzten Gebäude in der Reihe, erst kürzlich erbaut, passten nicht ganz in dieses Ensemble. Die Villa des Sanitätsrats

Pahl auf der rechten Seite sah aus wie eine kleine Burg mit gotischer Pforte, einem Wachturm und einem zinnenbewehrten Balkon. Das zweistöckige Haus direkt vor ihnen protzte mit einem vorgesetzten spitzen Giebel, der mit braunen Holzschindeln verkleidet war. Es war die Wohnung und Dienststelle des Dammwärters.

Hinter dem Haus öffnete sich ein weiter Hof. In einem Nebengebäude waren zwei Pferde untergebracht; eine offene Halle beherbergte Stapel von schweren Bohlen und anderes Material zum Hochwasserschutz; daneben allerlei Bojen, Schifffahrtszeichen und ähnliches Gerät. Erich Kellmann, der Gehilfe des Dammwärters, war damit beschäftigt, einer Markierungstonne einen neuen Anstrich zu verpassen.

„Erich, ist dein Chef da?", fragte Stahl.

„In seinem Büro." Der Mann legte seinen Pinsel zur Seite und führte die beiden Männer ins Haus.

Ludwig Gärtner, der Dammwärter, war Anfang vierzig und leicht untersetzt. Er trug einen nach oben gezwirbelten Schnurrbart. Die Frisur zeigte einen Ansatz von Geheimratsecken.

Georg Stahl kam ohne Umschweife zur Sache. „Ludwig, stell dir vor, ein Dampfer ist vor der Nonnenau havariert und liegt direkt vor unseren Mühlen. Unsere Wasserräder drehen sich nicht mehr, weil die Strömung weg ist. Du musst was unternehmen!"

Kapitän Kamies sprang ihm bei: „Es tut mir leid, dass wir Ihnen Unannehmlichkeiten machen. Wir müssen ein Schleppboot bestellen, um mein Schiff zu bergen. Außerdem muss ich eine Depesche an meine Reederei schicken, damit sie mir Ersatzteile für die Reparatur besorgt. Es gibt hier doch hoffentlich eine Telegraphenstation?", fragte er.

Der Dammwärter sah ihn von oben herab an. Glaubte dieser Holländer, dass sie in Ginsheim hinter dem Mond zu Hause wären? Seit drei Jahres schon stand in der kleinen Kammer nebenan ein Typendrucktelegraph neuester Bauart, mit dem er Wasserstände melden und Hochwasserwarnungen empfangen konnte.

„Selbstverständlich sind wir an das moderne Telegraphennetz angeschlossen", stellte er klar. „Bei der Post und der Polizei gibt es sogar Telefon. – Aber immer schön der Reihe nach. Erst mal muss ich Ihre Personalien aufnehmen. Nehmen Sie bitte Platz." Er wies auf die beiden Stühle vor seinem Schreibtisch.

Ludwig Gärtner wühlte in der Schreibtischschublade und brachte eine Kladde mit der Aufschrift „Journal 1898" hervor. Umständlich suchte er die erste freie Seite, öffnete seinen Füllfederhalter und begann zu schreiben.

„30. August 1898, Uhrzeit" – er schaute zur Wanduhr – „eineinviertel nachmittags." Viertel nach eins, dachte er, eigentlich wäre jetzt Zeit für mein wohlverdientes Mittagsschläfchen. Aber nun musste er beweisen, dass er mehr konnte als nur Pegel ablesen, Dämme und Schleusen kontrollieren und Ausbesserungsarbeiten organisieren. Von Amts wegen war er in seinem Stromabschnitt auch für die Sicherung der Fahrrinne und die Überwachung des Schiffsverkehrs zuständig und hatte strompolizeiliche Aufgaben wahrzunehmen.

„Es erschienen – Doppelpunkt – Erstens." Er schaute den Kapitän fragend an.

„Familienname?" – „Kamies." – „Vorname?" – „Frans. Frans mit s", fügte er hinzu, weil er wusste, dass die Deutschen seinen Vornamen oft falsch schrieben.

„Wohnort?" – „Ich wohne nicht, ich bin Rheinschiffer und selten zu Hause. Gemeldet bin ich allerdings in Nijmegen."

„Nijmegen, Holland", wiederholte der Beamte, während er schrieb.

„Genauer gesagt liegt Nijmegen in Gelderland. Das ist eine niederländische Provinz, genau wie Holland", korrigierte Kamies.

„Solche Feinheiten interessieren hier nicht. – Sie haben Ihre Schiffspapiere dabei?"

„Selbstverständlich." Der Kapitän reichte ihm eine schwarze Ledermappe. Der Dammwärter studierte die Dokumente.

„DS Concordia, Reederei NSR, Rotterdam ...."

„Herrgott nochmal, geht das auch ein bisschen schneller?" platzte Georg Stahl dazwischen. „Ludwig, zwei Mühlen stehen still, mitten in der Hochsaison. Willst du nicht lieber erst das Schleppboot anfordern? Der Papierkram hat doch Zeit!"

Ludwig Gärtner legte den Füllhalter zur Seite und sah den Müller streng an. „Mäßigen Sie sich, Herr Stahl", mahnte er. „Ich vertrete hier hoheitliche Rechte und habe meine Vorschriften. Zu Ihnen komme ich gleich."

Aha, dachte Georg, jetzt wird er richtig dienstlich. „Sie", hat er gesagt, und „Herr Stahl". Der Mann war einfach nur lächerlich.

„Jawohl, Herr Deichgraf", antwortete er spöttisch.

Die Ironie prallte an Gärtner ab. Wieder kratzte die Feder auf dem Papier.

„... Kapitän der DS Concordia – Absatz – Zweitens ..." Er richtete seinen Blick auf den Müller und wartete.

„Übertreib's nicht, Ludwig. Du kennst mich doch."

„... der Müllermeister Georg Stahl, wohnhaft dahier – Absatz – und gaben zu Protokoll – Doppelpunkt – Absatz. – So, und was genau ist eigentlich passiert?"

Stahl konnte sich nicht länger beherrschen. „Was passiert ist? Während du hier deine Schreibübungen machst, sind zwei Mühlen blockiert – jetzt, wo wir eigentlich Tag und Nacht durcharbeiten müssten. Also unternimm endlich was!"

„Die Mühlen sind zweitrangig", widersprach der Dammwärter ungerührt. Langsam verlor er die Geduld mit Georg Stahl. In Gegenwart des fremden Kapitäns durfte er auf keinen Fall zulassen, dass ihm der Müller in seiner Amtsstube Vorschriften machen wollte. Jetzt musste er zeigen, wer hier Herr im Hause war. Er wurde lauter.

„In erster Linie geht es hier um den reibungslosen Betrieb einer Schifffahrtstraße und um die Sicherheit des Verkehrs. Ihr mit euren Schiffsmühlen passt da einfach nicht mehr in unsere moderne Zeit. Früher oder später müsst ihr sowieso alle verschwinden. Ihr seid ein Anachronismus."

Der Dammwärter warf einen Seitenblick auf den Holländer, um zu sehen, ob ihn das Fremdwort auch gebührend beeindruckt hatte.

Georg Stahl spürte, wie ihm das Blut in den Kopf stieg. Er hatte eine scharfe Entgegnung auf der Zunge, aber er hielt sich zurück. Diskussionen waren zwecklos. Der Dammwärter betrachtete schon seit Jahren die Schiffsmühlen und die Probleme mit ihnen nur als Störfaktor – nicht nur für die Schifffahrt, sondern vor allem auch für seinen geruhsamen Dienstalltag.

Georg blickte zum Kapitän hinüber, der der Unterhaltung leicht amüsiert gefolgt war. Täuschte er sich, oder hatte ihm der Holländer eben kurz zugezwinkert, als wolle er sagen: „Was habt ihr denn hier für einen komischen Vogel?" – Georg Stahl zögerte einen Moment. Dann stand er abrupt auf.

„Mir reicht's. Glück zu, meine Herren." Er ging hinaus, warf die Tür hinter sich zu und stapfte missmutig nach Hause.

Als der Müller draußen war, atmete Ludwig Gärtner tief durch. „Dann wollen wir mal die Bergung einleiten", sagte er. Er ging zu einem Regal an der Wand und kam mit zwei Telegrammformularen zurück. „Ich fordere jetzt bei meiner vorgesetzten Dienststelle in Mainz[6] ein Dampfboot an, das Ihr Schiff zur Reparatur hier in den Ginsheimer Altrhein bringt."

Er reichte dem Kapitän das zweite Formular. „Und Sie notieren bitte hier Ihre Nachricht an die Reederei. Mein Assistent wird sie dann ins Telegrafenamt bringen."

Kamies schrieb:

REEDERIJ NSR ROTTERDAM +++ DS CONCORDIA LIEGT MIT MASCHINENSCHADEN OBERHALB VON MAINZ FEST +++ FRACHTUEBERNAHME IN KOELN UNMOEGLICH +++ ERBITTE SCHNELLSTENS ROLLENLAGER TYP 56Z77 MIT SPANNHUELSE UND WELLENMUTTER SOWIE GEHAEUSEOBERTEIL ZUR REPARATUR +++ CAPT KAMIES UEBER DAMMWAERTER GAERTNER GINSHEIM

---

[6] *Im Jahre 1888 wurden Wasserbauinspektionen (die Vorläufer der Wasser- und Schifffahrtsämter) in Mainz und Worms eingerichtet, denen die Dammwärter längs des Rheins zugeordnet wurden. Zuvor waren sie den Kreisbauämtern unterstellt (vgl. Schäffer 1892).*

Inzwischen hatte der Beamte notiert:

WASSERBAUINSPEKTION MAINZ +++ DS CONCORDIA VOR DER NONNENAU HAVARIERT +++ ERBITTE SOFORTIGE UNTERSTUETZUNG DURCH DAMPFBOOT HASSIA ZUR BERGUNG UND VERBRINGUNG IN DEN ALTRHEINHAFEN +++ GAERTNER DAMMWAERTER GINSHEIM

Ludwig Gärtner ging ans Fenster und rief in den Hof: „Erich, mal reinkommen." Der Gehilfe war prompt zur Stelle.

„Hier sind zwei Telegramme, die sofort rausmüssen", wies ihn der Dammwärter an und übergab ihm die Formulare.

Erich Kellmann nickte – „Geht in Ordnung, Chef" – und verschwand im Nebennzimmer.

„Jetzt müssen wir nur auf die Antwort warten", bemerkte Gärtner. „In der Zwischenzeit sehe ich mir die Sache mal vor Ort an. Nehmen Sie mich mit?"

„Na klar – gehen wir." Gemeinsam stiegen die beiden Männer die Dammstufen hinunter zur Anlegestelle, wo Niklas beim Ruderboot geduldig wartete. Der Dammwärter stutzte. „Sie haben einen schwarzen Matrosen?", fragte er verwundert.

„Keine Angst, der beißt nicht", entgegnete der Kapitän. „Steigen Sie ein!"

Etwas zögerlich kam der Dammwärter der Aufforderung nach. „Wir nehmen die Abkürzung durch den Mühlkanal", sagte er und zeigte auf das gegenüberliegende Ufer.

Während sich Niklas grinsend ins Zeug legte, erläuterte Gärtner: „Der Mühlkanal wurde vor zehn Jahren angelegt, um den Transport von und zu den Mühlen zu erleichtern. Vorher mussten die Ruderburschen den Weg um die Rabenwörthspitze nehmen – das ist ein ganzes Stück weiter. Allerdings ist der Gegenstrom hier im Mühlkanal ziemlich stark. Aber der Kerl hat ja anscheinend keine Probleme damit."

Mit dem „Kerl" war Niklas gemeint, der über das ganze Gesicht strahlte.

Der Mühlkanal mündete in eine künstliche Bucht, die an beiden Seiten von Krippen begrenzt war. Am Ende der linken Krippe lagen zwei Schiffsmühlen nebeneinander, deren Wasserräder sich eifrig drehten. Zwei schwere Eisenketten verbanden das vordere Mühlenschiff mit der Buhne, und ein schmaler, schwankender Holzsteg, der dazwischen aufgehängt war, ermöglichte den Zugang von Land. Ein lautes, anhaltendes Klappern verriet, dass in dieser Mühle gearbeitet wurde.

Bei den beiden Schiffsmühlen an der Spitze der rechten Krippe dagegen standen die Wasserräder still. Direkt vor ihnen lag, schwarz, fremd und bedrohlich, der fast 60 Meter lange Havarist.

„Das Heck ragt viel zu weit ins Fahrwasser", registrierte der Dammwärter sofort. „Der Dampfer muss schleunigst da weg."

„Kommen Sie erst mal an Bord. Ich lade Sie zu einem *Kopje Koffie* ein. Alte holländische Tradition. Wenn Sie wollen, zeige ich Ihnen das Schiff."

„Ach wissen Sie, ich habe schon so viele Dampfschiffe gesehen", entgegnete Gärtner großspurig. „Aber den Kaffee nehme ich gerne an."

Zwei Stunden später saßen die beiden Männer wieder im Büro des Dammwärters. „Chef, es sind zwei Depeschen eingetroffen", hatte ihnen Erich Kellmann bei der Rückkehr zugerufen, „liegen auf Ihrem Schreibtisch."

„Dann schauen wir mal ... Hier ist eine Nachricht von Ihrer Reederei." Gärtner las laut vor:

DAMMWAERTER GINSHEIM ZHD CAPT KAMIES +++ ERSATZTEILE AUF LAGER BEI KARCHER WERFT IN FREISTETT +++ DS HARMONIA DORT MORGEN VOR ANKER +++ BRINGT TEILE AM 02 SEPT NACH MAINZ WINTERHAFEN +++ VERHOVEN DISPO NSR

„Glück gehabt – das geht ja schneller als erwartet", freute sich der Kapitän. „Hätten sie die Teile bei Sachsenberg in Rosslau bestellen müssen, hätte das mindestens eine Woche gedauert."

„Können Sie die Reparatur denn selbst durchführen?"

„Ich denke schon. Vielleicht brauchen wir die Unterstützung eines örtlichen Schlossermeisters."

Der Dammwärter überlegte einen Moment. „Gehen Sie zu Norbert Kunert", empfahl er dann. „Der hat bisher so ziemlich alles hingekriegt."

„Wann kommt denn das Schleppboot?", wollte Kamies wissen und schaute neugierig auf das zweite Telegramm.

Gärtner las:

DAMMWAERTER GAERTNER GINSHEIM +++ DAMPFBOOT HASSIA DERZEIT IM EINSATZ BEI BAGGERARBEITEN IN HEIDENFAHRT +++ BERGUNG EINGEPLANT FUER 01 SEP 0900 UHR +++ LEINWEBER WASSERBAU-INSPEKTION MAINZ

„Also erst am Donnerstag. Das habe ich befürchtet. Bei Heidenfahrt muss dringend die Fahrrinne ausgebaggert werden", erläuterte der Dammwärter.

Er entnahm seinem Schreibtisch eine Broschüre mit dem Titel *Rheinschifffahrts-Polizeiordnung 1897* und blätterte darin: „Schauen wir mal, was sonst noch zu beachten ist ... Hier, Paragraph 26: *Werden Anker im Fahrwasser oder in dessen Nähe ausgeworfen, so ist die Stelle derselben durch Döpper zu bezeichnen ...* Wie ich feststellen konnte, haben Sie das ja schon veranlasst. Ferner heißt es hier: *Alle außerhalb der Häfen auf dem freien Strom liegenden Schiffe, Flöße, Baggermaschinen oder ähnliche Apparate müssen von Sonnenuntergang bis Sonnenaufgang ununterbrochen durch Laternen mit weißem Licht erleuchtet sein. Auf den Fahrzeugen ist eine solche Laterne mindestens vier Meter hoch ...*"[7]

„Entschuldigen Sie, Herr Gärtner – ich kenne die Vorschriften", unterbrach ihn der Kapitän, dem der schulmeisterliche Ton des Beamten nun doch allmählich auf den Wecker ging.

---

[7] vgl. Rheinurkunden 1918.

„Daran zweifle ich nicht", erwiderte der Dammwärter leicht pikiert. „Ich wollte nur sichergehen, dass wir nichts außer Acht gelassen haben. Natürlich entstehen auch Kosten. Die wird man wohl Ihrer Reederei in Rechnung stellen."

„Die werden nicht begeistert sein, aber das ist ja international so üblich", antwortete Kamies. „Ich denke, wir haben eine gute Versicherung."

„Die Bergung kommt schätzungsweise auf 100 bis 150 Mark, je nach Aufwand. Können Sie eine Kaution hinterlegen?"

„Ich habe eine bescheidene Summe in der Bordkasse – in deutscher Mark und holländischen Gulden. Es sollte reichen."

„Die Liegegebühren im Ginsheimer Altrhein sind im Voraus fällig und gehen direkt an die Gemeindekasse. Bei der Größe Ihres Schiffes sind das 16 Mark pro Tag. Ich kann gerne für Sie in Vorlage treten, und bei Ihrer Abreise verrechnen wir das mit der Kaution. Sie erhalten selbstverständlich eine Quittung."

„Das wäre wirklich sehr freundlich von Ihnen", bedankte sich der Kapitän. Er erhob sich und verabschiedete sich von dem Beamten. Beim Rausgehen sagte er noch: „Die Bergung ist also erst übermorgen. Das wird den Müllern sicher nicht gefallen."

„Machen Sie sich um die keine Sorgen", erwiderte der Dammwärter. „Die sind ein Anachronismus."

Auch Heinrich Schäfer, der Besitzer der Schiffsmühle an der oberen Krippe, war heute früher als erwartet nach Hause gekommen. Er wollte seiner Frau und seiner Tochter von dem dramatischen Zwischenfall berichten, bevor sie die Neuigkeiten aus der Gerüchteküche erfahren würden. Er hatte aufmerksame und besorgte Zuhörer. „Der Dampfer ist haarscharf und laut quietschend an unserer Mühle vorbeigeschrammt, kurz bevor er dann geankert hat", erzählte er.

„Um Himmels willen, Heiner, was da hätte passieren können!" Frau Schäfer war sichtlich erschrocken.

„Beruhige dich, Marga. Es ist ja nichts passiert – zum Glück. Die beiden unteren Mühlen sind schlimmer dran. Die haben jetzt Zwangspause, weil ihnen der Dampfer das Wasser wegnimmt."

Luzie, die siebzehnjährige Tochter der beiden, war aufgestanden und zog sich die Schuhe an.

„Wo willst du denn hin, Kind?“, fragte die Mutter.

„Rüber auf die Nonnenau. Das muss ich mir unbedingt ansehen“, verkündete Luzie.

„Du bleibst hier“, bestimmte Heinrich Schäfer und versuchte, väterliche Strenge an den Tag zu legen. „Es gibt gleich Abendessen.“

Luzie maulte ein bisschen und zog die Schuhe wieder aus.

Später, als die drei am Tisch saßen, kam der Vater noch auf ein anderes Thema zu sprechen. „Wir hatten heute früh schon vorher Ärger“, erzählte er. „Der Köln-Düsseldorfer Passagierdampfer nach Straßburg hat uns wieder eine gehörige Ladung Wasser ins Schiff geschaufelt. Eine halbe Stunde war ich mit dem Jean am Pumpen.“

„Warte mal, da hab ich was für dich“, rief Luzie, sprang auf und lief die Treppe hinauf in ihr Zimmer.

„Sag mal, Marga“, überlegte Heinrich, als die beiden allein waren, „findest du nicht auch, dass sich die Luzie in letzter Zeit verändert hat? Sie ist so ... übermütig, manchmal so grundlos fröhlich ...“

Margarethe Schäfer lächelte: „Vielleicht ist sie verliebt?“

„Was? Verliebt? Sie ist doch noch ein Kind.“

„Das Kind wird im November achtzehn, Heiner. Da wäre das nicht so ungewöhnlich.“

Heiner Schäfer überlegte eine Weile. „Vielleicht hast du recht. Soso, verliebt. Ich glaube, ich weiß auch schon in wen.“

Luzie kam die Treppe heruntergestürmt und brachte ihren Notizblock und eine zerfledderte Zeitschrift mit. „Hier, Papa, schau!“ – Auf der letzten Seite der Zeitschrift waren Inserate für verschiedene technische Geräte abgedruckt.

Heiner Schäfer betrachtete verständnislos die komplizierte Schnittzeichnung. „Selbstansaugende Kreiselpumpe mit Schwimmerkupplung und Rückschlagventil“, las er. „Förderhöhe bis drei Meter. – Ja, und wozu taugt das?“

Luzie öffnete den Notizblock und malte ein großes rundes **U** auf die leere Seite. „Schau her. Das ist ein Querschnitt durch dein Schiff. Kannst du dir das vorstellen? Hier ist das Deck. Die Pumpe könnte ungefähr an dieser Stelle in der Bilge stehen ... nein, besser hier, unterhalb der Antriebswelle der Walzenstühle. Da passt noch eine Riemenscheibe drauf – wie groß, müsste ich noch ausrechnen. Angetrieben wird die Pumpe über einen Keilriemen aus Kautschuk. – Verstehst du? Der Schwimmer kuppelt das Laufrad der Pumpe automatisch ein, wenn das Wasser in der Bilge eine bestimmte Höhe erreicht. Ihr könntet einfach weiter arbeiten und müsstet nicht mehr von Hand pumpen."

Heinrich Schäfer blieb der Mund offen stehen. Es war nicht das erste Mal, dass Luzie ihren Vater mit Lösungsvorschlägen zu technischen Problemen auf der Mühle überraschte. Aber langsam wurde ihm das Kind unheimlich.

Schade um das vergeudete Talent, dachte er zum wiederholten Male. Ja, wenn die Luzie ein Junge wäre – sie würde mit Sicherheit einen tüchtigen Müller abgeben. Sie könnte sogar als „Mühlenarzt" durch die Lande ziehen und den Müllern bei größeren Reparaturen, Umbauten und Erweiterungen beistehen. Aber ein Mädchen, das sich für Mechanik interessiert – das war einfach wider die Natur.

Bei den Müllern gab es ein ungeschriebenes Gesetz: Frauen und Kinder haben in der Mühle nichts zu suchen. Es war schlichtweg zu gefährlich. Selbst unter erfahrenen Müllern kam es immer wieder zu schweren Unfällen. Ein unbedachter Tritt, ein Moment der Unachtsamkeit in der Nähe von laufenden Maschinen, Zahnrädern und Transmissionsriemen konnte fatale Folgen haben.

Für Luzie galt das ungeschriebene Gesetz nicht. Schon als kleines Kind drängte sie darauf, die Mutter bei ihrem mittäglichen Gang begleiten zu dürfen, wenn die Müllerin, wie es üblich war, den Männern ihre Brotzeit brachte. Dann stand sie fasziniert vor dem grummelnden Steinmahlgang oder dem klappernden Beutelkasten – und war kaum davon wegzubringen.

Als sie größer wurde, durfte sie schon mal alleine das Essen auf die Mühle bringen. Sie blieb dann so lange wie möglich dort, brachte Stifte und Papier mit und begann, die Geräte und Antriebe systematisch abzuzeichnen.

Eines Tages – da war sie vierzehn – kam sie freudestrahlend zu ihrem Vater gelaufen: „Ich hab's, Papa! Wenn das große Wasserrad sich ein Mal dreht, dreht sich der Läuferstein sechzig Mal." Sie hatte die Zähne jedes einzelnen Zahnrads im Getriebe gezählt und die Übersetzung richtig ausgerechnet.

Mit sechzehn schickten die Eltern ihre Luzie auf die Höhere Töchterschule nach Mainz. Das war eine Anstalt, in der Mädchen aus gutem Hause auf ihre eigentliche Bestimmung vorbereitet wurden, nämlich auf ihre Rolle als Hausfrau, Mutter und fürsorgliche Gattin. Das jährliche Schulgeld war beträchtlich. Die Schäfers waren nicht gerade reich, aber da Heinrich Alleineigentümer einer Schiffsmühle war, hatten sie ein besseres Auskommen als die meisten anderen Müllerfamilien, von denen sich zwei oder drei die Einnahmen aus einer Mühle teilen mussten.

Nach drei Monaten lief Luzie von der Schule weg. Weder gutes Zureden noch die Androhung von Strafe konnten sie dazu bewegen, dorthin zurückzukehren.

„Die Schule ist langweilig", sagte sie trotzig. „Kochen kann ich auch zu Hause lernen. Häkeln und Stricken interessiert mich nicht. Und wie man einen Mann wirklich glücklich macht, finde ich schon alleine heraus."

„Aber Kind, was soll denn jetzt aus dir werden?", fragte die Mutter verzweifelt.

„Warum darf ich nicht wie Stephan bei Onkel Oskar in die Lehre gehen? Der sucht doch noch dringend eine Aushilfe für seine Mühle", antwortete Luzie.

Es war zwecklos. Der Vater verlor langsam die Geduld, weil seine Tochter einfach nicht einsehen wollte, dass der Beruf des Müllers für ein Mädchen nicht infrage kam. Bei ihrem jüngeren Bruder Stephan dagegen war das ganz selbstverständlich. Er war zurzeit bei Oskar Schäfer drüben in Nackenheim untergebracht, um auf dessen Schiffsmühle das Handwerk zu erlernen.

Doch Luzie machte sich, nachdem sie wieder zu Hause war, in einer Weise nützlich, die Heinrich Schäfer dankbar annahm. Da sie fix und sicher im Rechnen war, half sie ihm bei der Buchführung. Sie kalkulierte sogar die Rentabilität von Geschäften mit den Kommissionären[8], die Getreide verkauften und Mehl aufkauften, und bewahrte dadurch den Vater mehr als einmal vor finanziellem Verlust.

Unglaublich, das Kind.

Margarethe Schäfer hatte den Tisch abgeräumt und machte sich in der Küche zu schaffen. Ihr Mann blätterte gedankenverloren in der Zeitschrift *Der Civilingenieur*, die Luzie ihm vorgelegt hatte. Die Seiten waren voll von technischen Zeichnungen, Diagrammen, Tabellen und mathematischen Formeln.

„Luzie, woher hast du denn das Heft?", wollte der Vater wissen, obwohl er es schon ahnte.

„Na, vom Gustav natürlich. Du weißt doch, der studiert Maschinenbau an der Technischen Hochschule in Darmstadt."

Heinrich schmunzelte. Jetzt war eine günstige Gelegenheit für ein vertrauliches Gespräch zwischen Vater und Tochter. Er rückte etwas näher heran.

„Sag mal, Luzie – mit dem Gustav bist du ja in letzter Zeit wohl öfter zusammen. Gefällt er dir?"

„Na ja, der sieht gut aus, ist klug und hat Manieren. Wir verstehen uns recht gut."

„Und was macht ihr da so zusammen?"

„Wir lernen, Papa."

„Was macht ihr?", fragte der Vater fassungslos.

„Na ja, der Gustav hat doch nach den Semesterferien sein erstes Examen; da muss er sich vorbereiten. Ich höre ihn ab, und wir gehen gemeinsam die Übungsaufgaben durch."

„Ja – und sonst?", hakte der Vater nach. „Ich meine ... deine Mutter meint ... du bist vielleicht verliebt?"

---

[8] *Warentermingeschäfte mit Getreide und Mehl waren schon damals durchaus üblich* (vgl. Weber 1894).

Luzie lachte so laut und übermütig, dass Margarethe Schäfer erstaunt aus der Küche zurückkam.

„Ach Papa, doch nicht in den Gustav. Er ist ja wirklich nett und höflich und alles, aber ... Ja, Papa, ich bin wirklich verliebt." Sie strahlte über das ganze Gesicht. „Aber nicht in den Gustav!"

Heinrich kam sich ziemlich dämlich vor. Eine Liaison seiner Tochter mit dem Sohn des Müllermeisters Peter Guthmann hätte er sich sehr gut vorstellen können. Es war wichtig, dass der Zusammenhalt der Müllerfamilien auch durch verwandtschaftliche Beziehungen gestärkt wurde.

„Ja, in wen denn sonst, Luzie?" fragte der Vater.

Wieder lachte Luzie. „Sag ich nicht!"

„Ist es jemand aus unserem Ort? Lass dich nur nicht mit Fremden ein!"

„Sag ich nicht!" Sie gab ihrem Vater einen Kuss. „Du wirst es früh genug erfahren, Papa. – Was ist denn nun mit der Pumpe?"

Heinrich Schäfer faltete die Skizze seiner Tochter zusammen. „Ich werd's mal mit dem Karl Volz und dem Georg Stahl besprechen. Die haben das gleiche Problem."

„Tu das", sagte Luzie und lief fröhlich auf ihr Zimmer. Die Mutter lächelte nur.

Donnerstag, 1. September 1898

Halb Ginsheim war auf den Beinen, als gegen Mittag das havarierte Dampfschiff ganz langsam, mit dem Heck voran, in den kleinen Altrheinhafen gezogen wurde. Normalerweise tummelten sich hier nur die Nachen der Müller und Fischer. Sonntags kamen ein paar Paddelboote und kleine Segelschiffe hinzu, und hin und wieder machte ein Schleppkahn fest, beladen mit Kohle oder Kies. Dann lag da natürlich noch der Stolz der Ginsheimer, das Marktschiff *Elisabeth*, auch „es Kaffeemühlche" genannt –

ein kleiner Schraubendampfer, der dienstags und freitags die Bauern der Umgebung mitsamt ihren Erzeugnissen zum Mainzer Wochenmarkt brachte. Gegen den riesigen Schleppraddampfer nahm sich die *Elisabeth* allerdings ziemlich mickrig aus. Ein so großes Schiff hatte man hier noch nie gesehen.

Der Kapitän und der Erste Steuermann waren im offenen Führerstand zugange, während der Rest der Besatzung, der lange Hendrik, der dicke Adrianus und der schwarze Niklas, nebeneinander im Achterschiff angetreten waren und zum Ufer hin salutierten wie bei einer Marineparade. Die Zuschauer lachten.

„Guck emol, en Utschebebbes", rief ein siebenjähriger Knirps, worauf seine Kameraden im Chor einstimmten: „Utschebebbes, Utschebebbes." Niklas kannte das Wort zwar nicht, merkte aber, dass er gemeint war. Er strahlte übers ganze Gesicht und winkte mit beiden Händen zurück.

Lehrer Beckenhaub war mit seiner älteren Jungenklasse gekommen und hielt einen Vortrag. „Seht her, hier sind Rundkessel eingebaut anstelle der bisher üblichen eckigen Kofferkessel. Runde Kessel erlauben einen höheren Druck; sieben bis zehn atü. Das nutzt die Heizkraft der Kohlen besser aus. Dadurch kann man jetzt auch eine Verbundmaschine betreiben, die einen besseren Wirkungsgrad hat."

Ilse Guthmann, die Frau des Müllers Peter Guthmann, stand in der Nähe und war mit diesem Bildungsprogramm ganz und gar nicht einverstanden. „Schäme Sie sich net, Herr Lehrer, dene Kinner so was beizubringe? Am End' wolle die all noch Schiffer wern, anstatt was Rischdisches zu lerne."

„Aber Frau Guthmann, wir behandeln doch gerade im Sachkundeunterricht die Dampfmaschine, und hier kann ich den Knaben die moderne Technik anschaulich vor Augen führen ..."

Unterdessen war die *Concordia* an zwei massiven Pollern sicher vertäut. Ein Landungssteg wurde ans Ufer geschoben. Kapitän Kamies hatte die Schüler bemerkt und rief: „He Jungs, wollt ihr mal die Maschine sehen? Wenn euer Lehrer einverstanden ist, dürft ihr an Bord kommen."

„Unterstehn Se sich, Herr Lehrer", zischte Frau Guthmann.

„So, Kinder, kommt jetzt – die Stunde ist zu Ende." – Beckenhaub zuckte kurz die Achseln in Richtung der Schiffsbesatzung, wandte sich um und führte die widerstrebenden Knaben schnell hinweg.

Natürlich hatte sich auch Luzie Schäfer das Schauspiel nicht entgehen lassen. Sie stand mit ihren Freundinnen im Schatten einer Platane; die Mädchen lachten und schnatterten. Luzie war ohne Zweifel die bemerkenswerteste Erscheinung unter den Dorfschönen. Sie trug ein hellblaues, eng tailliertes langes Sommerkleid nach der neuesten Mode. Ihr rötlichblondes, üppiges Haar, das bis zu den Schultern reichte, umrahmte ein fröhliches Jungmädchengesicht mit blauen Augen, Sommersprossen und einer frechen Stupsnase.

Nicht weit entfernt hatten sich ein paar Halbwüchsige zusammengefunden, die unverhohlen zu den Mädchen hinüberstarrten. Es waren Ruderburschen – junge, muskulöse Kerle, die tagsüber am Altrhein herumlungerten und auf Gelegenheitsarbeit warteten. Die bestand meist darin, Getreidesäcke auf Nachen zu verladen und zu den Schiffsmühlen zu bringen. Kraft und Geschicklichkeit waren erforderlich, um die schwerfälligen Kähne zunächst durch den engen Mühlkanal mit seiner starken Strömung zu steuern, dann an den Mühlen anzudocken und die zentnerschwere Ladung an Deck zu hieven. Auf dem Rückweg brachten sie dann von den Mühlen die Fertigprodukte in Form von Mehl, Grieß, Schrot und Kleie an Land.

„Schau mal, Alfred, da drüben ist die Luzie, dein Schwarm“, sagte Heinz Stieglitz, und sein Kumpel Emil meinte: „Bei der kannst du nicht landen, mein Lieber. Gib dir keine Mühe.“ – „Das werden wir ja sehen“, entgegnete Alfred, warf sich in Positur und stolzierte wie ein Pfau hinüber zu den Mädchen.

„Na, Luzie, auch hier? Wolltest du dir mal die holländischen Männer anschauen?“

„Denkst du, ich habe das nötig?“, gab Luzie zurück.

„Nein, hast du nicht. Es gibt in Ginsheim genug stramme Kerle. Ein besonderes Prachtstück steht gerade direkt vor dir“, grinste Alfred.

Oh Gott, dachte Luzie, geht's vielleicht noch primitiver? – „Du überschätzt dich, Alfred. Bilde dir nur nichts ein, bloß weil du letzte Woche beim Ruderwettbewerb gewonnen hast.“

„Ich bin dir wohl nicht gut genug, was? Gehst lieber zu deinem feinen Studenten, dem Gustav?“

„Das geht dich nichts an“, sagte Luzie. „Immerhin hat er bessere Manieren als du.“

„Mit eurem französischen Mühlburschen habe ich dich neulich auch beobachtet. Du scheinst ja alles auszuprobieren.“

„Das geht dich nichts an", wiederholte Luzie, konnte aber nicht verhindern, dass sie dezent errötete. Alfred war es nicht entgangen. Aha, dachte er, so läuft der Hase.

„Außerdem ist Jean kein Franzose, sondern Elsässer", fuhr sie fort. „Elsass-Lothringen gehört bereits seit 1871 zum Deutschen Reich. Aber woher sollst du das schon wissen!"

„Auf jeden Fall ist er ein frecher Hund und ein armseliger Schwächling", stichelte Alfred. „Der kriegt keinen Maltersack hoch. Wenn du mal einen richtigen Mann brauchst – ich stehe zur Verfügung. Übrigens, am Sonntag ist Kerb in Bischofsheim. Wie wär's – willst du nicht mit mir zum Kerbetanz gehen?"

„Du kannst tanzen?", fragte Luzie ungläubig.

„Ich kann noch viel mehr." Alfred kam näher und schlug einen vertraulichen Ton an. „Ich weiß doch, was die Frauen wollen. Hier, schau mal meine Muskeln." Er ließ seine Bizeps spielen. „Hart wie Stahl. Und so bin ich am ganzen Körper." Er machte eine obszöne Handbewegung über seine Hose.

Die Freundinnen kicherten, doch Luzie sah ihn nur verächtlich an. „Du bist ein Schwein, Alfred, und ein primitives noch dazu. Mit dir würde ich nirgends hingehen, und schon gar nicht zum Tanzen. Hau einfach ab und lass mich in Ruhe." Sie nickte ihren Freundinnen kurz zu, drehte sich um und ließ ihn stehen.

Alfreds Kumpane hatten die Szene verfolgt, standen da und feixten.

„Was glotzt ihr denn so blöd?", rief Alfred. „Die kriege ich schon noch rum!" – Und halblaut zu sich sagte er: „Na warte, du Miststück! Irgendwann zahle ich dir das heim!"

Christoph Krug, der Wirt des kleinen Gasthofs *Zur Post*, war auf dem Heimweg, als sich ihm eine Gestalt in den Weg stellte, die andernorts wahrscheinlich einiges Aufsehen erregt hätte, aber hier in Ginsheim jedem bekannt war. Der Mann war barfuß, eher klein, aber von kräftiger Statur, und hatte struppiges, dunkles Haar. Die löchrige Hose und die Jacke, die er trug, waren ihm einige Nummern zu groß. Die Augen waren flink und wachsam, aber der linke Mundwinkel hing schief nach unten und gab dem Gesicht einen einfältigen Ausdruck.

„Hallo Toni, was gibt's denn?", fragte der Wirt.

„I-ich hab was gef-gefangen für dich", war die Antwort. „K-komm mit, ich z-zeigs dir." Er ging voran zum Altrheinufer, und Christoph Krug folgte ihm neugierig.

Vor fünf Jahren war Toni zum ersten Mal in Ginsheim aufgetaucht – zerlumpt, schmutzig und halb verhungert. Er mochte damals wohl um die zwanzig Jahre alt gewesen sein. Anna Reinheimer, die Bauersfrau, erschrak zu Tode, als sie ihn in ihrer Scheune entdeckte. Sie wollte schon laut um Hilfe rufen, aber als sie sah, dass der Junge an einer rohen Kartoffel nagte, siegte ihr gutes Herz. „Ei Bub, des geht doch net", sagte sie. „Wart, ich hol dir was Anständisches." Sie lief ins Haus und kam mit einem halben Ring Fleischwurst, einem Stück Brot und einem Krug Milch zurück. Der Junge aß und trank gierig.

In den darauffolgenden Tagen wurde er wiederholt im Ort gesehen. Mitleidige Bürger schenkten ihm ein paar abgelegte Kleidungsstücke und gaben ihm zu essen. Aber sie bedrängten auch den Polizeidiener Wilhelm Penk, sich mal um den jungen Mann zu kümmern, da offenbar niemand wusste, wo er herkam.

Eines Tages sah ihn der Ortspolizist, als er vor dem Rathaus herumlungerte. Er überlegte kurz, dann nahm er die Butterstulle, die ihm seine Frau geschmiert hatte, und ging hinaus auf die Straße. „He, du da drüben – hast du Hunger?", rief er und hielt dem Jungen die Stulle entgegen. Der kam vorsichtig näher und griff danach. Doch der Polizeidiener zog das Brot schnell wieder weg. „Komm mit rein, da ist es gemütlicher", sagte er.

So lockte er ihn in seine Wachstube wie ein scheues Tier in einen Käfig. Nachdem der junge Mann seinen größten Hunger gestillt hatte, begann Wilhelm Penk behutsam mit der Befragung.

„Wie heißt du denn?" – „T-toni", kam es nach einer Weile.

„Und weiter? Dein Nachname?" – Toni glotzte ihn nur verständnislos an.

„Hast du denn keinen Vater, keine Mutter? Oder Geschwister?" Toni schüttelte den Kopf. „A-alle t-tot", stotterte er schließlich.

Der Polizeidiener unternahm einen neuen Versuch: „Wo warst du denn früher? Erinnerst du dich, wo du aufgewachsen bist?"

Toni überlegte eine Weile. „I-im W-wald", sagte er dann. Mehr war beim besten Willen nicht aus ihm herauszubringen.

Wilhelm Penk zögerte. Nach Lage der Dinge hätte er eigentlich einen Antrag auf Einweisung in die Goddelauer Anstalt für geistig Behinderte stellen müssen, dem wahrscheinlich ohne Weiteres stattgegeben worden wäre. Aber er wusste, wie man dort mit den Insassen umsprang. Das wollte er dem Jungen nun doch nicht antun. Solange er friedlich blieb und niemanden belästigte, konnte er vorerst in Ginsheim bleiben. Vielleicht würde ja irgendwann einmal eine Vermisstenmeldung auftauchen.

Ein paar Tage später sah Toni zu, wie der alte Fischer Traupel seine Netze flickte. „Was stehst du da rum und gaffst? Komm lieber her und hilf mir", sagte Adam Traupel. Er zeigte dem Jungen, wie man ein Netz ordentlich aufrollt.

Von da an war Toni regelmäßig bei dem Fischer. Adam Traupel nahm ihn bald auch in seinem Nachen mit, wenn er auf Fang ging. Er räumte einen Platz in seinem Schuppen frei, wo Toni nachts schlafen konnte.

„Auf den Toni lasse ich nichts kommen", erzählte Traupel in seiner Kneipe. „Gut, man kann nicht besonders viel mit ihm reden. Aber er ist sehr geschickt mit den Netzen, Reusen und Angeln. Er hat ein Auge für gute Fangplätze und kann den größten Hecht im Handumdrehen ausnehmen."

Ein halbes Jahr später wurde Adam Traupel ziemlich krank. Der Arzt stellte eine Lungenentzündung fest. „Herr Doktor, ich spüre, dass es zu Ende geht", krächzte der Alte unter Hustenanfällen. „Mein Häuschen bekommen die Kinder, die werden es sicher schnell verkaufen. Aber meinen Kahn und meine Ausrüstung soll der Toni haben. Gell, Sie kümmern sich drum?"

Der Arzt versprach es.

Dann starb der alte Fischer, und Toni war für eine Weile verschwunden. Nach ein paar Wochen tauchte er wieder im Ort auf und holte wie früher seine Almosen ab. Später fand man heraus, dass er sich – geschützt vom Auwald auf der anderen Schwarzbach-Seite – aus Ästen, Schilf und allerlei Treibgut eine einfache Hütte gebaut hatte. Von nun an hauste er dort, einsam und scheu wie eine verwilderte Katze. Er ging mit dem Nachen und den Netzen des alten Traupel auf Fischfang – und was er nicht selbst verzehrte, bot er den Leuten im Ort im Tausch gegen andere Lebensmittel an. Wenn er einen besonders guten Fang gemacht hatte, fuhr er auch schon mal mit seinem Kahn bis nach Mainz und verkaufte seine Beute beim Fischtor am Rande des Wochenmarkts.

Jetzt führte Toni den Wirt zu seinem Nachen am Ufer. Darinnen lag ein gut anderthalb Meter langer schuppenloser Fisch mit einem breiten, flachen Kopf und langen Bartgranteln am Maul.

„Ja um Himmels willen, was ist denn das?", fragte Krug, der so ein Tier noch nie gesehen hatte. „Hast du einen jungen Walfisch gefangen? Wo schwimmt denn so was rum?"

„Da u-unten", sagte Toni und zeigte in Richtung Altrheinmündung. „G-guter Fisch. W-werden vie-viele L-leute satt."

„Wenn man den überhaupt essen kann. – Sag mal, Toni", wunderte sich der Wirt, „wie hast du den denn erwischt? Der zerreißt doch glatt jedes Netz, und mit einer Angel geht es doch erst recht nicht."

„D-damit." Toni bückte sich ins Boot und brachte eine altertümliche Harpune zum Vorschein.

„Ja Toni, wo hast du denn dieses gefährliche Ding her?"

„Ge-gekauft ... in M-m-mainz", war die Antwort. „W-willst du den F-fisch haben?"

Christoph Krug überlegte einen Moment. Seinen Stammgästen konnte er das Ungetüm kaum vorsetzen; er wusste auch gar nicht, wie er es zubereiten sollte. Vielleicht hatte seine Tochter eine Idee. Vielleicht könnte er es auch präparieren lassen und zur Dekoration über die Theke in der Gaststube hängen.

„Na schön, Toni, bring ihn in meinen Keller. Ich gebe dir eine Mark dafür."

Toni strahlte. Scheinbar mühelos hob er das schwere Tier aus dem Nachen und folgte dem Wirt durch das enge Postgässchen bis zum Gasthof.

Mittwoch, 28. März 2012

„Haben wir etwas falsch gemacht? Was hätten wir anders machen können? Und vor allem: Wie soll es jetzt weitergehen?" – Harald Jacobi, der diese Fragen stellte, saß mit drei seiner engsten Weggefährten in der winzigen Müllerstube der wiedererstandenen Rheinschiffsmühle. Die kleine Kammer diente im historischen Vorbild den Müllern, die oft rund um die Uhr im Einsatz waren, zur Erholung während der kurzen Arbeitspausen. Jetzt war sie zu einem provisorischen Besprechungsraum umfunktioniert worden. Zwei Männer saßen auf der Bettkante einer einfachen Pritsche, die beiden anderen auf wackligen Stühlen. Ein kleiner Holztisch komplettierte die spärliche Ausstattung.

Die vier waren zusammengekommen, um ein Problem zu diskutieren, das möglicherweise für die junge Museumsmühle zur existenziellen Bedrohung werden konnte.

„Seit einem halben Jahr liegt unsere Schiffsmühle nun hier an diesem Platz, und von außen sieht es aus, als würde sie einfach nur vor sich hin dümpeln", fuhr Jacobi fort. „Wir wissen natürlich, dass das nicht stimmt. Ihr, meine lieben Freunde, habt zusammen mit vielen anderen ehrenamtlichen Helfern in kurzer Zeit Beachtliches geleistet. Der Maschinenpark ist fast komplett, alles steht am richtigen Platz und einige Geräte sind schon jetzt betriebsbereit. Nur – bis zur Stunde bewegt sich nichts. Und was schlimmer ist: In absehbarer Zeit wird sich auch nichts bewegen, denn wir wissen inzwischen, dass die Strömung hier am Liegeplatz bei Weitem nicht ausreicht, um auch nur einen Teil der Maschinen ans Laufen zu bringen."

„Ich habe ja gleich gesagt, ein Liegeplatz an einer Krippe vor der Nonnenau wäre günstiger gewesen – dort, wo früher die Schiffsmühlen lagen", ließ sich Rainer Kramer vernehmen. Er hatte sich im Rahmen des Projekts intensiv mit der Geschichte der Ginsheimer Rheinmühlen beschäftigt.

„Rainer, das führt doch zu nichts. Du weißt doch genau, dass wir dafür niemals eine Genehmigung bekommen hätten. Wir wären ein Hindernis für die Schifffahrt – genau wie die Mühlen im 19. Jahrhundert. Abgesehen davon gibt es auf der Insel keinerlei Infrastruktur für unsere Besucher. Keine Zufahrt, kein Parkplatz, die Stelle ist nur über eine Fähre und einen längeren Fußweg zu erreichen."

„Immerhin, das flussseitige Wasserrad dreht sich ja bei normalem Wasserstand ganz ordentlich", sagte Hubert Kunert und zeigte zum Fenster, wo alle paar Sekunden der Schatten einer Radschaufel vorbei huschte. „Wir haben auch schon mit Erfolg das komplette Getriebe eingekuppelt – allerdings nur im Leerlauf. Sobald wir eine Maschine anschließen ..." Er zuckte die Achseln.

„Das reicht einfach nicht, Hubert", entgegnete Harald Jacobi. „Das flussseitige Wasserrad ist vom Ufer aus nicht zu sehen. Wenn sich wenigstens das landseitige Wasserrad drehen würde – aber in Ufernähe haben wir ja praktisch gar keine Strömung. Die Leute gehen vorbei und denken, hier tut sich nichts."

Hasso Hochland, emeritierter Professor für Maschinenbau, tippte ein paar Zahlen in sein Notebook. „Wir sind bei der Planung von einer Fließgeschwindigkeit von mindestens einem Meter pro Sekunde ausgegangen. Auf der Steuerbordseite erreichen wir die auch knapp. Bei der Geometrie der Schaufelräder ergibt dies ein maximales Drehmoment von 6.000 Newtonmeter, das heißt im Idealfall, also ohne Reibungsverluste, eine theoretische Leistung von rund sechs Kilowatt ..."

„Entschuldige, Hasso, deine Theorie in allen Ehren, aber die Praxis zeigt doch: Es reicht hinten und vorne nicht", unterbrach ihn Jacobi. „Lass uns lieber überlegen, welche Alternativen wir haben. Wir müssen handeln, und zwar bald. Die Besucher wollen *Äkschen* erleben – andernfalls bleiben sie fern. Eine Mühle muss rumpeln, klappern, Räder müssen sich drehen und Treibriemen müssen schnurren. Wie kriegen wir das hin?"

Hubert Kunert, der begnadete Techniker und Pragmatiker, meldete sich zu Wort. „So wie die Dinge liegen, werden wir nicht umhinkommen, ein bisschen zu schummeln. Das heißt, wir müssen die fehlende Wasserkraft durch Elektromotoren ersetzen. Die könnte man durchaus so versteckt einbauen, dass man sie nicht wahrnimmt. Es wäre sinnvoll, die einzelnen Gerätegruppen mit separaten Motoren auszustatten. Man kann sie dann im Rahmen einer Führung nach Belieben ein- und ausschalten. Ein weiterer Motor könnte auch das landseitige Wasserrad zumindest tagsüber in Bewegung halten und so die Neugier der Spaziergänger wecken."

„Klingt genial – aber wo kriegen wir den Strom her?", wandte Jacobi ein. „Wir sind ja mehr als einen Kilometer vom nächsten Trafohäuschen entfernt. Über diese Strecke ein Erdkabel zu verlegen – das ist jenseits unserer finanziellen Möglichkeiten."

„Wir haben doch den Dieselgenerator", wandte Kramer ein.

„Den kannst du vergessen. Damit können wir Handwerker gerade mal unsere Bohrmaschine und eine Kreissäge betreiben, dann ist Schluss. – Ich hab's mal überschlagen", fuhr Kunert fort. „Bei vier Motoren brauchen wir rund 16 Kilowatt Leistung. Wenn wir schon Kabel im Schiff verlegen müssen, sollten wir auch gleich eine vernünftige Beleuchtung einplanen. Etwas Reserve oben drauf, und wir landen bei 30 Kilowatt. Ein Dieselgenerator mit dieser Leistung wäre viel zu groß, zu laut, im Betrieb zu teuer. Und stinken tut er auch. Das passt einfach nicht in unser Konzept."

„Also doch eine eigene Stromleitung", seufzte Jacobi. „Ich werde mal einen Kostenvoranschlag einholen. Die werden denken, der Jacobi hat aber eine lange Leitung."

„Vielleicht muss die Leitung ja gar nicht so lang sein, wie du glaubst", schmunzelte Hubert Kunert. „Die nächstgelegene Einrichtung mit Stromanschluss ist die Pumpstation des Abwasserverbands am Hochwasserdeich. Das sind nur rund 500 Meter. Wenn die bereit wären, uns über einen Unterzähler anzuschließen, käme das wahrscheinlich deutlich günstiger."

Jacobi war sofort Feuer und Flamme. „Ich rufe gleich morgen bei denen an. Ich kenne da jemanden ..."

Harald Jacobi kannte bei jeder Behörde und jeder öffentlichen Einrichtung jemanden, was oft außerordentlich hilfreich war.

„Darauf müssen wir anstoßen." Rainer Kramer zog unter der Pritsche, auf der er saß, einen Bierkasten hervor und öffnete eine Flasche Eichbaum Pils. „Das Bier ist warm", stellte er fest. „Wenn wir Strom haben, möchte ich, dass wir auch einen Kühlschrank bekommen."

„Sollst du haben", versprach Jacobi großzügig und nahm sich auch eine Flasche. „In zwei bis drei Monaten ist es so weit." Er ahnte nicht im Geringsten, wie sehr er sich täuschte.

Auch der Professor genehmigte sich ein Bier. „Ich hatte neulich einen Besucher, der hat mich allen Ernstes gefragt, warum wir hier in der Mühle keinen Strom erzeugen und ins Netz einspeisen. Er dachte wohl, wir könnten ganz Ginsheim mit Elektrizität versorgen. Die Diskussion um erneuerbare Energien weckt bei einigen Leuten anscheinend völlig überzogene Erwartungen."

„Wenn der erfährt, dass wir selbst Strom brauchen ..." Plötzlich musste Jacobi laut lachen. Die anderen sahen ihn verwundert an.

„Harald, was ist denn?"

„Ich hatte doch kürzlich Besuch von einem Reporter." Er kramte in seinen Unterlagen und zog eine Zeitungsseite hervor „Letzte Woche ist sein Bericht in der Sonntagsausgabe der FAZ erschienen. Hier, schaut mal." Er ließ das Blatt rundgehen.

Der junge Journalist hatte einen wohlwollenden und sachlich einigermaßen korrekten Artikel verfasst. Eine ganze Seite hatte die Redaktion der Schiffsmühle gewidmet, geschmückt mit vielen Farbfotos. Als Überschrift stand da in dicken Lettern: *Mahlen mit der Kraft des Stromes.*[9]

„Das bekommt jetzt eine völlig neue Bedeutung", lachte Jacobi.

---

[9] vgl. Thomas 2011.

Freitag, 2. September 1898

In der kleinen Gaststube der Wirtschaft *Zur Post* wurde es allmählich voll. Wie jeden Freitagabend fanden sich nach und nach die Müller zu ihrem wöchentlichen Dämmerschoppen ein, sofern sie nicht eine Nachtschicht auf ihrer Mühle verbringen mussten. Für sie war der große runde Tisch in der Ecke gegenüber der Theke reserviert.

An der Wand hing ein buntes Wappenschild. Es zeigte zwei Löwen, die ein großes Zahnrad hielten, dahinter Zirkel, Winkel und Lot, Getreideähren und das Motto *Glück zu!* [10] Links und rechts davon waren verschiedene Photographien von Rheinmühlen und deren Besitzern angebracht sowie ein monumentales Ölgemälde, das eine Schiffsmühle inmitten einer idyllischen Flusslandschaft darstellte.

Ein halbes Dutzend kleinerer Tische füllte den Rest des Raumes; vier waren besetzt. Tabakrauch hing in der Luft, der Duft von Sauerkraut zog aus der Küche.

„Glück zu allerseits!" Peter Guthmann war eingetreten und begrüßte seine Kollegen Richard Maus, Heinrich Schäfer und Friedrich Fischer, die bereits am Stammtisch Platz genommen hatten. „Christoph, bring mal einen Bembel und eine ordentliche Portion Spundekäs'."

„Für mich bitte noch einen Rheingauer", rief Richard Maus.

Christoph Krug, der Wirt, stand hinterm Tresen und schenkte ein. Früher hatte er selbst eine Schiffsmühle besessen, aber als diese im strengen Winter 1879/80 von den Eismassen zerdrückt worden war, hatte er aufgegeben und die kleine Gastwirtschaft übernommen. Zu dieser Zeit lief das Geschäft recht gut, denn die vielen Bauern, die aus dem ganzen Ried ihre Ernte nach Ginsheim brachten, mussten verköstigt und auch für einen oder zwei Tage beherbergt werden, bis sie das angelieferte Getreide in Form von Mehl wieder mit nach Hause nehmen konnten. Seit-

---

[10] *Zur Interpretation des Müllerwappens: siehe „Müllerwappen" (als pdf-Download) unten in den „Mühleninfos" auf* www.windmuehle-bederkesa.de

dem der Handel mit Getreide und Mehl aber zunehmend über Kommissionäre abgewickelt wurde, war diese Kundschaft weniger geworden. Christoph Krug war froh, dass ihm wenigstens die einheimischen Stammgäste treu geblieben waren.

Natürlich drehten sich die Gespräche an diesem Abend vor allem um den gestrandeten holländischen Dampfer und die Folgen für die betroffenen Mühlen.

„Man muss sich das mal vorstellen – zwei Mühlen waren zwei volle Tage stillgelegt", schimpfte Peter Guthmann. „Als der Dampfer gestern endlich weg war, haben wir bis zum Abend gebraucht, um alles wieder ans Laufen zu kriegen. Ihr wisst ja, wie das ist, wenn eine Mühle längere Zeit stillsteht."

Die anderen nickten verständnisvoll. Ein jeder von ihnen hatte schon erlebt, dass es nach längeren Betriebspausen allerlei Anlaufschwierigkeiten gab. Transmissionsriemen rutschten durch oder fielen herab, Zahnräder mussten neu justiert und geschmiert werden. Oder die Geräte mussten gründlich gereinigt werden, weil sich Rückstände festgesetzt hatten und den Antrieb blockierten. Am besten war es, eine Mühle ständig am Laufen zu halten, auch wenn gerade mal kein Mehl produziert wurde.

„Die Dampfschiffe sind an allem schuld", meldete sich eine brüchige Greisenstimme vom Nachbartisch. „1838 hat alles angefangen, als bei Trebur der Steindamm gebaut wurde. Alles nur, damit die Dampfer möglichst schnell vorwärtskommen."

Hermann Guthmann, der Vater von Peter, war bereits über achtzig und schon lange im Ruhestand. Dennoch nahm er weiterhin regen Anteil an allen Geschehnissen im Dorf. Freitags war er fast regelmäßig in der *Post* anzutreffen, um sich auf dem neuesten Stand zu halten.

„Ist gut, Vater, das wissen wir ja alles", sagte Peter Guthmann.

Doch der Alte ließ sich nicht beirren. „Nein, ihr Jungen wisst das eben nicht mehr. Als ich ein junger Bursch war, lagen noch fünfzehn Mühlen direkt hier vorm Ort. In ganz Ginsheim hat man das Klappern gehört. Die Bauern konnten mit ihren Fuhrwerken bis an die Mühlen fahren und ihre Säcke abladen. Als der Steindamm fertig war, gab es im Altrhein keine Strömung mehr, und die Schiffsmühlen wurden auf die Nonnenau verlegt. Und seitdem muss jeder Sack mit dem Nachen rübergeschafft werden."

„Ja, Vater, das hast du uns schon hundert Mal erzählt", unterbrach ihn der Sohn. Den Worten folgte ein längerer heftiger Hustenanfall.

„Peter, dein Husten ist aber auch nicht besser geworden", bemerkte Heiner Schäfer mitfühlend.

„Der wird auch nicht mehr besser", röchelte Guthmann. „Der Arzt sagt, es kommt vom Mehlstaub. Berufskrankheit. Ich sollte lieber was anderes machen. Aber ich hab' nun mal Müller gelernt. Was soll ich sonst machen?"

„Glück zu, Männer!" Inzwischen war auch Georg Stahl eingetroffen und nahm am Stammtisch Platz. „Schönen Gruß vom Karl, er bleibt über Nacht draußen. Wir haben Nachholbedarf durch den zweitägigen Ausfall und müssen unseren Auftrag erfüllen."

Richard Maus meldete sich: „Zum Glück konnte ich ja zehn Malter von euch übernehmen, weil ich zufällig Kapazitäten freihatte."

„Zufällig?", lachte Friedrich Fischer höhnisch. „Auf deiner Mühle ist doch seit Wochen kaum noch was los. Möcht' wissen, wie du überhaupt über die Runden kommst."

„Das lass mal meine Sorge sein, Fritz", gab Maus zurück. „Vom Geschäft verstehe ich mehr als du."

„Ach, sei doch still, du Großmaul!" Fischer wurde wütend. „Dein Vater war noch von anderem Schrot und Korn. Aber seit du die Mühle übernommen hast, geht's bergab. Ich sehe doch, was nebenan vorgeht."

Die Mühle von Richard Maus senior war 1883 nach Ginsheim verlegt worden, als die letzten Mainzer Rheinmühlen dem Bau einer Straßenbrücke und einer Dampferanlegestelle weichen mussten. Seitdem ankerte sie direkt neben der Mühle von Fischer und seinem Kompagnon auf der Flussseite. Vor einem Jahr war der Senior verstorben, und sein Sohn hatte das Geschäft übernommen. Der junge Maus war nicht sonderlich beliebt in der Runde; er galt als angeberisch und unzuverlässig.

Der Streit zwischen Maus und Fischer hätte leicht eskalieren können, wenn sich nicht in diesem Moment die Tür zum Gastraum geöffnet hätte und zwei Personen erschienen wären, bei deren Anblick schlagartig alle Gespräche verstummten.

Kapitän Frans Kamies betrat den Raum, nickte den Anwesenden kurz zu und begab sich schnurstracks zum Tresen. In seiner Begleitung befand sich der dunkelhäutige Niklas.

Der Kapitän war zweifellos eine imposante Erscheinung: Hoch gewachsen, mit braun gebranntem Gesicht, stahlblauen Augen und einem leicht arroganten Zug um die Mundwinkel. Die blaue Kapitänsuniform stand ihm ausgezeichnet. Unter der Mütze schaute dichtes, leicht gewelltes blondes Haar mit einem Stich ins Rötliche hervor. Die Gegenwart des schwarzen Matrosen erhöhte noch den exotischen Reiz seines Auftritts.

„Der traut sich was", flüsterte Guthmann. „Seinen Utschebebbes hat er auch mitgebracht."

Hinterm Tresen spülte Christoph Krug seine Gläser und ließ den Fremden erst mal warten. Schließlich blickte er auf. „Sie wünschen?"

„Herr Wirt, ich benötige Proviant für meine Mannschaft. Wir liegen hier seit Tagen fest, und unsere Vorräte gehen zur Neige. Was können Sie uns anbieten?"

In der eben noch lauten Gaststube hätte man eine Stecknadel fallen hören können. Der Wirt schaute zum Müllertisch hinüber und registrierte die überwiegend feindseligen Blicke seiner Stammgäste. Mit ihnen durfte er es sich auf keinen Fall verderben.

„Tut mir leid, mein Herr. Wir sind nur ein kleines Gasthaus und haben nur einen beschränkten Vorrat an Speisen für unsere Hausgäste. Gehen Sie doch zum Metzger oder Bäcker."

„Da waren wir schon", antwortete der Kapitän. „Beim Metzger Kröll haben wir nichts bekommen, obwohl die ganze Theke voller Wurst und Fleisch lag. Angeblich alles vorbestellt. Beim Bäcker Kraft war es genauso." Sein Ton wurde eine Spur schärfer. „Da steckt doch System dahinter. Wollt ihr uns verhungern lassen?"

Fritz Fischer hielt es nicht mehr auf seinem Platz. Der hagere Müller war für seine cholerischen Ausfälle bekannt. Er konnte, wenn er in Rage war, saugrob und beleidigend sein. Sein Zorn war allerdings meistens schnell verraucht, und hinterher entschuldigte er sich sogar hin und wieder bei seinen Opfern.

Fischer lief zum Tresen und baute sich vor dem Kapitän auf. „Jetzt hören Sie mal zu, Sie aufgeblasener holländischer Süßwasser-Admiral", polterte er los. „Was Hunger ist, das wissen wir Müller besser. Ihr mit euren Dampfschiffen macht doch schon seit Jahren unsere Existenz kaputt. Eine Mühle nach der anderen ist verschwunden, weil die Schifffahrt angeblich Vorrang hat. Früher konnte eine Schiffsmühle drei Familien ernähren, heute muss man froh sein, wenn eine satt wird. So sieht's aus!"

Frans Kamies überhörte die Beleidigungen, wich aber keinen Zentimeter von der Stelle. Der schwarze Niklas hatte sein obligatorisches Grinsen abgelegt, trat einen Schritt näher an Fischer heran und blickte grimmig drein.

Der Kapitän schaute dem Müller fest in die Augen. „Es tut mir leid, aber dafür kann ich nichts", sagte er ruhig. „Beschwert euch bei eurer Regierung, die die Mannheimer Rheinschifffahrtsakte unterzeichnet hat. Ich erfülle auf dem Rhein nur die Pflichten meines Berufes, genau wie Sie auch."

Nun sprang auch Georg Stahl auf. Es war an der Zeit, einzuschreiten, bevor es zu einer Schlägerei kam.

„Schluss jetzt", rief er und stellte sich zwischen die Streithähne. „Fritz, der Mann ist nicht persönlich verantwortlich für das, was sie mit uns machen. Solange er und seine Mannschaft hier sind, werden wir sie mit Respekt behandeln."

Stahl war als Sprecher der Müllerzunft[11] allgemein anerkannt. Jeder kannte und schätzte seinen selbstlosen Einsatz für die Belange des Berufsstandes, seinen Gerechtigkeitssinn und seinen Weitblick. Trotzdem war Fritz Fischer noch nicht bereit, klein beizugeben. Er wollte gerade zu einer Entgegnung ansetzen, als sich erneut die Tür öffnete und eine Frau hereinkam, die sofort alle Blicke auf sich zog.

---

[11] *Die Zünfte waren 1898 natürlich längst abgeschafft, doch die alten Rituale und das Standesbewusstsein der Handwerker lebten weiter. In diesem Sinne ist hier und im folgenden der Begriff „Müllerzunft" gemeint.*

Es kam nicht oft vor, dass eine Frau ohne Begleitung das Wirtshaus betrat. Aber die Gattin von Heiner Schäfer hatte eine Nachricht für ihren Mann zu überbringen.

Margarethe Schäfer war eine Frau von stiller, unaufdringlicher Schönheit. Ihr Gesicht war ebenmäßig, mit ausdruckstarken Augen und einem sinnlichen Mund. Sie hatte eine sanfte, wohlklingende Stimme und ein gewinnendes Lächeln für jedermann. Die brünetten Haare waren hochgesteckt. Sie war schlank und bewegte sich geschmeidig wie eine Katze. Die Männer reckten die Hälse, als sie durch den Raum schritt und auf den Stammtisch der Müller zuging.

Richard Maus, der schon vor seinem dritten Schoppen saß, stand auf und machte eine alberne Verbeugung. „Recht schönen guten Abend, Frau Schäfer, treten Sie ruhig näher und schauen Sie sich um. Der ganze Saal voller schöner Männer – Sie haben die freie Auswahl. Ihren eigenen Mann kennen Sie ja schon.“

Marga Schäfer beachtete ihn gar nicht. Seine ständigen Anzüglichkeiten waren ihr seit Längerem zuwider. Aber Heinrich Schäfer war wütend aufgesprungen: „Halt dein freches Maul, oder es setzt was“, rief er heftig.

Fast sah es so aus, als würde sich in der kleinen Gaststube der nächste Konflikt anbahnen. Doch Margarethe nahm ihren Mann lächelnd am Arm und sagte mit ruhiger Stimme: „Lass ihn doch reden, Heiner. Was kümmert es die Eiche, wenn sich die Sau an ihr reibt.“

„Bravo, gut gegeben“, lachte Peter Guthmann. Das Gelächter sprang sogleich auf die Nachbartische über. Richard Maus setzte sich mit einem belämmerten Gesicht wieder auf seinen Platz.

„Na, Marga, was gibt's denn?“, fragte Heiner Schäfer.

„Der Jean lässt ausrichten, dass er den Treibriemen für den Schrotwalzenstuhl nicht mehr flicken konnte. Er wird aber gleich morgen früh auf der Gustavsburg[12] einen neuen besorgen.“

---

[12] *Der heutige Stadtteil Gustavsburg (von Einheimischen immer noch „die Gustavsburg“ genannt) der Stadt Ginsheim-Gustavsburg war damals eine junge Industrieansiedlung mit einem Montageplatz für Stahlbrücken, einem Hafen und einer kleinen Werft.*

„Das sind schlechte Nachrichten, Marga. Hätte das nicht Zeit gehabt, bis ich nach Hause komme?"

„Er meint halt, wenn es heute Abend bei dir etwas später wird, wäre das nicht so schlimm, denn vor zehn Uhr geht es morgen früh nicht weiter."

„Siehst du, der Bursche denkt mit", schmunzelte ihr Mann. „Heute könnte es hier in der Tat noch lustig werden. Die da vorne sorgen für Stimmung." Er machte eine Kopfbewegung zur Theke hin.

Frau Schäfer schaute in die Richtung, wo die beiden Schiffer, die beiden Müller und der Wirt noch immer eng beieinander standen. Plötzlich erstarrte sie. Sie riss die Augen weit auf; ihr Mund stand offen.

„Marga, was ist denn?", fragte ihr Mann besorgt.

Statt einer Antwort machte Margarethe auf dem Absatz kehrt und lief mit raschen Schritten zur Tür.

„Was hat sie denn?", fragte Guthmann verwundert. „Hat die noch nie einen Utschebebbes gesehen?"

„Marga, warte doch!" Heinrich Schäfer hastete seiner Frau hinterher. „Was ist denn los?"

Aber Marga Schäfer rannte bereits die dämmrige Hauptstraße hinunter, als wäre der Leibhaftige hinter ihr her. Kopfschüttelnd kehrte der Müller ins Lokal zurück.

Peter Guthmann sagte nur ein Wort: „Weiber ..."

Unterdessen nahm die Diskussion der Männer am Tresen ihren Fortgang – nun jedoch etwas ruhiger und sachlicher als zuvor. Schließlich zog Georg Stahl den Schlussstrich. „Niemand soll uns nachsagen können, dass man in Ginsheim die Gesetze der Gastfreundschaft verletzt. Christoph, sieh nach, was du noch übrig hast."

„Schöner Gast! Schöner Freund!", brummelte Fritz Fischer noch, als er zu seinem Platz zurückkehrte.

Christoph Krug zündete eine Petroleumlampe an. „Kommen Sie bitte mit."

Der Kapitän und sein Matrose folgten ihm durch die Küche und stiegen eine steile Treppe zum Keller hinab.

Im Keller war es feucht und erstaunlich kühl. Der Wirt leuchtete mit seiner Lampe den Raum aus. Auf einer gefliesten Bank lag ein riesiger Fisch.

„Ah, ein Wels!", staunte der Kapitän, „*een lekkere vis*." Er bückte sich und schaute in die Kiemen. „Frisch ist er ja. Davon können meine Männer zwei Tage lang essen. Adrianus wird ihn in einem Sud aus Essig und Zwiebeln zubereiten."

Christoph Krug war überrascht, dass der Holländer Interesse an dem Fisch zeigte. „Ich habe auch den passenden Wein dazu", verkündete er und leuchtete auf die andere Seite. In einem Regal lag ein kleines Holzfass.

„Niersteiner Silvaner – ein edles Tröpfchen. Das Fass ist noch gut gefüllt – mindestens 15 Liter." – Er verschwieg, dass das Fässchen schon seit geraumer Zeit hier lagerte, weil seine Stammgäste die mit Süßreserve geschönte Plörre nicht mochten. Aber die Holländer soffen ja bekanntlich alles.

„Nun, der Wein wird meine Mannschaft hoffentlich wieder etwas aufmuntern. Nach fast vier Tagen Stillstand wird es den Männern langweilig. Was bin ich Ihnen schuldig?"

„Sagen wir 15 Mark für den Fisch und 15 für den Wein."

„Sie sind ein Halsabschneider, Herr Wirt. Aber ich fürchte, ich habe keine andere Wahl", erwiderte Kamies.

„Also gut, 20 Mark für alles." Krug bekam jetzt doch ein schlechtes Gewissen. „Hier, das Säckchen mit den Zwiebeln gebe ich Ihnen noch dazu. Und wenn Sie mir das leere Fässchen wieder bringen, kriegen Sie noch zwei Mark Pfand zurück."

„In Ordnung. Niklas, bring das Zeug hinaus." Der Kapitän stieg mit Christoph Krug wieder nach oben und zählte die Münzen auf den Tresen.

Dann ging Frans Kamies zum Stammtisch der Müller hinüber. „Heute Nachmittag haben wir unsere Ersatzteile in Mainz abgeholt. Morgen früh wird die Maschine repariert, und spätestens in 24 Stunden seid ihr uns los. Glück zu, meine Herren!" – Er legte die Hand an die Mütze und ging zur Tür. Niklas hatte den Wein und den Fisch bereits auf die mitgebrachte Sackkarre geladen. Zusammen verschwanden sie Richtung Altrhein.

Es dauerte eine Weile, bis sich nach dem Abgang des Kapitäns die Gemüter wieder beruhigten. Schließlich aber kehrten die Männer am Stammtisch zu ihren alltäglichen Gesprächsthemen zurück.

„Wenn wir ehrlich sind – es sind nicht nur die Raddampfer, die uns Ärger bereiten", sagte Georg Stahl. „Schlimmer ist eigentlich, dass es ringsum immer mehr dampfgetriebene Mühlen gibt, die uns Konkurrenz machen. Die sind nicht ans Wasser gebunden und natürlich für die Lieferanten viel leichter zu erreichen als wir da draußen. Vor allem aber sind sie einfach moderner ausgerüstet. Heutzutage erwarten die Kunden vom Müller, dass er zunächst mal die Getreidereinigung übernimmt, bevor es ans Mahlen geht. Aber keiner von uns hat die notwendigen Maschinen dafür."

„Noch nicht – aber ich werde demnächst eine Reinigungskette einbauen lassen", verkündete Richard Maus stolz. „Ich habe bereits ein Angebot der Firma Bühler vorliegen."

„Du? Wo willst denn ausgerechnet du das Geld dafür hernehmen?", fragte Fritz Fischer zweifelnd. „Auch noch von Bühler – die Maschinen sind ja alles andere als billig."

„Aber es sind die besten! – Du vergisst, dass ich noch einen Kompagnon habe. Der Ariel Becker hat die Zeichen der Zeit durchaus erkannt und ist bereit, in die neue Technik zu investieren."

In der Tat besaß Richard Maus nur die Hälfte seiner Mühle; die andere Hälfte gehörte einem Mainzer Kaufmann, der als stiller Teilhaber auf eine anständige Rendite spekulierte.

„Für solche Maschinen braucht man vor allem viel Platz. Den haben wir auf unseren Schiffen gar nicht", meinte Guthmann.

„Das stimmt allerdings", antwortete Georg. „Deshalb müssen wir als erstes unsere alten Holzkähne ersetzen – und zwar durch große Eisenschiffe, mindestens 20 Meter lang und mit einer hohen Bordwand. Dann können uns auch die Wellen nichts mehr anhaben. Auf so einen Rumpf aus Eisen passt dann ein Mühlenhaus mit mehreren Stockwerken. Da ist Platz genug für die Reinigungsgeräte, zwei bis drei Walzenstühle und die modernen Siebvorrichtungen. Außerdem braucht man zwischen den Maschinen ein automatisches Transportsystem, also Becherwerke, Förderschnecken und Schurren. Damit wir nicht nach jedem Arbeitsgang alles wieder in Säcke schaufeln und zur nächsten Maschine schleppen müssen."

„Du träumst, Schorsch", sagte Heiner Schäfer. „So was kann man alles in eine Dampfmühle einbauen, vielleicht auch in eine Bachmühle, aber auf einem Schiff? Das wird niemals funktionieren."

„Wieso eigentlich nicht? Wenn man es nicht versucht, weiß man nicht, ob es möglich ist", erwiderte Stahl.

„Ja, ja – wir kennen alle deinen Lieblingsspruch", meinte Fischer. „Aber selbst wenn – wie willst du denn das alles finanzieren? Keine Bank gibt heute mehr einem Schiffsmüller einen Kredit."

„Jedenfalls haben es andere anscheinend schon geschafft. In Gernsheim soll es so eine moderne Schiffsmühle geben – sie gehört zwei Brüdern, den Doffleins. Der Karl und ich wollen sie demnächst mal besuchen und uns das anschauen."

Jetzt mischte sich ein Gast vom Nachbartisch in das Gespräch ein, den in Ginsheim alle nur den *Seemann* nannten.

„Wenn man euch so zuhört ... Ihr habt ja keine Ahnung, was draußen in der Welt vorgeht. Ihr sitzt hier in diesem armseligen Nest auf euren veralteten Mühlen, die seit Jahren keinen Gewinn mehr abwerfen, und bemitleidet euch selbst. In Afrika, in den Kolonien, da liegt die Zukunft! Da herrscht Aufbruchstimmung! Deutsch-Südwest zum Beispiel – da kann jeder in ein paar Jahren zum Millionär werden!"

Helmut Reiss war mit sechzehn Jahren von zu Hause weggelaufen, hatte sich nach Bremen durchgeschlagen und als blinder Passagier auf einen Überseedampfer geschlichen. Als man ihn nach drei Tagen entdeckte, musste er in der Kombüse aushelfen. Er stellte sich dabei so geschickt an, dass er für die Rückreise ganz offiziell als Schiffsjunge angeheuert wurde. Seitdem fuhr er regelmäßig zur See und kam nur alle paar Jahre in seinem Heimatort zurück. Er erzählte dann wilde Geschichten aus fernen

Ländern, von denen die Ginsheimer höchstens die Hälfte glaubten – und auch das war wahrscheinlich schon zu viel.

„Ja, sollen wir jetzt alle nach Afrika auswandern? Sollen wir mitten in der Wüste eine Schiffsmühle betreiben?", fragte Fischer spöttisch.

„Ich sage euch nur – tüchtige Handwerker sind dort jederzeit willkommen. Auch Müller! Und in kürzester Zeit werdet ihr reich!"

„Das wäre vielleicht eine Chance, noch mal ganz von vorne anzufangen und etwas richtig Großes aufzubauen", meinte Maus.

„Ja, wie denn jetzt, Richard?", wunderte sich Heinrich Schäfer. „Gerade wolltest du noch deine Mühle modernisieren, und jetzt willst du auf einmal nach Afrika?"

„Ihr habt nichts begriffen. Der Seemann hat schon recht – wir sitzen hier bloß rum und verpassen die Zukunft. Manchmal muss man vielleicht einfach nur völlig neue Wege gehen."

„Übernächsten Donnerstag läuft die *Alexandra Woermann* von Hamburg nach Swakopmund aus", berichtete Reiss. „Ich habe auf dem Schiff angeheuert. Richard, hast du nicht Lust, mitzukommen? Als Seemann taugst du wahrscheinlich nicht viel, aber einen zusätzlichen Heizer im Maschinenraum können die immer gebrauchen."

„Kohle schippen, das würde dem mal guttun. Da müsste er endlich mal richtig schaffen", murmelte Fritz.

„Wie sieht's aus, Richard? Kommst du mit?", fragte der Seemann noch einmal.

„Ich werd's mir überlegen", sagte Richard Maus.

Ein paar Häuser weiter, in der Gastwirtschaft *Reinheimer*, wurde es gegen zehn Uhr abends erst richtig voll. Auch hier drehte sich die Unterhaltung hauptsächlich um den havarierten Dampfer und seine Besatzung.

„Ja, es stimmt, der holländische Kapitän war heute bei mir", erzählte Norbert Kunert, der Schlossermeister. „Er braucht morgen früh Unterstützung bei der Reparatur seiner Maschine."

„Und du hast natürlich zugesagt. Du hilfst einem Schiffer!“,
empörte sich Hennes, der Wirt.

„Was willst du denn? Ich helfe euch doch nur, den möglichst
schnell wieder loszuwerden“, rechtfertigte sich Kunert. Er verschwieg, dass er den Auftrag erst angenommen hatte, nachdem
ihm der Kapitän das Doppelte des üblichen Stundenlohns geboten hatte.

Heinz Stieglitz, der Ruderbursche, der mit seinem Kumpel
Alfred am Nachbartisch beim Bier saß, hatte auch Neuigkeiten
zu berichten. „Heute Mittag sind zwei Matrosen, der lange und
der schwarze, mit dem Ruderboot nach Mainz gefahren. Ich
habe sie gesehen, als sie zurückkamen. Sie hatten zwei Kisten
dabei, die sie an Deck geschafft haben.“

„Das waren wohl die Teile, die wir für die Reparatur brauchen“, vermutete der Schlosser.

Emil, der dritte im Bunde der Ruderburschen, kam in die
Gaststube gestürzt: „Drunten auf dem Dampfer ist vielleicht was
los! Das müsst ihr euch ansehen!“ – Die drei Freunde rannten
hinaus und liefen das kurze Stück hinunter zum Altrhein.

Von Weitem schon waren das Geschrei und das Gelächter der
Männer an Bord des Schleppdampfers zu hören. Die komplette
Besatzung war an Deck und offenbar in bester Stimmung. Zwei
Windlichter beleuchteten eine Ecke im Vorschiff, wo sich die
Mannschaft rund um ein kleines Weinfass räkelte. Am Fahnen-
mast hing auf halber Höhe das ausgekratzte Skelett eines großen
Fisches. Auf einmal fingen die Männer laut an zu singen:

Daar bij die molen[13]
die mooie molen
daar woont het meisje
waar ik zoveel van hou ...

„Mann, die sind ja hackevoll“, stellte Alfred fest.

---

[13] *Bekanntes holländisches Volkslied. Deutsch: „Dort bei der Mühle, der schönen
Mühle, da wohnt das Mädchen, das ich so gerne mag ...“*

Der dicke Heizer war aufgestanden und zur Backbordseite hinübergegangen. Er öffnete seine Hose und erleichterte sich mit einem schier endlosen Strahl über die Bordwand. Das Plätschern war trotz des Lärms an Bord deutlich zu hören.

„Jetzt weiß ich auch, warum man die *Schiffer* nennt", grinste Heinz.

Als Adrianus seine Hose endlich wieder zuknöpfte und sich umdrehte, bemerkte er die drei Burschen am Ufer. „He, ihr da! Kommt rüber und feiert mit uns", rief er ihnen zu und winkte einladend.

„Was meinst du, Alfred, sollen wir ...?", fragte Emil.

„Bist du verrückt? Wir machen uns doch nicht mit den Schiffern gemein. Schon gar nicht mit Holländern! Da könnten wir uns im Ort nicht mehr sehen lassen. Komm, wir gehen zurück zum Hennes."

Drüben an Bord ging das Gegröle weiter:

Daar bij die molen
die mooie molen
daar wil ik wonen
als zij eens wordt mijn vrouw.

Im Gasthaus *Zur Post* war es inzwischen ruhig geworden. Die meisten Gäste waren gegangen, nur Heiner Schäfer und Peter Guthmann saßen noch am runden Tisch und schenkten sich zum wiederholten Mal aus der Schnapsflasche ein. Der alte Guthmann war an seinem Tisch nebenan eingeschlafen. Auch der Wirt döste hinter dem Tresen vor sich hin.

„Du, Peter, hast du mal wieder was vom Nikolaus gehört?", wollte Heinrich wissen. Nikolaus war der älteste Sohn der Guthmanns, der bereits im dritten Jahr als Müllergesell auf Wanderschaft war.

„Gerade letzte Woche ist eine Postkarte gekommen", erzählte Peter. „Er ist jetzt auf einer Windmühle im Hannoverschen. Er schreibt, er hätte dort ein angenehmes Leben. Wenn kein Wind ist, hat er frei."

„Windmühlen – die funktionieren nicht in unserer Gegend", bemerkte Schäfer. „Drüben in Rheinhessen haben sie es ein paar Mal probiert. Alle wurden bald wieder stillgelegt. Wir haben hier einfach zu wenig Wind."

„Das ist ja der große Vorteil unserer Schiffsmühlen. Wir haben immer genug Antrieb – außer vielleicht im Winter, wenn der Rhein zugefroren ist. Nicht umsonst sind früher die Bauern sogar bis vom Odenwald zu uns gekommen, wenn es dort im Sommer zu wenig Wasser in den Bächen gab."

Heinrich Schäfer lag noch ein anderes Thema am Herzen – jetzt, wo er mit Peter Guthmann alleine war. Seine Tochter hatte ihm zwar eine Abfuhr erteilt, aber noch hatte er seine Wunschträume nicht ganz abgeschrieben.

„Du, Peter, wo wir gerade von den Kindern reden – ist dir eigentlich aufgefallen, dass unsere Luzie neuerdings oft bei deinem Gustav zu Besuch ist?"

„Ja, das stimmt wohl", meinte Guthmann abwesend.

„Und – denkst du nicht, da könnte vielleicht was draus werden, mit den beiden?"

Peter sah ihn groß an. „Mein Gustav?", fragte er.

„Ja, Peter."

„Und deine Luzie?"

„Ja, Peter. Wäre das denn so schlimm?"

Statt einer Antwort fing Peter Guthmann unvermittelt an zu lachen. Das Lachen ging nach kurzer Zeit in ein verhaltenes Wimmern über, das von einem erneuten heftigen Hustenanfall abgelöst wurde.

Oh Gott, dachte Heinrich Schäfer, was habe ich denn jetzt angerichtet? – „Entschuldige, Peter, ich wollte dir nicht zu nahe treten", sagte er, als Guthmann endlich wieder Luft bekam. „Ich hab halt nur gedacht ..."

„Ach Heiner, wenn du wüsstest ..." Peter Guthmann fing erneut an zu wimmern; dabei sah er sich scheu im Raum um, ob auch wirklich keine weiteren Zuhörer in der Nähe waren. Der Alkohol löste ihm die Zunge. Er musste ein Geheimnis loswerden, das ihn seit einiger Zeit bedrückte.

„Heiner, ich muss dir jetzt was sagen, was ich noch keinem Menschen erzählt habe. Ich sag's dir, weil du mein Freund bist. Der Gustav – der ist nicht mehr mein Sohn.“

„Um Gottes willen, Peter, sag doch so was nicht“, rief Heiner erschrocken. „Was ist denn passiert?“

Das Wimmern wurde zu einem heftigen Schluchzen. „Wenn ich's nicht mit eigenen Augen gesehen hätte, Heiner ...“ Er putzte sich die Nase.

„Vor vier Wochen hat der Gustav einen Studienkollegen aus Darmstadt mitgebracht – einen jungen Mann in seinem Alter“, erzählte Peter, als er sich wieder einigermaßen gefangen hatte. „Der ist dann übers Wochenende bei uns geblieben. Die beiden sind mit dem Paddelboot zum Steindamm gefahren und waren zusammen schwimmen. Am Sonntag hab ich dann die zwei erwischt ... in unserem Wohnzimmer, ... wie sie sich umarmt und geküsst haben. Die haben sich wirklich geküsst, Heiner“, wiederholte er, als könne er es immer noch nicht fassen. „Männer, die sich küssen – so was Ekelhaftes.“

Heinrich Schäfer war sichtlich geschockt. „Dein Gustav ein warmer Bruder?“, sagte er schließlich. „Ich glaub's nicht!“

„Ich hätt's auch nicht geglaubt, Heiner, wenn ich es nicht mit eigenen Augen gesehen hätte. Ich hab den Kerl natürlich sofort rausgeworfen und dem Gustav gesagt, dass er schleunigst zum Arzt gehen soll. Aber der ist bockig, Heiner. Er sagt, er kann nichts dafür, dass er sich zu Männern hingezogen fühlt, und er will daran auch nichts ändern. Seine Mutter hält ja weiter zu ihm. Die bewundert ihn halt, weil er so schlau ist und studieren kann.“

Die beiden Männer schwiegen eine Weile. Peter Guthmann wimmerte leise vor sich hin. Heinrich Schäfer wollte etwas Tröstliches sagen.

„Schau, Peter, unsere Luzie ist ja auch aus der Art geschlagen. Sie will immer noch Müller werden – oder vielleicht Ingenieur. Stell dir vor, als Mädchen!“

„Ach ja, nichts als Sorgen hat man mit den Kindern, auch wenn sie schon groß sind ... Heiner, du erzählst doch nichts weiter?“, fragte Peter seinen Freund besorgt.

„Kein Sterbenswörtchen – verlass dich auf mich", versicherte Schäfer.

„Wenn das rauskommt, wandert der Gustav ins Kittchen. Und ich bin erledigt. Diese Schande! Was die Leute reden werden ... Ich darf gar nicht dran denken."

Heinrich griff zur Schnapsflasche. „Komm, einen Absacker trinken wir noch, dann gehen wir nach Hause." Er schenkte noch einmal von dem Pflaumenschnaps nach.

„Ach Heiner, was sind das für Zeiten!", jammerte Guthmann. „Die ganze Welt ist aus den Fugen. Irgendwann ist es vielleicht völlig normal, dass Männer sich küssen. Und Frauen studieren."

„Na ja, jetzt übertreibst du aber. Prost, Peter!"

„Prost, Heiner!"

Gegen Mitternacht verließen Alfred und Heinz, leicht schwankend, mit den letzten Gästen das Wirtshaus *Reinheimer.* Der Wirt schloss hinter ihnen die Tür zu.

Unten am Altrhein war jetzt alles ruhig. Der Halbmond über der Langenau warf sein fahles Licht aufs Wasser; die schwarze Silhouette des Raddampfers ragte drohend in den Nachthimmel.

Nein, ganz still war es doch nicht auf dem Schiff. Die beiden Ruderburschen hörten, als sie näher kamen, ein gleichmäßiges Schnarchen. Der dicke Adrianus war nach dem Zechgelage einfach an Deck eingeschlafen. Sonst war niemand zu sehen.

„Weißt du was, Heinz", sagte Alfred zu seinem Freund. „Ich hätte große Lust, die Holländer mal ein bisschen zu ärgern." Er flüsterte ihm etwas ins Ohr und zeigte auf die beiden Holzkisten, die neben dem landseitigen Radkasten standen.

„Ich weiß nicht, Alfred – wenn das rauskommt ..." Heinz schien nicht begeistert zu sein.

„Wie soll denn das rauskommen? Es sieht uns ja keiner. Und selbst wenn – dann sind wir Helden. Die Ginsheimer können doch die Schiffer nicht ausstehen. Denk mal an die Weiber, Heinz – die werden dich anschmachten, wenn sie es erfahren!"

„Meinst du, Alfred?" – „Na klar. Los, zieh deine Schuhe aus, damit man uns nicht hört!"

Die beiden schlichen zu dem Poller, an dem das Heck des Schiffes festgemacht war. Lautlos hangelten sie sich wie die Klammeraffen an den festgezurrten Tauen hinüber an Deck. Vorsichtig bewegten sie sich zur Schiffsmitte hin, wo die beiden Kisten standen, und hoben eine davon an. Währenddessen schnarchte Adrianus seelenruhig weiter.

Ganz langsam trugen sie die schwere Kiste auf die Backbordseite und setzten sie auf der Reling ab. Noch einmal vergewisserten sie sich, dass sie niemand beobachtete, dann ließen sie ihre Last fallen.

Platsch! Die Kiste plumpste ins Wasser, und das Schnarchen hörte abrupt auf.

„Man overboord", murmelte Adrianus im Halbschlaf und drehte sich auf die andere Seite. Sekunden später war das gleichmäßige Schnarchen erneut zu hören.

Die beiden Ruderburschen verharrten regungslos hinter dem Führerstand und sahen zu, wie die Kiste ganz langsam davon trieb. Als sie schon fast außer Sichtweite war, verschwand sie mit einem leisen Blubbern endgültig unter Wasser.

Genauso lautlos, wie sie gekommen waren, schlichen sich Alfred und Heinz wieder an Land.

Samstag, 3. September 1898

Pünktlich um sieben Uhr morgens schob Norbert Kunert seinen zweirädrigen Handkarren, der mit mehreren Werkzeugkästen beladen war, auf den freien Platz vor der Anlegestelle. Komisch, dachte er – alles so ruhig hier. Niemand war an Bord der *Concordia* zu sehen. Der Landungssteg war eingezogen.

„Hallo", rief Kunert. „Kapitän Kamies – sind Sie da? Ich bin's, der Schlossermeister Kunert."

Frans Kamies schreckte in seiner Koje hoch und sank mit einem Stöhnen gleich wieder in die Horizontale. Sein Schädel fühlte sich an, als würde sich eine Ankerwinde darin drehen.

Hatte da jemand seinen Namen gerufen? Ja, jetzt hörte er es wieder. „Herr Kamies, wo sind Sie?"

Der Käpt'n blinzelte hinüber zur Schiffsuhr. Sieben Uhr! Langsam kam die Erinnerung. Heute früh sollte doch der Schaden an der Welle behoben werden!

Mit einem Ruck stand er auf. Die Ankerwinde in seinem Kopf rasselte. Hastig schlüpfte er in seine Uniformjacke; die Hose hatte er seltsamerweise schon an. Er stieg an Deck. Wo war die Mannschaft?

Der Kapitän lief zur Schiffsglocke und läutete Sturm. Nach und nach tauchten die verschlafenen Gesichter seiner Männer auf. Als letzter erschien der dicke Adrianus, der spät in der Nacht, als ihm kalt wurde, doch noch den Weg in seine Koje gefunden hatte.

„Was fällt euch ein, ihr faules Pack?", schimpfte Kamies. „Los, an die Arbeit. Hendrik, Niklas, fahrt mal den Landesteg aus. Adrianus, du kochst uns erst mal einen starken Kaffee."

Dann begrüßte der Kapitän den Schlosser. „Entschuldigen Sie, Herr Kunert. Wir haben gestern Abend ein bisschen gefeiert und leider verschlafen. Aber wir können gleich loslegen. – Cornelis, mach schon mal die beiden Kisten auf."

Cornelis Dongen, der Erste Steuermann, wandte sich um und stutzte. „Käpt'n, da steht nur noch eine Kiste", sagte er verblüfft.

„Das gibt's doch nicht ..." Der Kapitän kam herüber, schaute in alle Ecken. Dann läutete er erneut die Schiffsglocke. Flugs eilten die beiden Matrosen und der Heizer herbei.

„Wer von euch hat die zweite Kiste versteckt?", herrschte er sie an. Keiner rührte sich. „Ihr sucht jetzt jeden Winkel des Schiffes ab, bis ihr die verdammte Kiste gefunden habt. Irgendwo muss sie ja schließlich sein." Kamies war stocksauer.

„Wir können ja schon mal schauen, was in der anderen Kiste ist", schlug der Schlossermeister vor. „Warten Sie, ich hole den Kuhfuß." Er lief zu seinem Handwagen und brachte das Werkzeug.

Sie hebelten die Kiste auf. „Da haben wir das Oberteil des Lagergehäuses", stellte Dongen fest. „Das brauchen wir auf jeden Fall, weil das alte Gehäuse geborsten ist. Aber wir müssen das komplette Lager austauschen. Das ist wahrscheinlich in der anderen Kiste."

Inzwischen kam der Suchtrupp mit hängenden Köpfen zurück. „Die Kiste ist weg", berichtete Hendrik. „Wir haben alles abgesucht – außer der Kapitänswohnung natürlich."

„Soll das heißen, dass ich sie versteckt habe?", brüllte Kamies. So ganz genau konnte er sich allerdings nicht mehr erinnern, was gestern Abend alles passiert war. Er alleine hätte jedenfalls die schwere Kiste nicht bewegen können.

„Cornelis, komm mit", sagte er zu dem Steuermann. Die beiden Männer stiegen hinab zu der Kapitänswohnung im Heck, die aus drei Kabinen bestand: Einem Vorraum mit Waschgelegenheit, einem kleinen Salon mit dem Esstisch und einer Schlafkammer. Nirgendwo war die Kiste zu sehen.

Als sie wieder an Deck waren, meinte Norbert Kunert: „Vielleicht ist sie ja über Bord gegangen."

„Von alleine sicher nicht. Da müsste höchstens jemand nachgeholfen haben", überlegte der Kapitän. – „Niklas, komm mal her. Kannst du mal da unten nachschauen?" Er zeigte auf die Wasserfläche.

Niklas grinste, legte die Jacke ab und sprang mit einem eleganten Kopfsprung in die trüben Fluten. Der Matrose war ein ausgezeichneter Schwimmer und ein geschickter Taucher. Er konnte ziemlich lange unter Wasser bleiben und dabei sogar die Augen offen halten.

Nachdem Niklas zum dritten Mal kopfschüttelnd aufgetaucht war, sagte Kunert: „Ich fürchte, das führt zu nichts. Der Altrheingrund ist weich und modrig Wenn die Kiste wirklich da unten liegt, ist sie längst im Schlamm versunken."

Er gab seinen Becher zurück. „Vielen Dank für den Kaffee, Herr Kamies. Melden Sie sich halt wieder bei mir, wenn Sie die Teile komplett beisammen haben." Der Schlosser verließ das Schiff und schob seinen Handkarren zurück in den Ort. „Und wer bezahlt mir jetzt die Ausfallzeit?", murmelte er noch.

Zehn Minuten später, nach einigen weiteren erfolglosen Tauchgängen, kletterte Niklas achselzuckend wieder an Deck der *Concordia*. Alles sah danach aus, als ob die Ginsheimer ihre ungebetenen und ungeliebten Gäste noch eine Weile behalten würden.

Kapitän Frans Kamies wurde beim Dammwärter vorstellig: „Herr Gärtner, ich muss einen Diebstahl melden."

„Da kann ich Ihnen leider nicht helfen", antwortete dieser. „Für Diebstahl ist die Polizei zuständig. Was ist Ihnen denn abhanden gekommen?" Der Kapitän berichtete ausführlich.

„Das ist allerdings merkwürdig", wunderte sich Gärtner. „Wer kann denn mit diesen Maschinenteilen etwas anfangen? Hier in Ginsheim bestimmt niemand. Ich vermute mal, da wollte Ihnen jemand einen Streich spielen."

„Aber wer – und warum?"

Gärtner zuckte mit den Schultern. „Na ja, Sie haben ja sicher schon bemerkt, dass die hiesigen Müller nicht besonders gut auf die Schiffsleute zu sprechen sind. Aber wie gesagt – das herauszufinden ist Sache der Polizei. Die Wachstube befindet sich im Erdgeschoss des Rathauses. Kommen Sie, ich habe gerade nicht allzu viel zu tun – ich bringe Sie hin."

„Ich müsste aber auch noch eine Depesche an die Reederei schicken und Ersatz anfordern", sagte Kamies.

„Natürlich – kein Problem. Hier ist schon mal ein Telegramm-
formular."

Der Kapitän schrieb.

*REEDERIJ NSR ROTTERDAM +++ LAGER TYP 56Z77 MIT
SPANNHUELSE UND WELLENMUTTER WURDEN VOR
EINBAU IN GINSHEIM ENTWENDET +++ BENOETIGEN
DRINGEND ERSATZ +++ CAPT KAMIES UEBER DAMM-
WAERTER GAERTNER GINSHEIM*

„Auf die Antwort müssen wir wahrscheinlich bis Montag warten", seufzte er, als er das Formular zusammenfaltete. „In Holland ist man fortschrittlich. Da wird Samstagnachmittag und
Sonntag in den Kontoren nicht mehr gearbeitet."

Wilhelm Penk war ein gestandener Dorfpolizist mit einem be-
achtlichen Leibesumfang. Die Messingknöpfe auf seiner hell-
blauen Uniformjacke hatten Mühe, dem Druck in der Mitte
standzuhalten. An der linken Seite trug er einen Säbel, der fast
am Boden schleifte. Das gutmütige, rötliche Gesicht wurde von
einem eindrucksvollen Kaiser-Wilhelm-Bart eingerahmt.

Doch niemand sollte sich in ihm täuschen. Seine Aufgabe war
es, die öffentliche Ruhe, Ordnung und Sicherheit[14] aufrechtzu-
erhalten, und die erfüllte er gewissenhaft. Seinem scharfen Auge
entging so schnell nichts – lose Dachziegeln und Fensterläden
etwa, die herunterfallen könnten, wurden ebenso beanstandet
wie vorschriftswidrig auf der Straße abgestellte Fuhrwerke oder
nicht ordnungsgemäß abgedeckte Jauchegruben. Manchmal endete sein Dienst erst spät in der Nacht, wenn er noch in einem
Wirtshaus für Ruhe sorgen musste, weil der Wirt vergessen hatte,
seine Gäste an die Polizeistunde zu erinnern.

Sonst war nicht viel los, wenn man mal davon absah, dass er
gelegentlich einen umherstreunenden Landstreicher arretieren
musste, oder einen reisenden Quacksalber, der mit Wundertink-

---

[14] *Zu den Aufgaben eines Polizeidieners vgl.* Herberger 1855.

turen und Hokuspokus versuchte, die Leute zu betrügen. Solche Individuen wurden auf der Polizeiwache verhört und dann meist für einen oder zwei Tage in die Arrestzelle gesperrt, bevor sie abgeschoben wurden.

Die bescheidene Wachstube der Ginsheimer Ortspolizei war nicht dazu angetan, irgendwelche Bösewichte einzuschüchtern. Das brauchte sie auch nicht. Es waren ja keine da.

Der Kalkputz bröckelte seit Jahren von den Wänden und hätte schon längst ausgebessert werden müssen. Aber dafür hatte die Gemeinde kein Geld. Zwei schmale Sprossenfenster gingen zur Straße hin; anstelle von Vorhängen füllten staubige Spinnweben die Rahmen.

Der Raum wurde durch einen langen blank gescheuerten Tisch geteilt, der fast die ganze Breite der Stube einnahm. Er war leer, bis auf das nötige Schreibzeug und den Postkorb. Der Bereich hinter dem Tisch war den Ordnungshütern vorbehalten, während auf der anderen Seite ein paar Stühle für Besucher bereitstanden. Neben der Tür befand sich noch ein wackliger Garderobenständer, in der Ecke stand ein kleiner gusseiserner Ofen. Für einen Aktenschrank war kein Platz. Sämtliche Akten wurden in der Schreibstube des Rathauses aufbewahrt und mussten nach ihrer Bearbeitung wieder dort abgegeben werden.

Als dienstältester Polizeidiener genoss Wilhelm Penk stillschweigend gewisse Privilegien. Sein Stuhl war etwas bequemer als die anderen, mit Armlehnen versehen und mit einem dicken Kissen gepolstert. Den Kissenbezug hatte seine Frau liebevoll mit einer Stickerei von Rosenblüten verziert, damit sich ihr Gatte auch während seines strengen Dienstes wie auf Rosen gebettet fühlen konnte.

In der Regel pflegte Penk seine mittägliche Mahlzeit der Bequemlichkeit halber gleich in der Wachstube einzunehmen. Die dafür notwendigen Utensilien und Vorräte waren auf einem Wandbord neben seinem Platz ordentlich aufgereiht: Teller, Tasse und Besteck, ein kleiner Brotkasten, mehrere Gläser mit eingekochter Schweinskopfsülze – seiner Lieblingsspeise – sowie weitere Gläser mit eingemachtem Obst als Nachtisch. Wenn der

Polizeidiener zur Mittagspause seine große karierte Tischdecke ausbreitete, wurde es schon fast gemütlich in der kleinen Stube, und man hätte beinahe vergessen können, dass man sich in einem Amtszimmer befand – wäre da nicht das Bild des Großherzogs an der Wand gegenüber gewesen. Ernst und unnahbar, mit Schnauzbart und in der Uniform eines Generalmajors à la suite, blickte der Landesfürst auf den diensthabenden Polizisten herab.

In besagter Wachstube saßen nun Frans Kamies und Ludwig Gärtner dem Polizeidiener Penk gegenüber, und der Kapitän berichtete noch einmal von der verschwundenen Kiste.

Genau wie der Dammwärter vermutete auch der Polizist, dass sich jemand einen Scherz mit den Schiffern erlaubt hatte.

„Einen Scherz?", empörte sich der Kapitän. „Glauben Sie, dass mir zum Lachen zumute ist? Es geht ja nicht nur um den Verlust des Materials. Schlimmer ist, dass wir jetzt noch tagelang hier festsitzen, während wir dringend für Transporte gebraucht werden. Glauben Sie vielleicht, dass meine Reederei da begeistert sein wird?"

„Natürlich nicht, Herr Kapitän", beeilte sich Penk zu versichern. „Wir werden den Fall selbstverständlich gründlich untersuchen und hoffentlich auch schnell aufklären. Können Sie denn die Tatzeit einschränken?"

Frans Kamies zuckte die Achseln. „Ich selbst und zwei meiner Leute können sich erinnern, dass beide Kisten noch da standen, als wir gestern unsere Kojen aufsuchten. Das war ungefähr um halb zwölf. Heute früh um sieben fehlte eine davon. Irgendjemand muss sich in der Nacht an Bord geschlichen haben."

„Gibt es denn in Ihrer Mannschaft jemanden, dem Sie so etwas zutrauen würden? Vielleicht jemand, der einen versteckten Groll gegen Sie hegt?"

„Sie meinen …? – Ausgeschlossen!", erwiderte der Kapitän bestimmt. „Ich lege für jeden einzelnen meine Hand ins Feuer. Außerdem hätte es einer allein gar nicht bewerkstelligen können. Um die Kiste hochzuheben, braucht es mindestens zwei starke Männer."

„Trotzdem werde ich zunächst einmal Ihre Mannschaft befragen müssen. Vielleicht hat ja doch jemand etwas gesehen oder gehört“, verkündete der Polizeidiener.

„Bitte sehr – wir stehen zu Ihrer Verfügung.“

„In solchen Fällen ist es oft hilfreich, eine Belohnung auszusetzen. Es kommen dann natürlich auch viele irreführende Hinweise, aber manchmal ist etwas Greifbares dabei.“

Kamies überlegte. „Das müsste ich mit der Reederei abklären. Ich melde mich dann bei Ihnen.“ Er erhob sich, schüttelte dem Polizisten die Hand und verschwand.

„Was meinst du, Wilhelm“, fragte der Dammwärter, als die beiden Beamten alleine waren. „Wer könnte das getan haben?“

Penk zuckte mit den Schultern. „Du weißt ja, wir haben hier ständig fremde Mühlburschen aus aller Herren Länder im Ort. Die sind immer zu allerlei Schabernack aufgelegt und können die Schiffer nicht leiden. Aber die halten zusammen. Wenn es welche von denen waren, erfahren wir nichts.“

„Die Sache wirft jedenfalls ein schlechtes Licht auf Ginsheim. So was spricht sich unter den Schiffsleuten herum. Vielleicht gibt es sogar eine Anklage wegen Sabotage. Das kann zu internationalen Verwicklungen führen.“

Ludwig Gärtner stand auf. „Halt mich auf dem Laufenden, Wilhelm“, bat er. „Allerdings – nächste Woche bin ich von Mittwoch bis Samstag in Koblenz auf einer Schulung.“ Er kam näher und sprach in vertraulichem Ton: „Dir kann ich’s ja sagen, Wilhelm – man ist höheren Orts auf mich aufmerksam geworden. Wer weiß, vielleicht gibt es ja schon bald neue Aufgaben für mich bei der Wasserbauinspektion in Mainz.“ – Er setzte ein dümmliches Grinsen auf.

Der Polizist seufzte. „Du hast es gut, Ludwig. Ich werde wohl bis zum Ende meiner Dienstzeit als einfacher Polizeidiener hier hängen bleiben. Zehn Jahre hat es gedauert, bis man mich wenigstens zum Beamten ernannt hat!“

Die kilometerlange niedrige Sandsteinmauer, die man dem Altrheindamm nach dem letzten Hochwasser aufgesetzt hatte, war an lauen Sommerabenden ein beliebter Treffpunkt für Jung und Alt. Bei den jungen Pärchen waren besonders die Plätze beliebt, die etwas abseits lagen, sodass man einigermaßen ungestört miteinander turteln konnte.

Luzie und Jean saßen eng beieinander am oberen Ende des Mäuerchens, nahe der Schwarzbachmündung. Sie schauten auf das stille Wasser des Altrheins, das den letzten goldenen Schimmer des Abendhimmels widerspiegelte, und auf die mächtigen Erlen und Pappeln, die das andere Ufer säumten. Venus, die Göttin der Liebe und der Schönheit, leuchtete verheißungsvoll im Westen, lange bevor sich die übrigen Sterne anschickten, ihre ganze funkelnde Pracht auszubreiten. Drüben auf der Insel übte eine Nachtigall ihre komplizierten Koloraturen.

Plötzlich meinte Luzie den Vogel ganz laut und direkt neben sich zu hören. Dann musste sie lachen. „Ach Jean, jetzt habe ich wirklich für einen Moment geglaubt, die Nachtigall sei zu uns herübergeflogen." Sie wusste ja, dass Jean viele Vogelstimmen täuschend echt nachahmen konnte.

Jean war vor einem halben Jahr als wandernder Müllerbursche nach Ginsheim gekommen und hatte sich auf der Mühle von Heinrich Schäfer mit dem traditionellen Begrüßungsspruch seiner Zunft vorgestellt: „Glück zu, Meister! Einen schönen Gruß von meinem letzten Meister, dem Konrad Bodenbender in Salzböden und seinen Gesellen. Ich bin Jean Berger, ein tüchtiger Müllergesell aus dem Elsass, und suche ehrliche Arbeit. Kann ich bei Euch anfangen?" Schäfer konnte in der Tat einen weiteren Mühlburschen gebrauchen, aber er wollte sichergehen, dass der Junge die nötigen Fähigkeiten mitbrachte. Deshalb antwortete er: „Glück zu und herzlich willkommen! Lass zuerst mal deine Hände sehen." Er inspizierte die Handrücken und war zufrieden, als er schwarze Brandmale entdeckte, die ihm verrieten, dass der Bursche schon Mühlsteine geschärft hatte; eine schwierige und anstrengende Tätigkeit, bei der die Funken stoben. – Jean durfte bleiben.

Luzie mochte den fröhlichen Mühlburschen mit den kurzen, krausen Haaren und den listigen Augen von Anfang an. Immer wieder fiel ihm etwas Neues ein, um sie zum Lachen zu bringen.

Drei Wochen nach seiner Ankunft offenbarte er Luzie, dass er ihren Vater bei der Vorstellung getäuscht hatte. Er hatte sich, nachdem er auf anderen Mühlen schon wiederholt abgewiesen worden war, mit einer heißen Nadel schwarze Punkte auf den Handrücken tätowiert.

Der zunehmende Mond war über den dunklen Wipfeln emporgestiegen und goss seinen Silberglanz über die stille Flusslandschaft.

Jean begann leise zu singen:

Sul mare luccica l'astro d'argento;
placida è l'onda, prospero il vento ...

„Singen kannst du auch?", staunte Luzie und schmiegte sich enger an den jungen Mann. „Was ist das für eine Sprache?"

„Italienisch. Die neapolitanischen Fischer singen es, wenn sie nachts zum Fang auslaufen."

„Italienisch kannst du auch?", staunte Luzie schon wieder. „Wo hast du das gelernt?"

„Ich kenne nur dieses eine Lied. Enrico hat es mir beigebracht."

„Wer ist Enrico?"

„Enrico ist ein italienischer Maurergeselle, mit dem ich letztes Jahr ein paar Tage auf der Walz war. Ich habe einiges von ihm gelernt."

„Erzähl mir von ihm. Was hat er dir alles beigebracht?"

Jean lachte leise. „Vor allem hat er mir beigebracht, wie man die Frauen verführt."

„Jean, du Schuft!" Luzie hämmerte in gespielter Empörung mit ihren Fäusten auf seine Brust. „Wie viele Frauen hast du denn schon verführt?"

„Das ist doch egal. Jetzt interessiert mich jedenfalls nur noch eine." Jean legte seinen Arm um Luzie, sah ihr tief in die Augen und gab ihr einen langen Kuss.

Dann erzählte er: „Wir beide, Enrico und ich, kamen an einem herrlichen Sommertag in einer kleinen Stadt irgendwo im Schwäbischen an. Unsere Herberge lag direkt am Marktplatz. Den ganzen Abend saßen wir draußen und quatschten, bis über den Dächern der riesengroße Vollmond aufstieg. Da stellte sich Enrico mitten auf den Platz und fing mit seiner kräftigen und trotzdem samtweichen Stimme an zu singen. Und was soll ich dir sagen – ringsum öffneten sich überall die Fenster; junge Mädchen schauten heraus und warfen dem Sänger Kusshände zu. Einige warfen sogar Blumen herunter. Das hat mich schwer beeindruckt.“

„Kann ich mir vorstellen. Und was ist dann passiert?“

„Am nächsten Morgen zogen wir weiter. Ich bat Enrico, mir dieses Lied beizubringen. Den ganzen Tag haben wir unterwegs geübt. Und bis zum Abend konnte ich es – nicht so perfekt wie Enrico, aber immerhin ...“

„Sing es noch einmal für mich“, bat Luzie.

„Heute nicht, Luzie. In ein paar Tagen, wenn ich Geburtstag habe, passt es viel besser. Dann ist wieder Vollmond.“

„Was, du hast Geburtstag? Da muss ich ja ein Geschenk für dich besorgen. Was wünschst du dir denn?“

Jean zog sie noch näher an sich heran. „Da wüsste ich schon etwas“, antwortete er und flüsterte ihr ins Ohr.

Luzie machte sich kichernd von ihm frei. „Nein, Jean, du weißt doch, dass wir das nicht dürfen. Wir sind ja nicht verheiratet.“

„Dann heiraten wir eben – am besten gleich morgen“, schlug Jean vor.

„So schnell geht das doch nicht“, lachte Luzie. „Zuerst einmal musst du bei meinem Vater um meine Hand anhalten.“

„Wieso nur um die Hand?“, motzte er. „Ich will dich ganz.“ Er küsste ihre Finger und arbeitete sich langsam den Arm entlang nach oben.

„Lass das, Jean“, kicherte sie. „Das ist doch nur so eine Redensart. – Danach können wir Verlobung feiern und das Aufgebot bestellen.“

„Das Aufgebot? Wirst du dann versteigert? Ich biete schon mal alles, was ich habe", verkündete Jean. Dann wurde er ernst.

„Wissen deine Eltern über uns Bescheid?"

Luzie seufzte. „Ich glaube, die Mutter ahnt etwas. Mit dem Vater kann ich derzeit nicht darüber reden. Er will mich immer noch mit einem aus dem Ort verkuppeln – am liebsten mit dem Sohn eines Müllers. – Aber ich muss ihn auch nicht fragen", sagte sie trotzig.

Nein, dachte sie. Ich muss niemanden fragen. Ich bin alt genug. Ich weiß selbst, wer der Richtige ist. Ich allein entscheide, wann der richtige Zeitpunkt gekommen ist.

Jean schaute träumend in den Himmel. „Eine Vollmondnacht draußen bei der Mühle, Luzie – das ist etwas ganz Besonderes. Der Fluss, die alten Bäume, die Hügel auf der anderen Seite – alles sieht wie verzaubert aus, wie in einem Märchen."

„Jean, du bist ja richtig romantisch. – Ach, das würde ich so gerne auch mal erleben", seufzte Luzie. „Aber ich darf ja nachts nicht auf die Mühle."

„Wenn du das wirklich möchtest, bringe ich dich dorthin. Warte am Donnerstagabend, bis die Nachtigall drei Mal vor deinem Fenster flötet. Dann komm herunter, und ich entführe dich in das Reich deiner Träume."

„Ach, Jean, du Spinner, du verrückter ..." Sie küssten sich ausgiebig.

Montag, 5. September 1898

Um zehn Uhr erschien der Dammwärter am Liegeplatz der *Concordia*. Er begrüßte den Kapitän wie einen alten Freund und übergab ihm eine Depesche, auf die Kamies schon gewartet hatte.

DAMMWAERTER GAERTNER GINSHEIM +++ ZHD CAPT KAMIES +++ LAGER MIT SPANNHUELSE UND WELLENMUTTER IST BESTELLT BEI SACHSENBERG ROSSLAU +++ LIEFERUNG PER BAHN ODER SCHIFF NICHT VOR 10 SEPT

Kamies stöhnte. Fast eine ganze Woche musste er noch in Ginsheim ausharren! Aber das Telegramm ging noch weiter. Stirnrunzelnd las er:

+++ GROOTHUIS AM 06 SEPT IN MAINZ +++ ERBITTET DETAILLIERTEN BERICHT UEBER NAEHERE UMSTAENDE DES DIEBSTAHLS +++ TREFFEN 02 UHR NSR GESCHAEFTSSTELLE +++ VERHOVEN DISPO NSR

„Das war zu erwarten", sagte der Kapitän. „Man wird mich fragen, warum ich nicht besser aufgepasst habe." Das ganze Wochenende über hatte er sich schon über sich selbst grün und blau geärgert. Warum hatte er die Kisten nicht sofort unter Deck in Sicherheit bringen lassen? Andererseits – wie hätte er mit einer solchen Tat rechnen können? So oder so – man würde ihn für das Verschwinden der Teile verantwortlich machen.

„Was werden Sie jetzt unternehmen?", fragte Gärtner.

„Nun, Direktor Groothuis ist offenbar morgen in Mainz und möchte mich sprechen. Er ist stellvertretender Geschäftsführer bei NSR und besucht regelmäßig unsere Niederlassungen. Ich werde ihm einiges zu erklären haben. Vielleicht erstatten wir Anzeige beim Rheinschifffahrtsgericht[15]. Dann sehen wir weiter."

---

[15] *In der* Mannheimer Akte *verpflichteten sich die Signatarstaaten, Rheinschifffahrtsgerichte einzurichten. Noch heute ist eines davon beim Amtsgerichts Mainz angegliedert; vgl.* Mannheimer Akte 1963.

„Beim Rheinschifffahrtsgericht kenne ich mich bestens aus“, brüstete sich Ludwig Gärtner. „Erst vorletzte Woche war ich einen ganzen Tag zu einer Anhörung dort. Ich bin als Gutachter befragt worden. Es ging um die hiesigen Schiffsmühlen.“

„Ich dachte, die sind ein Anachronismus?“

„Eben“, sagte der Dammwärter.

Kurz darauf erhielt Kamies erneut Besuch. Der Polizeidiener Penk war erschienen, um die Besatzung der *Concordia* zu der verschwundenen Kiste zu vernehmen. Schweißperlen glänzten auf seiner Stirn, als er das Schiff betrat – ob vom Diensteifer oder der sommerlichen Hitze, war nicht auszumachen.

In Gegenwart des Kapitäns, der zeitweise als Dolmetscher einspringen musste, knöpfte sich der Polizist jeden der vier Männer einzeln vor. Die Befragung ergab indes wenig Neues. Der Steuermann und der Matrose Hendrik waren sich sicher, dass beide Kisten an Deck standen, als sie gegen halb zwölf zu Bett gingen. Niklas hatte nicht darauf geachtet. Adrianus gab an, dass er bis zum frühen Morgen an Deck geschlafen hätte. Er glaubte in der Nacht gehört zu haben, wie etwas ins Wasser fiel, war sich aber nicht sicher. Vielleicht habe er auch nur geträumt. Niemand hatte eine fremde Person auf dem Schiff gesehen oder sonst etwas Verdächtiges wahrgenommen.

„Wie geht es denn jetzt weiter?“, wollte Kamies am Ende der Befragung noch erfahren.

„Wir werden mal mit einem amtlichen Aushang nach Zeugen suchen“, kündigte der Polizeidiener an. „Ich verspreche mir allerdings nicht allzu viel davon. Außerdem werde ich ein paar einschlägig bekannte Taugenichtse in die Mangel nehmen. Wie schon gesagt, eine Belohnung könnte helfen.“

„Morgen treffe ich mich in Mainz mit einem Vertreter unserer Geschäftsleitung“, offenbarte der Kapitän. „Ich werde es ihm nahelegen.“

Gegen Mittag wurde es unangenehm schwül. Fritz Fischer, der allein in seiner Mühle arbeitete, lief der Schweiß in Strömen herunter. Alle Fenster, Türen und Luken hatte er geöffnet, und trotzdem stand die drückende Hitze bewegungslos unter dem Dach wie in einem Backofen.

Um drei Uhr gesellte sich endlich sein Kompagnon, der Müllermeister Philipp Schrepfer, zu ihm. Er sah schlecht aus. Fahl im Gesicht, mit zittrigen Händen und ängstlichem Blick kletterte er aufs Schiff.

„Glück zu, Philipp. Bist ja spät dran“, bemerkte Friedrich. „Wir wollten doch heute die neuen Kämme ins Königsrad einsetzen. Jetzt bin ich schon fast fertig.“

„Du weißt doch, ich war heute morgen in der Stadt bei der Testamentseröffnung“, erwiderte Schrepfer. Seine Stimme zitterte fast noch mehr als seine Hände.

„Und? Wann kriegst du dein Geld?“

Philipp Schrepfer kämpfte mit den Tränen. „Nix is, Fritz. Stell dir vor, meine Tante hat alles den Ordensschwestern von den Englischen Fräulein vermacht, die falsche Schlange. Dabei hat sie mir noch auf dem Sterbebett versprochen, dass ich alleiniger Erbe werde. ‚Bald bist du reich, Philipp‘, hat sie gesagt. Ich war doch der Einzige, der sie noch regelmäßig besucht hat, als sie so krank war.“

Sein Kompagnon war erst einmal sprachlos. Die beiden Müller hatten die Erbschaft fest eingeplant, um ihre Schulden zu tilgen. 4.000 Mark hatte Fritz Fischer zu Wucherzinsen bei einem Geldverleiher besorgt, damit sie sich zwei dringend benötigte Walzenstühle und einen ordentlichen Plansichter leisten konnten. Keine Bank gab heutzutage noch einem Schiffsmüller Kredit.

„Hast du wenigstens deinen Pflichtteil verlangt?“, fragte Fritz schließlich in eisigem Ton.

Philipp schüttelte den Kopf. „Sie war ja nicht meine richtige Tante, Fritz, mehr so eine Art Patin. Ich hab halt immer *Tante* zu ihr gesagt.“ Jetzt konnte er die Tränen nicht mehr zurückhalten. „Ganz zum Schluss hat sie mich doch noch erwähnt“, schluchzte er. „‚Meinem lieben Patenkind Philipp Schrepfer vermache ich meine wertvolle Porzellansammlung‘, hat der Notar

83

vorgelesen. Von wegen wertvoll! Ein Haufen alter Sammeltassen mit abgebrochenen Henkeln. Was soll ich mit den Scherben?" Er weinte hemmungslos.

„Soso. Weißt du, was das heißt?" Friedrich Fischer war außer sich vor Wut. „Du hast mich reingelegt, Philipp. Der Schuldschein ist Ende des Monats fällig, und er lautet auf meinen guten Namen. Du Hungerleider hättest ja gar nichts bekommen. Ich konnte wenigstens meine Äcker als Sicherheit bieten." Er holte noch mal tief Luft und wurde immer lauter. „Ich hab dir vertraut, Philipp. ‚Es wird nicht mehr lange dauern‘, hast du gesagt. Und jetzt lässt du mich hängen."

„Es hat ja auch nicht mehr lang gedauert, Fritz."

„Ja, und was haben wir jetzt davon?", schrie Fischer. „Weißt du, was jetzt passiert? Die Geldhaie fackeln nicht lange, wenn ich nicht zurückzahlen kann. Die schicken uns gleich den Gerichtsvollzieher. Dann wird die Mühle versteigert, und wir sind erledigt. Was sollen wir denn jetzt machen?"

Philipp Schrepfer zitterte am ganzen Körper. „Verkauf deine Spargeläcker in Bauschheim, Fritz. Dann sind wir erst einmal aus dem Schneider. Wenn es wieder aufwärts geht, zahle ich dir alles zurück – mit Zins und Zinseszins."

Dem dünnen Müller blieb fast die Luft weg bei diesem ungeheuerlichen Vorschlag. „Die Äcker werden nicht verkauft, Philipp. Schlag dir das aus dem Kopf. Die sind meine Altersvorsorge. Was gehen dich überhaupt meine Äcker an?", tobte er. „Du betrügst mich um mein Geld, und ich soll dann mein Eigentum verscherbeln?" Fritz Fischer war jetzt nicht mehr zu halten.

„Geh mir aus den Augen, du Betrüger! Ich will dich hier nicht mehr sehen. Mach, dass du fortkommst!"

Schrepfer wusste, dass er nichts mehr ausrichten konnte, wenn sein Kompagnon derart in Rage war. Mit hängendem Kopf verließ er das Schiff und stolperte über den Steg zurück auf die Nonnenau. Friedrich Fischer kam an Deck, ballte die Faust und schrie ihm hinterher: „Ich zeig dich an! Ich bring dich ins Zuchthaus, du Betrüger! An mein Eigentum willst du dich ranmachen! Gauner! Betrüger!"

In der Mühle nebenan, auf der Flussseite, war es genauso heiß. Müllermeister Richard Maus wischte sich alle paar Minuten mit einem großen karierten Handtuch den Schweiß aus dem Gesicht. Seine beiden Mühlburschen arbeiteten mit nacktem Oberkörper am Ausmahlstuhl und am Sechskantsichter[16].

Trotz des Lärms, den die Geräte verursachten, war nicht zu überhören, dass in der Nachbarmühle ein Streit im Gange war. „Stellt doch mal kurz die Maschinen ab", sagte der neugierige Müllermeister. Einzelne Wortfetzen drangen zu ihm herüber: „Gerichtsvollzieher ... mein Eigentum ... Betrüger!"

Richard stieg an Deck, um besser hören zu können. Er sah gerade noch, wie Philipp Schrepfer völlig geknickt von Bord ging. Fritz Fischer kam aus dem Inneren seines Schiffes, mit hochrotem Kopf und schweißüberströmt. Mit geballter Faust brüllte er seinem Kompagnon hinterher: „Ich zeig dich an! Ich bring dich ins Zuchthaus, du Betrüger!"

Maus ging zur Backbordseite hinüber und rief seinem Nachbarn zu: „Was ist denn passiert, Fritz? Kann man dir irgendwie helfen?"

„Kümmere du dich um deinen eigenen Dreck!", war die barsche Antwort.

Richard Maus kehrte zu seinen Gesellen zurück. „Der Meister Fischer hat anscheinend wieder einen seiner Wutanfälle. Los, geht zurück an die Arbeit." – Es ist wirklich unerträglich heiß hier drin, dachte Maus. Er hatte auf einmal eine unwiderstehliche Sehnsucht nach einem kühlen Bier.

„Macht mal alleine weiter", sagte er zu seinen Mühlburschen. „Ich habe noch etwas Wichtiges zu erledigen. Hier, diese beiden Säcke mit Schrot müssen heute noch sauber ausgemahlen werden. Danach könnt ihr meinetwegen Feierabend machen."

Er kletterte über den schmalen Steg, der die beiden Mühlen verband, zu seinem Nachbarn hinüber. Fritz Fischer war schon wieder mit der Reparatur des Getriebes beschäftigt.

---

[16] *Maschine zum Sieben (in der Müllersprache: Sichten) des Mahlguts; bestehend aus einer sechsseitigen rotierenden Trommel mit einer zweigeteilten Gaze-Bespannung* (vgl. Oppermann 2012).

„Glück zu, Fritz", rief Richard ihm zu. „Ich mach Schluss für heute!" Fischer brummelte etwas Unverständliches.

Kopfschüttelnd kletterte Maus über den zweiten Steg auf die Krippe und machte sich auf den Weg zu seinem Nachen, der auf der anderen Seite der Nonnenau am Altrheinufer auf ihn wartete. Am Himmel türmten sich gewaltige Gebirge aus weißen und dunkelgrauen Wolken auf.

Nachdem Philipp Schrepfer die Mühle verlassen hatte, beruhigte sich Friedrich Fischer allmählich. Es wurde ihm nach und nach klar, dass er seinem Partner Unrecht getan hatte. Philipp konnte nun wirklich nichts dafür, dass seine Tante um ihr Seelenheil derart besorgt war, dass sie ihr ganzes Vermögen einer kirchlichen Einrichtung vermacht hatte. Nun, er würde das wieder in Ordnung bringen. Es war nicht das erste Mal, dass er sich mit seinem Kompagnon überworfen hatte, und trotzdem hatten sie sich immer wieder zusammengerauft. Eigentlich ergänzten sich die beiden recht gut. Der ruhige, vorsichtige und umgängliche Philipp und der laute, impulsive und oft ausfällige Friedrich bildeten im Normalfall ein erstaunlich verlässliches Gespann.

Er schlug den letzten Holzkamm in das Königsrad ein. Die drei größten, fast mannshohen Räder im Getriebe waren mit solchen hölzernen Zähnen bestückt, die zwar einem ziemlichen Verschleiß unterlagen, aber ohne ständige Schmierung auskamen und den Geräuschpegel in Grenzen hielten. Falls das Laufwerk mal unvorhergesehen blockierte – etwa durch einen angetriebenen Baumstamm, der sich in den Wasserrädern verfing –, konnten diese Holzkämme allerdings sehr leicht brechen. Aber genau das war von Vorteil, verhinderte es doch einen größeren Schaden im Antriebssystem.

Der Müller kuppelte das Getriebe vorsichtig zu einem Probelauf ein. Nein, es lief noch nicht richtig rund; das konnte er deutlich hören. Da musste er noch nachbessern. Er stellte den Antrieb wieder ab und fixierte das Kammrad mit einem Balken.

Vielleicht würde er doch die Äcker verkaufen, überlegte er, die seine Frau, eine Bauerntochter, mit in die Ehe gebracht hatte.

Winfried Laun, der derzeitige Pächter, hatte ihm erst kürzlich ein gutes Angebot gemacht. Der Bauschheimer Landwirt lieferte seinen berühmten Spargel bis nach Wiesbaden in die großen Hotels, und selbst der Kaiser hatte bei seinem jährlichen Aufenthalt in der Kurstadt schon davon gekostet. Laun hoffte auf den Titel eines Hoflieferanten.

Erneut startete Fischer den Antrieb. Ja, jetzt war es viel besser. Die Räder mussten sich nun eine Weile im Leerlauf drehen, bis sich die Grate an den Kämmen abgeschliffen hatten.

Wegen der Geräusche des Getriebes war ihm entgangen, dass inzwischen jemand seine Mühle betreten hatte und plötzlich hinter ihm stand. Er fuhr herum.

„Mein Gott, hast du mich erschreckt!", sagte Fritz Fischer.

Kurt und Siegfried, die beiden Mühlburschen auf der Maus'-schen Mühle, nutzen die Abwesenheit ihres Meisters erst einmal zu einem erfrischenden Bad im Rhein. Dann machten sie sich wieder an die Arbeit. Nach einer halben Stunde kamen sie erneut ins Schwitzen.

„Der Meister hat's gut – der kann einfach abhauen, wenn er keine Lust mehr hat", meinte Siegfried.

„Vielleicht ist er hinter einem neuen Auftrag her", vermutete sein Kollege. „Wir haben hier ja kaum noch was zu tun. Den letzten Wochenlohn ist er uns auch noch schuldig. Ich bin gespannt, wann wir den kriegen."

„Du, Kurt, hör doch mal. Ich glaube, nebenan gibt's schon wieder Streit."

Kurt lauschte. „Ich höre nichts. Außerdem, der Meister Fischer ist ja jetzt alleine."

„Doch, Kurt, da war was. Horch mal." Sie hielten inne und lauschten alle beide. Ein dumpfes, bedrohliches Rumpeln und Poltern drang von draußen herein.

„Da kommt ein Gewitter. Los, sieh zu, dass wir fertig werden!"

Kurt justierte den Mahlspalt am Walzenstuhl, und Siegfried kontrollierte den Sechskanter. Plötzlich zuckten sie zusammen. Ein fürchterlicher, gellender Schrei ließ ihnen das Blut in den Adern gefrieren. Der markerschütternde Todesschrei eines Menschen.

Voller Entsetzen stellten die Burschen ihre Geräte ab. Jetzt machte sich ein anderes Geräusch bemerkbar: Das Ächzen und Knarren einer Maschine, die sich vergeblich gegen eine unüberwindliche Last stemmt. Dazwischen wieder das unheimliche Grollen des Donners, das immer näher kam.

Siegfried und Kurt stiegen verängstigt an Deck. Sie sahen, wie das große Wasserrad der Nachbarmühle mühsam gegen einen unsichtbaren Widerstand kämpfte und dabei langsam vor- und zurückschaukelte.

„Meister Fischer? Meister Fischer!", rief Siegfried. Keine Antwort.

Kurt, der Mutigere von den beiden, fasste sich ein Herz. „Ich geh da jetzt nachsehen", entschloss er sich und kletterte über den Verbindungssteg. Siegfried rührte sich nicht von der Stelle.

Nach einer gefühlten Ewigkeit tauchte Kurt wieder auf, weiß wie eine Wand und unfähig, zu sprechen. Die Augen weit aufgerissen, deutete er immer wieder in das Innere der Mühle. Dann musste er sich übergeben. Er schaffte es gerade noch bis zur Bordwand.

„Kurt, was ist denn passiert? Sag doch was!", rief Siegfried. Er erhielt keine Antwort. Da lief auch Siegfried über den Steg hinüber. Er musste nicht lange suchen.

Eingekeilt zwischen den Zahnrädern des Getriebes hing das, was von Friedrich Fischer noch übrig war. Das Gesicht war grausam entstellt, die Zunge ragte weit heraus, die Augen waren verdreht. Fetzen von Kleidung klebten an den neuen Holzkämmen. Überall war Blut.

Mechanisch drehte Siegfried an dem großen Handrad, mit dem die Kupplung geöffnet wurde. Das Knarren und Stöhnen der Maschine hörte auf, und der leblose Körper sackte nach unten. Von draußen war wieder das muntere Plätschern des befreiten Wasserrades zu hören, als wäre nichts geschehen.

Dann musste auch Siegfried sich übergeben. Er schaffte es nicht mehr bis zur Bordwand.

Es dauerte eine Weile, bis Heiner Schäfer die beiden atemlosen und leichenblassen Gestalten, die da unerwartet auf sein Schiff gestürmt kamen, verstanden hatte. „Der Meister Fischer ist verunglückt", hatte Kurt schließlich herausgebracht.

Heinrich handelte schnell. „Jean, du bleibst hier. Max, du kommst mit", wies er seine Mühlburschen an. Zu viert rannten sie den Sandstrand entlang zur mittleren Mühlenkrippe. Der Himmel hatte sich inzwischen pechschwarz zugezogen. Sturm kam auf und peitschte die Weiden am Ufer. Blitze zuckten, die ersten dicken Tropfen fielen.

In der Mühle von Fritz Fischer und Philipp Schrepfer war es jetzt so dunkel, dass Heinrich Mühe hatte, sich zu orientieren. Plötzlich erhellte ein greller Blitz die grausige Szene, unmittelbar gefolgt von einem krachenden Donnerschlag. Heinrich Schäfer sah mit einem Blick, dass jede Hilfe zu spät kam.

Dann öffnete der Himmel seine Schleusen.

Max Dornfelder hatte in der Müllerstube eine Petroleumlampe gefunden und angezündet. Die vier Männer saßen ein paar Minuten erschüttert und schweigend in der kleinen Kammer, während der Wolkenbruch auf das Mühlendach prasselte.

„Wir müssen drüben im Dorf Bescheid geben", sagte Heiner Schäfer schließlich. „Kurt, du gehst zur Polizeiwache. Der Wilhelm Penk soll so schnell wie möglich herkommen. Siegfried, erzähle dem Sanitätsrat Pahl, was passiert ist. Helfen kann er nicht mehr, aber er muss den Totenschein ausstellen. Und du, Max, lauf zu Karl Böhmer, dem Bestatter. Wir wollen den Fritz heute Nacht nicht hier liegen lassen. Ich bleibe auf dem Schiff und halte die Wache, bis ihr zurück seid." Die schwierigste Aufgabe, dachte Heinrich, muss ich anschließend selbst übernehmen. Ich muss der Doris, der Witwe, die traurige Nachricht überbringen.

Schäfer stand auf. „Der Regen hat nachgelassen. Lauft hinüber zum Altrhein und nehmt meinen Nachen. Beeilt euch."

Dienstag, 6. September 1898

Polizeidiener Penk stierte gedankenverloren auf die Fliegen, die auf dem langen Tisch in seiner Amtsstube herumwuselten. Er hatte schlecht geschlafen. Der grausige Anblick des toten Müllers hatte ihn die ganze Nacht verfolgt.

Noch einmal zogen die Ereignisse des vergangenen Abends an ihm vorüber. Ein Mühlbursche war aufgeregt in der Polizeiwache erschienen und hatte von einem tödlichen Unfall in einer Schiffsmühle berichtet. Wilhelm Penk war sofort zur Nonnenau aufgebrochen. Unterwegs hatte er den Sanitätsrat Pahl getroffen, der ebenfalls alarmiert worden war. Später kam noch der Bestatter Böhmer mit seinem Gehilfen dazu.

Was die Männer drüben zu sehen bekamen, hatte alle zutiefst erschüttert. Wirklich beunruhigt war Penk aber über den Umstand, dass es begründete Zweifel gab, ob Friedrich Fischer tatsächlich durch einen Unfall ums Leben gekommen war.

Der Müllermeister Heinrich Schäfer, der an der Unglückstelle gewartet hatte, äußerte als erster diese Zweifel. Fritz Fischer sei ein sehr erfahrener Müller gewesen, der niemals freiwillig bei laufendem Getriebe in den Mahlstuhl gekrochen wäre. Die beiden Mühlburschen von nebenan hatten ausgesagt, dass es am Nachmittag einen heftigen Streit zwischen Fischer und seinem Kompagnon Schrepfer gegeben habe, bei dem letzterer schließlich von Bord gegangen sei.

Wilhelm Penk kannte Philipp Schrepfer schon seit ihrer gemeinsamen Schulzeit. Er konnte sich beim besten Willen nicht vorstellen, dass der eher ängstliche Müller zu irgendeiner Gewalttat fähig wäre. Trotzdem ging ihm nicht aus dem Kopf, dass Philipp sich sehr merkwürdig verhalten hatte, als er ihn gestern Abend auf dem Altrhein gesehen hatte. Während er mit dem Doktor auf dem Weg zum Unfallort war, kam ihnen ein Nachen entgegen, in dem der völlig durchnässte Schrepfer saß.

„Philipp, wo willst du denn hin?", hatte Penk ihm noch zugerufen. „Hast du schon gehört, was dem Fritz passiert ist?" Schrepfer hatte nur kurz genickt und war einfach weitergerudert. Wilhelm war sich nicht sicher, ob der Müller ihn überhaupt verstanden hatte.

Die Tür zur Wachstube öffnete sich. Können Sie nicht anklopfen, wollte der Polizeidiener gerade rufen, aber dann erkannte er Jakob Rauch, den Bürgermeister, und nahm sofort Haltung an. Wie in den kleineren Landgemeinden üblich, hatte der Bürgermeister zugleich die lokale Polizeigewalt inne und war somit Penks unmittelbarer Vorgesetzter.

Es kam selten vor, dass sich Rauch in die Polizeiwache verirrte. Üblicherweise wurde Penk zum Rapport bestellt, wenn irgendetwas vorgefallen war. Wenn der Bürgermeister sich heute persönlich zu ihm bemühte, musste es einen besonderen Grund dafür geben.

„Bleib sitzen, Wilhelm", sagte Jakob Rauch und nahm sich auch einen Stuhl. „Schreckliche Sache, das mit dem Fritz Fischer. Du warst doch gestern Abend gleich drüben?"

„Selbstverständlich, Herr Bürgermeister." Der Polizist schilderte die Umstände, die er auf der Schiffsmühle angetroffen hatte.

„Die Leute munkeln, es sei gar kein Unfall gewesen", meinte Rauch. „Was glaubst du?"

„Nun, einiges deutet darauf hin, dass eine weitere Person im Spiel war. Es soll kurz vorher einen Streit auf der Mühle gegeben haben."

„Ein erfahrener Müller, der versehentlich in ein laufendes Getriebe gerät – ziemlich unwahrscheinlich", sinnierte Jakob Rauch. Der Bürgermeister war – wie konnte es in Ginsheim anders sein – früher selbst Müller gewesen und daher in der Lage, die Situation zu beurteilen. „Wenn es kein Unfall war, dann war es Mord. Einen Mord hatten wir hier noch nicht, Wilhelm. Das geht über unsere Zuständigkeiten. Wir sollten Unterstützung anfordern."

„Daran habe ich auch schon gedacht, Herr Bürgermeister. Ich werde die Staatsanwaltschaft in Darmstadt um Amtshilfe ersuchen."[17]

---

[17] *Zur damaligen Organisation von Polizei und Staatsanwaltschaft:* Praetorius 1908.

Der Bürgermeister nickte. „Warte nicht zu lange, Wilhelm. So ein ungeklärter Fall bringt nur Unruhe in den Ort. Schlimm genug, dass wir immer noch den holländischen Dampfer hier liegen haben. Übrigens, gibt es da neue Erkenntnisse zu der verschwundenen Kiste?"

„Wir ermitteln noch", antwortete der Polizist.

„Du weißt ja, in drei Wochen haben wir Gemeinderatswahlen. Bis dahin muss wieder Ruhe und Sicherheit eingekehrt sein. Alles andere wäre nur Wasser auf die Mühlen der Sozialdemokraten."[18]

„Jawohl, Herr Bürgermeister." Wilhelm Penk verstand nicht viel von Politik; er wusste nur, dass Rauch unbedingt wieder gewählt werden wollte.

„Ruhe und Ordnung, Wilhelm – darauf kommt es jetzt an. Dafür sind wir gemeinsam verantwortlich, die Polizei und der Ortsvorstand. Ich verlass mich auf dich."

„Jawohl, Herr Bürgermeister."

Als der Ortspolizist wieder alleine war, betrachtete er eine Zeit lang nachdenklich den merkwürdigen Apparat, den sie erst vor ein paar Wochen an der Wand gegenüber montiert hatten, direkt neben dem Bild des Großherzogs Ernst Ludwig. Der Fernsprecher war Penk immer noch ein wenig unheimlich. Aber wann, wenn nicht jetzt, sollte er ihn ausprobieren?

Mutig nahm er den schwarzen Hörer vom Haken und drehte die Handkurbel.

Schon nach dem dritten oder vierten Versuch knackte und rauschte es an seinem Ohr, und dann war so etwas Ähnliches wie eine menschliche Stimme zu vernehmen.

„Hallo ... hallo ... Fräulein ... ja ... Hier spricht die Polizei in Ginsheim", brüllte Wilhelm Penk in den Mikrofontrichter. „Ich brauche eine Leitung nach Darmstadt zur Staatsanwaltschaft ... ja, Darmstadt ... Anschluss Nummer 89 ... Wie bitte? Ich soll nicht so schreien? ... Hallo? Hören Sie mich?"

---

[18] *Das viel zitierte „Wasser auf die Mühlen der Sozialdemokraten" geht wohl auf Theodor Fontane und seinen 1898 erschienenen Roman* Der Stechlin *zurück.*

Es summte und zwitscherte, und das Fräulein vom Amt
sagte: „Hängen Sie bitte ein – wir klingeln durch, sobald die
Leitung frei ist."

Der Polizeidiener hängte den Hörer an den Haken, wischte sich
den Schweiß von der Stirn und setzte sich wieder auf seinen Platz.

Bereits zwanzig Minuten später klingelte der Telephonapparat
im Büro von Kommissär Paul Hartmann bei der Staatsanwaltschaft in Darmstadt. Hartmann, 32 Jahre alt, war der jüngste
unter den Kriminalbeamten, welche die Staatsanwälte bei
Ermittlungen in der gesamten Provinz Starkenburg zu unterstützen hatten.

„Hallo, hier Kommissär Hartmann. Wer spricht? Polizeidiener
Päng? Wie? Bitte buchstabieren Sie. P-E-N-K. Polizeidiener Penk
aus Ginsheim. Guten Morgen, wie kann ich Ihnen helfen?"

Hartmann hatte große Mühe, den aufgeregten Beamten zu
verstehen. Offensichtlich einer von denen, lächelte er, die der
modernen Technik misstrauten und so laut ins Mikrofon brüll-
ten, als müssten sie die Entfernung mit der eigenen Stimme
überbrücken.

„Bitte schreien Sie nicht so – ich kann Sie sonst nicht verste-
hen. Sprechen Sie ganz normal, als stünde ich direkt neben
Ihnen. – Sie sagten, Sie hätten einen Toten in einer Mühle? Wie?
In einer Schiffsmühle?"

Der Kommissär lauschte. „Es könnte also ein Unfall gewesen
sein, oder auch ein Mord? Gibt es denn schon einen Verdächtigen?"

Wieder zirpte es im Hörer. „Soso, der Kompagnon. Haben
Sie ihn schon vernommen?"

Nachdem Hartmann die Antwort gehört hatte, überlegte er
kurz. Der Fall, wenn es denn überhaupt einer war, schien etwas
Abwechslung zu versprechen. Der Büroalltag in der Stadt war
ihm regelmäßig nach kurzer Zeit ziemlich schnell zuwider.

„Dann befragen Sie den Verdächtigen, und wenn er kein Alibi
hat, nehmen Sie ihn vorläufig fest. Ich komme so schnell wie
möglich nach Ginsheim; dann besprechen wir alles Weitere. –
Warten Sie einen Moment."

Der Kommissär ließ den Hörer los, holte aus einem Regal das Kursbuch der Hessischen Ludwigsbahn und blätterte darin. Dann nahm er den Hörer wieder auf.

„Ich könnte den Zug nehmen, der um Viertel nach zwei in Bischofsheim ankommt. Können Sie mich dort am Bahnhof abholen? ... Gut, dann sehen wir uns heute Nachmittag. Bis später, Herr Penk.“

Paul Hartmann begab sich sogleich zu seinem Chef, dessen Büro sich eine Etage höher befand, und informierte ihn über das Amtshilfegesuch aus Ginsheim. Wie erwartet hatte Oberstaatsanwalt Dr. Praetorius keine Einwände.

„Ich beneide Sie, Hartmann. Sie kommen wenigstens ab und zu mal hier raus. Ginsheim – da war ich mal vor zwei oder drei Jahren. Ein hübscher kleiner Ort am Rhein. Nehmen Sie Ihr Angelzeug mit.“ Als väterlicher Vorgesetzter kannte er natürlich die Hobbys seiner Mitarbeiter.

„Das wäre allerdings nicht angebracht, Herr Oberstaatsanwalt. Schließlich handelt es sich um eine Dienstreise.“

„Na, vielleicht haben Sie ja nach Feierabend ein bisschen Zeit. Gute Reise, Hartmann. Und vergessen Sie nicht, Unterstützung bei der Gendarmerie anzufordern! Mit den einfachen Polizeidienern auf dem Land ist meist nicht viel anzufangen.“

Der Kommissär ging in sein Dienstzimmer zurück und erledigte noch ein paar dringende schriftliche Arbeiten. Er schickte eine Depesche an die Gendarmeriesektion Groß-Gerau und bat um die Entsendung eines fähigen Gendarmen nach Ginsheim. Dann öffnete er den Wandschrank, in dem ständig zwei fertig gepackte Lederkoffer bereitstanden. Der eine enthielt die wichtigsten persönlichen Dinge, die er für eine mehrtägige Reise brauchte. Der zweite, kleinere Koffer war mit allerlei kriminaltechnischem Gerät bestückt.

Hartmann öffnete seinen privaten Koffer und überprüfte den Inhalt. Auf formelle Kleidung konnte er bei seinen Ermittlungen auf dem Land getrost verzichten. Er zog den Cutaway aus und wählte stattdessen eine leichte englische Cashmere-Jacke mit Lederknöpfen. Für den Fall, dass sich das Wetter verschlechtern sollte, packte er noch seinen sportlich saloppen Raglan-Mantel ein. Zum Schluss warf er einen prüfenden Blick in den Spiegel. Seine Rasur war makellos glatt, die kurzen Haare ordentlich frisiert.

Paul Hartmann war ehrgeizig und erfolgreich, und obendrein sah er noch gut aus. Die Damen der besseren Gesellschaft machten ihm Avancen, aber in letzter Zeit verspürte er immer weniger Lust, sich auf ihre Spielchen einzulassen. Immer war eine besorgte Mutter oder eine aufgeregte Tante in der Nähe, die mit Argusaugen darüber wachten, dass alles sittsam zuging. Oder schlimmer noch – ein berechnender Vater, der unverhohlen taxierte, ob denn der Herr Kommissär auch eine standesgemäße Partie für die behütete Tochter abgeben würde. Ätzend war das.

Hartmann schloss das Büro ab und brachte sein Gepäck hinunter auf die Straße. Dort wartete eine Pferdedroschke.

„Zur Centralstation", wies er den Kutscher an.

Gegen elf Uhr kam Klaus Hebel, der zweite Mann der kleinen Polizeistation in Ginsheim, von seinem morgendlichen Patrouillengang zurück. Sein älterer Kollege schaute ungewöhnlich bekümmert drein. „Klaus, wir müssen den Philipp Schrepfer vernehmen. Komm mit, unterwegs erzähle ich dir alles."

Es waren nur wenige Schritte bis zum Haus der Schrepfers in der Mittelgasse – gerade ausreichend, um den anderen über das Telefongespräch mit Darmstadt zu unterrichten.

Der Müller empfing die Polizisten in der Küche. Er war blass und fahrig, seine Augen unstet – ein Bild des Jammers. Wilhelm Penk versuchte, sein aufkeimendes Mitleid zu unterdrücken. Dies war der Moment, wo er seine Pflicht erfüllen musste.

„Philipp, wir müssen dich zu den gestrigen Vorgängen auf eurer Mühle befragen", fing er an. „Das verstehst du doch sicher. Es gibt Zeugen, die einen lauten Streit zwischen dir und dem Fritz Fischer mitbekommen haben. Am besten, du erzählst uns mal, was vorgefallen ist."

Schrepfer räusperte sich und schluckte; dann begann er leise und stockend an zu sprechen. „Ja, es stimmt – wir haben uns mal wieder gestritten. Es ging ums Geld. Ich hatte dem Fritz eine größere Summe versprochen, damit wir unsere Schulden zurückzahlen konnten. Aber meine Tante hat mich enterbt, und jetzt stehe ich mit leeren Händen da."

Die Tränen traten ihm in die Augen. „Einen Betrüger hat er mich genannt. Anzeigen wollte er mich und ins Zuchthaus bringen. Schließlich hat er mich vom Schiff gejagt."

Klaus Hebel, der sich Notizen fürs Protokoll machte, erlaubte sich eine Zwischenfrage. „Um wie viel Uhr haben Sie die Mühle betreten? Und wann genau haben Sie dieselbe wieder verlassen?"

Philipp überlegte. „So um drei herum war ich drüben. Ich war höchstens eine Viertelstunde dort."

„Und was hast du dann gemacht, Philipp?", wollte Penk wissen.

Der Müller zuckte die Achseln. „Ich bin auf der Insel geblieben und den Sommerdamm entlanggelaufen, Richtung Steindamm. Ich wollte einfach alleine sein und nachdenken, wie ich die Sache wieder aus der Welt schaffen könnte."

„Hat dich jemand gesehen, Philipp? Hast du vielleicht mit jemandem gesprochen?"

Philipp schüttelte den Kopf. „Werktags sind da drüben ja kaum Spaziergänger unterwegs; schon gar nicht bei einer Hitze wie gestern ... doch, halt – ich glaube, auf der Langenau waren zwei Bauern mit ihren Pferden beim Pflügen. Aber ich habe niemanden erkannt, das war viel zu weit weg. Wahrscheinlich waren es die Leute vom Baron von Molsberg."

„Wie weit bist du denn gelaufen?"

Schrepfer kratzte sich hinterm Ohr. „Ehrlich, Wilhelm – ich weiß es nicht mehr. Ich war die ganze Zeit in Gedanken. Ich kann mich nur noch erinnern, dass ich umgekehrt bin, als das Gewitter näher kam. Ich habe dann eine Zeit lang unter einem großen Baum Schutz gesucht. Aber da war ich sowieso schon nass bis auf die Haut. Dann bin ich zurück zum Altrhein gelaufen und in meinen Nachen gestiegen."

„Da haben wir dich gesehen, als du uns entgegengerudert kamst. Das war kurz vor sechs Uhr. Hast du nicht gehört, was ich dir zugerufen habe?"

Erneutes Kopfschütteln. „Ich war wohl immer noch in Gedanken, Wilhelm, und wollte eigentlich nur nach Hause. Erst später habe ich von den Nachbarn erfahren, was dem armen Fritz passiert ist ..." Die Tränen stiegen wieder in seine Augen.

Klaus Hebel mischte sich ein: „Und Sie sind zwischendurch nicht mehr in die Mühle zurückgekehrt? Vielleicht, um Ihren Partner doch noch zu besänftigen? Zeit genug dafür hätten Sie ja gehabt."

„Nein – das wäre auch ziemlich zwecklos gewesen", meinte Schrepfer. „Ich kenne doch den Fritz. Der hätte sich bei meinem Anblick sofort wieder fürchterlich aufgeregt. Besser war es, ihn mal eine Nacht drüber schlafen zu lassen. Danach hatte er sich meistens wieder beruhigt."

Wilhelm Penk wurde es zunehmend unbehaglich zumute. „Du hast also für die Tatzeit kein Alibi, Philipp. Die Zeugen haben kurz nach halb fünf einen Schrei gehört und wenig später Friedrich Fischer tot aufgefunden. Glaubst du denn, dass es ein Unfall gewesen sein könnte?"

Philipp Schrepfer schwieg; dann schaute er wie ein getretener Hund zu seinem Schulfreund herüber. „Bin ich jetzt verhaftet?", fragte er leise.

„Nein, Philipp", entgegnete Penk und errötete. „Das wird sich sicher alles schnell aufklären. Heute Nachmittag kommt ein Kriminalkommissär aus Darmstadt, der den Fall untersuchen wird. Bis dahin müssen wir dich allerdings mit auf die Wache nehmen."

Schrepfer nickte wortlos und starrte ins Leere. Dann stand er auf. „Ich kann mich nicht einmal von meiner Frau verabschieden", sagte er. „Helene ist drüben bei der Doris Fischer, um ihr beizustehen."

„Es ist ja nicht für lange, Philipp", versuchte ihn der Polizeidiener zu beruhigen. „Spätestens heute Abend bist du wieder zu Hause."

Die Ludwigsbahn war pünktlich wie immer. Kommissär Hartmann ging auf die einspännige Kalesche zu, die am Bahnhof in Bischofsheim wartete, und begrüßte den Polizeidiener Penk. Dann stieg er ein, und Günther Dauborn, der Kutscher, brachte sein Pferdchen auf Trab.

Während der kurzen Fahrt auf holprigem Pflaster, an duftenden Streuobstwiesen und abgemähten Kornfeldern vorbei, berichtete Wilhelm Penk seinem Gast über den Stand der Ermittlungen. Er schloss mit den Worten: „Der Philipp Schrepfer kann es nicht gewesen sein. Der tut keiner Fliege etwas zu Leide."

„Sie sind voreingenommen, Penk, weil Sie die Leute hier kennen. Aber in Extremsituationen verhalten sich die Menschen oft ganz anders, als wir es von ihnen erwarten. Ich könnte Ihnen von einem Fall erzählen, wo selbst ein honoriger Amtsrichter ... nun, das gehört nicht hier her", sagte Hartmann. „Jedenfalls gut, dass Sie mich gleich gerufen haben. Wir Kriminalisten halten uns nur an die Fakten. Wir fragen zuerst nach dem Motiv. Geld ist immer ein starkes Motiv. Sodann fragen wir nach der Gelegenheit. Ihr Verdächtiger hatte ganz offensichtlich die Möglichkeit, unbemerkt in seine Mühle zurückzukehren und seinen Kompagnon zu beseitigen."

„Sie möchten ihn jetzt sicher gleich vernehmen?", fragte der Polizeidiener.

„Nein, das hat Zeit. Zunächst einmal möchte ich den Tatort besichtigen und mit den Zeugen sprechen. Danach würde ich gerne das Opfer sehen – wenn möglich in Gegenwart des Arztes, der den Totenschein ausgestellt hat. Eventuell müssen wir den Leichnam zur gerichtsmedizinischen Untersuchung nach Darmstadt bringen lassen. Den Philipp Schrepfer knöpfe ich mir morgen früh vor. Ich habe schon öfter erlebt, dass die Delinquenten eher zu einem Geständnis bereit sind, wenn sie erst mal eine Nacht in der Arrestzelle verbracht haben. – Übrigens, wo kann ich mich für ein paar Tage einquartieren?"

Wilhelm Penk warf einen Seitenblick auf den vornehmen Beamten aus der Stadt. „Luxuriöse Hotels gibt es hier leider nicht, nur einfache Gasthäuser. Ich würde Ihnen die *Post* empfehlen. Das ist nicht weit von unserer Polizeistation, und das Post- und Telegraphenamt ist direkt nebenan. Außerdem wird dort gut gekocht. Es ist das Stammlokal der Müllerzunft."

„Hört sich gut an. Es darf ruhig einfach sein, wenn es nur sauber ist."

Der Polizeidiener nannte dem Kutscher das Ziel, und wenig später hielt die Kalesche vor dem Gasthof von Christoph Krug.

„Geben Sie mir eine halbe Stunde, damit ich mich ein wenig frisch machen kann", bat der Kommissär. „Danach können wir zum Ort des Geschehens aufbrechen."

Gasthof Hauptstr. um 1900

Die Tochter des Postwirts empfing den Gast mit unverhohlener Neugier. Sie beobachtete ihn mit einem leicht spöttischen Lächeln, während er das vorgeschriebene Anmeldeformular ausfüllte. Hartmann war irritiert. Er reichte das Formular der jungen Frau zurück, die es kurz überflog.

„Sie haben gar kein Abreisedatum eingetragen“, bemerkte sie.

„Ich weiß noch nicht, wie lange ich bleibe. Das hängt davon ab, wie wir mit unseren Untersuchungen vorankommen.“

„Was sind das für Untersuchungen?“

Was geht Sie das an?, wollte der Kommissär antworten. Als Berufsbezeichnung hatte er vorsichtshalber nur „Staatsbeamter“ eingetragen, aber er machte sich keine Illusionen. Seine Mission würde sich in dem kleinen Ort sicher rasch herumsprechen.

„Ich habe auf dem Rathaus zu tun“, antwortete er ausweichend.

Die Wirtstochter schien damit zufrieden zu sein. „Dann will ich Ihnen mal Ihr Zimmer zeigen. Soll ich Ihr Gepäck hinaufbringen, oder schaffen Sie das alleine?“

Wieder eine Unverschämtheit. Anscheinend hatte niemand der Frau die Gebote der Höflichkeit beigebracht, die im Umgang mit einem respektablen Gast aus der Residenzstadt angezeigt waren. Er nahm sich vor, dem Besitzer des Gasthofs mal einen entsprechenden Hinweis zu geben, sobald er ihn antreffen würde.

„Danke, es geht schon“, murmelte er.

Sie ging voraus, und er folgte ihr mit seinen beiden Koffern. Die Stiege war eng und steil, und die Frau vor ihm musste den Saum ihres langen Rocks anheben, um nicht zu stolpern. Er konnte ihre schlanken Fesseln sehen. Sie trug keine Strümpfe.

Die Kammer war klein, aber sauber. Das schlichte Mobiliar bestand aus einem Bett mit Nachttisch, einem kleinen Schrank und einer Spiegelkommode mit der obligatorischen Waschschüssel und dem Wasserkrug.

„Sie wollen sich jetzt sicher ein bisschen frisch machen“, meinte die Gastgeberin. „Nachher bringe ich Ihnen noch mal frisches Wasser – allerdings kalt. Wenn Sie warmes Wasser brauchen, melden Sie sich einfach in der Küche. Kann ich sonst noch was für Sie tun?“

Paul Hartmann knöpfte seine Jacke auf. „Es ist ziemlich heiß hier drin", stellte er fest.

„Später, wenn die Sonne weg ist, können Sie ja das Fenster aufmachen."

Die Stube war wirklich sehr eng. Die junge Frau wartete nicht, bis er den Weg zwischen Bett und Tür freigab. Sie sah ihm lächelnd ins Gesicht, schob sich einfach an ihm vorbei und streifte ihn dabei mit dem Arm.

Diese Landfrauen haben wirklich keinerlei Manieren, dachte er. Ihr langes, kastanienbraunes Haar roch nach Sauerkraut – nicht einmal unangenehm. Irgendwie passte es zu ihr.

„Abendessen gibt es um sieben Uhr", verkündete sie noch im Hinausgehen. „Sie kriegen unseren besten Tisch; direkt am Fenster. Und natürlich werden Sie bevorzugt bedient."

Wieder wusste er nicht, ob sie sich über ihn lustig machen wollte, oder ob das ihre spezielle Art war, Freundlichkeit zu zeigen.

„Wenn das so ist, werde ich pünktlich sein", sagte Paul Hartmann und kam sich dabei ziemlich albern vor.

Mit dem unbeschwerten Lachen eines Kindes lief sie die Treppe hinunter.

Der Altrhein döste im milden Nachmittagslicht. Längs des Weges zum Ufer waren die Netze der Fischer zum Trocknen aufgehängt. Enten und Schwäne tummelten sich in großer Zahl zwischen den ankernden Nachen, flinke Schwalben jagten über die spiegelglatte Wasserfläche.

„Ach, ist das idyllisch hier! Fast wie in der Sommerfrische!" Paul Hartmann reckte sich und blinzelte in die Sonne.

„Ja, jetzt ist die beste Zeit im Jahr", bestätigte Polizeidiener Penk. „Im Frühjahr ist es hier nicht auszuhalten. Da wird man von den Rheinschnaken aufgefressen. – Kommen Sie, hier liegt unser Ruderboot."

Der Polizeidiener ließ seinen Gast mitsamt seinem kleinen Köfferchen einsteigen und ruderte gemächlich auf die andere Seite. In der Nähe der Anlegestelle saßen zwei Männer im Schatten einer Pappel und hielten ihre Angelruten über das Wasser.

„Was meinen Sie – ob ich mir hier wohl Angelzeug leihen kann?", erkundigte sich Hartmann.

Wilhelm Penk wies hinüber zum Ginsheimer Ufer. „Sehen Sie das kleine schwimmende Bootshaus da drüben? Beim Haupt bekommen Sie alles, was Sie brauchen. Da können Sie auch ein Boot ausleihen."

„Zunächst müssen wir unsere Arbeit erledigen – danach kommt das Vergnügen", stellte der Kommissär klar. Trotzdem genoss er erst einmal ausgiebig den Panoramablick zurück auf die kleine Ortschaft. „Wirklich sehr hübsch hier – nur der große Raddampfer da drüben stört ein bisschen."

„Der gehört nicht hierher und sollte eigentlich schon längst wieder weg sein", erwiderte Penk. Und während sie sich auf den Weg quer über die Insel machten, berichtete er von der Havarie des holländischen Dampfers und von der verschwundenen Kiste, die er nach dem gestrigen dramatischen Todesfall fast schon wieder vergessen hatte.

Paul Hartmann hörte aufmerksam zu. „Das ist ja interessant. Es gab hier also vor ein paar Tagen bereits eine andere Straftat. Könnte es sein, dass da ein Zusammenhang besteht?"

Der Polizeidiener blieb vor Verblüffung mitten auf dem Weg stehen. Daran hatte er überhaupt noch nicht gedacht. „Meinen Sie, dass der Diebstahl und der Mord von ein und demselben Täter verübt wurden?", fragte er schließlich.

„Das wäre doch immerhin denkbar, oder? Vertuschung einer Straftat ist nach Geldgier das zweithäufigste Mordmotiv. – Nehmen wir einmal an, dass Friedrich Fischer zufällig beobachtet hat, wie die Kiste von Bord des Schiffes geschafft wurde. Er sagt es dem Dieb auf den Kopf zu und droht damit, zur Polizei zu gehen. Der Täter verliert die Nerven und bringt den lästigen Zeugen um die Ecke."

Wilhelm Penk überlegte. Dann hellte sich sein Gesicht auf. „Das würde ja bedeuten, dass Philipp Schrepfer als Täter ausscheidet."

„Keine voreiligen Schlüsse, Penk. Schrepfer ist weiterhin unser Hauptverdächtiger. Aber solange er nicht eindeutig überführt ist, dürfen wir keine Möglichkeit ausschließen."

Kommissär Paul Hartmann hatte noch nie zuvor eine Schiffsmühle betreten. Der düstere, verwinkelte Raum, der eigentümli-
che Geruch und der Gedanke an das schreckliche Ende des
Müllers lösten selbst in dem abgebrühten Kriminalisten ein Gefühl der Beklemmung aus. Dies war also der Ort, wo Friedrich
Fischer seinem Mörder begegnet war. Oder aber ... Angesichts
der räumlichen Enge und des verwirrenden Durcheinanders von
Maschinen, Rädern und Treibriemen erschien ihm auf einmal die
Möglichkeit eines Unfalls gar nicht mehr so abwegig.

Der Kriminalbeamte ließ sich von dem Ortspolizisten die
Stelle zeigen, wo der Tote gefunden wurde. Er öffnete den mit-
gebrachten Koffer und entnahm ihm ein dreibeiniges Stativ
sowie einen photographischen Apparat.

„Eigentlich sollte jede Polizeistation so eine photographische
Ausrüstung haben", erläuterte er, während er das Gerät auf-
baute. „Es ist manchmal außerordentlich hilfreich, wenn gleich
beim Eintreffen der Polizei ein möglichst exaktes Abbild des
Tatorts erstellt wird, welches später vor Gericht als Beweismit-
tel dienen kann. Aus der genauen Position des Opfers zum Beispiel lassen sich häufig wertvolle Rückschlüsse auf den
Tathergang ziehen. Dafür ist es jetzt allerdings zu spät."

„So fortschrittlich sind wir hier noch nicht – aber ich habe
gestern Abend eine Skizze angefertigt", sagte Penk.

„Das ist ja immerhin etwas", erwiderte der Kommissär und
entzündete eine Schale mit Magnesiumpulver. Für einen Moment war die Mühle taghell erleuchtet. Die immer noch blut-
verschmierten Zahnräder warfen gespenstische Schatten.

„Vorsicht mit offenem Feuer", rief der Polizeidiener erschrocken. „Hier ist alles voller Mehlstaub; der kann sich leicht ent-
zünden. – Übrigens, wir waren gestern nicht die ersten am
Tatort. Die Mühlburschen von nebenan haben den Toten gefunden. Soll ich sie holen?"

„Gute Idee. Dann kann ich sie gleich hier befragen."

Wilhelm Penk kam nach kurzer Zeit zurück, mit den beiden jungen Männern im Schlepptau, die sichtlich widerwillig an den

Ort des Schreckens zurückkehrten. Siegfried und Kurt waren offenbar bemüht, nicht zu den Zahnrädern hinüberzuschauen. Aber der Kommissär blieb unerbittlich. „Jetzt beschreibt mal möglichst genau, unter welchen Umständen ihr den toten Müllermeister entdeckt habt", verlangte er.

Der Kriminalist hörte zu, stellte ein paar Zwischenfragen und machte sich Notizen.

„Und sonst habt ihr nichts beobachtet? Ihr habt weder vor noch nach dem Unglück irgendjemanden in dieser Mühle oder in der Nähe gesehen? Niemand ist gekommen oder gegangen?"

Die Burschen schüttelten den Kopf. „So zwischen halb vier und vier waren wir zur Erfrischung im Wasser. Da haben wir niemanden gesehen. Danach sind wir wieder an die Arbeit gegangen und haben uns um nichts anderes gekümmert, bis wir den Schrei hörten", erklärte Siegfried.

Der Polizeidiener hatte eine Idee. „Habt ihr vielleicht ein Boot bemerkt? Vielleicht hatte ein fremder Nachen an der Mühle festgemacht?"

Die beiden Jungen sahen einander an. „Ehrlich gesagt, darauf haben wir nicht geachtet", erwiderte Kurt. „Wir waren ja fürchterlich erschrocken und sind dann auch gleich zur Mühle von Meister Schäfer hinübergelaufen, um Bescheid zu geben."

Schritte näherten sich über den Mühlensteg; die Tür ging auf. Richard Maus war gekommen, um auf seiner Mühle nebenan nach dem Rechten zu sehen. „Aha, die Polizei ist schon wieder da und hält meine Mühlburschen von der Arbeit ab", nörgelte er, als er Wilhelm Penk erblickte.

„Wir sind gerade dabei, den Hergang des Unglücks zu rekonstruieren", erklärte Hartmann und stellte sich vor. „Laut Aussage Ihrer Gesellen war Friedrich Fischer da drüben zwischen den Zahnrädern des laufenden Getriebes eingeklemmt, und zwar mit der Brustseite nach vorne. Wie könnte er denn Ihrer Meinung nach dort hineingeraten sein?"

Maus fühlte sich geschmeichelt, dass der Kriminalist seine Expertenmeinung hören wollte. „Nun, der Kollege Fischer hat gestern Nachmittag am Königsrad neue Kämme eingeschlagen. Dazu musste er natürlich in den Mahlstuhl hinuntersteigen. Aber da war der Antrieb selbstverständlich im Stillstand, sonst kann man logischerweise nicht am Kammrad arbeiten. Erst wenn alle Kämme richtig sitzen, kann man wieder einkuppeln. Das geschieht hier mit diesem großen Stellrad."

„Um das Getriebe einzukuppeln, musste Fischer also wieder aus dem Mahlstuhl herausklettern; richtig?"

„Genau."

Der Kommissär holte ein Maßband aus seinem Köfferchen. „Der Abstand vom Stellrad zu den Zahnrädern beträgt einen Meter und fünfundvierzig Zentimeter", las er ab. „Wenn Fischer hier an der Kante ausgerutscht wäre, dann wäre er wahrscheinlich hier unten in den Schacht gestürzt, aber nicht direkt ins Getriebe gefallen."

„Ich glaube auch nicht an einen Unfall", bestätigte Richard Maus. „Der Philipp Schrepfer wird ihm einen ordentlichen Schubs verpasst haben."

„Wie kommen Sie darauf, dass es Schrepfer war?", wunderte sich der Kommissär.

„Wer sonst? Sie haben doch sicher schon gehört, dass es Zoff zwischen den beiden gegeben hat. Ich selbst war Zeuge, wie der Fritz seinen Kompagnon übel beschimpft hat. Einen Betrüger hat er ihn genannt. Er hat damit gedroht, ihn anzuzeigen und ins Zuchthaus zu bringen. Kein Wunder, dass der Philipp da ausgerastet ist."

Hartmann ließ die Anschuldigung unkommentiert stehen. „Aber Sie waren nicht hier, als es passierte. Wieso haben Sie eigentlich gestern Nachmittag Ihre Mühle so zeitig verlassen?"

„Ich hatte noch ein paar wichtige geschäftliche Angelegenheiten zu erledigen", erklärte Maus.

„Und wohin sind Sie von hier aus gegangen?"

Der Müller lachte etwas gezwungen. „Bin ich jetzt auch verdächtig? Nun, ich habe mir zunächst im Gasthaus *Zur Eiche* eine Erfrischung genehmigt. Es war ja fürchterlich heiß. Der Wirt kann das bestätigen. Anschließend habe ich bei mir zu

Hause in der Frankfurter Straße schriftliche Arbeiten erledigt.
– Aber jetzt entschuldigen Sie uns, meine Herren. Wir haben zu
tun. Siegfried, Kurt – zurück an die Arbeit!"

Nach ihrer Rückkehr von der Insel begaben sich die beiden Polizisten zum Haus des Sanitätsrates Pahl.

„Donnerwetter, das ist ja ein richtiges Märchenschloss!"
Der Kommissär war beeindruckt von der prächtigen Villa, die
er in dem kleinen Ort nicht vermutet hätte. Es überraschte ihn
auch nicht mehr sonderlich, auf dem zinnenbewehrten Balkon
des Schlösschens eine wahrhaft königliche Erscheinung zu er-
blicken: Eine vornehme junge Dame, schlank und schön, vielleicht eine Spur zu elegant gekleidet und reichlich mit
Schmuck behängt.

„Wird ja auch Zeit, dass sich die Polizei bei mir zurückmel-
det", rief die Gemahlin des Arztes vom Balkon herunter, als sie
der beiden Männer ansichtig wurde. „Haben Sie die Übeltäter
verhaftet? Eine Schande ist das – unsere Kinder sind ja im Ort
nicht mehr sicher, solange diese Ausländer hier sind."

Ihre Stimme, keifend und schrill, zerstörte das märchenhafte
Bild schlagartig. Vielleicht, dachte Hartmann, ist sie ja die böse
Königin aus „Schneewittchen" – eine eitle, unzufriedene und
missgünstige Person.

„Wovon reden Sie, Frau Sanitätsrat?", fragte Penk verblüfft.

„Ja, wissen Sie denn nicht?" Henriette Pahl war empört. „Ich
habe heute Nachmittag bei der Polizei Anzeige erstattet, weil
die holländischen Matrosen unseren Dieter auf offener Straße
grundlos verprügelt haben. Frau Guthmann war Zeuge."

„Um Gottes willen. Ist er verletzt?"

„Verletzt? Der Junge hat einen schweren seelischen Schock
erlitten. Nicht einmal gegessen hat er. Dabei gab es heute extra
für ihn Spiegeleier mit Spinat."

Spiegeleier und Spinat mochte ich als Kind auch nicht,
dachte der Polizeidiener. Laut sagte er: „Deswegen sind wir
nicht hier, Frau Sanitätsrat. Wir müssen Ihren Mann sprechen.
Es geht um den verstorbenen Friedrich Fischer."

Frau Pahl murmelte etwas von „Unverschämtheit“ und „Pflichtvernachlässigung“, ging aber doch hinein, um ihren Gatten zu holen.

Der Arzt, wesentlich älter als seine Frau, öffnete die Tür. Er trug einen weißen Kittel und ein Stethoskop am Hals.

„Herr Sanitätsrat, dies ist Kommissär Hartmann von der Staatsanwaltschaft in Darmstadt“, stellte Penk seinen Begleiter vor. „Er untersucht den Tod des Müllers Friedrich Fischer und möchte den Leichnam sehen.“

„Kein schöner Anblick“, warnte Dr. Pahl. „Ich habe als junger Sanitätsoffizier bei Sedan reihenweise Verletzte nach Kanoneneinschlägen zusammengeflickt und die Toten aussortiert. Was ich mir da gestern Abend ansehen musste, war kaum weniger schlimm.“

„Können Sie uns zur Leichenschau begleiten?“, bat Hartmann.

Der Sanitätsrat bedauerte. „Ich muss mich jetzt um die Lebenden kümmern. Da drinnen warten noch vier Patienten auf mich. Aber ich kann Ihnen kurz meinen Befund erläutern. Kommen Sie rein.“ Er führte die beiden Polizisten in sein Sprechzimmer und blätterte in seinen Papieren.

„Todesursächlich war zweifellos ein Bruch der Halswirbelsäule“, erläuterte der Arzt. „Der Hals ist offenbar direkt zwischen zwei Zahnräder geraten. Hoffen wir, dass Fischer nicht allzu lange leiden musste. Außerdem gibt es am ganzen Körper schwere Quetschwunden und Hämatome, die meisten wahrscheinlich postmortal. Der Körper hing ja noch minutenlang im laufenden Getriebe, bevor es abgeschaltet wurde.“

„Was meinen Sie – könnte es ein Unfall gewesen sein?“

„Woher soll ich das wissen? Das müssen Sie schon selbst herausfinden. Bei dem Zustand der Leiche lässt sich jedenfalls nicht mehr feststellen, ob es schon vorher zu Gewaltanwendung gekommen ist. Eines kann ich aber mit Sicherheit ausschließen: Ein Selbstmord war es nicht. Auf so bestialische Weise bringt sich niemand um.“

„Ich könnte eine Obduktion durch die Gerichtsmedizin veranlassen, um letzte Zweifel zu beseitigen", sagte der Kriminalbeamte.

„Bei Medizinalrat Holtkamp?", fragte Pahl.

„Sie kennen ihn?"

„Ja sicher – er ist ein guter Freund von mir. Wir haben zusammen in Göttingen studiert. – Nun, Holtkamp wird Ihnen auch nicht viel mehr erzählen können als ich. Grüßen Sie ihn schön von mir!"

Wilhelm Penk wartete draußen, während der Kommissär zusammen mit dem Bestatter den Leichnam inspizierte. Nach weniger als einer Viertelstunde kam Hartmann wieder heraus. Er war ziemlich blass und wirkte verstört.

„Werden Sie den Toten jetzt in die Gerichtsmedizin bringen lassen?", wollte der Polizeidiener wissen.

„Ich denke, das wird nicht nötig sein. Es sind keine neuen Erkenntnisse zu erwarten. Ich habe die Leiche zur Beisetzung freigegeben."

Auf dem Weg zurück sprach der Kommissär kein Wort. Vor der Polizeistation verabschiedete er sich von Penk. „Für heute reicht es mir", sagte er. „Ich gehe jetzt rüber in meinen Gasthof. Wir sehen uns morgen früh."

Als Penk endlich wieder in seiner Wachstube war, saß da Ilse Guthmann, die Frau des Müllers, gegenüber von Klaus Hebel, der ein Protokoll aufnahm.

„Ich habe Frau Guthmann hergebeten, weil sie von Frau Sanitätsrat Pahl als Zeugin benannt wurde", erklärte er seinem Kollegen. „Frau Pahl hat Anzeige erstattet, weil die Matrosen vom holländischen Dampfer angeblich ihren Sohn verdroschen haben."

„Ich habe davon gehört", nickte Wilhelm. „Wie kam es denn dazu?"

„Ei, die zwaa Schiffer, der Schwarze und der Dicke, sinn heut Middach uffm Ortsdamm spaziere gegange", erzählte Frau Guthmann. „Die Lausebengel sinn alsfort hinner dem Schwarze hergeloffe un hawwe den geuzt. *Utschebebbes, Utschebebbes*, hawwe se gerufe, un dann aach noch *Neescher, Neescher, Schornsteinfeescher*. Der Schwarze hot ja bloß gelacht, awwer der Dicke is irschendwann wütend geworn un hot sich den Rädelsführer geschnabbt. Un des war halt de Sprössling vum Sanidädsrat. Er hot em links un rechts eini geschmiert, dann hot ern widder laafe losse."

„Ein paar Ohrfeigen – das war alles?", hakte Klaus Hebel nach.

„Ja, des war alles. Wenn Se mich frache – der Rotzleffel war schun längst emol fällisch. Der bildt sich Wunner was oi, nur weil er de Sohn vum Herrn Sanidädsrat is un weil die es greeßte Haus im Ort hawwe. Er hot aach glei losgezedert, soin Vadder deht e Gutachde schreiwe un deht die Schiffer uff Schmerzensgeld verklaache un lauder so Sprisch'."

Ilse Guthmann unterschrieb das Protokoll und verabschiedete sich.

„Was machen wir jetzt, Wilhelm?", fragte Hebel. „Soll ich die Matrosen verhören?"

„Leg das Protokoll zu den Akten, Klaus", entgegnete Wilhelm Penk. „Wir haben schließlich Wichtigeres zu tun. – War sonst noch was los?"

„Frau Schrepfer war da und hat das Essen für ihren Mann gebracht. Dabei hat sie die Polizei beleidigt. Sie sagte wörtlich, wir müssten wohl bescheuert sein, wenn wir glaubten, ihr Mann habe jemanden umgebracht. Außerdem verlangte sie, mit dem Inhaftierten sprechen zu dürfen. Ich habe das natürlich abgelehnt. Ich kenne ja die Vorschriften."

„Ach ja, die Vorschriften", seufzte der Polizeidiener. „Manchmal muss man sie einfach vergessen."

Mittwoch, 7. September 1898

Kommissär Hartmann war der einzige Gast, der morgens um sieben in der Gaststube der *Post* zum Frühstück erschien. Der Wirt brachte ein Tablett mit Hausmacherwurst, Schinken, Quark und Marmelade, dazu frisches Brot, Malzkaffee und Milch.

„Ihre Tochter ist heute nicht da?", fragte Paul Hartmann.

„Die Christel schläft gerne etwas länger. Sie müssen schon mit mir vorlieb nehmen", erklärte Christoph Krug.

Der Kommissär war fast erleichtert. Die „bevorzugte Bedienung" am Vorabend hatte ihn ziemlich in Verlegenheit gebracht. Die Wirtstochter hatte sich zum Servieren umgezogen und trug ein buntes, luftiges Sommerkleid mit einem recht freizügigen Ausschnitt, eine Halskette mit einem Medaillon und eine rote Schleife im Haar. Hartmann wusste gar nicht wohin mit den Augen, wenn sie sich über den Tisch beugte, um den Teller anzureichen oder das Glas abzustellen. Zum Glück blieb die Unterhaltung mit ihr einigermaßen unverfänglich und drehte sich nur um Speisen, Getränke und das Wetter. Aber ihr aufreizendes Lächeln, spöttisch und herausfordernd zugleich, verwirrte ihn. Wie alt mochte sie sein? Zwanzig, fünfundzwanzig? Es war schwer zu sagen. Sie hatte die Rundungen und die Gesichtszüge einer reifen, erfahrenen Frau, benahm sich aber wie ein kleines Kind.

„Und Ihre Gemahlin, schläft die auch noch?"

Der Wirt schüttelte den Kopf. „Ich bin schon seit fünf Jahren Witwer. Die Christel und ich, wir führen das Gasthaus alleine. Wir kommen ganz gut zurecht."

Er arrangierte die Morgenmahlzeit langsam und umständlich vor seinem Gast; dann blieb er neben dem Tisch stehen.

„Ist noch etwas, Herr Wirt?"

Christoph Krug kam gleich zur Sache. „Sie untersuchen doch den Mord an dem Müller Fischer", sagte er.

Na also – das war ja zu erwarten, dachte Hartmann. „Ob es ein Mord war, wird sich noch herausstellen. Möchten Sie denn eine Aussage machen?"

„Ich? – Nein, nein, ich weiß doch nix", versicherte Krug eilig. „Der Schrepfer Philipp ist ja schon festgenommen worden. Aber ich kann mir nicht vorstellen, dass er zu so etwas fähig wäre."

„Wem würden Sie denn eine solche Tat zutrauen?"

Der Wirt kratzte sich verlegen am Kopf. „Na ja, der Fritz hat sich über alles gleich aufgeregt und sich fast mit jedem hier im Ort angelegt. Aber meistens war die Sache schnell wieder vergessen. Mich hat er mal angebrüllt, ich wolle ihn vergiften, weil er Durchfall bekam, nachdem er bei mir eine Schlachtschüssel gegessen hatte. So eine Unverschämtheit! Ich wollte ihm eigentlich Hausverbot erteilen, doch am nächsten Tag kam er ganz kleinlaut zurück und hat sich entschuldigt. Seine Frau hätte jetzt das gleiche Malheur, und die hatte keine Schlachtschüssel gegessen. So war er halt."

„Und mit seinen Müllerkollegen gab es wohl auch öfter Auseinandersetzungen?", erkundigte sich der Kommissär.

„Das können Sie laut sagen. Besonders mit dem Richard Maus geriet er ständig aneinander. Den hatte er regelrecht auf dem Kieker."

„Wie war denn sein Verhältnis zu seinem Kompagnon?"

Christoph Krug zögerte. „Ich glaube, da hat es auch öfter mal gekracht, aber meistens hat dann der Fritz wieder eingelenkt. Ich selbst habe das nicht direkt mitbekommen. Die beiden waren selten zusammen bei mir, weil sie sich regelmäßig bei der Arbeit in der Mühle abgewechselt haben. Sie hatten ja schon ewig keinen Mühlburschen mehr, denn keiner hat es lange bei dem Fritz ausgehalten."

Der Kommissär kaute nachdenklich auf seinem Wurstbrot. Langsam formte sich vor seinem geistigen Auge das Bild des Opfers. Friedrich Fischer war sicher kein einfacher Zeitgenosse gewesen: Ein Choleriker, der ständig Streit suchte und absurde Anschuldigungen in die Welt setzte, der andererseits aber auch nicht nachtragend war. Diejenigen, die ihn genauer kannten, konnten sich wahrscheinlich irgendwie mit ihm arrangieren. Wer allerdings zum ersten Mal mit seinen Ausfällen konfrontiert wurde, konnte leicht die Fassung verlieren.

„Herr Krug", wandte sich Hartmann an den Wirt, „überlegen Sie genau. Haben Sie mitbekommen, dass Fischer in den letzten Tagen vor seinem Tod jemanden besonders heftig und beleidigend attackiert hat?"

„Allerdings, Herr Kommissär." Und Christoph Krug erzählte seinem Gast haarklein von der Begegnung mit dem holländischen Kapitän, die sich vorigen Freitag im gleichen Raum abgespielt hatte.

„Interessant", murmelte der Kriminalist.

Als Paul Hartmann nach dem Frühstück in die Polizeiwache kam, wartete dort schon der Gendarm Konrad Mathes auf ihn. Er war von seiner Dienststelle, der Gendarmeriesektion Groß-Gerau, zur Unterstützung des Kommissärs nach Ginsheim abkommandiert worden. Wilhelm Penk kannte ihn gut; der Junge war in Ginsheim aufgewachsen und hatte bis zu seiner Militärzeit hier gelebt. Seine Eltern betrieben ein kleines Baugeschäft in der Ludwigstraße. Mathes hatte von seinem vorgesetzten Wachtmeister die Erlaubnis erhalten, bis zum Abschluss der Untersuchungen in seinem Elternhaus zu schlafen.

„Das trifft sich gut", freute sich Hartmann. „Es erleichtert unsere Ermittlungen, wenn wir einen Gendarmen haben, der sich hier bestens auskennt." Zusammen mit dem Polizeidiener gab er dem Neuankömmling einen kurzen Überblick über den Fall des höchstwahrscheinlich ermordeten Müllers.

„Sie können gleich mal das Protokoll führen, wenn wir jetzt unseren Verdächtigen vernehmen", ordnete der Kommissär an.

Wilhelm Penk hätte viel darum gegeben, wenn er dem Verhör nicht hätte beiwohnen müssen. Er vermied den Blickkontakt mit Schrepfer, der mehr denn je wie ein Häuflein Elend auf seinem Stuhl hing. Der Kriminalist war offenbar entschlossen, die harte Tour durchzuziehen.

„Ihr Kompagnon hat also damit gedroht, Sie wegen Betrugs anzuzeigen, weil Sie ihm Geld versprochen hatten, das Sie nun nicht zahlen konnten. Um welche Summe ging es denn?"

„Der Fritz hat sich im April 4.000 Mark geliehen und sollte nach einem halben Jahr 5.000 Mark zurückzahlen. Die wollte ich ihm aus meiner Erbschaft geben.“

Der Polizist pfiff durch die Zähne. Das war eindeutig Wucher und somit strafbar.

„Gab es darüber zwischen Ihnen eine schriftliche Vereinbarung?“

„Nein, natürlich nicht. Das Geschäftliche haben wir immer im gütlichen Einvernehmen geregelt.“

„Aber diesmal nicht, oder? Der Herr Fischer wollte Sie doch ins Zuchthaus bringen. Da kann man kaum von gütlichem Einvernehmen sprechen.“

„Das hat der doch nicht ernst gemeint“, verteidigte sich Schrepfer schwach.

Hartmann blätterte in dem Protokoll, das der Polizeidiener Hebel bei der gestrigen Befragung erstellt hatte.

„Sie geben an, dass Sie, nachdem Sie die Mühle verlassen hatten, zu einem längeren Spaziergang über die Insel aufgebrochen sind. Machen Sie das öfter?“

„Eigentlich nie – aber am Montag wollte ich alleine sein und nachdenken. Ich dachte, vielleicht fällt mir eine Lösung für unser Problem ein.“

„Und? Ist Ihnen etwas eingefallen?“

Philipp schüttelte nur stumm den Kopf.

Der Kommissär sprang auf, beugte sich über den Tisch und funkelte den Müller an. Seine Stimme wurde schneidend scharf.

„Doch! Ich kann Ihnen sagen, welche Lösung Ihnen eingefallen ist. Der Friedrich Fischer musste weg! Er war eine Bedrohung für Sie, und er hat Sie auch schon früher oft genug gedemütigt. Sie sind zu Ihrer Mühle zurückgekehrt und haben Ihren Kompagnon auf bestialische Weise umgebracht. Geben Sie's doch zu!“

Schrepfer flüsterte nur: „Nein, so war es nicht.“

Paul Hartmann setzte sich wieder und schlug einen ruhigeren, beinahe versöhnlichen Ton an.

„Wie war es dann? Vielleicht wollten Sie ja Ihren Kompagnon gar nicht töten, sondern nur noch einmal zur Rede stellen und ihn dazu bringen, dass er seine Drohung zurücknimmt.

Fischer war uneinsichtig, und es kam erneut zum Streit. Dabei haben Sie ihn vielleicht ein bisschen gestoßen, und er ist in das Getriebe gefallen. War es so?"

„Nein, nein", flüsterte Philipp. „Ich war nicht mehr in der Mühle. Ich habe den Fritz nach unserem Streit nicht mehr gesehen."

Der Kommissär schwieg eine Weile. „Sie wollen uns erzählen", sagte er dann, „dass Sie fast drei Stunden alleine herumgelaufen sind, ohne eine Menschenseele zu treffen? Das nehme ich Ihnen nicht ab. Sie bleiben vorerst in Gewahrsam. Ich werde nachher bei der Staatsanwaltschaft einen Haftbefehl beantragen. Sobald dieser eingetroffen ist, werden Sie zur Untersuchungshaft an das Amtsgericht Groß-Gerau überstellt. – Abführen!"

Konrad Mathes sprang geflissentlich auf und brachte den völlig am Boden zerstörten Schrepfer zurück in die Arrestzelle. Wilhelm Penk blieb sitzen und schaute den Kriminalbeamten mit einem Gemisch aus Abscheu und Bewunderung an.

„Also, ich muss schon sagen, Herr Kommissär – Sie tun dem Philipp Schrepfer bitter Unrecht", wagte er sich schließlich aus der Deckung. „Sie sehen doch, das ist ein gebrochener Mann."

„Ja – aber die Frage ist: warum? Vielleicht regt sich jetzt sein Gewissen, und es sind die Schuldgefühle, die ihn quälen."

„Aber bedenken Sie doch: Er hat seinen Partner verloren, vielleicht auch seine Mühle, seine Arbeit, seine Ehre ..."

„Richtig, Penk. Der drohende Verlust seiner Ehre hat ihn zu der Tat getrieben. Er wollte nicht ins Zuchthaus. Natürlich hätte ihn Fischer wegen einer mündlichen Absprache, noch dazu bezüglich einer vagen Aussicht auf eine Erbschaft, vor keinem Gericht der Welt verklagen können."

„Na sehen Sie – damit ist Ihr Mordmotiv doch geplatzt."

Hartmann schüttelte den Kopf. „So einfach ist das nicht, Penk. Entscheidend ist nicht der juristische Sachverhalt, sondern einzig die Frage, ob Schrepfer in diesem Moment geglaubt hat, dass er verurteilt würde. Die beiden Müller scheinen ja in finanziellen und rechtlichen Dingen reichlich naiv gewesen zu sein. Allein schon, dass sie sich auf diesen Wucherzins eingelassen haben – aufs Jahr gerechnet ist das ein Zinsfuß von 50 Prozent! Außerdem – wenn ich es recht sehe, gehörte den beiden die Mühle je zur Hälfte. Folglich hätte auch jeder von ihnen die Hälfte der Rückzahlung aufbringen müssen."

Der Kommissär klappte die Akte, die vor ihm lag, zu. „Ich muss Oberstaatsanwalt Praetorius Bericht erstatten. Es liegt dann in seinem Ermessen, ob er einen Haftbefehl beantragt oder nicht. Ich darf doch sicher Ihr Telephon benutzen?"

Bevor der Polizeidiener antworten konnte, klopfte es an der Tür.

Eine kleine, blonde Frau mit Pausbacken und einem dunkelblauen Kopftuch betrat die Wachstube. Wilhelm Penk kannte sie. Heidemarie Kreuzer war als Magd auf dem Hofgut Langenau beschäftigt, das von der Familie des Barons von Molsberg bewohnt und bewirtschaftet wurde.

„Ich hab geheert, dass ihr den Schrepfer Philipp festgenomme habt", hob sie an. „Dadezu meschd ich gern e Beobachtung melde."

„Sie haben die Tat beobachtet?", fragte Hartmann interessiert. „Setzen Sie sich doch."

„Die Tat? Naa, ich hab' den Schrepfer beobachtet, wie er am Mondaach bei uns iwwern Hof geloffe is. Sie wisse doch", erklärte sie, zum Polizeidiener gewandt, „wemmer zum Steindamm will, muss mer bei uns mitte dorsch de Hof. Es gibt ja kaan annern Weesch."

„Ja, das stimmt", bestätigte der Polizist. „Um wie viel Uhr war das denn?"

„Ei, ich hatt' grad ogefange, unser Säu zu füttern. Des mach ich immer so um halwer fünf. Ich glaab, der hat mich gar net gesehe. Der war ganz in Gedanke."

„Und Sie haben ihn genau erkannt?", insistierte der Kommissär. „Wie nahe kam er denn bei Ihnen vorbei?"

„Ich werd doch den Müller Schrepfer kenne! Der kaaft doch immer soi Obst bei uns, un jed' Jahr zu Weihnachte holt er soi Gänsje. Allerdings – zuerst hab ich en ja nur von hinne gesehe, wie er Rischdung Steindamm verschwunne is. Awwer wie ich ferdisch war, so e halb Stund' später, hab ich en zurückkomme sehe. Ich wollt em noch zurufe, dass er sich bei uns unnerstelle sollt, weil ja e bees Gewidder uffgezoche is. Grad in dem Moment gab's en Blitz un gleischzeidisch en Mords Dunnerschlaach – da bin ich schnell ins Haus gerennt. Ich fersch't mich doch so vorm Gewidder."

„Und außer Ihnen hat ihn niemand gesehen?", hakte Hartmann nach.

Die Magd verneinte. „Naa. Es war ja sunst niemand da. Unsere zwaa Knechte warn noch drauße uffem Feld beim Zackern. Die hawwes net mehr geschafft vorm Reesche. Die gnädische Frau war im Musikzimmer un hot Klavier geiebt. Un de Herr Baron war mit soiner Staffelei am Rhoiufer un hot gemalt. Er hot mer des Bild gestern Owend gezeischd. *Gewidderstimmung am Fluss* hatters genannt. Er hat mer aach glei gerate, zur Bollizei zu gehe un zu melde, dass ich den Schrepfer gesehe hab."

„Das ändert natürlich einiges", bemerkte Hartmann, nachdem Heidemarie Kreuzer die Wachstube verlassen hatte. „Die Zeugin erscheint mir glaubwürdig. Wie weit ist denn das Hofgut von der Mühle entfernt?"

„Das dürften etwa zwei Kilometer sein", meinte Penk.

„Nach Aussage der Gesellen von der Nachbarmühle kam Friedrich Fischer kurz vor Ausbruch des Gewitters, vielleicht eine halbe oder Viertelstunde vorher, ums Leben. Wenn sich Philipp Schrepfer in dieser Zeit wirklich in der Nähe des Hofguts derer von Molsberg aufgehalten hat, kann er nach menschlichem Ermessen die Tat nicht begangen haben. Wir müssen ihn laufen lassen."

So schnell war Wilhelm Penk selten auf den Beinen. Er stürmte hinunter zur Arrestzelle und sperrte auf.

Philipp blinzelte ihm entgegen. „Komme ich jetzt nach Groß-Gerau?", fragte er apathisch.

„Nein, Philipp", strahlte der Polizeidiener. „Du bist frei. Die Magd vom Hofgut Langenau hat dich zur Tatzeit gesehen. Erinnerst du dich nicht mehr, dass du bei denen zwei Mal über den Hof gelaufen bist?"

Der Müller schien sich nicht zu freuen. Er sah genau so unglücklich aus wie vorher.

„Ich weiß gar nicht, wo ich jetzt hin soll", sagte er leise. „Alleine kann ich doch die Mühle nicht halten."

„Geh erst mal nach Hause, Philipp, und ruh dich aus. Alles Weitere wird sich finden."

„Wir müssen noch mal ganz von vorne anfangen", verkündete der Kommissär. Er war in bester Stimmung und schien keineswegs enttäuscht zu sein, dass der Hauptverdächtige plötzlich entlastet war. Das wäre ja auch wirklich zu einfach gewesen, dachte Hartmann. Er hatte ein seltsames Glitzern in den Augen. Sein Jagdinstinkt war erwacht. Jetzt wurde es richtig spannend.

„Nummer eins – wir müssen den Tatort noch einmal gründlich durchsuchen. Die Täter hinterlassen häufig, ohne es zu wollen, irgendwelche Spuren. Das können winzige Kleinigkeiten sein, die man leicht übersieht."

Penk und Mathes hörten andächtig zu. „In England hat man ein Verfahren entwickelt, mit dem man sogar Fingerabdrücke sichtbar machen kann", dozierte der Kriminalbeamte. „Wussten Sie schon, dass die feinen Linien auf den Fingerkuppen bei jedem Menschen anders aussehen? Unter Millionen von Personen gibt es keine zwei, bei denen diese Muster identisch sind. Man muss nur die Fingerabdrücke, die man den Verdächtigen abnimmt, mit denen vergleichen, die man am Tatort findet – und schon kann man eindeutig nachweisen, wer sich dort aufgehalten hat. Leider ist man bei uns noch nicht so weit."

Polizeidiener Penk betrachtete irritiert seine Fingerspitzen. Solche modernen Methoden waren ihm unheimlich.

„Nummer zwei – wir müssen das Umfeld des Opfers durchleuchten", fuhr Hartmann fort. „Insbesondere suchen wir diejenigen Personen, die vielleicht noch eine Rechnung mit Friedrich Fischer offen hatten. Nach allem, was ich bisher gehört habe, könnte dies ein ziemlich großer Personenkreis sein, denn dieser Müller hat sich offensichtlich mit jedem angelegt. Wir konzentrieren uns auf die Fälle, wo es zu einem ernsten und dauerhaften Zerwürfnis gekommen ist. Natürlich achten wir auch auf aktuelle Zwischenfälle, die möglicherweise eine Affekthandlung ausgelöst haben könnten."

Der Kommissär kam immer mehr in Fahrt.

„Nummer drei – die alternative Theorie vom Vertuschen einer anderen Straftat. Gibt es hier in Ginsheim ungelöste Kriminalfälle, auch wenn sie schon längere Zeit zurückliegen, über die Fischer etwas gewusst haben könnte? Vielleicht hat er im Beisein des bisher unbekannten Täters mal eine Andeutung gemacht, und dieser ist nervös geworden."

Wilhelm Penk überlegte. Bisher beschränkten sich die strafbaren Handlungen in dem kleinen Altrheinort meist auf harmlose Schlägereien, gelegentlichen Felddiebstahl und groben Unfug, wozu er auch den jüngsten Fall mit der verschwundenen Kiste zählte. Dann fiel ihm doch noch etwas ein.

„Vor Jahren ist schon einmal ein Müller unter ungeklärten Umständen verschwunden", erinnerte er sich. „Die allgemeine Annahme war, dass er beim Schmieren der äußeren Lagerbüchsen seiner Wasserräder in den Rhein gefallen und ertrunken ist. Die Leiche wurde allerdings nie gefunden."

„Na bitte, das wäre doch ein Ansatzpunkt", erwiderte Hartmann. „Suchen Sie mir nachher bitte die Akte dazu raus." Er holte noch einmal tief Luft und kam zum Ende seiner Ausführungen.

„Nummer vier – wir suchen weitere Zeugen, die sich zur Tatzeit sowie davor und danach in der Nähe der Mühle aufgehalten haben. Vielleicht hat ja doch jemand etwas beobachtet. Ich werde mal bei der Staatsanwaltschaft anfragen, ob eine Belohnung ausgesetzt wird."

Gendarm Mathes hatte während der Rede des Kommissärs einige Notizen gemacht und reichte nun das Blatt herüber.

„Ich habe mal den zeitlichen Ablauf der Ereignisse, soweit wir ihn kennen, zusammengestellt", brachte er vor. „Vielleicht ist es ja von Nutzen."

Paul Hartmann warf einen Blick auf das Papier. „Ausgezeichnet!", rief er. „Wo haben Sie das gelernt? Sie haben sicher gedient?"

Konrad Mathes errötete ob des Lobes und nahm Haltung
an. „Selbstverständlich, Herr Kommissär. Dragoner-Regiment
Nr. 23 in Babenhausen."

„Stehen Sie bequem, Gendarm. Ja, die Dragoner – das preu-
ßischste unter unseren hessischen Regimentern. Da lernt man
systematisches Vorgehen. Wirklich sehr hilfreich, Mathes."

Der Gendarm hatte eine Tabelle angelegt:

3 Uhr 00	Philipp Schrepfer betritt seine Mühle.
3 Uhr 15	Philipp Schrepfer verlässt seine Mühle nach heftigem Streit.
3 Uhr 20	Richard Maus verlässt die Nachbarmühle. Friedrich Fischer arbeitet am Getriebe.
3 Uhr 30 bis 4 Uhr 00	Die Mühlburschen der Nachbarmühle baden im Rhein. Keine verdächtigen Bewegungen.
4 Uhr 35	Philipp Schrepfer wird beim Hofgut Langenau gesehen.
Zwischen 4 Uhr 30 und 4 Uhr 45	Die Mühlenburschen hören einen Schrei. Tod von Friedrich Fischer. Die Mühlenburschen entdecken die Leiche.
4 Uhr 50	Heinrich Schäfer wird benachrichtigt.
5 Uhr 00	Heinrich Schäfer trifft am Unglücksort ein. Philipp Schrepfer wird zum zweiten Mal beim Hofgut Langenau gesehen.
5 Uhr 00 bis 5 Uhr 20	Heftiges Gewitter.
5 Uhr 40	Ortspolizei wird benachrichtigt.
6 Uhr 10	Ortspolizei trifft am Tatort ein.

„Entscheidend ist die Zeit zwischen 4 Uhr 00 und 4 Uhr 45",
betonte Hartmann. „Während dieser 45 Minuten muss der Mörder die Mühle betreten, seine Tat vollbracht und die Mühle wieder verlassen haben. Das aufkommende Unwetter gegen 5 Uhr
ist ein markanter Zeitpunkt. Die Leute werden sich erinnern,
was in der Stunde davor passiert ist – auch wenn sie nicht auf
die Uhr geschaut haben."

Der Kriminalist fasste zusammen: „Es gibt also genug zu
tun, meine Herren. Ich schlage vor, dass Gendarm Mathes

gleich heute Nachmittag die Durchsuchung der Mühle vornimmt. Achten Sie auf jede Kleinigkeit, Mathes, und nehmen Sie den Philipp Schrepfer mit. Er weiß am besten, was in seine Mühle gehört und was nicht, und ob sich alles am richtigen Platz befindet."

So schnell kann man vom Verdächtigen zum Sachverständigen befördert werden, dachte Penk.

„Und wir beide werden uns ein wenig mit der Vergangenheit beschäftigen", sprach der Kommissär zum Polizeidiener.

Nicht nur die Polizei, auch die Ginsheimer Bevölkerung machte sich ihre Gedanken zum gewaltsamen Tod des Müllers. Gerüchte schwirrten umher, kondensierten zu Vermutungen und alsbald auch zu Verdächtigungen. Der beliebteste Ort, um Gerüchte, Vermutungen und Verdächtigungen auszutauschen, war seit jeher das öffentliche Gemeindebackhaus, *Backes* genannt.

Wie jeden Mittwoch hatte man dort schon am frühen Morgen eine kräftige Glut entfacht, und gegen Mittag waren die beiden großen Steinöfen so weit aufgeheizt, dass die Hausfrauen mit ihren Teigschüsseln aus dem ganzen Dorf herbeieilen konnten. Ein betörender Duft von knusprigem Brot und saftigem Zwetschgenkuchen verbreitete sich rund um das kleine Gebäude.

„Hawwe Se schun geheert – de Schrepfer Philipp is widder uff freiem Fuß. Er kann's net gewese sei – er hat ein Album."

„Alibi heeßt des, Frau Laubenheimer. Es hot ja aach kaaner werklisch geglaabt, dass der des war. So en gudmüdische Kerl."

„Des hot ja so komme misse, mit dem Fritz Fischer. Wie der iwwer jeden hergezoche is ... Da gibt's sicher viele im Ort, die wo dem nix Gutes gewünscht hawwe."

„Desderwesche bringt mer awwer jemand net glei um die Eck. Vielleischt isser ja doch verunglickt. Mer wisse doch all, wie gefährlisch die Awweit uff dene Mühle iss. Wissder noch, wie damals de Kessler Jakob im Rhoi ertrunke is?"

„Des glaab ich bis heit net, dass der ertrunke is. Der hat sisch bestimmt ausm Staub gemacht. Der hat doch Schulde noch un noch gehabbt, un außerdem isser ständisch newe naus gegange."

„Ei Frau Stahl, wieso backe Sie dann zwaa Quetschekuche midde inde Woch? Hot jemand Geborzdaach?"

„Naa – aaner is fer uns, un den annern bring ich zu dene Schiffer uffem holländische Dampfer. De Schorsch hat gesacht, ich sollt mich es bissje um die Männer kümmern. Die könne ja nix defier, dass se jetzt schun iwwer e Woch hier festhänge."

„Ja, des war net in Ordnung, wie mer die oofangs behannelt hawwe", stimmte Frau Kröll, die Metzgerin, zu. „Ich hab mich fast e bissje geschämt, wie de Parrer Ohly am Sunndaach ausm Epheserbrief gepredischt hat: ‚Seid freundlich und hilfsbereit zueinander und vergebt euch gegenseitig, was ihr einander angetan habt.' Hinnerher hab' ich dene glei drei Ring vun unserner Flaaschworscht gebracht."

„Awwer komisch isses trotzdem. Es ganz Jahr bassiert nix, un kaum sinn die Fremde hier, gibt's en Mord."

„Sie glaawe doch net, dass es aaner vun dene Holländer war? Warum solld'n die dann so was mache?"

„Also, ich hab geheert, dass sich der Fritz Fischer am letzte Freidaach beim Christoph ganz bitterbees mit dem Kapitän rumgestritte hawwe soll. Vielleischt wollt der sich räsche."

„Ich glaab eher, dasses der Utschebebbes war. Der war ja debei, wie der Fritz soin Scheff schwer beleidischd hot. Wie der schun aussieht – zum Ferschde! Da, wo der herkimmt, solls ja noch Menschefresser gewwe. Sacht jedenfalls de *Seemann*."

„Sie misse aach net alles glaawe, was moin Neffe so verzählt", erwiderte Frau Reiss.

Eine verhärmte Frau in schwarzer Kleidung betrat die Backstube.

„Ach Frau Fischer, moi herzlisch Beileid. Des is ja werklisch schlimm mit Ihne Ihrm Mann. Gell, Sie sache Bescheid, wemmer Ihne irschendwie helfe könne."

Dorothea Fischer putzte sich die Nase. „Vielen Dank, Frau Reiss. – Ach, der Fritz war ja werklisch net oifach. Dauernd hadde mir Krumbel middenonner. Awwer jetzt fehlt er mer doch."

Heinrich Schäfer hatte gerade mit seinem Mühlburschen Jean Berger die Abfolge der Passagen an den Walzenstühlen besprochen, als er von draußen rufen hörte: „Ha-hallo, M-müller. W-willst du F-fisch k-kaufen?“

Er stieg an Deck, und Toni in seinem Nachen hielt ihm einen ausgewachsenen Lachs entgegen.

„Glück zu, Toni. Das ist ja ein prächtiger Rheinsalm. So einen hatten wir schon lange nicht mehr. Da wird sich meine Frau aber freuen.“ Schäfer wusste, dass Jean erst mal alleine klar kam. „Komm rauf, Toni“, sagte er leutselig. „Möchtest du einen Schnaps?“ – Der Junge strahlte und machte sein Boot fest.

Sie setzten sich an den Tisch der kleinen Müllerstube, und Heiner schenkte ein. Er versuchte, ein Gespräch in Gang zu bringen, und fragte Toni, wie es denn derzeit um die Fischerei stünde.

„I-in der Schw-schwarzbach f-fange ich n-nichts mehr“, erfuhr Schäfer. „L-lauter tote F-fische.“

Das hatte der Müller allerdings auch schon beobachtet. Offensichtlich kam es in dem kleinen Flüsschen regelmäßig zu Fischsterben, seit die Darmstädter Chemiefabrik dort ihre Abwässer einleitete.

Schäfer hatte plötzlich eine Idee. Er wechselte das Thema.

„Sag mal, Toni – du weißt doch, was mit dem Fritz Fischer geschehen ist?“

Toni nickte. „Der d-dünne M-müller ist t-ot“, stotterte er.

„Wo warst du denn, als es passiert ist?“

Der Junge glotzte ihn nur verständnislos an.

Heinrich versuchte es noch einmal. „Am Montag, kurz bevor das große Gewitter kam – wo warst du da?“

Toni überlegte. „I-ich hab ge-geangelt, an der R-reiher-k-krippe“, kam es nach einer Weile.

Heiner wusste sofort, dass er die nächste Krippe oberhalb seiner eigenen Mühle meinte, wo sich regelmäßig einige Graureiher niederließen. Die Stelle war gut 200 Meter vom Tatort entfernt.

„Hast du von dort vielleicht jemanden gesehen, der zur Mühle von Fritz Fischer wollte?“

Wieder eine längere Pause. „D-da war ein N-nachen“, kam schließlich als Antwort.

„Ein Nachen, der zur Mühle gefahren ist?“ – Toni nickte.

„Und wer saß drin?"

Der junge Mann zuckte mit den Schultern. „W-weiß n-nicht. War z-zu weit w-weg."

Heiner Schäfer war enttäuscht. Aber er ließ nicht locker.

„Und danach, hast du da noch etwas beobachtet?"

Er sah, wie es hinter der Stirn des Jungen arbeitete. „Ein D-dampfer ist v-vorbei-gef-gefahren, mit f-fünf K-kähnen h-hinten dran. D-dann kam ein Bl-blitz und Do-donner u-und v-viel R-regen, da b-bin ich w-weg."

Schade – mit dieser Aussage kann man wohl nicht viel anfangen, dachte Schäfer. Ein vorbeifahrender Schleppzug war ja nichts Ungewöhnliches und konnte auch kaum mit dem Tod von Fritz Fischer in Verbindung gebracht werden.

Toni schien auch noch etwas auf dem Herzen zu haben. Er druckste eine Weile herum, dann stotterte er: „Du, M-müller, d-deine To-tochter, die Lu-luzie ..."

„Ja, Toni? Was ist mit der Luzie?"

„D-die ist sch-schön", antwortete Toni und grinste einfältig.

Heiner war leicht amüsiert. Er wusste ja, dass das halbe Dorf hinter Luzie her war, aber dass auch Toni zu ihren Verehrern gehörte, war ihm neu.

„Gefällt sie dir, die Luzie?"

Der Junge nickte heftig. Dann sagte er: „D-die Luzie s-soll z-zu mir in m-meine H-hütte k-kommen."

Ach du liebe Zeit, dachte Heinrich, was fantasiert sich der Kerl denn da zusammen? „Warum soll die Luzie denn in deine Hütte kommen?", fragte er vorsichtig.

„D-die Lu-luzie kann he-helfen b-beim K-kochen und N-netze- fl-flicken. I-in d-er H-hütte ist Pl-platz f-für zw-zwei."

Schäfer wurde die Unterhaltung langsam unbehaglich. „Das geht nicht, Toni. Schau mal, die Luzie ist so ein Leben da draußen nicht gewöhnt. Außerdem – jeden Tag Fisch, das wäre bestimmt nicht nach ihrem Geschmack."

Der junge Mann wurde heftig. „Es gibt nicht nur F-fisch", protestierte er. „Ich kann Fallen stellen und K-kanickel fangen. N-neulich habe ich sogar ein R-reh erwischt und geschlachtet."

Sieh an, dachte Heiner Schäfer. Wenn er sich aufregt, vergisst er sogar zu stottern. Er entgegnete: „So, wildern tust du also auch? Weißt du nicht, dass das verboten ist?"

Toni ging nicht darauf ein. „R-rehbr-braten ist g-gut", murmelte er. Und nach einer Pause fuhr er fort: „M-manchmal ist es n-nachts k-kalt in der H-hütte. D-die L-luzie k-kann b-bei mir schl-schlafen und m-mich w-wärmen."

Heiner merkte, dass er das Gespräch beenden musste. Er wurde ungehalten. „Zum Donnerwetter, Toni, schlag dir das aus dem Kopf. Die Luzie wird auf keinen Fall zu dir in die Hütte ziehen. Und selbst wenn sie es wollte – ich als Vater würde dazu niemals meine Einwilligung geben. Verstehst du – niemals!"

Der Junge starrte eine Zeit lang vor sich hin. „Du d-denkst auch, d-dass ich bl-blöd bin", brachte er dann mit dumpfer Stimme hervor.

Der Müller hatte fast schon wieder Mitleid. „Nein, Toni – du bist nicht blöd. Nur – die Luzie und du, ihr passt einfach nicht zusammen. Vielleicht kommt eines Tages eine Frau in deine Hütte, die zu dir passt. Du musst nur Geduld haben."

„A-alle halten m-mich für bl-blöd", brummte Toni weiter. „Aber ich bin nicht bl-blöd. Ich k-kann ganz gr-große F-fische fangen und F-fallen st-stellen u-und R-rehe schl-schlachten."

„Ist gut, Toni. Aber jetzt muss ich wieder an die Arbeit. Hier, da hast du fünfzig Pfennig für den Fisch. Glück zu!"

Toni steckte die Münze wortlos ein und kletterte wieder in sein Boot. Nachdem er abgelegt hatte, rief er noch einmal herüber: „Ich b-bin nicht bl-blöd!"

Mit einem Kopfschütteln ging Heiner Schäfer zu seinen Walzenstühlen zurück.

„Heute habe ich den holländischen Kapitän beim Bäcker Kraft getroffen", erzählte Luzie beim Abendbrot ihrer Mutter. „Das ist vielleicht ein toller Mann! Der könnte mir auch gefallen."

„Luzie!", rief Frau Schäfer entsetzt.

„Was hast du denn, Mama? Was schaust du mich so an? Das war doch nur ein Scherz", lachte die Tochter. „Der ist ja viel zu alt für mich. Aber trotzdem – er war so höflich und charmant. *Ich lasse Ihnen gerne den Vortritt, mein schönes Fräulein*, hat er zu mir gesagt, hat mich angelächelt und seine Mütze gezogen."

Marga Schäfer war mit ihren Nerven am Ende. Seit Tagen hatte sie nicht mehr richtig geschlafen. So konnte es nicht weitergehen. Sie fasste einen Entschluss.

Kommissär Hartmann lehnte sich nach dem Abendessen entspannt zurück und bestellte noch ein Glas Wein bei Christine Krug. Die gebratene Leber mit Apfelscheiben, Zwiebeln und Kartoffelbrei hatte ihm ausgezeichnet geschmeckt. So allmählich gewöhnte er sich auch an die besonderen Umgangsformen hier in diesem kleinen Gasthof und an das unkonventionelle Benehmen der Wirtstochter.

Die brachte den Wein und nahm anschließend unaufgefordert auf dem Stuhl ihm gegenüber Platz, wobei sie ihn neugierig ansah. Selbst das versetzte ihn inzwischen nicht mehr in Erstaunen.

„Na, wie gefällt es Ihnen denn hier bei uns in Ginsheim?" erkundigte sie sich.

„Viel habe ich ja noch nicht gesehen", entgegnete der Kommissär. „Wie Sie wissen, bin ich nicht zum Vergnügen hier. Aber die Umgebung ist sehr einladend. Falls ich übers Wochenende bleibe, werde ich mich ein bisschen umsehen."

„Die schönsten Plätze finden die Fremden oft gar nicht. Wenn Sie möchten, kann ich Ihnen ein paar Vorschläge machen."

„Das wäre wirklich sehr nett von Ihnen, Fräulein Krug. Oder darf ich Christel sagen?"

„Na klar – Paul", sagte sie und strahlte ihn an.

Hartmann blieb der Mund offen stehen. Was bildet die sich eigentlich ein, dachte er verärgert. Wenn er, als zahlender Gast des Hauses und höherer Beamter, gegenüber einem einfachen Mädchen vom Lande im Rang einer besseren Dienstmagd eine vertrauliche Anrede wählte, gab ihr das noch lange nicht das Recht, das Gleiche zu tun. Woher kannte sie überhaupt seinen

Vornamen? Natürlich – vom Meldebogen. Auf jeden Fall hatte sie eine Zurechtweisung verdient. Aber fürs Erste ließ er es auf sich beruhen, zumal sie ungeniert weiterplapperte.

„Was hast du denn so vor am Wochenende?"

„Nun, ich wollte mir vielleicht am Sonntag eine Angelausrüstung besorgen und ein bisschen fischen gehen."

Sie kicherte. „Angeln – das wäre nichts für mich. Die ganze Zeit still dasitzen und warten, bis einer anbeißt ... ein Fisch, meine ich. Wo man doch am Wasser noch ganz andere Sachen machen kann."

Es war wahrscheinlich zwecklos, dachte Hartmann, der Frau zu erklären, dass er beim Angeln am besten abschalten konnte. Die ruhigen Stunden an einem Bach, Fluss oder Teich halfen ihm gerade bei schwierigen Problemen, seine Gedanken zu ordnen und neue Kraft zu schöpfen. – Stattdessen fragte er: „Was kann man denn sonst noch so alles am Wasser machen?"

Christel Krug verdrehte die Augen. So eine dumme Frage!

„Also – man kann paddeln, man kann segeln, man kann schwimmen ... Schwimmen mag ich am liebsten. Auf der Langenau gibt es wunderschöne versteckte Badeplätze. Manchmal schwimme ich zu einem Schleppkahn hinüber und versuche, mich am Ladebord hochzuziehen. Wenn es klappt, lasse ich mich ein Stück flussaufwärts mitnehmen und dann von der Strömung wieder zurücktreiben. Das ist herrlich!"

Hartmann guckte ungläubig. „Ist das nicht zu gefährlich?"

„Nur was richtig gefährlich ist, macht auch richtig Spaß", gab sie zurück und sah ihn herausfordernd an. „Du würdest dich ja wahrscheinlich nicht trauen. Kannst du überhaupt schwimmen?"

„So einigermaßen." Während seiner Militärzeit beim Infanterie-Regiment Prinz Carl war er der Beste seiner Einheit auf der 1.000-Meter-Strecke. „Aber ich habe meine Badekleidung nicht dabei."

Wieder ließ sie ihr glockenhelles Lachen hören. „Die brauchst du hier nicht. Was mich betrifft – ich bade am liebsten nackt, wenn mich keiner sieht. Und hinterher mit der nassen Haut im heißen Sand liegen – wunderbar!"

Das verkündete sie mit der größten Selbstverständlichkeit, als würde sie ihm erzählen, dass sie sonntags in die Kirche geht. Hartmann wusste in seiner Verlegenheit nicht, was er antworten sollte, und merkte, dass er einen roten Kopf bekam. „Das ist aber nicht erlaubt", sagte er schließlich.

„Oh, der strenge Herr Kommissär hat mich ertappt! Kriege ich jetzt eine Anzeige wegen sittenwidrigen Verhaltens?"

„Nein, natürlich nicht. Nur – es gibt nun mal gewisse Regeln und Gesetze ..."

„So – gibt es die?", unterbrach sie ihn. „Wer hat sie denn gemacht, die Gesetze? Ihr Männer habt sie gemacht – wir Frauen sind natürlich zu dumm dazu. Wir haben ja noch nicht einmal das Recht, die Politiker zu wählen, die die Gesetze machen!"

„Egal – es gibt sie nun mal. Wenn du dich nicht danach richten willst, ist das deine Sache. Aber du solltest wenigstens nicht so unbefangen darüber reden. Das schickt sich einfach nicht."

„Ach ja – das schickt sich nicht?" Sie funkelte ihn an. „Ihr Männer seid doch alle gleich. Als ich eben sagte, dass ich gerne nackt bade, hast du dir überlegt, wie ich dann wohl aussehe. Leugne es nicht – ich habe es in deinen Augen gesehen! Du würdest, wenn du könntest, ohne Hemmungen hinter einem Busch lauern, um zu sehen, wie ich aus dem Wasser steige. Wer weiß, was du dir sonst noch alles ausmalst in deiner schmutzigen Fantasie! Wir Frauen sollen gefügig sein und euch stets zu Willen, aber man darf nicht darüber reden. Ihr wollt uns erzählen, was sich schickt und was nicht? Was seid ihr nur für erbärmliche Heuchler!" Sie stand auf und lief mit wütenden Schritten in die Küche.

Paul Hartmann saß da wie ein begossener Pudel. Nein, diese Frau mit ihren fast schon staatsgefährdenden Ansichten durfte nicht in diesem Ton mit ihm reden. Das musste er ihr jetzt unmissverständlich klarmachen. Er griff zu seinem Weinglas und trank es auf einen Zug leer.

Christine Krug kam aus der Küche zurück, strahlend, als ob nichts geschehen wäre, und setzte sich wieder zum Kommissär.

„Ich habe mit Vater geredet“, sprach sie. „Am Sonntag kann
ich nicht weg. Die ersten Gäste kommen schon zum Frühschop-
pen nach der Kirche, bleiben zum Mittagessen und meistens
sogar bis zum Nachmittagskaffee. Abends wird es auch wieder
voll. Aber am Freitagabend, wenn die Müller da sind, braucht
er mich nicht. Da schickt er mich sowieso gerne weg, weil er
Angst hat, dass die mich begrabschen.“

„Und? Grabschen sie?“

„Ach wo“, kicherte Christel. „Die meisten sind ja brave Fa-
milienväter. Der Peter Guthmann vielleicht, wenn er einen in
der Krone hat. Aber der ist harmlos. Der Richard Maus hat es
auch ein paar Mal versucht, der widerliche Kerl. Aber seitdem
ich ihn einmal ganz aus Versehen mit einer Gabel in den Handrücken gestochen habe, ist er vorsichtiger geworden. Mit dem
war ich sogar mal verlobt – zum Glück nur kurz.“

Sie legte ihre Hand ganz sacht auf seinen Unterarm. Paul
Hartmann hatte das Gefühl, dass die Stelle wie Feuer brannte,
aber er wagte es nicht, den Arm wegzuziehen.

„Freitag um sechs – schaffst du das? Wir könnten eine
Abendrunde mit meinem Paddelboot drehen. Das kann sehr romantisch sein! Ich habe ein Zweier-Kajak. Du müsstest allerdings hinten sitzen, weil du schwerer bist als ich.“

Hartmann musste ein paar Mal heftig schlucken. Das Angebot war mehr als eindeutig. Wieder fiel ihm auf die Schnelle
keine angemessene Antwort ein.

Wie lange war es her, dass er das letzte Mal mit einer Frau
zusammen war? Er konnte sich fast nicht mehr erinnern.

Seine Nase foppte ihn. Er glaubte den leichten Geruch von
Sauerkraut wahrzunehmen, aufgestiegen aus Christels Haaren,
die dicht vor ihm in dem schmalen Boot saß ...

„Eigentlich wollte ich ja nur ein bisschen angeln“, sagte er matt.

„Du kannst ja deine Rute mitbringen – deine Angelrute, meine
ich.“ Lachend erhob sie sich und lief wieder in die Küche.

Erst als sie hinter der Tür verschwunden war, verstand er die
Anzüglichkeit.

Donnerstag, 8. September 1898

Um neun Uhr stand Margarethe Schäfer vor der Tür des ehrwürdigen Pfarrhauses neben der Kirche. Sie zögerte einen Moment, dann zog sie entschlossen an der Klingelschnur. Pfarrer Ohly öffnete und war einigermaßen erstaunt.

„Guten Morgen, Frau Schäfer. Was führt Sie denn in aller Frühe zu mir?"

„Herr Pfarrer, ich möchte beichten. Ich habe schwere Schuld auf mich geladen."

„Na, so schlimm wird es doch hoffentlich nicht sein. Kommen Sie erst mal rein." Er führte die Besucherin in sein Arbeitszimmer und bot ihr einen Stuhl an.

„Herr Pfarrer, Sie müssen mir die Beichte abnehmen", wiederholte Frau Schäfer.

Der Pfarrer lächelte. „Nun, Frau Schäfer, Sie wissen doch – die evangelische Kirche kennt keine Beichte. Sie sind ja, so weit ich weiß, damals vor Ihrer Heirat freiwillig zum Protestantismus konvertiert ..."

„Na ja, freiwillig? Wir mussten uns halt entscheiden. Der katholische Priester in Astheim hat gleich gesagt, eine Mischehe sei eine schwere Sünde. Und auch Ihr Vorgänger wollte uns den kirchlichen Segen erst spenden, nachdem ich den Glauben gewechselt hatte."

Ohly seufzte. „Ja, ich weiß. Mein geschätzter Vorgänger ist jetzt als Dekan in Groß-Gerau für mich zuständig. Er hat seine strengen Ansichten nicht geändert – ganz im Gegenteil. Wenn es nach mir ginge ..." Er zuckte mit den Achseln.

„Also, Frau Schäfer, beichten können Sie bei mir nicht. Aber ich höre Ihnen gerne zu, wenn Sie etwas auf dem Herzen haben. Und wenn Sie meinen Rat brauchen, stehe ich selbstverständlich zur Verfügung."

Und Marga Schäfer erzählte ihre Geschichte, die fast zwanzig Jahre zurücklag. Sie begann stockend, unterbrochen von Tränen, doch allmählich wurde sie ruhiger und gefasster. Pfarrer Ohly hörte geduldig zu und stellte keine Fragen. Erst als sie geendet hatte, hakte er nach: „Und Sie haben nie mit Ihrem Mann darüber gesprochen?"

Frau Schäfer schüttelte den Kopf. „Ich hab mich ja so geschämt damals. Der Heiner und ich, wir wollten doch heiraten. Ich hatte einfach Angst, dass er mich verlässt. Später, als dann die Luzie auf die Welt kam, hab ich mich erst recht nicht getraut. Das Kind brauchte doch einen Vater. Aber ich glaube, der Heiner hat es die ganze Zeit über geahnt. Die Luzie sieht ihm halt überhaupt nicht ähnlich, und sie kam ja auch ein bisschen zu früh nach unserer Hochzeit. Trotzdem weiß ich, dass er sie genau so lieb hat wie sein eigenes Fleisch und Blut."

Der Pfarrer schwieg lange. Es war mäuschenstill im Arbeitszimmer. Nur der gleichmäßige Pendelgang der großen Standuhr war zu hören: tick-tack, tick-tack. Dann sagte er: „Sie sollten sich nicht länger grämen, Frau Schäfer. Sie haben vielleicht damals in jugendlichem Leichtsinn einen Fehler begangen, aber Sie haben es hundertfach wieder gut gemacht – mit allem, was Sie für Ihre Familie, für Ihre Nachbarn, für die ganze Gemeinde getan haben. Nur – eines müssen Sie mir versprechen."

Er sprach jetzt langsam und eindringlich. „Sie müssen endlich mit Ihrem Mann reinen Tisch machen. Diese Sache darf nicht zwischen Ihnen beiden stehen bleiben. Dann müssen Sie gemeinsam entscheiden, ob und wann Sie es Ihrer Tochter erzählen. Ich finde, auch Luzie hat ein Recht zu erfahren, wer ihr leiblicher Vater ist. Aber das ist Ihre Entscheidung."

Marga saß eine Zeit lang regungslos da; dann nickte sie. „Sie haben recht, Herr Pfarrer. Ich muss mit dem Heiner reden – am besten noch heute. Leicht wird es mir nicht fallen, nach all den Jahren. Vielleicht wirft er mich ja aus dem Haus, aber dann hab ich's nicht besser verdient."

Der Pfarrer lächelte. „Sie sollten Ihren Mann besser kennen, Frau Schäfer. Ich weiß, dass er Sie über alles liebt, und er wird Sie umso mehr lieben, wenn kein Geheimnis mehr zwischen Ihnen steht."

Margarethe Schäfer schien über etwas nachzudenken. Nach einer Weile fragte sie schüchtern: „Herr Pfarrer – jetzt, wo ich alles gebeichtet habe und Sie mir auch eine Buße auferlegt haben – da könnten Sie mir doch die Absolution erteilen?"

„Aber Frau Schäfer!" Ohly drohte halb im Scherz mit dem Zeigefinger. „Ich habe Ihnen doch erklärt, dass es in der evangelischen Kirche keine Beichte gibt, und folglich kann es auch keine Absolution geben. Ich habe Ihnen zugehört, und Sie haben meinen Rat bekommen. Das muss Ihnen genügen."

„Ja natürlich, vielen Dank, Herr Pfarrer." Frau Schäfer stand halb auf und setzte sich wieder hin. „Herr Pfarrer", bat sie leise und inständig, „könnten Sie nicht ... vielleicht doch ... eine Ausnahme machen? Es wäre mir wichtig."

Pfarrer Ohly seufzte. Er betrachtete das Porträt von Martin Luther an der Wand gegenüber und blinzelte ihm zu, als wollte er sagen: Hör mal einen Moment weg. Der gestrenge Herr Dekan würde es sowieso nie erfahren.

Dann gab er sich einen Ruck: „Na schön, Frau Schäfer – wenn Ihnen so viel daran liegt ..." Er erhob sich und sprach so feierlich wie möglich: *„Ego te absolvo a peccatis tuis"* – er schlug das Kreuz – *„in nomine Patris et Filii et Spiritus Sancti."*

„Amen", sagte Frau Schäfer, und der Pfarrer glaubte zu hören, wie mit diesen zwei kurzen Silben eine zentnerschwere Last, die sie über viele Jahre getragen hatte, von ihr abfiel.

Gegen Mittag fuhr eine vornehme zweispännige Kutsche am Altrheinufer vor. Dem Coupé entstieg ein gepflegter Herr in einem grauen Gehrock und mit einem niedrigen steifen Hut.

Georg Stahl, der auf dem Weg zu seiner Mühle zufällig vorbeikam, begrüßte den Besucher: „Glück zu, Herr Becker. Geben Sie uns auch mal wieder die Ehre?"

Ariel Becker, Kaufmann aus Mainz, hatte ein gutes Personengedächtnis. „Sie sind der Herr Stahl, nicht wahr? – Ja, ich wollte nach längerer Zeit mal wieder nach meiner Mühle sehen."

„Das trifft sich gut. Ich will gerade übersetzen und kann Sie gerne mitnehmen. Der Karl Volz, den ich ablöse, wird Sie auf dem Heimweg wieder zurückbringen. Wenn Sie mit meinem bescheidenen Nachen vorlieb nehmen möchten ..."

Während sie durch den Mühlkanal fuhren, erkundigte sich Becker: „Ich habe in der Zeitung gelesen, dass es einen Toten auf einer hiesigen Schiffsmühle gegeben hat?"

Stahl nickte. „Ja, stellen Sie sich vor – direkt neben Ihrer Mühle ist Friedrich Fischer auf schreckliche Weise ums Leben gekommen. Die Polizei ermittelt bereits."

Lautes Hämmern und Klopfen war zu hören, als sie sich ihrem Ziel näherten. Offenbar wurden im Inneren des Schiffes Mühlsteine geschärft.

„Richard – Besuch!", rief Georg Stahl. Das Hämmern hörte auf, und die beiden Mühlburschen erschienen an Deck.

„Der Meister ist nicht da, und wir dürfen niemanden hereinlassen", verkündete Kurt.

Ariel Becker überlegte kurz. Eigentlich war es ganz gut, dass er seinen Kompagnon jetzt nicht antraf. „Ich möchte mich nur ein wenig in der Mühle umsehen", erklärte er. „Vielleicht könnt ihr mir ja ein bisschen was zeigen."

„Das geht schon in Ordnung", bestätigte Stahl. „Herrn Becker gehört schließlich die Hälfte eurer Mühle. Ich kenne ihn persönlich."

„Ja, wenn das so ist – kommen Sie", sagte Siegfried und reichte dem Besucher die Hand entgegen.

An Bord der *DS Concordia* wurde gearbeitet. Kapitän Kamies hatte sich entschlossen, nicht erst bis zur angekündigten Nachlieferung der verschwundenen Teile zu warten. Vielmehr wollte er schon jetzt alle Vorbereitungen treffen, damit das neue Rollenlager, wenn es denn endlich eintraf, sofort aufgezogen werden konnte. Dazu musste aber zunächst das alte Lager ausgebaut werden. Norbert Kunert, der Schlosser, trieb mit dem Vorschlaghammer massive Keile unter die schwere Antriebswelle, um sie Millimeter für Millimeter anzuheben. Die wuchtigen Schläge waren weithin zu hören und lockten etliche neugierige Zuschauer herbei.

Nur wenige Meter entfernt, bei der Anlegestelle des Marktschiffes *Elisabeth*, stand eine große schwarze Tafel mit der Aufschrift *Amtliche Bekanntmachungen*. Polizeidiener Hebel war im Begriff, dort zwei neue Plakate anzuschlagen, die er soeben in der Druckerei abgeholt hatte. Prompt kamen die Zuschauer herüber, um ja nichts zu verpassen.

Auf dem ersten Plakat war zu lesen:

Am 5. September nachmittags, gegen 5 Uhr, wurde der Müllermeister Friedrich Fischer aus Ginsheim in seiner Schiffsmühle vor der Nonnenau das Opfer eines Gewaltverbrechens. Zeugen werden gesucht, die in der fraglichen Zeit Personen in der Nähe der Mühle gesehen haben oder andere sachdienliche Hinweise geben können. Für Meldungen, die zur Aufklärung der Tat beitragen, ist eine Belohnung von 50 Mark ausgesetzt.

Der Text auf dem zweiten Plakat lautete:

In der Nacht vom 2. auf den 3. September wurde vom Deck des Dampfschiffes Concordia, *das zurzeit im Ginsheimer Altrhein vor Anker liegt, eine Kiste mit wertvollen Maschinenteilen gestohlen. Zeugen, die die Tat beobachtet haben, werden gebeten, sich auf der Polizeistation Ginsheim zu melden. Für entsprechende Hinweise hat der Eigentümer des Schiffes, die niederländische Reederei NSR, eine Belohnung von 100 Mark ausgesetzt.*

„Da sieht man's mal wieder", schimpfte Hannes Ittner. „Ein Schiffsmüller ist nur halb so viel wert wie so ein bisschen Eisen für einen Rheindampfer!"

„Wenn man das liest, könnt' man ja meinen, dass es hier in Ginsheim von Verbrechern nur so wimmelt", sagte die Frau des Bürgermeisters. „Diebe, Mörder ... Dabei ist es bei uns immer ruhig und friedlich zugegangen. Hier leben doch lauter ehrbare und anständige Bürger."

Das sagt jetzt die Richtige, dachte Ittner. Im ganzen Ort wurde über die amourösen Eskapaden des Bürgermeisters getuschelt, der manchmal nächtelang nicht nach Hause kam. Nur seine Frau wollte es nicht wahrhaben. Sie lebte offenbar in einer Parallelwelt.

Richard Maus musste das natürlich kommentieren. „Sie würden sich wundern, Frau Rauch, wenn Sie wüssten, wie viel Dreck so mancher dieser ehrbaren Bürger am Stecken hat. Ich könnte Ihnen da einiges erzählen – aber ich will lieber schweigen."

„Alter Sprüchebeutel", brummte Ittner.

Ariel Becker trat in das Halbdunkel der Mühle ein und fuhr erschrocken zurück. Eine seltsame Fratze mit großen Ohren und weit aufgerissenem Mund starrte ihm entgegen.

„Keine Angst – das ist doch nur unser Kleiekotzer", lachte Kurt. „Was sollen wir Ihnen denn zeigen?"

„Vor allem würde ich gerne die modernen Reinigungsgeräte sehen", bat der Mainzer Kaufmann.

Die beiden Mühlburschen schauten sich verdutzt an. Dann hatte Siegfried die Erleuchtung.

„Na ja, besonders modern sind die nicht gerade. Da drüben hängen sie." Er zeigte auf die gegenüberliegende Wand, an der mehrere Besen, ein Handfeger und eine Schaufel angebracht waren.

Jetzt musste Becker schmunzeln. „Nein – ich meine natürlich die Maschinen zur Getreidereinigung; also den Aspirateur, den Trieur, die Schälmaschine ..." Er hatte sich auf den Besuch sorgfältig vorbereitet.

Die Jungen bedauerten. „So etwas gibt es hier nicht", verkündete Kurt. „Wir können nur vorgereinigtes Getreide annehmen."

Ariel Becker bewegte sich vorsichtig weiter durch das enge Schiff, wobei er peinlich darauf achtete, dass sein zartes Flanell nicht mit Mehlstaub in Berührung kam. Die Mühle machte einen unordentlichen und vernachlässigten Eindruck. In einer Ecke stapelten sich abgenutzte Maschinenteile; marode Holzkonstruktionen waren notdürftig geflickt. Der Deckel eines länglichen Maschinenkastens war abgenommen worden und lehnte neben dem Gerät.

„Der Sechskantsichter muss dringend repariert werden", erläuterte Siegfried.

„Habt ihr denn immer genug zu tun?", wollte der Besucher wissen.

„Letzte Woche war ziemlich viel Betrieb, weil zwei andere Mühlen ausgefallen waren. Ansonsten ist hier wenig los", berichtete Kurt.

„Und was sagt euer Meister dazu?"

„Den kriegen wir hier nur selten zu Gesicht", erwiderte Siegfried. „Meistens ist er irgendwo unterwegs."

„Alfred, hast du schon gesehen? Sie haben eine Belohnung auf uns ausgesetzt! Komm, schau dir das mal an." Der Ruderbursche Heinz Stieglitz zerrte seinen Kumpel aufgeregt an das amtliche schwarze Brett. Alfred Köhler las, und sein Gesicht wurde immer länger. Das hätte er sich nicht träumen lassen, dass der in einer Bierlaune geborene Unfug solche Wellen schlagen würde.

„Die können uns nichts anhaben", meinte er schließlich. „Niemand hat uns gesehen, und keiner wird was erfahren, solange wir dicht halten. Du hast doch hoffentlich niemandem was erzählt?"

„Ich? Nee, natürlich nicht. Nur der Lisa. Aber die sagt es nicht weiter."

Ach ja, die Lisa. Heinz war schon lange hinter ihr her, doch das Mädchen zeigte sich spröde. Verständlich, dass der Bursche ihr mit einer besonderen Heldentat imponieren wollte.

„Ja, spinnst du jetzt?", rief Alfred. „Die Weiber können doch allesamt den Mund nicht halten. Hast du ihr vielleicht auch erzählt, dass ich mit dabei war?"

„Nein, Alfred, bestimmt nicht. Ich habe gesagt, ich war es alleine."

Das entsprach sogar der Wahrheit. Heinz wollte ordentlich Eindruck schinden und hatte damit geprahlt, die Tat ganz alleine vollbracht zu haben.

„Wenn die Lisa redet, bist du geliefert, Heinz. Und wenn du glaubst, du kannst mich verpfeifen ... Ich werde alles abstreiten. Sieh zu, wie du da wieder rauskommst."

Heinz machte ein dummes Gesicht.

„Herr Becker, sind Sie bereit?", rief Karl Volz, nachdem er den Nachen am Heck der Maus'schen Mühle festgemacht hatte, um den Besucher aus Mainz abzuholen.

Ariel Becker hatte genug gesehen und gehört. Er bedankte sich bei den beiden Mühlburschen und drückte jedem von ihnen eine Münze in die Hand.

„Ach, noch etwas", sagte er, bevor er von Bord ging. „Bitte erzählt eurem Meister nicht, dass ich heute hier war. Ich möchte ihn nämlich, wenn ich ihn das nächste Mal sehe, ein wenig mit meinen neuen Kenntnissen überraschen. Versprecht ihr mir das?" Die beiden nickten eifrig.

„Wirklich ein vornehmer Herr", meinte Siegfried, als sie wieder alleine waren. Er betrachtete die Münze in seiner Hand. „Zwei Mark! Ein halber Wochenlohn! Sehr großzügig von ihm."

„Trotzdem – ich glaube, hier ist etwas oberfaul", wandte Kurt ein. „Es wird höchste Zeit, dass wir von hier verschwinden. Kommst du mit?"

„Meinst du wirklich, Kurt? Wir sind ja erst seit drei Monaten da."

„Egal – sobald der Meister wieder hier ist, sage ich ihm Glück zu und Lebewohl. Diese Mühle geht doch so oder so den Bach runter. Das ist für mich sonnenklar. Nein, hier bleibe ich nicht länger!"

„Hmm, der Salm war wirklich köstlich." Heiner Schäfer wischte sich nach dem Abendessen genüsslich den Mund ab. „Du hast dich wieder einmal selbst übertroffen, Marga. Und diese herrliche helle Soße dazu! Wie hast du die nur hingekriegt?"

„Ach, die geht ganz einfach. Ich habe Sahne geschlagen und Eigelb, Senf und Zitronensaft untergerührt. Und natürlich Schnittlauchröllchen. Zum Schluss wird mit Salz und Pfeffer abgeschmeckt.[19]"

Heinrich schaute seine Frau besorgt von der Seite an. Irgendetwas stimmte nicht mit ihr. Den ganzen Abend über kam sie ihm unruhig und seltsam abwesend vor, als wäre sie mit ihren Gedanken ganz wo anders.

Und auch Luzie verhielt sich merkwürdig. Sie hatte wenig gegessen und noch weniger geredet. Aber sie hatte ein Leuchten in den Augen, als würde sie auf eine freudige Überraschung warten. Genau so hat sie als Kind am Heiligabend geschaut, dachte der Vater, kurz bevor das Christkind zur Bescherung kam.

Luzie stand denn auch gleich nach dem Essen auf. „Ich gehe auf mein Zimmer", sagte sie. „Ich bin müde heute." Aber sie sah alles andere als müde aus.

Kaum war Luzie verschwunden, wandte sich Margarethe Schäfer mit zitternder Stimme an ihren Gatten. „Heiner, ich muss mit dir reden. Ich war heute Morgen beim Pfarrer, weil ich es nicht mehr ausgehalten habe. Ich schäme mich ja so sehr." Tränen liefen ihr die Wangen herunter.

Heiner konnte es einfach nicht ertragen, seine Frau weinen zu sehen. Das wusste sie natürlich auch, aber es lag keine Berechnung darin. Die Tränen waren echt.

„Jetzt komm mal her, Marga." Er nahm seine Frau in den Arm und strich ihr zärtlich über das Haar. „Was ist denn los mit dir? Du weißt doch, du kannst mir alles erzählen."

Daraufhin beichtete Frau Schäfer zum zweiten Mal an diesem Tag.

---

[19] *Klassisches Rezept für eine* Sauce mousseline.

Heinrich hörte geduldig zu und stellte keine Fragen. Er drückte seine Frau nur hin und wieder fest an sich, wenn sie ihrer Tränen nicht mehr Herr wurde. Als sie geendet hatte, suchte er lange nach Worten. Dann sagte er: „Du musst dich dafür nicht schämen, Marga. Das ist lange her. Ich habe auch nichts ausgelassen, als ich jung war." Er lächelte. „Sonst hätten wir uns ja auch nie kennen gelernt ..."

„Natürlich habe ich mir meine Gedanken gemacht, als die Luzie da war", fuhr er nach einer Pause fort. „Ich kann ja zwei und zwei zusammen zählen. Eine Zeit lang war ich drauf und dran, dich einfach zu fragen, ob es da einen anderen Mann gegeben hat. Aber ich hab mich nicht getraut. Ich hatte Angst, dich zu verletzen, und ich wollte euch um keinen Preis verlieren – dich nicht und die Luzie auch nicht. Jetzt ist es nicht mehr wichtig. Es zählen nur die vielen guten Jahre, die wir zusammen erlebt haben."

„Ach Heiner, du bist so gut zu mir. Und ich bin deiner nicht würdig." Wieder kamen ihr die Tränen.

„Was redest du da, Marga. Du bist die beste Ehefrau, die ich mir denken kann. Ich liebe dich."

Eine Weile saßen sie eng beieinander und schweigend da, während Margarethe sich allmählich beruhigte. Draußen, in der stillen Mondnacht, ertönte auf einmal der liebliche Gesang eines Vogels.

„Hör mal, Heiner, eine Nachtigall. Weißt du noch, wie du mir damals bei Vollmond auf der Nonnenau den Heiratsantrag gemacht hast? Da hat auch eine Nachtigall gesungen."

„Wie könnte ich das je vergessen, Marga?" Der Vogel schien ganz in der Nähe zu sein. Vielleicht will er uns ein Zeichen geben, dachte Heinrich. Er küsste seine Frau zärtlich.

Margarethe war unheimlich erleichtert, dass ihr Mann so liebevoll und einfühlsam reagierte. Aber etwas fehlte noch. Es war wie am Morgen beim Pfarrer. Auch der Seelsorger hatte ihr keine Vorwürfe gemacht, sondern Verständnis gezeigt und Trost gespendet. Doch das hatte ihr nicht genügt. Sie brauchte die ultimative Bestätigung, dass ihre Sünden getilgt waren. Genau so erhoffte sie jetzt von ihrem Gatten den letzten Beweis, dass alles zwischen ihnen in Ordnung war.

„Du, Heiner“, flüsterte sie, während ihre Hand sich unter sein Hemd tastete – „jetzt, wo ich endlich reinen Tisch gemacht habe und du mir auch verziehen hast – möchte ich dir zeigen, wie lieb ich dich immer noch habe.“ Sie biss in sein Ohrläppchen und presste sich leidenschaftlich an ihn.

Heinrich war total verblüfft. Da verstehe einer die Frauen, schoss es ihm durch den Kopf. Eben noch lag sie völlig zerknirscht am Boden, und im nächsten Moment zeigt sie hemmungslos ihre Begierde und ihre Lust. Das ging ihm alles ein bisschen zu schnell. Er wollte ihr sagen, dass er dafür im Moment noch nicht bereit sei. Sie würde verstehen, dass er noch etwas Zeit brauchte, um zu verarbeiten, was er gerade gehört hatte, und um sich über seine Gefühle im Klaren zu werden.

„Schau, Marga ...“, begann er. Es ging nicht. Er spürte den warmen, bebenden Körper der Frau, die noch immer die große Liebe seines Lebens war, und war machtlos gegen das heiße Verlangen, das in ihm aufstieg.

„Komm schnell ins Schlafzimmer“, flüsterte er heiser.

Luzie wartete nicht, bis die Nachtigall zum dritten Mal geflötet hatte. Gleich bei der ersten Strophe schlich sie sich auf Zehenspitzen die Treppe hinunter und durch die Hintertür aus dem Haus, direkt in die Arme von Jean.

Ein heißer Kuss – dann liefen sie Hand in Hand hinunter ans Wasser.

„Steigen Sie ein, Signorina!“, sagte Jean galant und half ihr in den Nachen.

Luzie, deren Augen sich schon an das blasse Mondlicht gewöhnt hatten, war erst einmal sprachlos. Das alte Boot war über und über mit Rosenblüten geschmückt!

„Jean, wo hast du denn all die Blumen her?“

„Der Pfarrer hat genug davon. Er wird sie kaum vermissen.“

„Jean, du willst mir doch nicht erzählen, dass du in den Pfarrgarten eingebrochen bist?“

„Die Mauer ist ja nicht sehr hoch“, verteidigte sich der Junge. Er griff in die Riemen und steuerte den Nachen in den hinteren

Altrheinarm. Zwischen den Bäumen am linken Ufer war der Widerschein eines flackernden Lagerfeuers zu erkennen.

„Beim Toni gibt es heute bestimmt wieder gegrillten Fisch", vermutete Jean. „Hast du Hunger?"

„Nein, danke. Wir hatten zu Hause auch Fisch. Aber du wolltest doch heute für mich singen", erinnerte ihn Luzie. „Du weißt doch – das italienische Lied."

„Ja, richtig." Er hakte ein Ruder aus, stellte sich aufrecht in das Heck des Nachens und bewegte das Boot nach Art eines venezianischen Gondoliere voran. Dann schmetterte er seinen Gesang in die Nacht:

Sul mare luccica l'astro d'argento;
placida è l'onda, prospero il vento.
Venite all'agile barchetta mia!
Santa Lucia, Santa Lucia!

Luzie bekam eine Gänsehaut. Sie wusste nicht, ob sie wach war oder träumte. Alles war so unwirklich. Der gewundene Flusslauf, der ihr seit ihrer Kindheit vertraut war, wirkte im Silberlicht des Mondes seltsam verwandelt und geheimnisvoll.

„Kannst du mir das Lied übersetzen, Jean?", bat Luzie.

„Es gibt auch einen deutschen Text. Pass auf:

Schon glänzt das Mondlicht am Himmelsbogen,
sanft wehn die Lüfte, still sind die Wogen.
Mein Nachen harret hier, komm und steig ein zu mir!
Santa Lucia, Santa Lucia!"

„*Lucia* – das ist dein Name", erklärte Jean. „*Lucia* bedeutet *die Leuchtende* oder einfach nur *die Schönheit.*"

„Du willst mir schmeicheln, Jean. In der Schule haben sie mich immer damit aufgezogen. Sie haben gesagt, *Luzie* käme von *Luzifer*. Ich glaube, ich war auch wirklich ein kleiner Teufel."

„Und jetzt, mein kleines Teufelchen, fahren wir hinaus aufs offene Meer!" Der junge Mann hatte das Boot inzwischen gewendet und in den Mühlkanal hineingesteuert. Mit kräftigen Ruderschlägen brachte er den Nachen unter den hohen Pappeln voran. Dann traten die Bäume zurück und gaben den Blick frei auf ein wahrhaft überwältigendes Panorama.

Der Himmel über dem Rhein hatte sich inzwischen mit feinen Schleierwölkchen überzogen, durch die der Mond wie eine helle Laterne hinter einer riesigen Gardine schimmerte. Die Schiffsmühlen am Ende der Krippen ragten als dunkle Schatten gegen den leuchtenden Horizont. Dicht über dem Wasser lagerten dünne Nebelstreifen wie aus Zuckerwatte. Dazwischen aber, über die ganze Breite des gewaltigen Stromes, formten die sanft gekräuselten Wellen ein glitzerndes Band aus Tausenden von silbrigen Facetten.

„Mein Gott, ist das schön", flüsterte Luzie.

Jean hatte die Ruder beigelegt und überließ den Nachen der Strömung. Langsam trieben sie an den beiden unteren Schiffsmühlen vorbei. Aus den Fenstern drang ein schwacher gelblicher Lichtschein; das Rumpeln der laufenden Maschinen durchbrach die Stille. Luzie bedauerte die Männer, die dort arbeiten mussten und keinen Blick hatten für die Wunder dieser Nacht.

Ein leichter Windzug war aufgekommen und ließ Luzie frösteln.

„Jean, mir ist kalt. Und außerdem habe ich nasse Füße."

Auch Jean merkte jetzt, dass im Nachen knöchelhoch Wasser stand.

„Mir scheint, die *barchetta* hat ein kleines Leck", stellte er fest. „Na schön, ich bringe dich an ein warmes und trockenes Plätzchen." Und während er das Boot wendete und nahe am Ufer zurückruderte, fing er noch einmal leise an zu singen:

In meinem warmen Nest bist du geborgen.
Ich halte dich ganz fest bis in den Morgen.
Was du dir wünschen kannst, will ich dir geben.
Luzie, mein Leben, Luzie, mein Leben!

Jean machte den Nachen an der Mühle von Luzies Vater fest. Er entzündete eine Laterne und half seiner Geliebten an Deck.

Luzie hatte das eigenartige Gefühl, etwas Verbotenes und trotzdem völlig Selbstverständliches zu tun. Sie folgte ihm in die enge Müllerstube und war erneut überwältigt. Der kleine Raum war, genau wie der Nachen, mit einer Fülle von Rosenblüten dekoriert!

„Ach Jean, was machst du bloß für Sachen!" Sie fiel dem jungen Mann um den Hals, lachte und weinte zugleich, küsste, streichelte, verbiss sich in ihn. In diesem Moment schlug die kleine Wanduhr über der einfachen Schlafstatt zwölf Mal.

„Herzlichen Glückwunsch zum Geburtstag, Jean", flüsterte sie in sein Ohr. „Und jetzt darfst du dein Geschenk auspacken."

Sie ergriff seine rechte Hand und führte sie behutsam an die Knopfleiste ihres Kleides.

Freitag, 9. September 1898

Gegen drei Uhr morgens kroch Heinrich Schäfer vorsichtig und leise aus dem Ehebett. Nicht leise genug – Margarethe erwachte und richtete sich auf.

„Heiner, wo willst du denn hin?", murmelte sie schlaftrunken.

„Schlaf weiter, Marga", sagte Heiner und schlüpfte in seine Jacke. „Du weißt doch, heute stehen zwölf Malter Roggen zum Vermahlen an. Da will ich vorher noch mal alle Maschinen kontrollieren. Die Außenlager müssen auch noch geschmiert werden."

„Aber doch nicht jetzt, Heiner, mitten in der Nacht!"

„Wir fangen früh an, Marga. Bei Sonnenaufgang soll es losgehen. Ich will sicher sein, dass nichts schiefgeht."

Frau Schäfer kannte das. Es kam öfter vor, dass es ihren Mann zu ungewöhnlichen Zeiten auf seine Mühle zog. Besonders, wenn er innerlich aufgewühlt war, schien er dort seine Ruhe und seinen Frieden zu finden. Dagegen war sie machtlos.

„Heiner, bitte pass gut auf dich auf. Denk daran, was dem Fritz Fischer passiert ist. Wenn nun der Mörder noch nachts da draußen rumläuft ..."

Der Müller lachte. „Keine Angst, Marga. Der Fritz hatte viele Feinde. Aber mir wird schon keiner was tun."

Er beugte sich über sie, umarmte sie noch einmal und flüsterte: „Ich sehe zu, dass es heute Abend nicht so spät wird. Dann machen wir da weiter, wo wir jetzt aufgehört haben."

Noch einmal küsste er sie zum Abschied und löste sich schnell aus ihren weichen Armen, bevor der Druck in seiner Hose zu stark wurde.

Marga aber kuschelte sich wieder unter ihre Decke und träumte weiter von ihrem Mann, der ihr in dieser Nacht auf so überzeugende Weise die Absolution erteilt hatte.

Luzie wusste immer noch nicht, ob sie wach war oder träumte. Sie hörte das vertraute Knarren des Getriebes und das Plätschern der Wasserräder; sie sog mit jedem Atemzug den eigentümlichen Geruch von frischem Getreide, Mehl und Maschinenöl ein, der sie schon immer fasziniert hatte. Sie spürte die Wärme des jungen Mannes, der eng umschlungen neben ihr lag und der von nun an für immer zu ihr gehören sollte. Die Strohballen auf der harten Pritsche kratzten und pieksten, aber das primitive Lager kam ihr schöner und bequemer vor als das teuerste Himmelbett. Eines fühlte sie genau: Hier war sie zu Hause. Am liebsten wäre sie ewig so liegen geblieben.

„Du, Jean", flüsterte sie und massierte zärtlich seine Brust, „was hältst du davon, wenn wir uns verloben? Gleich hier und jetzt? Einen besseren Ort dafür finden wir nicht."

„Na klar, wenn du möchtest ..." Jean setzte sich. „Wie geht verloben? Ich habe das noch nie gemacht."

Luzie kicherte. „Das will ich doch hoffen, Jean. Also – zuerst einmal brauchen wir Ringe."

Er schlug sich mit der Hand an die Stirn. „Verdammt – ich habe die Ringe vergessen! – Nein, warte." Er sprang auf, lief mit der Laterne zum Vorschiff und wühlte in einer Werkzeugkiste. Nach kurzer Zeit kam er mit zwei spiralförmig gebogenen Drahtringen wieder. Luzie steckte den kleineren davon auf ihre linke Hand und inspizierte ihn im trüben Licht der Petroleumfunzel.

„Ein Federring. Sehr apart. Und irgendwie passend", stellte sie fest. „Der Federring sorgt nämlich für eine sichere und stabile Verbindung, die sich auch bei größeren Erschütterungen nicht lösen kann. Jedenfalls gilt das für Schraubverbindungen im Maschinenbau."

„Was du alles weißt", staunte Jean.

„Grundlagen der Mechanik, erstes Semester", lächelte Luzie.

„Ja, und wie geht es jetzt weiter mit der Verlobung?"

„Jetzt musst du vor mir niederknien und mich fragen, ob ich deine Frau werden will. Aber nicht so. Zieh dir wenigstens die Hose an", verlangte sie.

„Na schön, wenn es sein muss", sagte Jean und schlüpfte in seine Hose. Dann stutzte er. Auf dem Mühlensteg waren Schritte zu hören.

„Du, Luzie, ich glaube, da kommt jemand. Am besten, du ziehst dir auch etwas an."

Hastig zog Luzie ihr Kleid über. Die Türangel quietschte, eine Laterne schwankte näher. Dann stand Heinrich Schäfer vor der Müllerstube und leuchtete seinem Mühlburschen ins Gesicht.

„Jean, wieso bist du denn schon hier? Du wolltest doch heute Nacht freihaben." Er schaute in die winzige Kammer und entdeckte seine Tochter. Schlagartig wurde ihm die Situation klar.

„Ja, was zum Teufel ..." Der Müller rang nach Luft.

„Meister, ich kann alles erklären", rief Jean aufgeregt.

„Du gehst jetzt sofort runter von der Mühle und lässt dich hier nie wieder blicken", schrie Schäfer. Er war außer sich. „Treibst es hier mit meiner eigenen Tochter in meiner eigenen Mühle, du ... du ... du ..." In seiner Erregung fiel ihm kein passendes Wort ein, das der Schwere der Tat angemessen gewesen wäre.

„Papa, so hör doch erst mal. Wir feiern gerade Verlobung", versuchte Luzie zu beschwichtigen.

„Du hältst den Mund", herrschte Heinrich seine Tochter an. „Wir sprechen uns noch, wenn du zu Hause bist. Dass du dich nicht schämst! Schande bringst du über unsere Familie! Wenn das deine Mutter erfährt! – Und was dich betrifft", wandte er sich wieder an den Mühlburschen. „Morgen kannst du dein Wanderbuch beim Bürgermeister abholen, ich schreibe dir dein Zeugnis, und dann will ich dich hier nicht mehr sehen!"

„Dazu habt Ihr kein Recht, Meister", wagte Jean einzuwenden.

„Was hab ich nicht?" Der Müller hatte den Burschen während des Disputs bis zum Ausgang gedrängt und pochte mit der Faust auf ein verblichenes Plakat neben der Tür. „Gemäß unserer Mühlburschenverordnung ist es dem in Arbeit stehenden Mühlburschen bei Verlust seines Dienstes verboten, fremde Personen auf den Mühlen zu beherbergen. Da steht's! Artikel 4!"[20]

„Aber Luzie ist doch hier keine fremde Person", verteidigte sich der Bursche.

„Auch noch frech werden, was? Warte, ich werde dir zeigen ..." Schäfer holte mit der Rechten zu einem Schlag aus. Die beiden standen jetzt auf der schmalen Plattform am Heck, wo tagsüber die Getreidesäcke an Bord gehievt wurden. Wahrscheinlich hätte Schäfer nicht wirklich zugeschlagen, aber der Mühlbursche wich instinktiv zurück, verlor das Gleichgewicht und verschwand rücklings über das niedrig gespannte Seil, das als Reling diente.

Platsch!

Heinrich erstarrte wie vom Donner gerührt, die rechte Hand noch immer an der linken Schulter. Es wurde ihm blitzartig klar, dass er zu weit gegangen war. Seine Tochter rannte schreiend auf ihn los und hämmerte mit den Fäusten auf ihn ein.

„Du hast ihn umgebracht, Papa!", brüllte sie.

Der Vater machte einen schwachen Versuch, Luzie abzuschütteln und zu beruhigen. „Keine Angst, Luzie. Der kann ganz gut schwimmen."

Aber Luzie hörte gar nicht zu. „Du hast ihn umgebracht!", schrie sie hysterisch. „Dann will ich auch nicht mehr leben!" Und ehe er verstand, was passierte, machte sie sich von ihm los und verschwand mit zwei Sätzen ebenfalls über die Reling.

Platsch!

---

[20] *Damals herrschten strenge Sitten; vgl. die Mühlburschenverordnung als Download:* www.schiffsmuehle-ginsheim.de/?p=185

Heinrich gefror das Blut in den Adern. War das Kind jetzt völlig verrückt geworden? Im nächsten Moment wurde ihm klar: Sie kann ja nicht schwimmen! Und ich auch nicht!!!

„LUZIE!!!" Panik erfasste ihn. Der Rettungsring!, fiel ihm gerade noch ein. Er fuhr herum, fummelte an der Halterung neben dem Eingang, machte den Ring los. Als er endlich damit an der Reling stand, lag die Wasserfläche unschuldig glitzernd vor ihm. Niemand war zu erkennen.

„LUZIE! NEIN!!!" Das Kind wird ertrinken, und es ist ganz allein meine Schuld, durchfuhr es ihn. Und ohne weiter nachzudenken, sprang auch er mit dem Rettungsring vor der Brust über Bord.

Platsch!

Heinrich Schäfer kam prustend und strampelnd wieder an die Oberfläche. Er schnappte nach Luft, bekam aber erst mal einen ordentlichen Schwall Wasser in die Lunge. Er merkte, dass er auf dem Rücken lag. Der Rettungsring, den er krampfhaft festhielt, hing über ihm.

Heiner spürte, wie sein Herz raste. Sein Atem ging stoßweise. Verzweifelt versuchte er, die Luft anzuhalten, um nicht noch mehr Wasser zu schlucken. Doch der Hustenreiz war stärker. Irgendwie schaffte er es, den Kopf nach oben zu bringen. Er versuchte ein paar sinnlose Strampelbewegungen in Richtung Ufer, aber er merkte, dass er keine Chance hatte. Die Strömung zog ihn immer weiter in den Rhein hinaus. Der Rettungsring drehte sich im Kreis eines Strudels, und Heinrich verlor vollends die Orientierung.

Ich werde ertrinken, war sein letzter Gedanke. Ich habe es nicht besser verdient. Ich habe meine eigene Tochter in den Tod getrieben. Möge Gott meiner Seele gnädig sein.

Er spürte gerade noch, wie ihn eine kräftige Hand unter der Schulter packte. War das schon die erbarmungslose Hand des Todes, die nach ihm griff? Ein letztes Mal versuchte er, sich zu wehren.

„Ganz ruhig, Meister", sagte Jean Berger. „Nicht bewegen – lasst Euch einfach nur treiben."

Als Jean zu seiner eigenen Überraschung in den Rhein gefallen war, blieb er zunächst einmal unter Wasser und tauchte erst neben dem Nachen und außer Sichtweite seines zürnenden Meisters wieder auf. Da hörte er auch schon seine Luzie lauthals schreien: „Du hast ihn umgebracht! Dann will ich auch nicht mehr leben!“ Im nächsten Moment sprang sie zu seinem großen Schreck vor seinen Augen ins Wasser.

Innerhalb von Sekunden war er bei ihr und kriegte sie von hinten zu fassen.

„Ach Jean, wie schön, mit dir zu sterben“, flüsterte Luzie.

„Dazu ist es noch ein bisschen zu früh“, meinte Jean. „Hör auf zu strampeln und leg dich jetzt einfach zurück in meine Arme.“

„Nichts lieber als das“, hauchte Luzie.

Mit kräftigen Stößen der Beine nach Froschmanier brachte er sie im Schutz der Mühlenkrippe näher ans Ufer.

„LUZIE!!! NEIN!!!“, ertönte es vom Schiff, und gleich darauf war der Aufschlag eines Körpers zu hören.

„Das war Papa“, rief Luzie voller Angst. „Was macht er nur?“

Jean hielt mit den Schwimmbewegungen inne und testete die Wassertiefe. „Hier kannst du schon stehen, Luzie. Los, lauf an Land und warte dort auf mich.“ Und schon machte er kehrt und kraulte so schnell es ging zurück ins offene Wasser.

Er konnte den Müller zunächst nicht sehen, aber er wusste, dass er der Strömung folgen musste. Endlich, schon ziemlich weit draußen, erkannte er vor sich eine dunkle Gestalt, die sich an einen Rettungsring klammerte. Es war höchste Zeit. Jean hatte einige Mühe, den schweren Körper aus der Strömung zu lavieren und ans Ufer zu bringen.

Hustend und spuckend kroch Heinrich Schäfer auf allen Vieren an den Strand. Luzie war auch schon da, packte ihren Vater am Arm und half ihm aufs Trockene. „Papa, was hast du bloß gemacht? Du kannst doch nicht schwimmen!“

Heiner hob den Kopf. „Du lebst, Luzie“, murmelte er schwach. „Dem Himmel sei Dank.“ Erneut musste er husten. Ein Wasserschwall sprudelte aus seinem Mund.

„So ist's recht, Meister", keuchte Jean, noch völlig außer Atem. „Immer heraus mit der Brühe. – Luzie, lauf schnell zur Mühle und hole ein paar Decken und die Schnapsflasche."

Als Luzie zurückkam, schien es ihrem Vater schon besser zu gehen. Der Husten hatte aufgehört; sein Atem ging wieder ruhig und gleichmäßig. Sie legte eine Wolldecke um seine Schulter und drückte ihn lange und fest an sich, während der Mühlbursche ihm von dem Schnaps einflößte.

Nachdem sie eine Weile schweigend dagesessen hatten, wandte sich Jean an seinen Chef: „Meister, es ist jetzt vielleicht nicht der richtige Zeitpunkt, aber ich möchte Euch in aller Form um die Hand Eurer Tochter bitten."

Heinrich sah ihn nur groß an. „Komm her, du – du Wüstling", sagte er schließlich. Jetzt fiel ihm das Wort ein, das er vorhin in der Müllerstube vergeblich gesucht hatte. Er drückte den Jungen an sich und gab ihm einen kräftigen Schmatzer auf die linke Wange. Und einen auf die rechte Wange. Und noch einen auf mitten auf den Mund.

Er musste unwillkürlich lachen. Wenn mich jetzt der Peter Guthmann sehen würde, dachte er. Er, der Müllermeister Heinrich Schäfer, küsste – einen Mann!

„Heißt das, du bist einverstanden, Papa?", fragte Luzie voller Begeisterung.

„Ich kann doch meinem Lebensretter und dem Retter meiner Tochter nichts abschlagen", antwortete der Vater in bester Laune. „Kinder, ist das eine Nacht! Zwei Menschen sind dem Tod von der Schippe gesprungen. Meine Tochter bekommt einen tüchtigen Müller als Mann, und ich bekomme einen großartigen Schwiegersohn. Und obendrein ..." Er hielt inne. Und obendrein bin ich frisch verliebt – sogar in die eigene Frau, hätte er beinahe gesagt. Aber das ging ja die Kinder nun wirklich nichts an.

„Und obendrein hat Jean heute Geburtstag", ergänzte Luzie. „Hast du ihm schon gratuliert?"

„Was, das auch noch? Dann können wir ja gleich dreimal Geburtstag feiern. Und Verlobung! Kinder, das wird ein Fest!"

„Ich fürchte, aus der Feier wird nichts", wandte der Mühlbursche ein. „Vergesst nicht, Meister, dass wir heute einen großen Auftrag haben."

„Nein – heute machen wir blau", entschied Heiner Schäfer. „An so einem Tag wird nicht gearbeitet. Das hat Zeit bis morgen."

Der Müllermeister merkte auf einmal, dass seine Tochter vor Kälte bibberte. Ihm selbst und Jean ging es nicht viel besser.

„Luzie, du hast ja schon ganz blaue Lippen", stellte er besorgt fest und stand auf. „Los, schnell zurück in die Mühle. Wir müssen endlich aus unseren nassen Klamotten raus. Sonst holen wir uns doch noch den Tod!"

Als sie am Ufersaum entlangliefen, zeigten sich im Osten bereits die ersten fahlen Streifen und ein rotbrauner Schimmer am Horizont. Gegenüber schickte sich der gute alte Mond an, schlafen zu gehen. Für heute hatte er genug gesehen.

Honiggelb und unnatürlich groß versank die pralle Scheibe langsam hinter der Laubenheimer Höhe.

Die drei unfreiwilligen Schwimmer rubbelten sich, so gut es ging, mit Putzlappen trocken. Danach zogen die Männer ihre übliche Arbeitskleidung an. Für Luzie blieben nur die Sachen von Max Dornfelder übrig. Die Hose und die Jacke des zweiten Mühlburschen waren ihr allerdings ein paar Nummern zu groß. Jean musste lachen.

„Gefällt dir deine Braut nicht?", fragte sie und machte einen Schmollmund.

„Doch, Luzie. Das ist das schönste Brautkleid, das ich mir vorstellen kann", erwiderte Jean galant und küsste sie.

„Wie lange geht das denn schon mit euch beiden?", wollte Schäfer wissen.

„Eigentlich seit Jean hier ist, Papa", strahlte Luzie.

„Was, schon ein halbes Jahr? Und ich Trottel habe nichts bemerkt! Na, die Mutter wird staunen." Heinrich stellte sich die Überraschung vor, wenn seine Frau die Neuigkeiten erfahren würde. Er lächelte.

„Ihr beiden Turteltäubchen lauft jetzt gleich nach Hause und richtet der Marga aus, sie soll erst mal ein ordentliches Frühstück vorbereiten. Mein Kahn liegt an der üblichen Stelle. Jean, du gibst dann bitte noch dem Max und den Ruderburschen Bescheid, dass sie heute frei haben. Ihren Lohn kriegen sie natürlich trotzdem. Und für heute Abend sind alle in die *Post* eingeladen, und dann wird kräftig gefeiert. Ich werde den Christoph fragen, ob er ein Spanferkel schlachten lassen kann.“

„Ja, und du, Papa, was machst du jetzt?“, fragte Luzie.

„Ich räume hier noch ein bisschen auf“, schmunzelte er und wies zur Müllerstube hinüber. „Muss ja nicht jeder gleich sehen, was heute Nacht hier los war. Danach fahre ich mit eurem Nachen zurück. In spätestens einer Stunde treffen wir uns beim Frühstück. Und jetzt ab mit euch.“

Die Verliebten waren schon auf dem Steg, als Heiner hinterherrief: „Noch etwas, Jean!“

„Ja, Meister?“

„Vielen Dank für die erste Schwimmstunde! Und sag Papa zu mir.“

„Gern geschehen, Papa. Aber der Sprung aus einem Meter Höhe kommt normalerweise erst in der fünften Stunde dran!“

Margarethe Schäfer kam im Morgenrock an die Tür, als das junge Paar Sturm klingelte. „Ja Luzie, wo kommst du denn jetzt her? Und wie siehst du denn aus? Ich dachte, du liegst noch im Bett!“

Die Mutter schien ehrlich besorgt. Dann sah sie den Mühlburschen. „Jean, ist etwas passiert?“, fragte sie erschrocken.

„Ja, Mama“, strahlte Luzie und fiel ihr um den Hals. „Denk dir, wir haben uns verlobt!“

Jetzt strahlte auch Frau Schäfer. „Endlich – wie schön! Alles Gute für euch beide, Jean!“ Sie umarmte ihren zukünftigen Schwiegersohn herzlich und küsste ihn.

„Du scheinst gar nicht überrascht zu sein, Mama“, wunderte sich Luzie.

Margarethe wischte sich ein paar Tränchen aus dem Gesicht. „Wie ihr euch immer angeschaut habt ... Eine Mutter

merkt doch, was los ist. Aber der Vater wird staunen, wenn er
es erfährt.“

„Er weiß es schon, Mama. Er ist mitten in unsere Verlobung
geplatzt.“

„Ja, wie … wo … waaas?“ Die Mutter war verwirrt.

„Erzählen wir dir alles, wenn Papa da ist“, lachte Luzie. „Er
wird gleich kommen. Jetzt machen wir erst mal ein tüchtiges
Frühstück für uns vier. Ich habe einen Bärenhunger.“

„Und ich laufe noch schnell zur Verladestelle und sage Bescheid, dass die Arbeit heute ausfällt“, sagte Jean. „Der Meister
hat uns nämlich freigegeben.“

Luzie ging mit ihrer Mutter in die Küche. Die Frauen setzten
Kaffee auf, schnitten Brot, brieten Speckscheiben an und schlugen Spiegeleier darüber. Luzie plapperte pausenlos und schmie-
dete bereits Pläne für die Hochzeit.

Während sie den Tisch deckten, kam Jean zurück. „Die Burschen wollten gerade anfangen, die Säcke aus dem Lagerschup-
pen zu holen. Sie waren etwas erstaunt, aber gegen einen freien
Tag hat keiner etwas einzuwenden – zumal, wenn er bezahlt
wird“, berichtete er. „Ich habe noch nichts verraten – nur gesagt,
dass es etwas zu feiern gäbe. Ist der Meister schon da?“

„Er müsste jeden Moment hier sein“, meinte Luzie. „Mit dem
Frühstück sind wir jedenfalls fertig. Warten wir halt noch ein
bisschen.“

Aber Heinrich Schäfer kam nicht nach Hause.

Als Kommissär Hartmann an diesem Morgen beim Frühstück
in der *Post* saß, brachte ihm Christoph Krug ein Telegramm an
den Tisch. Der Kriminalist las es und fluchte leise vor sich hin.
Er wurde aus dienstlichen Gründen sofort nach Darmstadt zu-
rückbeordert. Am Nachmittag sollte er in einer anderen Mord-
sache vor dem Landgericht als Zeuge aussagen, und am
Samstag musste er zwei junge Männer verhören, die angeblich
ein Attentat auf die Familie des Großherzogs geplant hatten. Die
verlockende Paddelpartie mit der Tochter des Hauses konnte er
sich jedenfalls abschminken.

„Leider muss ich vorzeitig abreisen", erklärte er dem Wirt. „Bitte bestellen Sie den Kutscher. Er soll hier mein Gepäck aufnehmen und mich dann Punkt neun Uhr bei der Polizeiwache abholen. Ich gehe jetzt packen."

Es ist besser so, sagte sich der Kommissär, während er seine Sachen im Koffer verstaute. Dass er überhaupt auf den Vorschlag der Wirtin eingegangen war, hatte er vor sich selbst damit zu rechtfertigen versucht, dass er sie ja bei dieser Gelegenheit ein wenig aushorchen konnte. Christel kannte die Müller und die Klatschgeschichten im Dorf und war vielleicht bei einem intimen Schäferstündchen eher bereit, einiges preiszugeben.

Aber so lief das nicht. Immer wieder hatte er den jungen Gendarmen, die ihm anvertraut waren, eingeschärft, dass sie Dienstliches und Privates streng zu trennen hätten, solange ein Fall nicht abgeschlossen war. Jetzt lief er selbst Gefahr, die Grenzen zu überschreiten.

Es klopfte zaghaft an seiner Tür. „Herein", rief Paul Hartmann.

Christine Krug schlüpfte in die kleine Kammer, barfuß und mit offenem Haar.

„Vater sagt, du reist ab?", fragte sie leise.

„Ja, Christel. Ich muss dringend nach Darmstadt zurück. Leider muss unser Ausflug heute Abend ausfallen."

„Schade", sagte sie nur. Mit großen, rätselhaften Augen sah sie ihn an. Ihr Mund war halb geöffnet.

Paul Hartmann wich ihrem Blick aus und sah an ihr herunter. Unter ihrer einfachen Bluse zeichneten sich die Rundungen ihrer Brüste ab, gekrönt von zwei hervorstehenden festen Knospen. Offenbar hatte sie sich nicht die Mühe gemacht, Unterwäsche anzulegen. Hatte sie denn überhaupt kein Schamgefühl, so hier zu erscheinen?

„Wahrscheinlich bin ich nächste Woche wieder hier", brachte er mühsam hervor. „Wir holen ... das nach ..."

Weiter kam er nicht. Heiße Wellen durchfluteten ihn, als sich ihre Lippen trafen. Ihre Zungen begannen miteinander zu spielen, langsam und vorsichtig zuerst, dann immer schneller, immer tiefer. In seinen Ohren brauste ein Orkan. Christels Hände wühlten sich unter sein Hemd, und ihr vibrierender Körper presste sich in rhythmischen Bewegungen fester und fester an ihn, während sich ihre Fingerspitzen bis zur Schmerzgrenze in seinen Rücken krallten.

„Christel, wo steckst du denn?" Die Stimme des Vaters war auf der Treppe zu vernehmen. „Christel?"

Die Frau löste sich langsam aus der leidenschaftlichen Umarmung und ging zur Tür.

„Ja, Vater, was ist denn?"

„Du solltest doch zum Günther Dauborn laufen und die Kutsche für den Kommissär bestellen", konnte Paul hören.

„Ja, Vater, ich komme schon. Ich habe dem Kommissär nur ein bisschen beim Packen geholfen."

Noch einmal drehte sie sich um, sah ihn groß an und legte den Zeigefinger auf ihre Lippen. Dann schloss sich die Tür hinter ihr.

Paul Hartmann ließ sich schwer atmend aufs Bett fallen.

Eine halbe Stunde später eilte der Kommissär hinüber zur Polizeiwache, um seine Abreise anzukündigen. Er wusste nicht so recht, ob Wilhelm Penk darüber erfreut oder bestürzt war.

„Ich habe bereits nach dem Kutscher geschickt; er wird mich um neun Uhr hier abholen", erklärte er. „Bis dahin haben wir noch etwas Zeit, um den Stand der Ermittlungen durchzugehen. – Mathes, möchten Sie anfangen?"

Der Gendarm räusperte sich. „Wie besprochen habe ich am Mittwochnachmittag in Gegenwart von Müller Schrepfer den Tatort noch einmal gründlich untersucht", berichtete er. „Wir waren fast vier Stunden dort. Leider haben wir nichts Verdächtiges gefunden. Ein Holzhammer und ein paar andere Werkzeuge lagen herum, wie man sie zur Reparatur eines Kammrads benötigt. Philipp Schrepfer hat bestätigt, dass ansonsten alles korrekt an seinem Platz war."

„Also negativ", stellte der Kommissär fest. „Der Mörder muss sehr vorsichtig gewesen sein. Was wissen wir denn über mögliche Feinde von Friedrich Fischer?"

Polizeidiener Penk blätterte in seinem Notizbuch. „Wie erwartet hatte der Verstorbene mit fast jedem im Ort mal Streit. Die meisten Querelen waren jedoch harmloser Natur und schnell wieder vergessen. In einem Fall kam es allerdings zu einer Gerichtsverhandlung. Ein Bäcker aus Astheim hat Fischer voriges Jahr wegen übler Nachrede verklagt, weil dieser überall herumerzählt hat, der Bäcker habe ihn bei Geschäften mit Getreide und Mehl betrogen. – Auch sein früherer Nachbar redete wegen einer lächerlichen Grenzstreitigkeit seit Jahren kein Wort mehr mit Fischer. ‚Der Mann ist für mich gestorben‘, soll er öfter gesagt haben.“

„Ich weiß nicht, Penk ... Deswegen wird man doch nicht plötzlich zum Mörder“, zweifelte Hartmann. „Bleibt noch die Möglichkeit, dass der Mord an Fischer ein anderes Verbrechen verschleiern sollte. Ich selbst habe mich mal mit dem Fall des Müllers Jakob Kessler beschäftigt, der vor elf Jahren spurlos verschwunden ist. Leider ebenfalls ohne Ergebnis. Laut Totenschein ist er bei Wartungsarbeiten an seinen Wasserrädern in den Rhein gefallen und ertrunken. Es gab aber auch Gerüchte, dass der Mann sich wegen seiner Schulden und seiner amourösen Affären einfach abgesetzt hat. Hinweise auf eine Gewalttat fanden sich jedenfalls nicht. Das wird sich wahrscheinlich nie restlos aufklären lassen – es ist einfach zu lange her.“

„Auf der Suche nach Zeugen haben wir noch einmal alle Müller befragt, die zur Tatzeit draußen an der Nonnenau gearbeitet haben“, ergänzte Penk. „Auch das hat nichts gebracht. Der einzige interessante Hinweis kam von Heinrich Schäfer auf der oberen Mühle. Er hat von einem jungen Fischer erfahren, dass dieser zur fraglichen Zeit einen Nachen in der Nähe des Tatorts gesehen haben will, aber die Person darin nicht erkannt hat.“

„Ja, und – haben Sie den Fischer in die Mangel genommen?“

Penk seufzte. „Das ist nicht so einfach, Herr Kommissär. Der Junge lebt halb verwildert drüben im Auwald und ist hier oben nicht ganz richtig.“ Er tippte sich vielsagend mit dem Finger an die Stirn. „Auf seine Aussage ist nicht unbedingt Verlass. Und selbst wenn sie stimmt, hilft sie uns nicht viel weiter. Einen Nachen besitzt hier in Ginsheim fast jeder; die Müller haben meist sogar zwei oder drei. Wer keinen hat, leiht sich einfach einen aus."

„Trotzdem – bleiben Sie am Ball, Penk. Vielleicht kann sich der Junge ja doch noch an etwas erinnern – an die Farbe des Nachens, an die Statur und die Kleidung des Ruderers ..."

„Der Vollständigkeit halber habe ich auch noch einmal die Alibis der holländischen Schiffer überprüft", fügte der eifrige Gendarm hinzu. „Wir können ja nicht ganz ausschließen, dass sich der Kapitän oder einer seiner Leute für die Beleidigungen durch Friedrich Fischer rächen wollte. Nun, der Kapitän und sein Steuermann gaben an, dass sie am Montagnachmittag an Bord ihres Schiffes waren und einen Bericht für ihre Reederei verfasst haben. Sie geben sich also gegenseitig ein Alibi. Die drei Matrosen gaben zu, dass sie zum Baden auf dem Rabenwörth waren, also tatsächlich in der Nähe des Tatorts. Sie kehrten allerdings schon eine halbe Stunde vor dem Gewitter mit ihrem Boot zurück, was von mehreren Zeugen bestätigt wurde."

„Gute Arbeit, Mathes", lobte der Kommissär. „Nun, ich glaube inzwischen nicht mehr, dass einer der Schiffer beteiligt war. Die hätten eher Grund, auf den Dieb ihrer Maschinenteile wütend zu sein. Gibt es denn diesbezüglich etwas Neues?"

Penk zuckte die Achseln. „Die Reederei hat eine hohe Belohnung ausgesetzt, aber wir haben noch keine Hinweise bekommen. Ich glaube ja immer noch an einen dummen Streich eines Mühlburschen."

„Moment mal ... Sagten Sie nicht, dass die Kiste so schwer war, dass sie einer allein gar nicht bewegen konnte?" Hartmann holte tief Luft. „Wäre es denkbar, dass die beiden Mühlburschen von Richard Maus zusammen die Teile gestohlen haben und von Friedrich Fischer dabei beobachtet wurden? Sie bringen daraufhin auch gemeinsam den Müllermeister um und spielen uns vor, dass sie die Leiche gefunden hätten."

Penk und Mathes tauschten zweifelnde Blicke.

„Vielleicht haben wir das Nächstliegende übersehen", fuhr Paul Hartmann fort. „Klar, dass die zwei am ehesten Gelegenheit hatten, die Tat auf der Nachbarmühle völlig unbemerkt auszuführen. Auch der Meister Maus ist für mich keineswegs aus dem Schneider. Sein Alibi muss auf jeden Fall überprüft werden. Dazu habe ich jetzt selbst gleich die beste Gelegenheit, denn der Zeuge, den Maus benannt hat, wird mich zum Bahnhof bringen."

Wie aufs Stichwort klopfte es in diesem Moment an der Tür der Wachstube. Der Fuhrunternehmer und Gastwirt Günther Dauborn war erschienen, um den Kommissär abzuholen.

„Warten Sie einen Moment draußen", sagte Hartmann. „Ich bin gleich so weit."

Er verabschiedete sich vom Polizeidiener und dem Gendarmen. „Ich werde versuchen, am Montag wieder hier zu sein", versicherte er. „Kümmern Sie sich inzwischen mal um die beiden Mühlburschen. Vielleicht kommen ja auch neue Hinweise aufgrund der ausgesetzten Belohnungen. – Bis bald, meine Herren."

„Wenn ihm bloß nichts passiert ist!", sagte Margarethe Schäfer zum wiederholten Male. Ihr Mann war jetzt schon mehr als eine Stunde überfällig. Auch Jean und Luzie waren ratlos.

„Vielleicht ist er ja doch noch bei der Arbeit", versuchte sich Marga zu beruhigen. „Er hatte vor, die Maschinen zu kontrollieren und die Lager zu schmieren."

„Glaube ich nicht, Mama", entgegnete Luzie. „Er wollte doch unbedingt mit uns zusammen frühstücken und dann eine große Feier für heute Abend organisieren."

Jean stand auf. „Ich fahre jetzt noch einmal hinüber zur Mühle und sehe nach. Vielleicht braucht er ja wirklich Hilfe."

„Ich komme mit", rief Luzie und sprang ebenfalls auf.

„Nein, Luzie. Bleib du bei deiner Mutter. Ich bin bald wieder zurück."

Der Mühlbursche lief hinunter zum Altrhein und ruderte durch den Mühlkanal in den Großrhein. Unterwegs behielt er ständig die Uferpfade links und rechts im Auge, konnte aber nichts Auffälliges entdecken. Als er die Schiffsmühle von Heinrich Schäfer erreicht hatte, sah er sofort, dass der Nachen verschwunden war. Das Mühlenhaus war abgesperrt. Er schloss auf und betrat die Müllerstube. Alles war ordentlich aufgeräumt, die Pritsche frisch hergerichtet und sauber abgedeckt. Die Rosenblüten waren verschwunden.

Jean untersuchte die Maschinen. Nichts deutete darauf hin, dass hier jemand kürzlich Wartungsarbeiten verrichtet hätte. Er kletterte hinaus zu den Außenlagern der Wasserräder und fand auch hier keinerlei Spuren von frischem Öl.

Der Junge schloss wieder ab und ruderte weiter zu den unteren Schiffsmühlen. Dort traf er Georg Stahl und seinen Lehrling bei der Arbeit an.

„Der Meister Schäfer ist heute früh nicht nach Hause gekommen. Wir sind sehr besorgt. Habt ihr ihn vielleicht heute schon gesehen?"

Georg sah die Angst in den Augen des Mühlburschen und war selbst erschrocken. „Um Gottes willen – es ist doch hoffentlich nichts passiert! – Ja, er war so um sechs Uhr herum kurz hier und hat Karl und mich für heute Abend eingeladen. Er war richtig aufgekratzt und fröhlich und hat so geheimnisvoll getan. Es gäbe etwas zu feiern, hat er gesagt – was, wollte er mir nicht verraten. Weißt du es?"

„Ich glaube schon", sagte Jean. „Aber erst einmal müssen wir ihn finden. Hat er gesagt, wo er von hier aus hinwollte?"

Der Müller bestätigte, dass Heinrich nach seinem kurzen Besuch direkt nach Hause wollte.

„Habt ihr gesehen, welche Richtung er eingeschlagen hat? Zum Mühlkanal oder zur Rabenwörthspitze?"

Aber Stahl konnte die Frage nicht beantworten, denn er war gleich wieder an seine Arbeit gegangen. Sie sprachen noch kurz mit dem Mühlburschen der Nachbarmühle, der die Nacht dort alleine verbracht hatte. Gegen Morgen hatte er sich etwas hingelegt und von Schäfers Besuch nichts mitbekommen.

Jean setzte seine Fahrt in Ufernähe fort und hielt Ausschau. Er umrundete das Rabenwörth und näherte sich wieder dem Altrheinhafen. Von Heinrich Schäfer oder seinem Nachen keine Spur.

Als er das Boot wieder festgemacht hatte, sprach er noch ein paar Fischer und Ruderburschen an, die sich in der Nähe aufhielten. Keiner hatte den Vermissten an diesem Vormittag gesehen, aber alle versprachen, die Augen offenzuhalten.

Jean kehrte zum Haus der Schäfers zurück, in der vagen Hoffnung, dass sein Meister und zukünftiger Schwiegervater inzwischen eingetroffen sei. Die Hoffnung wurde enttäuscht.

„Es hilft nichts", rief Luzie verzweifelt, nachdem er seinen Bericht beendet hatte. „Wir müssen zur Polizei gehen!"

Günther Dauborn war leicht verwundert, als sein Fahrgast zu ihm auf den Kutschbock kletterte, anstatt auf dem bequemen Rücksitz seiner Kalesche Platz zu nehmen. „Wollen Sie die Zügel übernehmen?", fragte er irritiert.

„Nein – ich möchte nur ein wenig mit Ihnen plaudern", antwortete Kommissär Hartmann. Sie fuhren langsam an.

„Sie sind nicht nur Fuhrunternehmer, sondern auch Gastwirt, nicht wahr?"

„Jawohl, Herr Kommissär. Gasthaus Zur Deutschen Eiche mit eigener Apfelweinkelterei. Besuchen Sie uns doch mal."

„Vielleicht nächste Woche – wenn ich Zeit habe. Sie kennen doch sicher den Richard Maus recht gut?"

„Ja, natürlich. Er ist ja mein Nachbar, und außerdem so eine Art Stammgast in meiner Wirtschaft."

„War er am Montag auch da?"

Dauborn überlegte. „Ja, er war mein erster Gast nach der Mittagsruhe. Um vier Uhr habe ich aufgeschlossen – da stand er schon vor der Tür und hat nach einem Bier verlangt."

„Wirklich um Punkt vier?"

„Na klar. Ich richte mich immer nach den Schlägen der Kirchturmuhr. Da lasse ich mir nichts nachsagen."

Der Kommissär hatte während der letzten Tage schon registriert, dass die Ginsheimer Kirchturmuhr sehr genau ging. Demnach war Maus also tatsächlich lange vor dem Mord wieder von der Insel zurück. Allerdings – rein theoretisch hätte er ja noch einmal zu den Schiffsmühlen aufbrechen können.

„Wie lange ist er denn geblieben?“

„Nun, ich habe sein Bier gezapft, er hat es getrunken, und wir haben ein wenig geschwätzt. Dann meinte er, er wolle jetzt nach Hause gehen und sich noch ein bisschen hinlegen. Alles in allem war er vielleicht 20 Minuten hier.“

Der Kommissär rechnete im Kopf nach. Den Todesschrei von Friedrich Fischer hatten die Mühlburschen zwischen 4 Uhr 30 und 4 Uhr 45 gehört – genauer konnten sie es nicht angeben. Der Weg von der Gastwirtschaft zu den Mühlen, zu Fuß und mit dem Nachen, dauerte mindestens 40 Minuten; mit sportlichem Ehrgeiz war es vielleicht in einer halben Stunde zu schaffen. Maus hätte also allerfrühestens um 4 Uhr 50 wieder an der Schiffsmühle eintreffen können. Da war die Leiche schon entdeckt worden.

Nein, es war unmöglich. Es sei denn, der Wirt riskierte für seinen Nachbarn und Stammgast aus Gefälligkeit eine falsche Aussage.

„Sind Sie denn mit Herrn Maus näher befreundet?“, fragte Hartmann.

Der Kutscher runzelte die Stirn. „Befreundet kann man das eigentlich nicht nennen“, erwiderte er. „Ich glaube, der Richard hat hier in Ginsheim gar keinen richtigen Freund. Die meisten halten ihn für einen Strunzer.“

„Einen was?“

„So nennen wir hier jemanden, der gerne angibt, ohne dass viel dahinter steckt. – Sie verdächtigen ihn doch nicht etwa?“

„Wir müssen alle Möglichkeiten in Betracht ziehen“, erklärte Hartmann vage. „Falls Ihnen zu Herrn Maus noch etwas einfällt, melden Sie sich bitte auf der Polizeiwache.“

Der Kommissär beschloss, sich den „Strunzer“ in der nächsten Woche noch einmal gründlich zur Brust zu nehmen.

Das hatte Wilhelm Penk gerade noch gefehlt: ein rätselhafter Mordfall, ein ungeklärter Diebstahl – und nun auch noch eine Vermisstenmeldung. Wieder war es ein Müller. Und ausgerechnet jetzt war auch der Kommissär aus Darmstadt verschwunden. Vielleicht hätte der gewusst, was als nächstes zu tun sei.

„Also – ihr beide habt den Heinrich Schäfer heute früh gegen halb sechs zuletzt auf seiner Schiffsmühle gesehen“, wiederholte der Polizeidiener.

Luzie und Jean nickten.

Der Polizist fixierte die Tochter. „Es geht mich vielleicht nichts an, Luzie – aber was hat denn ein junges Mädchen morgens in aller Frühe auf einer Schiffsmühle zu suchen?“

„Das geht Sie wirklich nichts an, Herr Penk“, erwiderte Jean frech.

„Nein, lass nur, Jean – wir können es ja ruhig sagen“, meinte Luzie selbstbewusst. „Wir haben nämlich Verlobung gefeiert.“

Der Polizeidiener lächelte. „Na, da gratuliere ich aber ganz herzlich.“ Schließlich war er auch einmal jung gewesen.

„Was können wir denn jetzt tun?“, fragte Luzie unter Tränen.

„Zunächst einmal müsst ihr Ruhe bewahren“, erklärte Penk. „Es besteht kein Grund zur Panik. Die meisten Vermissten tauchen erfahrungsgemäß bald wieder auf.“ – Das hatte er jedenfalls gestern vom Kommissär gelernt. Er verschwieg allerdings die Gründe für das zeitweise Verschwinden, die Hartmann genannt hatte: Ein spontaner Seitensprung, ein Herrenabend im Bordell, ein Aussetzer nach einem Saufgelage ... All das konnte er sich bei Heinrich Schäfer nicht so recht vorstellen.

„Ihr habt ja bereits die Müller, Fischer und Ruderburschen um Hilfe bei der Suche gebeten“, fuhr er fort. „Die Feldschützen und den Förster werden wir auch noch verständigen. Darüber hinaus werden wir jetzt eine Suchmeldung an alle Polizeistationen längs des Rheins bis hinunter nach Ingelheim schicken; auch an die preußische Gendarmerie in Biebrich und Eltville. Dafür brauchen wir eine Personenbeschreibung und die Beschreibung des Nachens.“

Wilhelm Penk stand auf und legte seine Hände tröstend auf die Schultern der beiden: „Macht euch keine Sorgen. Er wird bestimmt bald wieder zurück sein.“

Nachdem Penk die Suchmeldung ins Telegraphenamt gebracht hatte, kam Amtsdiener Vettel in die Wachstube: „Wilhelm, du sollst gleich mal zum Chef kommen." Sofort sprang der Polizeidiener auf, schnallte seinen Säbel um und stieg hinauf in den ersten Stock des Rathauses. Zu seiner Verblüffung fand er im Amtszimmer des Bürgermeisters die beiden Mühlburschen von Richard Maus, die ziemlich betreten dreinschauten.

„Wilhelm, die zwei Kerle hier möchten ihre Wanderbücher zurückhaben", sagte Jakob Rauch. „Ich finde das verdächtig, dass sie uns ausgerechnet jetzt verlassen wollen, wo wir noch zwei ungeklärte Kriminalfälle haben. Zumal sie erst drei Monate hier sind. Üblich ist doch mindestens ein halbes Jahr Aufenthalt bei einem Dienstherrn."

Penk erschrak. Sollte der Kommissär recht gehabt haben mit seiner Vermutung, dass die beiden etwas mit der verschwundenen Kiste oder gar mit dem Tod von Friedrich Fischer zu tun haben könnten?

„Jawohl, Herr Bürgermeister. Die beiden stehen bei uns auf der Liste. Wir wollten sie sowieso noch einmal vernehmen."

„Dann nimm sie mit, Wilhelm, und kläre das. Ich habe jetzt keine Zeit. Heute Abend ist Wahlversammlung beim *Reinheimer*, da muss ich mich noch ein bisschen vorbereiten."

„Jawohl, Herr Bürgermeister." Der Polizeidiener war froh, dass die Unterredung so schnell beendet war und er nicht auch noch die Vermisstenmeldung ansprechen musste. Er packte die beiden Burschen am Arm und führte sie hinunter in seine Wachstube.

„So, ihr wollt also abhauen. Warum?", fragte er streng.

Kurt druckste ein bisschen herum. „Beim Meister Maus gefällt es uns nicht", brachte er schließlich hervor. „Die Mühle ist völlig heruntergekommen, und wir haben auch kaum Arbeit. Außerdem ist er uns noch den letzten Wochenlohn schuldig. Gestern Abend haben wir ihm gesagt, dass wir weiter ziehen wollen."

„Vielleicht gibt es ja einen ganz anderen Grund." Penk versuchte es mit einem Frontalangriff.

„Habt ihr die Kiste mit den Maschinenteilen vom holländischen Dampfer gestohlen?"

„Um Gottes willen, nein", rief Siegfried entsetzt. „Wir haben davon gehört, aber ... letzten Freitag, als das passiert ist, waren wir ja die ganze Nacht auf der Mühle!"

„Und wer kann das bezeugen?"

Die beiden Mühlburschen sahen sich an. Kurt erinnerte sich: „Der Meister Schrepfer von nebenan kam ein paar Mal rüber und hat uns geholfen, weil der Sechskantsichter dauernd hängengeblieben ist."

„Dann gehen wir jetzt zusammen zu ihm nach Hause und fragen ihn. Wenn er eure Aussage nicht bestätigen kann, sieht's schlecht aus für euch."

Wenn sich allerdings eure Unschuld erweisen sollte, dachte der Polizeidiener, habe ich noch einen anderen Plan.

Philipp Schrepfer war nicht wiederzuerkennen, als er seinen Besuchern öffnete. Sein Gesicht hatte frische Farbe bekommen; seine Augen blinzelten unternehmungslustig. Der Polizist erfuhr auch gleich den Grund seiner guten Laune.

„Stell dir vor, Wilhelm, die Doris war gerade da, die treue Seele! Sie will jetzt doch ihre Äcker verkaufen, um die Schulden zu bezahlen. ‚Du musst weitermachen, Philipp!', hat sie zu mir gesagt. ‚Der Fritz hätte das auch so gewollt.' – Wenn ich nur wüsste, mit wem!"

„Auch das wird sich finden, Philipp", sagte Penk. „Jetzt muss ich erst einmal mit deiner Hilfe eine Aussage überprüfen. Diese beiden Burschen hier behaupten, dass sie in der Nacht vom Freitag auf Samstag letzter Woche die ganze Zeit in ihrer Mühle gearbeitet haben. Stimmt das?"

Philipp überlegte. „Letzten Freitag ... ja, richtig – da war ich selbst bis sieben Uhr früh draußen. Zwischendurch habe ich ein paar Mal bei Siegfried und Kurt ausgeholfen. Der Richard sollte wirklich endlich mal seinen Sechskanter reparieren lassen – das Ding klemmt hinten und vorne!"

Der Polizist war noch nicht zufrieden. „Könnte es sein, dass die zwei zwischendurch mal die Mühle verlassen haben? So für eine Stunde?"

Philipp schüttelte den Kopf. „Nee – das hätte ich doch gemerkt. Sie hätten ja an mir vorbeigemusst, um an Land zu gehen. Und ein Nachen war auch nicht da."

Wilhelm Penk atmete tief durch. „Na, wie es aussieht, habt ihr ja gerade noch mal Glück gehabt", verkündete er den Burschen und lächelte dabei milde wie ein gütiger Vater, der seinen Segen spendet.

Dann wandte er sich augenzwinkernd an Schrepfer: „Philipp, hier stehen zwei unbescholtene Mühlburschen, die Arbeit suchen. Gestern haben sie bei ihrem bisherigen Meister gekündigt. Hast du eine Idee?" – Alle drei sahen den Polizisten verdutzt an.

„Ja, aber ...", protestierte Kurt.

„Ja, wieso ...", fiel Siegfried ein.

„Ja, Moment mal ...", sagte Schrepfer.

Siegfried und Kurt begannen miteinander zu tuscheln. Mit dem freundlichen und stets hilfsbereiten Meister Schrepfer waren sie bisher immer bestens ausgekommen. Er hatte ihnen schon einige Kniffe gezeigt, die sie noch nicht kannten – ganz im Gegensatz zu seinem verblichenen Kompagnon, der nur Hohn und Spott für die Jungen übrig hatte.

Unterdessen raunte Philipp dem Polizeidiener zu: „Wilhelm, so läuft das nicht bei uns. Ich darf den Burschen keine Arbeit anbieten. Sie müssen selbst danach fragen."

Penk ging zu den beiden hinüber, die prompt mit ihrem Getuschel aufhörten.

„Wollt ihr es euch vielleicht erst einmal überlegen?"

Siegfried schüttelte den Kopf. Kurt schüttelte den Kopf. Und Siegfried begann als erster, den traditionellen Spruch aufzusagen, den er bei seiner Freisprechung auswendig lernen musste: „Glück zu, Meister! Einen schönen Gruß von meinem letzten Meister, dem Richard Maus in Ginsheim und seinen Gesellen. Ich bin Siegfried Scholles, ein Müllergesell und Handwerker aus Sachsen, und möchte fragen, ob Ihr Arbeit für mich habt?"

Am Stammtisch der Müller im Gasthaus *Zur Post* herrschte an diesem Abend begreiflicherweise eine recht gedrückte Stimmung. Innerhalb weniger Tage war einer aus der Runde auf grausame Art ums Leben gekommen und ein weiterer spurlos verschwunden. Der Rest war vollständig erschienen, um über die Situation zu beratschlagen.

„Ich sage euch, da draußen läuft ein Verrückter herum“, tönte Richard Maus. „Ein Serienmörder, der es auf uns Müller abgesehen hat. Ich bin gespannt, wer der nächste sein wird.“

„Das ist doch dummes Geschwätz, Richard“, erwiderte Karl Volz erbost. „Wir wissen ja noch gar nicht, was mit dem Heiner passiert ist. Wir alle hoffen doch, dass er bald wieder auftaucht.“

„Aber wir können doch nicht einfach so rumsitzen und darauf warten, dass er irgendwann wieder da ist“, ereiferte sich Peter Guthmann. „Wir müssen etwas tun!“

„Ich denke, wir sollten morgen früh, sobald es hell wird, noch einmal eine gründliche Suchaktion starten“, schlug Georg vor. „Peter und Philipp – ihr übernehmt die Nonnenau und das Rabenwörth. Karl und Hannes – ihr sucht auf der Langenau. Geht auch zum Baron von Molsberg und seinen Leuten! Richard – wir beide laufen das Ufer ab, vom Ortsrand bis runter zur Bleiaue. Auch wenn wir den Heiner selbst nicht finden, gibt es vielleicht doch irgendeinen Hinweis, wo er sein könnte. Die Arbeit muss notfalls warten, wenn keine Mühlburschen da sind.“

Der Vorschlag fand allgemeine Billigung.

„Richard, ich habe gehört, deine Mühlburschen sind dir davongelaufen?“ Johannes Ittner konnte sich die Frage nicht verkneifen.

„Die brauche ich nicht mehr“, antwortete Maus großspurig. „Ich habe sie weggeschickt. Ab nächste Woche wird meine Mühle total umgebaut – modernste Maschinen, Elevatoren und das ganze Zeug. Wenn das fertig ist, läuft alles automatisch ab. Dann kann ein Mann spielend die komplette Mühle bedienen.“

„Da bin ich ja mal gespannt“, murmelte Ittner.

„Jedenfalls freut es mich, dass du jetzt zwei tüchtige Mühlburschen hast, Philipp“, meinte Georg Stahl. „Wann wollt ihr denn wieder loslegen?“

Schrepfer sah auf einmal unglücklich aus. „Es gibt da noch ein Problem. In der Mühle müsste erst mal gründlich geputzt werden – besonders das Getriebe. Da ist ja noch alles voller Blut und so weiter ... Bis jetzt hab ich es noch nicht geschafft, damit anzufangen. Ich müsste ständig an den armen Fritz denken.“

Die anderen senkten teilnahmsvoll die Köpfe. Auch den weniger zarten Gemütern war die Vorstellung gruselig, die blutigen Überreste eines Kollegen von den Zahnrädern abzukratzen.

„Meinen neuen Mühlburschen möchte ich es auch nicht zumuten“, fuhr Philipp Schrepfer fort. „Die haben ja den Fritz dort hängen sehen und sind immer noch geschockt.“

Betretenes Schweigen. Schließlich stellte Volz fest: „Das ist eine Arbeit für jemanden mit Haaren auf den Zähnen, der weder Tod noch Teufel fürchtet, der ordentlich zupacken kann und dem es vor gar nichts graust.“

„Da kenne ich jemanden“, murmelte Peter Guthmann.

„Ja? Wen denn, Peter?“, erkundigte sich Schrepfer.

„Meine Frau“, sagte Guthmann.

Samstag, 10. September 1898

Bei Sonnenaufgang versammelten sich die Müller am Altrhein, um mit ihrer Suchaktion zu beginnen. Ilse Guthmann war auch zur Stelle und hatte ihre Nachbarin, die Metzgersfrau Hildegard Kröll mitgebracht. Frau Kröll hatte in ihrem Leben schon viel Blut fließen sehen, auch wenn es nur Tierblut war, und war nicht so leicht zu erschüttern. Die Frauen waren bewaffnet mit Eimern, Putzlappen, Bürsten und Scheuersand.

Philipp Schrepfer trat zu ihnen. „Ich bringe euch noch rüber und zeige euch, an welchen Stellen ihr besonders aufpassen müsst. Ihr wisst ja, in einer Mühle kann schnell was passieren. Dann suche ich mit dem Peter die Insel ab. Ich schaue zwischendurch mal bei euch vorbei."

„Was die Männer fer e Gedeens mache weesche so eme bissje Blut", sagte Frau Guthmann. „Die Kerle sinn awwer aach zu gar nix zu gebrauche."

„Außer fer gewisse Schdunde", lachte Frau Kröll.

Es klingelte bei Schäfers an der Haustür, und sofort sprang Margarethe auf und öffnete – so, wie sie es schon seit vierundzwanzig Stunden bei jedem Klingelzeichen tat; immer in der Hoffnung, dass es vielleicht eine Nachricht von ihrem Gatten gäbe.

„Ach, Herr Mathes, Sie sind das – hat die Polizei endlich eine Spur von meinem Mann gefunden?"

„Ja und nein, Frau Schäfer – darf ich reinkommen?"

Frau Schäfer führte den Gendarmen ins Esszimmer, wo Luzie und Jean genauso bang wie die Mutter auf Neuigkeiten warteten.

„Wir haben eine Depesche vom Gendarmerieposten in Kastel erhalten", berichtete Mathes. „Bei der Bastion von Schönborn ist ein Nachen angetrieben. Es könnte sich um den Nachen Ihres Mannes handeln."

„Um Gottes willen", flüsterte Marga.

„Das muss nichts Schlimmes bedeuten, Frau Schäfer. Es könnte uns sogar weiterhelfen. Immerhin wissen wir jetzt, in welche Richtung Ihr Mann unterwegs war."

„Was wollte er denn in Kastel?", murmelte Luzie.

„Ich bin auf dem Weg dorthin", erklärte der Gendarm. „Haben Sie vielleicht eine Photographie neueren Datums, das den Vermissten möglichst deutlich zeigt? Dann können wir vor Ort nachforschen."

Luzie holte aus der Schublade des Vertikos ein Bild hervor, das vor zwei Jahren anlässlich der Konfirmation ihres Bruders Stephan entstanden war. Es zeigte eine glückliche Familie.

„Sie bekommen es selbstverständlich zurück", versicherte Mathes und steckte das Photo ein. „Jemand müsste mich begleiten, um den Nachen zu identifizieren. Außerdem haben die Kollegen in Kastel noch ein paar Fragen."

„Na klar, ich komme mit", meldete sich Jean sofort.

„Kannst du reiten?"

Der Mühlbursche verneinte.

„Dann nehmen wir das Ruderboot", entschied der Gendarm. „Man erwartet uns um zehn Uhr – das schaffen wir bequem. Auf dem Heimweg hängen wir uns an einen Schleppkahn an."

„Er ist ertrunken", schluchzte Margarethe Schäfer plötzlich. „Er kann ja nicht schwimmen."

„Er wollte es lernen", sagte Jean.

Zwei Männer warteten am Kasteler Ufer neben dem gestrandeten Nachen auf die Ginsheimer. Der eine hatte die gleiche Uniform an wie Mathes, gehörte also ebenfalls dem großherzoglichen Gendarmeriekorps an. Gendarm Wolfgang Hüther hatte den Bootsbauer Klaus Wolf als Sachverständigen mitgebracht, weil ihm einiges an dem Kahn seltsam vorkam.

Auch Jean sah sofort, dass das Boot zu einem Drittel voll Wasser gelaufen war. Jetzt erinnerte er sich wieder, dass er bereits bei seiner nächtlichen Gondelfahrt mit Luzie ein Leck bemerkt hatte.

„Es ist nicht ungewöhnlich, dass ein älterer Nachen irgendwann undicht wird", erläuterte der Bootsbauer. „Der da ist ja anscheinend schon ziemlich alt. Normalerweise ist das nicht so schlimm, weil das Wasser nur ganz langsam einsickert, sodass man es von Zeit zu Zeit ausschöpfen kann. Aber hier, schauen Sie ..." Wolf zeigte auf ein Loch an der linken Bootswand.

„Hier ist ein angefaultes Astloch im Holz ganz frisch rausgebrochen. Dadurch konnte in kurzer Zeit ziemlich viel Wasser einlaufen. Trotzdem sinkt so ein Nachen nicht gleich. Sie sehen ja, der schwimmt immer noch oben. Aber es wird ungemütlich, wenn man bis zu den Waden im Wasser sitzt. Außerdem wird das Boot natürlich schwer und lässt sich kaum noch bewegen – zumindest, wenn es gegen die Strömung geht."

„Was hätten Sie denn getan, wenn Ihnen das während einer Fahrt passiert wäre?", wollte Mathes wissen.

„Ich hätte wahrscheinlich so schnell wie möglich das Ufer angesteuert, hätte meinen Nachen festgebunden und wäre zu Fuß weitergelaufen."

Vielleicht hat Schäfer genau das gemacht und ist dabei seinem Mörder begegnet, dachte Konrad Mathes.

„Die Ruder sind ordentlich beigelegt, so wie man normalerweise ein Boot verlässt", bemerkte der Kasteler Gendarm. „Es spricht also nichts dafür, dass der Ruderer versehentlich aus dem Nachen gefallen und ertrunken ist. Hier ganz in der Nähe ist übrigens der Bahnhof – vielleicht ist er ja von dort aus mit dem Zug weitergefahren."

„Dann gehen wir jetzt mal rüber und forschen nach", schlug Mathes vor.

„Noch etwas ist merkwürdig", sagte Gendarm Hüther. „Sehen sie hier – da schwimmen ein paar Rosenblüten im Nachen."

„Die Rosenblüten kann ich erklären", erwiderte Jean und bekam einen roten Kopf.

Etwa zur gleichen Zeit betrat der Kaufmann Ariel Becker die Gendarmeriestation in der Mainzer Neustadt und verlangte den diensthabenden Beamten zu sprechen. In seiner Begleitung befand sich Baruch Hirschfeld, sein Anwalt, ein schmächtiges Männlein mit einer runden Nickelbrille.

Oberwachtmeister Guldenthal empfing die Herren in seiner Amtsstube und fragte nach ihrem Begehr.

„Ich möchte eine Anzeige wegen Betruges erstatten“, erklärte Ariel Becker.

Der Polizist holte ein Protokollformular. „Gegen wen richtet sich denn die Anzeige?“

„Gegen meinen Kompagnon Richard Maus, Müllermeister zu Ginsheim.“

Der Anwalt präsentierte zunächst ein Dokument, aus dem hervorging, dass sein Mandant 1881 einen Anteil von 50 Prozent an einer Rheinmühle erworben hatte, die ursprünglich in Mainz und seit 1883 in Ginsheim ankerte.

Die andere Hälfte der Mühle gehörte einem Müllermeister namens Richard Maus. Sodann legte Hirschfeld einen Bescheid des Amtsgerichts Groß-Gerau von 1897 vor, betreffend den Nachlass des inzwischen verstorbenen Müllers Maus, demzufolge dessen Anteil auf seinen Sohn Richard Maus junior übergegangen war.

„Der alte Maus war ein Ehrenmann durch und durch“, beteuerte der Kaufmann. „Ich konnte mich in jeder Beziehung auf ihn verlassen. Wie konnte ich ahnen, dass sein Sohn das genaue Gegenteil davon ist?“

„Er hat Sie also reingelegt?“, fragte Guldenthal.

„Nach Strich und Faden“, stöhnte Becker. „Der Junior kam vor einem halben Jahr zu mir und zeigte mir ein Angebot einer Schweizer Firma zur Modernisierung unserer Schiffsmühle. Es sollten neue Maschinen eingebaut und der ganze Ablauf automatisiert werden. Wissen Sie, ich bin ja kein Fachmann, und ich verstehe von dem technischen Kram nicht viel. Aber die kaufmännische Seite hat mir eingeleuchtet. Durch eine einmalige Investition konnte die Produktivität der Mühle um ein Vielfaches erhöht werden. Ich habe ihm die 8.000 Mark gegeben.“

„8.000 Mark? Das ist eine Menge Geld. Die haben Sie ihm einfach so gegeben? Etwa in bar?“

„Freilich in bar. Das Geld sollte ja in die Schweiz transferiert werden. Wissen Sie, wie lange das dauert, wenn man so was über die Banken abwickelt?“

Der Oberwachtmeister war ein misstrauischer Mensch. „Könnte es sein, Herr Becker", fragte er vorsichtig, „dass es sich um einen Betrag handelt, der in Ihren Büchern gar nicht auftaucht?"

„Gott der Gerechte, die Bücher", erwiderte Ariel Becker. „Ich bin Geschäftsmann und muss flexibel bleiben. Die Bücher sind schon in Ordnung ..., vielleicht nicht immer ganz auf dem neuesten Stand ..."

Baruch Hirschfeld gab seinem Mandanten heftige Zeichen, jetzt lieber den Mund zu halten. „Herr Becker ist ein ehrenwerter und über alle Zweifel erhabener Steuersünder ... Steuerzahler, wollte ich sagen", stotterte er und ärgerte sich über seinen Versprecher. „Wir können die Herkunft des Geldes selbstverständlich lückenlos nachweisen."

Guldenthal schmunzelte. „Na ja, das ist ja eigentlich auch nicht mein Ressort. Wie ging es dann weiter?"

„Im Juli ist zum ersten Mal die Zahlung meines monatlichen Anteils ausgeblieben", erzählte Becker. „Der Herr Maus kam zu mir und hat mir erklärt, dass die Mühle momentan wegen der Umbauten stillstehen würde. Das hat mir noch eingeleuchtet. Im August hat er mir erzählt, es gäbe noch ein paar Anlaufschwierigkeiten und ich müsse mich noch ein bisschen gedulden. Auch das habe ich noch hingenommen. Als ich dann in der Zeitung von einem rätselhaften Todesfall auf einer Ginsheimer Schiffsmühle gelesen habe, war ich dann doch etwas beunruhigt und dachte, ich sollte mir die Sache mal vor Ort ansehen."

Der Polizist wunderte sich, dass der clevere Kaufmann so lange gebraucht hatte, um die Lunte zu riechen. Aber er sagte nichts.

„Vorgestern war ich dort und habe den Müllermeister Maus nicht angetroffen", fuhr Becker fort. „Allerdings konnte ich mich davon überzeugen, dass die angeblich längst eingebauten modernen Maschinen gar nicht existierten. Im Gegenteil – die Mühle ist total heruntergekommen und die Mühlburschen haben mir bestätigt, dass die Auftragslage miserabel sei."

„Sie vermuten also, dass der Müller Ihr Geld veruntreut hat“, fasste Ernst Guldenthal zusammen. „Das ist ein schwerwiegender Vorwurf. Wir werden den Richard Maus dazu befragen.“

„Befragen? Verhaften müssen Sie ihn!“

„So schnell geht das nicht, Herr Becker. Ginsheim liegt nicht in unserem Bezirk; da müssen wir die Ortspolizei um Amtshilfe bitten. Den Haftbefehl kann nur ein Richter ausstellen. Aber wenn sich Ihr Vorwurf bestätigt, können wir ihn vorläufig festnehmen.“

„Dann tun Sie das. Sonst haut der womöglich noch mit meinem Geld ab.“

Der Oberwachtmeister ging zu dem Dienstplan, der an der Wand hing. „Ich werde mich zusammen mit Gendarm Kallweit gleich am Montag darum kümmern“, versprach er. „Und was den Verdacht der Steuerhinterziehung betrifft – da werde ich wohl den Herren von der Finanzverwaltung einen Hinweis geben müssen.“

Der Anwalt wurde blass.

Jean folgte den beiden Gendarmen nur widerwillig zum Kasteler Bahnhof. Das bringt uns doch nichts, dachte Jean. Warum hätte sein Meister gestern früh in einen Zug steigen sollen? Sie wollten doch zusammen feiern!

Im Stationsgebäude langweilte sich eine Handvoll Bahnbeamter. Sowohl der Schaffner als auch der Mann hinter dem Fahrkartenschalter bestätigten, dass sie auch gestern Morgen Dienst gehabt hätten. Mathes zeigte ihnen das Foto. Aber keiner von beiden konnte sich an den Müller erinnern.

„Hier ist ja jetzt kaum noch was los“, erzählte der Schaffner. „Ja, früher, als noch das Trajektboot über den Rhein verkehrte – da war viel Betrieb. Jeder, der nach Mainz wollte, musste hier umsteigen. Aber nachdem die Eisenbahnbrücke fertig war, ist es ziemlich ruhig geworden.“

„Ich habe gestern früh nur wenige Fahrkarten verkauft“, bestätigte sein Kollege. „Zwei Leute wollten nach Wiesbaden; ein paar Fahrgäste zu kleineren Stationen – Flörsheim oder Eddersheim. Ein Ehepaar hat nach Frankfurt gelöst. Ein einzelner Herr wollte auch nach Frankfurt – aber der sah ganz anders aus. Was sagten Sie? Ein Müller in Arbeitskleidung? Mit nassen Beinen? Das wäre mir aufgefallen."

„Einige, die hier aussteigen, fahren mit der Pferdebahn über die neue Straßenbrücke nach Mainz weiter", ergänzte der Schaffner. „Das wäre eventuell noch eine Möglichkeit."

Also befragte man auch noch das Personal der Pferdebahn, die vor dem Stationsgebäude hielt – mit dem gleichen negativen Ergebnis.

Jean spürte wieder ein beklemmendes Gefühl in sich aufsteigen. Er wusste nicht, was er Luzie und ihrer Mutter erzählen sollte.

Sonntag, 11. September 1898

Kapitän Kamies hatte ein Telegramm erhalten, dass die bestellten Teile am Sonntagnachmittag mit dem Passagierdampfer aus Koblenz in Mainz ankommen würden. Diesmal wollte er kein Risiko eingehen. Er ließ sich persönlich von Niklas zur Anlegestelle rudern und packte selbst mit an, um die Kiste ins Boot zu hieven.

Frans Kamies fachsimpelte noch ein wenig mit seinem Kollegen im Steuerhaus des Passagierdampfers, bevor dieser schon wieder nach Worms ablegen wollte. Selbstverständlich hatte der Schiffsführer in der schneeweißen Uniform nichts dagegen, das Ruderboot der Holländer in Schlepptau zu nehmen und ein Stück stromaufwärts zu bringen.

Auf der Höhe der Langenau klinkten sie sich aus. Der Kapitän des Dampfers grüßte zum Abschied mit der Signalpfeife, und Niklas steuerte das Boot ohne Mühe durch die Fahrrinne hinüber zu den Ginsheimer Schiffsmühlen.

Als sie an der unteren Mühlenkrippe vorbeikamen, bemerkte Kamies, dass in der Rheinmühle von Georg Stahl gearbeitet wurde. Er bat Niklas, dort festzumachen und zu warten. Dann stieg er an Deck.

„Glück zu, Meister", begrüßte er den Müller. „So fleißig an einem Sonntag?"

Stahl war überrascht – mit diesem Besuch hatte er nicht gerechnet.

„Die mit Wasserkraft betriebenen Mühlen haben laut Gewerbeordnung eine Sondergenehmigung[21]", erläuterte er. „Allerdings seit Neuestem nur noch an 26 Sonn- und Feiertagen im Jahr."

„Herr Stahl, ich bin gekommen, um Ihnen Lebewohl zu sagen", sprach der Kapitän. „Morgen werden wir Ginsheim endgültig verlassen. Und ich wollte mich bei Ihnen bedanken. Sie waren einer der wenigen hier, die stets hilfsbereit waren und uns anständig behandelt haben."

---

[21] vgl. Gewerbeordnung 1912.

Georg wurde rot. „Ich bitte Sie, das ist doch selbstverständlich. Ich wünsche Ihnen und Ihrer Besatzung allzeit gute Fahrt."

„Vielen Dank. Hier, zur Erinnerung." Der Kapitän überreichte Stahl ein kleines Holzkästchen, das er mitgebracht hatte.

Die Verlegenheit des Müllers war deutlich zu spüren. „Aber das wäre doch nicht nötig gewesen ..." Trotzdem öffnete er vorsichtig das Kästlein.

„Eine Schiffsuhr aus Messing! Das kann ich nicht annehmen, Herr Kamies! Die ist ja viel zu wertvoll."

„Nicht wirklich. Meine Reederei verschenkt sie dutzendweise an unsere Kunden. Hier, sehen Sie ..."

Der Kapitän drehte die Uhr um. Auf der Rückseite waren die Buchstaben NSR eingraviert.

„Dann bedanke ich mich ganz herzlich bei Ihnen, Herr Kamies. Die bekommt einen Ehrenplatz." Ihm fiel etwas ein.

„Warten Sie, ich habe auch etwas für Sie." Er stieg hinunter in die Bilge des Schiffes und kam nach kurzer Zeit mit einer aus Holz geschnitzten Gesichtsmaske zurück.

„Was ist denn das?", wunderte sich der Kapitän, als er die skurrile Fratze betrachtete.

„Das ist unser alter Kleiekotzer."

„Kleiekotzer?", wiederholte Kamies verständnislos.

„Kleie – das sind die Rückstände aus Schalen und Keimlingen, die beim Mahlen anfallen", erläuterte Stahl. „Am Beutelkasten werden sie durch diese Mundöffnung ausgespuckt. Wir Müller glauben außerdem, dass der Kleiekotzer unsere Mühlen beschützt und Ärger abwendet."

„Dann werde ich ihn gleich in meinem Dampfer aufhängen. Einen Beschützer kann ich gerade jetzt gut gebrauchen. Vielen, vielen Dank dafür. – Und bestellen Sie Ihrer Frau meine besten Grüße. Der Zwetschgenkuchen hat uns ausgezeichnet geschmeckt."

Georg strahlte. „Danke, ich werd's ihr ausrichten. Besuchen Sie doch gelegentlich mal wieder unser schönes Ginsheim."

„Das wird sich nicht vermeiden lassen", lächelte der Kapitän. „Alle paar Wochen führt mich eine Tour hier vorbei. Und ich verspreche, bei den Schiffsmühlen ganz langsam zu fahren und keine Wellen zu machen."

Der Müller schmunzelte und streckte dem Kapitän die Hand entgegen. „Ich nehme Sie beim Wort. Auf Wiedersehen, Herr Kamies."

„Ich heiße Frans", sagte Kamies.

„Ich bin der Georg", erwiderte Stahl.

Die Männer umarmten sich.

In der Abenddämmerung lief Frau Schäfer zum dritten Mal an diesem Tag zum Altrheinufer hinunter, immer noch mit einem letzten Fünkchen des Glaubens an ein Wunder im Herzen – an das Wunder, dass vielleicht doch einer der zurückkehrenden Müller, Fischer oder Ausflügler ein Lebenszeichen ihres Mannes mitbringen würde. Wieder vergeblich. Auf dem bitteren Weg zurück zu ihrem Haus, hinter sich die trostlose Leere einer mehr und mehr dahinschwindenden Hoffnung, vor sich den Horror einer weiteren schlaflosen Nacht voller Gespenster, betrat sie die kleine Kirche. Erschöpft ließ sie sich auf eine Bank sinken und starrte minutenlang vor sich hin – unfähig, zu beten, unfähig, zu weinen. Sie merkte nicht, dass inzwischen noch jemand in die Kirche gekommen war und lautlos auf der Bank hinter ihr Platz genommen hatte.

„Margriet", flüsterte Kapitän Kamies.

Margarethe Schäfer zuckte zusammen. Mit diesem Namen hatte sie seit mehr als achtzehn Jahren niemand mehr angesprochen. Sie wandte sich ganz langsam um und sah ihn mit einem Blick von unendlicher Traurigkeit an.

„Frans ..., wenn uns jemand sieht ..."

„Ach ja, die Leute ... Es ist niemand da, Margriet."

Es war still in der Kirche. Von draußen drangen nur die allmählich schwächer werdenden Geräusche des schläfrigen Dorfes herein.

„Margriet, morgen Mittag lichten wir die Anker und verlassen diesen Ort. Ich wollte nicht abreisen, ohne dir zu sagen, wie sehr es mir leid tut, was du derzeit durchmachen musst. Als ich hörte, dass dein Mann verschwunden ist ..."

„Er kommt wieder, Frans."

„Ja, Margriet. Bestimmt. Ich wünsche es dir von ganzem Herzen. Du liebst ihn sehr, nicht wahr?"

„Er ist der beste Ehemann, den ich mir denken kann, Frans."

Kamies schwieg. Er dachte an seine eigene Ehe, die schon nach drei Jahren am Ende war, weil seine Frau es nicht ertragen konnte, ständig alleine zu sein. Er konnte es ihr nicht verdenken, dass sie mit einem reichen Tuchhändler aus Amsterdam durchgebrannt war. Keine Frau hielt es lange mit einem Schiffer aus.

Schließlich sagte er: „Du hast mich sofort erkannt, Margriet, als du neulich in die Wirtschaft kamst?"

„Ja, Frans."

„Ich dich nicht gleich, muss ich gestehen. Ich hatte ja keine Ahnung, dass du hier lebst. Ich dachte, du wohnst längst in einem fürstlichen Palast, Prinzesschen."

Margarethe wusste sofort, worauf der Kapitän anspielte. Als sie sich damals begegnet waren, für einen einzigen verrückten Tag und eine einzige leidenschaftliche Nacht, trug sie das Fastnachtskostüm einer Prinzessin.

„Leb wohl, Frans." Sie stand auf und verließ die Kirche durch den Seiteneingang. Kamies folgte ihr.

Draußen erfasste sie ein plötzlicher Schwindel. Sie taumelte und musste sich an einem alten Grabstein abstützen. Frans eilte herbei.

„Was ist mit dir, Margriet? Komm, setz dich mal."

Willenlos lies sie sich von ihm zu der kleinen steinernen Bank führen, die unter einer Rosenlaube versteckt war. Er setzte sich neben sie.

Margarethe und Frans saßen eine Weile schweigend da, bis er sagte: „Wir konnten beide nichts dafür, damals. Das verdammte Eis war daran schuld. Und die Fastnacht natürlich."

So lange war das her – aber jetzt war die Erinnerung wieder da, leuchtend und lebhaft, als wäre es gestern gewesen. Im Dezember 1879 war der Eisgang auf dem Rhein so stark, dass bereits vor Weihnachten die Schifffahrt eingestellt werden musste.

Der Dampfer, mit dem Frans damals als Schiffsjunge unterwegs war, hatte im Mainzer Winterhafen Schutz gesucht. Die gesamte Besatzung war mit dem Zug in die Heimat abgereist, nur Frans hatte man als Wache beim Schiff zurückgelassen.

Anfang Februar begann das Eis aufzubrechen, und eine Woche später war die Fahrrinne wieder frei. Am Fastnachtsdienstag wollte die Mannschaft aus Holland zurückkehren, und am Aschermittwoch sollte die Fahrt endlich weitergehen.

Margarethe sprach leise, fast wie zu sich selbst: „Damals war ich ja schon mit Heiner verlobt und in vier Wochen sollte die Hochzeit sein. Meine Freundinnen sagten zu mir: ‚Marga, bald bist du eine brave Ehefrau. Am Rosenmontag hauen wir zusammen noch einmal so richtig auf die Pauke. Das ist die letzte Gelegenheit für dich. Da feiern wir deinen Jungmädchenabschied.‘ Erst wollte ich nicht, aber dann haben sie mich doch überredet.“

Frans nickte. „Ich war ja völlig von den Socken, als auf einmal ein Haufen von lachenden und bunt kostümierten Mädchen über mich herfiel und mich eine nach der anderen auf offener Straße abgeküsst hat. In Holland gibt es so was nicht.“

„Das ist hier aber ganz normal, Frans, da musst du dir nichts dabei denken. Rosenmontag in Mainz, das ist ...“

„... der Ausnahmezustand. Inzwischen weiß ich es.“ Er lächelte.

„Irgendwann haben wir deine Freundinnen im Gewühl verloren. Von da an gab es nur noch uns zwei. Wir haben getanzt, gelacht, geschmust, geträumt ... Du warst mein Prinzesschen und ich der wilde Seeräuber, der dich entführt hatte ...“

„Ich weiß noch, dass wir später in irgendeiner Altstadtkneipe in einer Ecke saßen und uns immer nur angeschaut haben“, erinnerte sich Margarethe. „Draußen wurde es dunkel, und wir haben es nicht gemerkt. Jedenfalls war es dann für mich zu spät, um noch nach Hause zu kommen. Du hast mich auf dein Schiff gebracht ...“

„Es war ja nicht mein Schiff, Margriet. Ich war ja nur ein einfacher Schiffsjunge, den man als Wache zurückgelassen hatte.

Wir haben in der Kapitänswohnung weitergefeiert, was natürlich streng verboten war. Wenn das rausgekommen wäre, hätte man mich sofort gefeuert.“

„Ich fand es schrecklich aufregend. Ich habe dich bewundert, als wärest du Kapitän James Cook persönlich. Und danach ...“

„Ja, Prinzesschen?“

Margarethe schwieg. Dann flüsterte sie: „Ich hatte das komische Gefühl, etwas Verbotenes und trotzdem völlig Selbstverständliches zu tun.“

Auch Frans war lange still. „Wir waren beide verrückt“, sagte er nur.

Margarethe stieß einen leisen Schrei aus. „Frans, ich glaube, da ist jemand. Ich habe einen Schatten gesehen, dort drüben hinter der Mauer.“

Kamies sprang auf und lief zu der Mauer hinüber. Inzwischen war es fast dunkel geworden. Niemand war zu sehen. Er kam zurück und setzte sich wieder.

„Du musst dich getäuscht haben, Margriet. Da ist niemand.“

Frau Schäfer begann, leise vor sich hin zu weinen. Sie war am Ende ihrer Kraft. Die Ereignisse der letzten Tage, die lähmende Angst und die quälende Ungewissheit – all das war zu viel für sie. Sie wollte es nicht aussprechen, und sie durfte es nicht aussprechen. Aber sie konnte nicht anders. Es brach unvermittelt aus ihr heraus.

„Ach, Frans“, schluchzte sie. „Unsere Nacht damals ist nicht ohne Folgen geblieben. Frans, wir haben eine gemeinsame Tochter!“

Frans war wie vom Donner gerührt. „Sag das noch einmal, Margriet.“

Margarethe schüttelte nur den Kopf. „Ich muss nach Hause, Frans. Leb wohl.“ Sie stand auf und war nach wenigen Schritten von der Dunkelheit verschluckt.

Kapitän Kamies blieb regungslos auf der Bank zurück.

Montag, 12. September 1898

Kurz nach neun klingelte es im Hause Schäfer, und wieder sprang Margarethe sofort auf und eilte zur Tür. Draußen stand der Mann, den sie jetzt am allerwenigsten gebrauchen konnte.

„Guten Morgen, Frau Schäfer", sprach Richard Maus mit geheuchelter Anteilnahme. „Wir alle und ich ganz besonders sind ja noch immer zutiefst bestürzt über das Verschwinden Ihres Mannes. Ich kann mir vorstellen, dass Sie eine schwere Zeit durchmachen, und ich wollte einfach nur fragen, ob ich Ihnen in irgendeiner Weise behilflich sein kann – vielleicht mit einer Besorgung oder so ..."

„Danke, ich bin versorgt", sagte Frau Schäfer und wollte die Tür wieder schließen. Aber er hatte schon seinen Fuß dazwischen.

„Nicht so hastig, Frau Schäfer. Hören Sie", flüsterte er in vertraulichem Ton, „ich habe Informationen für Sie, die Sie interessieren dürften. Informationen, die den Vermissten betreffen, und die der Polizei noch nicht bekannt sind. Darf ich kurz reinkommen?"

Margarethe Schäfer verspürte nicht die geringste Lust, das Gespräch fortzusetzen. Es war mehr als wahrscheinlich, dass der Mann sich wieder einmal wichtigmachen wollte. Aber in ihrer verzweifelten Verfassung war sie bereit, nach jedem Strohhalm zu greifen. Selbst eine schlechte Nachricht war besser als die lähmende Ungewissheit, die sie seit Tagen quälte. Sie führte ihn in das Esszimmer, bot ihm aber keinen Stuhl an.

Richard Maus sah sich verstohlen um. „Sind Sie allein?"

„Meine Tochter wird gleich zurück sein. Sie ist bei der Polizei. Was haben Sie mir zu sagen?"

„Nun, Frau Schäfer, ich habe ja am Samstag mit der Unterstützung meiner Müllerkollegen die ganze Gegend nach Ihrem Mann abgesucht. Leider war unsere Suche erfolglos, wie Sie wissen. Die ganze Zeit überlege ich mir, wo er wohl hingegangen sein könnte. Schauen Sie – ich kenne den Heiner doch auch schon sehr lange und recht gut. Ich darf ihn ohne Übertreibung einen Freund nennen. Einen guten Freund! Der Heiner ist doch niemand, der einfach so abhaut, ohne seiner Frau und seinen Freunden was zu sagen.“

Margarethes Ton wurde eisig. „Sie reden und reden, aber Sie wissen nichts. Bitte gehen Sie.“

Der Mann dachte aber gar nicht daran, zu gehen. Im Gegenteil, er kam noch einen Schritt näher und starrte sie mit unverschämten Blicken an.

„Ich weiß einiges, Frau Schäfer. Ich weiß zum Beispiel, dass Sie mit einem gewissen holländischen Kapitän ein enges, ich möchte fast sagen, intimes Verhältnis pflegen. Ich habe Sie beobachtet, Frau Schäfer – gestern Abend bei der Kirche.“

Marga fühlte, wie eine eiskalte Hand nach ihrem Herzen griff. „Sie waren das also. Dass Sie sich nicht schämen! Verlassen Sie sofort mein Haus.“

Richard Maus verzog das Gesicht zu einem frechen Grinsen. Sein Atem ging schwerer. In ihrem einfachen Hauskleid und mit den rot verweinten Augen erschien ihm die Frau begehrenswerter denn je. Er spürte, wie die Erregung in ihm hochstieg.

„Was wird wohl die Polizei denken, wenn sie erfährt, dass Sie mit einem Fremden, der erst vor ein paar Tagen zufällig hier gelandet ist, in einer so engen Beziehung stehen? Was würde sie denken, wenn sie wüsste, dass Sie sich nur zwei Tage nach dem Verschwinden Ihres Mannes mit diesem Fremden unter konspirativen Umständen getroffen haben?“

Der Mann kam immer näher und drängte Marga gegen die Tischkante, sodass sie seinem widerlichen Atem nicht entgehen konnte. Ekel erfasste sie.

„Aber die Polizei muss es ja nicht erfahren. Ich kann schweigen! Du musst nur ein bisschen nett zu mir sein. Wir verstehen uns doch, wir beide.“

Schon hatte er sie gepackt und ihre Arme auf den Rücken gedreht. „Komm her, du Luder“, keuchte er und zerrte an ihrer Bluse. „Du treibst es doch mit jedem! Mit deinem Mann, mit dem Kapitän – und jetzt mal mit mir!“

Margarethe schloss die Augen. Ihr Körper war steif wie ein Brett. Lieber Gott, lass mich sterben, war ihr einziger Gedanke. Ich will nur ganz schnell sterben.

Die Haustür fiel ins Schloss. „Mama?"

„Luzie! Hilf mir!", rief Frau Schäfer mit letzter Kraft.

Luzie war im nächsten Moment im Esszimmer; sah, was vor sich ging.

„MAMA!!!" Sie packte den Kerl von hinten an den Haaren und zog mit aller Gewalt. Mit einem Schmerzenschrei ließ er von seinem Opfer ab.

Richard Maus keuchte. Sein flackernder Blick ging zwischen den beiden Frauen hin und her. „Sie wollte es doch so, das geile Luder!", stieß er hervor. „Sie hat mich doch herausgefordert. Die treibt's doch mit jedem!"

Mit dem letzten Rest von Würde, der ihr geblieben war, brachte Margarethe heraus: „Verlassen Sie mein Haus und lassen Sie sich nie wieder hier blicken. Sollten Sie sich noch einmal in meine Nähe wagen, erwürge ich Sie mit meinen eigenen Händen. Ich schwöre es!"

Maus wollte etwas entgegnen, aber an der Entschlossenheit der beiden Frauen, die ihn anfunkelten, gab es keinen Zweifel. Beinahe ängstlich wich er zurück, richtete seine Hose und marschierte zur Tür.

„Das wirst du bereuen, du elendes Miststück", rief er noch im Hinausgehen.

In ohnmächtiger Wut rannte Luzie hinterher. Sie erwischte ihn, schon auf der Straße, und schlug mit beiden Fäusten auf ihn ein. „Ich bringe dich um", brüllte sie außer sich. „Ich bringe dich um, du Schwein!"

„Lass mich in Ruhe, du Biest!", schrie Maus und stieß sie heftig zurück. Luzie ging zu Boden.

„Wie die Mutter, so die Tochter", geiferte er. „Freche Luder, alle beide." Dann machte er, dass er fort kam.

Luzie stand langsam auf und ging mit Tränen in den Augen ins Haus zurück. Im Esszimmer war Frau Schäfer weinend zusammengebrochen.

Mit dem ganzen Frust seiner gekränkten Männlichkeit im Bauch marschierte Richard Maus geradewegs in die Polizeiwache.

„Herr Penk", begann er umständlich. „Es fällt mir schwer, Ihnen von gewissen Beobachtungen zu berichten, die eine angesehene Bürgerin unserer Gemeinde in ein schlechtes Licht rücken könnten. Aber ich sehe es als meine Pflicht an, als Bürger und Ehrenmann, und nicht zuletzt als Kollege und Freund des vermissten Heinrich Schäfer, zur Aufklärung seines Verschwindens beizutragen."

„Kommen Sie zur Sache, Herr Maus", erwiderte Wilhelm Penk. „Was haben Sie beobachtet?"

Maus rückte näher an den Tisch heran. „Ich habe gestern Abend noch einen kleinen Spaziergang auf dem Ortsdamm gemacht. Dabei habe ich Frau Schäfer gesehen. Sie hat die Kirche aufgesucht."

„Das ist ja wohl verständlich, dass die Frau in ihrer verzweifelten Lage Trost in der Kirche sucht."

„Dachte ich auch. Aber kurz darauf kam der Kapitän vom holländischen Dampfer die Treppe herauf, hat sich verstohlen umgesehen und ist dann ebenfalls in der Kirche verschwunden. Für mich sah es so aus, als hätten sich die beiden dort verabredet."

Wilhelm Penk runzelte die Stirn. Was wollte ihm der Müller da einreden? Margarethe Schäfer soll ein Rendezvous mit dem Holländer gehabt haben? In der Kirche?

„Das war sicher Zufall. Auch ein Fremder darf jederzeit unsere Kirche betreten."

„Vielleicht. Aber nach einigen Minuten kamen alle beide wieder heraus – durch den Seiteneingang. Der Kapitän nahm Frau Schäfer am Arm und führte sie zu einem Versteck hinter einer Rosenhecke. Dort saßen sie dann auf einer Bank, in einer vertrauten, ich möchte beinahe sagen, intimen Zweisamkeit, und haben sich lange Zeit leise und angeregt unterhalten."

Das wurde ja immer schöner. Der Polizeidiener glaubte kein Wort.

„Konnten Sie verstehen, was die beiden gesprochen haben?"

Nein, konnte er nicht, leider. Sie sprachen zu leise. Zu seinem Ärger gab es auch keine Möglichkeit, näher heranzukommen, ohne gesehen zu werden. Aber für den Polizisten hatte er eine andere Version parat.

„Zuerst nicht. Es ist ja normalerweise auch nicht meine Art, ein vertrauliches Gespräch zu belauschen. In diesem besonderen Fall allerdings sah ich es als meine Pflicht an ...“

„Als Bürger und Ehrenmann – ich weiß.“

„Genau. Ich habe mich also vorsichtig herangeschlichen und habe gehört, wie der Kapitän sagte: ‚Mach dir keine Sorgen, Marga. Die Leiche wird niemand finden.‘“

„Das haben Sie genau gehört?“

„So wahr ich hier sitze“, log Richard Maus ungeniert.

„Und weiter haben Sie nichts verstanden?“

„Leider nein. Frau Schäfer ist dann auch ziemlich schnell aufgestanden und gegangen. Der Kapitän blieb noch eine Weile sitzen – vermutlich, um keinen Verdacht zu erregen.“

Wilhelm Penk schwieg. Die Geschichte war gar zu abenteuerlich. Bestimmt wollte der Mann sich nur aufspielen. Oder schlimmer noch – er wollte von seiner eigenen Rolle beim Verschwinden von Schäfer ablenken. Am liebsten hätte er ihn gleich dabehalten und in die Arrestzelle gesperrt. Aber Maus war freiwillig gekommen, und er hatte nichts gegen ihn in der Hand.

Der Polizeidiener sah auf die Uhr. In einer Stunde würde Kommissär Hartmann aus Darmstadt zurück sein. Sollte der doch entscheiden, was zu tun sei.

„Vielen Dank für Ihre Aussage, Herr Maus“, sagte er. „Bitte halten Sie sich zu unserer Verfügung, falls noch Fragen auftauchen.“

„Jederzeit gerne.“ Der Müller stand auf, schlug die Hacken zusammen und verließ die Wachstube.

Luzie hielt ihre schluchzende Mutter lange im Arm und versuchte, sie zu beruhigen. „Es ist vorbei, Mama“, wiederholte sie ein ums andere Mal. „Der kommt nie mehr wieder.“

Irgendwann hörte Margarethe auf zu weinen. Sie hatte keine Tränen mehr.

„Ach, Luzie“, flüsterte sie. „Wenn der Heiner das gesehen
hätte – er hätte ihn erschlagen.“

„Papa wird zurückkommen“, sagte Luzie mechanisch. Sie
selbst glaubte immer weniger daran.

„Ach, Luzie“, seufzte die Mutter. „Dein Vater ist ja gar nicht
weg. Das heißt, die ganzen Jahre war er weg, aber seit Kurzem
ist er hier. Bald ist er wieder weg. Weil, ... dein Vater, Luzie, ...
dein richtiger Vater, ... ach, Luzie!“

„Schon gut, Mama, beruhige dich. Es ist ja vorbei.“

Luzie war felsenfest davon überzeugt, dass ihre Mutter noch
unter Schock stand und wirres Zeug redete.

Langsam wurde Richard Maus in Ginsheim der Boden unter
den Füßen zu heiß. Es war höchste Zeit, zu verschwinden.
Sein stiller Teilhaber, das war ihm klar, würde nicht mehr
lange stillhalten. Auch seine Müllerkollegen ließen ihn immer
deutlicher ihr Misstrauen spüren. Außerdem hatte er nicht den
Eindruck, dass Polizeidiener Penk seiner Aussage Glauben geschenkt hatte.

Vorher wollte er noch einem guten Freund einen Abschieds-
besuch abstatten und ihn bitten, seine Reisekasse etwas aufzubessern. Er fand ihn in seiner Amtsstube und nahm sich
unaufgefordert einen Stuhl.

„Du, was ich dir sagen wollte“, begann er. „Ich muss mal raus
aus Ginsheim, und zwar schon bald. In diesem elenden Nest
fällt einem ja die Decke auf den Kopf. Ich gehe nach Afrika und
mach dort mein Glück. Der *Seemann* hat mich auf die Idee gebracht. Am Donnerstag läuft mein Schiff in Hamburg aus und
bringt mich nach Deutsch-Südwest.“

Maus hatte allerdings nicht vor, auf dem Schiff als Heizer
anzuheuern, wie Helmut Reiss vorgeschlagen hatte. Wenn
schon, dann würde er als Passagier reisen. Mindestens in der
zweiten Klasse.

„Und was wird aus deiner Schiffsmühle?“

„Die Mühle interessiert mich nicht mehr. Mit einer Schiffsmühle kommst du doch heutzutage auf keinen grünen Zweig.

Nein, ich gehe nach Afrika und fange noch mal ganz von vorne an. Da kann ich ganz schnell reich werden, mein Lieber. – Ich bräuchte allerdings ein bisschen Startkapital."

Er rückte näher und sah den Mann hinter dem Schreibtisch lauernd an. „Hör mal – du kannst doch einem guten Freund sicher etwas leihen. Sagen wir mal … zweitausend. In ein oder zwei Jahren bin ich wieder hier, dann kriegst du alles zurück – mit Zins und Zinseszins. Ach, was sag ich! Das Doppelte kriegst du zurück! Du wirst sehen – dann bin ich Millionär, Alter!"

„Zweitausend Mark? Bist du verrückt? Woher soll ich denn so viel Geld nehmen? Ich kann dir nichts geben."

Die Augen des Müllers wurden schmal. „Ach komm, du hast doch genug. Erinnerst du dich nicht, was du neulich alles erzählt hast, als wir zusammen im Puff waren? Du hast doch selbst damit geprahlt, wie leicht man den Leuten das Geld aus der Tasche ziehen kann."

Der Freund erinnerte sich sehr wohl. Das war ein Fehler gewesen. Er hatte bei dem Bordellbesuch in Mainz unter dem Einfluss von reichlich Alkohol Dinge erzählt, die er besser für sich behalten hätte.

„Richard, du kriegst nichts von mir. Tut mir leid. Es ist nichts übrig."

„Lüg mich nicht an, Freundchen!" Richards Ton wurde allmählich ungemütlich. „Vor drei Wochen, als wir in der Spielbank waren – weißt du noch? Ich hab den ganzen Abend nur verloren, und du hast beinahe die Bank gesprengt. Das kann doch nicht alles weg sein! Bestimmt hast du hier was versteckt." Er schickte verstohlene Blicke durch den Raum.

Der Hausherr schwieg. Warum sollte er Richard erklären, dass die üppige Blondine, die er vor Kurzem im illegalen Wiesbadener Spielclub kennengelernt hatte, ihm einiges abverlangte? Ja, Olga hatte schon einen ziemlich exquisiten Geschmack. Sekt mochte sie nicht – es musste stets Champagner sein. Ihre Schuhe und ihre Kleider mussten unbedingt aus Paris kommen. Aber sie war jede Mark wert, die er in sie investierte. Die Nächte mit ihr waren sensationell. Er war ihr verfallen.

Richard Maus aber wurde immer unverschämter.

„Hör mal, wenn du mich jetzt hängen lässt – mich, deinen besten Freund – wird es dir noch leid tun. Ich weiß genug über dich, um dich ans Messer zu liefern. Ich lasse dich hochgehen, Alter, verlass dich drauf! Ich kenne den Kommissär von der Staatsanwaltschaft sehr gut. Der macht dich fertig!"

Sein Gegenüber war zunehmend davon angewidert, dass der Mann es wagte, sich als seinen Freund auszugeben. „Du willst mich erpressen, Richard? Mach dich nicht lächerlich! Wer wird dir schon glauben!"

„Erpressen – was für ein hässliches Wort unter Freunden! Ich bitte dich ja bloß um einen kleinen Gefallen. – Und ich habe Beweise, mein Lieber. Ich habe genug gegen dich in der Hand, um dich für Jahre ins Kittchen zu bringen."

„Was denn für Beweise?"

„Beweise eben – Papiere und Dokumente, die deine Machenschaften belegen. Wenn ich auspacke, bist du erledigt!"

Langsam dämmerte es ihm. „Neulich, als du hier warst ... Ich musste mal kurz raus, und als ich zurückkam, warst du schon weg. Hast du da was mitgehen lassen?"

„Das ist doch jetzt egal. Jedenfalls habe ich die Beweise. Und glaub' mir, ich werde mich nicht scheuen, davon Gebrauch zu machen!"

„Wo sind sie denn, deine Beweise? Bei dir zu Hause?"

Richard stieß ein höhnisches Lachen hervor. „Hältst du mich für blöd? Die Beweise sind gut versteckt – da kommt so schnell keiner dran, wenn ich es nicht will!"

Der Amtsinhaber überlegte fieberhaft. Gut möglich, dass Maus wieder einmal nur bluffte. Aber darauf konnte er es nicht ankommen lassen. Er musste einlenken.

„Na schön, Richard. Tausend Mark, und keinen Pfennig mehr."

Die Augen des Müllers flackerten gierig. „Ich hab doch gewusst, dass ich mich auf meinen Freund verlassen kann", sagte er schließlich mit einem breiten Grinsen. „Du wirst es nicht bereuen, mein Bester. Wenn ich wieder hier bin, lassen wir die Sau raus. Dann lade ich dich eine Woche lang jeden Abend in die Spielbank ein. Versprochen!"

Der Andere zögerte noch. „Wer sagt mir denn, dass du nicht schon bald wieder vor der Tür stehst und mehr verlangst?"

Maus lachte. „Keine Angst, mein Guter. Ich bin doch dann weit weg – in Afrika. Außerdem, meinen besten Freund würde ich doch niemals reinlegen. Vertrau mir einfach."

Der Mann am Schreibtisch stand auf. „Also gut. Komm mit."

Kommissär Paul Hartmann hatte bereits durch ein Telegramm aus Ginsheim von der Vermisstenmeldung erfahren und war zutiefst beunruhigt. Wenige Tage nach dem rätselhaften Mord an einem Müller war ein zweiter Müller auf ebenso rätselhafte Weise verschwunden. Es konnte ein Zufall sein. Aber Hartmann glaubte nicht an Zufälle.

Auf der Zugfahrt von Darmstadt nach Bischofsheim gingen ihm alle möglichen Theorien durch den Kopf. War Schäfer in den Mord an Fischer verwickelt und deswegen abgetaucht? Nicht sehr wahrscheinlich. Musste Schäfer verschwinden, weil er etwas wusste, was dem Mörder gefährlich werden konnte? Warum hatte er sich dann damit nicht an die Polizei gewandt? Oder aber – grausige Vorstellung – gab es einen Psychopathen, einen Serientäter, der einen Müller nach dem anderen in krankhaftem Wahn zur Strecke brachte? In diesem Fall musste er schnellstens ermittelt werden, bevor er wieder zuschlagen konnte. Aber wo sollte er ansetzen?

Der Kriminalist war daher fast erleichtert, als ihm Polizeidiener Penk gleich nach seiner Ankunft von der merkwürdigen Aussage des Richard Maus berichtete.

„Jetzt kommt endlich Bewegung in den Fall, Penk", sprach er. „Wir haben eine konkrete Aussage – wenn auch eine wenig glaubhafte, wie Sie sagen. Es gibt eigentlich nur zwei Möglichkeiten. Entweder, Maus hat die Geschichte frei erfunden. Dann ist er selbst im höchsten Maße verdächtig. Oder aber es ist etwas dran an der Sache. Dann sind uns Frau Schäfer und der Kapitän eine Erklärung schuldig. Am besten, wir arrangieren gleich eine

Gegenüberstellung. Erfahrungsgemäß zeigt sich dann ziemlich schnell, wer die Wahrheit sagt und wer lügt."

„Wenn Sie den Kapitän befragen wollen, müssen wir uns sputen", gab Wilhelm Penk zu bedenken. „Wie ich gehört habe, will der holländische Dampfer heute Mittag ablegen."

„Wie bitte? Nein, das geht nicht. Kommen Sie, Penk – wir müssen das Schiff aufhalten. Der Kapitän muss seine Abreise verschieben. Wir brauchen ihn wenigstens als Zeugen."

Der Polizeidiener kratzte sich am Kopf. „Ich fürchte, wir können ihn nicht festhalten. Für die Rheindampfer habe ich keine Befugnisse. Die hat allenfalls der Dammwärter in seiner Funktion als Strompolizei."

„Wo finden wir den?"

„Um diese Zeit müsste er in seiner Dienststelle sein – übrigens in unmittelbarer Nähe der Anlegestelle."

„Dann gehen wir jetzt da vorbei und bitten ihn, mitzukommen. Auf geht's, Penk."

Ludwig Gärtner war gerade dabei, eine Schubkarre mit großen Pflastersteinen aus dem Hof hinaus auf den Damm zu schieben.

„Ludwig, wo willst du denn mit den Steinen hin?", erkundigte sich der Ortspolizist.

„An der Bleiauspitze muss die Uferböschung ausgebessert werden", erklärte der Dammwärter. „Das kann ich nur bei Niedrigwasser machen."

„Das hat Zeit, Ludwig. Erst einmal brauchen wir deine Unterstützung, um den holländischen Dampfer aufzuhalten. Wir müssen den Kapitän in der Sache des vermissten Heinrich Schäfer verhören."

„Ist er denn verdächtig?", wollte Gärtner wissen.

„Er könnte zumindest ein wichtiger Zeuge sein", antwortete der Kriminalist und streckte dem Dammwärter die Hand entgegen. „Kommissär Hartmann von der Staatsanwaltschaft in Darmstadt", stellte er sich vor.

„Lasst mich wenigstens schnell noch die Steine in die Jolle laden", bat der Dammwärter. Er schob die Karre den Damm hi-

nunter zum Landesteg, und Hartmann half ihm, die schweren
Quader ins Boot zu schaffen.

„Vielen Dank für Ihre Hilfe, Herr Kommissär. Dummerweise
bin ich heute alleine. Mein Assistent ist drüben auf der Langenau und beaufsichtigt den Baumschnitt am Sommerdamm."

Zum Liegeplatz der *Concordia* waren es nur wenige Schritte.
Aus dem hinteren Schornstein stieg bereits dünner Rauch auf.
Der Kapitän und sein Steuermann schraubten am steuerbord-
seitigen Radkasten.

Frans Kamies kam über den Landesteg zu den drei Männern
herüber. Penk stellte den Kommissär vor und fragte dann: „Sie
wollen uns verlassen, Herr Kapitän?"

„Allerdings, Herr Penk. Es wird allmählich Zeit. – Ich habe
mich doch heute früh schon bei Ihnen abgemeldet", sagte Kamies, zum Dammwärter gewandt.

„Herr Kapitän, wir müssen Sie bitten, Ihr Abreise noch etwas
zu verschieben, bis gewisse Umstände geklärt sind", verlangte
Paul Hartmann.

Kamies rollte die Augen. Bis gewisse Umstände geklärt sind …
Bei diesen deutschen Bürokraten konnte das Tage dauern!

„Darf man fragen, worum es sich handelt?"

Der Kommissär merkte sofort, dass er dem Kapitän nichts vor-
machen konnte. Also lieber gleich mit offenen Karten spielen.

„Trifft es zu, dass Sie mit der hier ansässigen Margarethe
Schäfer näher bekannt sind?"

Frans Kamies sah dem Polizisten sekundenlang fest in die
Augen. „Und wenn – ist das jetzt strafbar?"

Dem Polizeidiener fiel vor Verblüffung der Unterkiefer herunter. Der Kapitän hatte soeben indirekt eingestanden, die Frau
des Müllers zu kennen!

„Das alleine sicher nicht, Herr Kamies", stellte Hartmann klar.
„Aber wir haben einen Zeugen, der Sie beobachtet hat, als Sie
gestern Abend ein vertrauliches Gespräch mit Frau Schäfer führ-
ten. Und er hat gehört, dass Sie mit Frau Schäfer zum Nachteil
des verschwundenen Heinrich Schäfer konspiriert haben."

„Was soll ich haben?" Dem Kapitän schwoll eine Zornesader auf der Stirn. Sein eiskalter Blick ging von einem zum anderen. „Es reicht, meine Herren. Bringen Sie mir Ihren Zeugen, und zwar schnell. Er soll es mir hier ins Gesicht sagen, was er gehört hat. Wenn Sie dann immer noch der Meinung sind, dass ich mit dem Verschwinden des Herrn Schäfer etwas zu tun habe, können Sie mich meinetwegen verhaften. Andernfalls werde ich heute mit meinem Schiff diesen Hafen verlassen, und niemand wird mich daran hindern."

Paul Hartmann musste zugeben, dass ihn die Haltung des Kapitäns beeindruckte. Er sagte nichts.

Kamies zog seine Taschenuhr hervor. „Es ist jetzt kurz vor zwölf. Mit der Reparatur sind wir so gut wie fertig. Wir nehmen jetzt noch die Feinjustierung und die Schmierung vor, und dann setzen wir die Maschine unter Dampf. Punkt zwei Uhr werden wir ablegen. Sie haben also noch zwei Stunden Zeit, um mit Ihrem Zeugen hier zu erscheinen. Und lassen Sie gefälligst Frau Schäfer aus dem Spiel. Sie hat weiß Gott genug Sorgen."

„Sie dürfen aber auf keinen Fall die Anker lichten, bevor ich Ihnen die Erlaubnis erteile", mischte sich jetzt der Dammwärter ein.

„Und wenn ich es doch tue?"

„Sie würden nicht weit kommen", verkündete Gärtner mit wichtiger Miene. „Spätestens am Binger Loch kriegen wir Sie. Dort liegt zurzeit ein Torpedoboot der kaiserlichen Marine."

Die Drohung verfehlte ihre Wirkung. Der Kapitän sah den Mann nur spöttisch an. „Wollen Sie jetzt den Niederlanden den Krieg erklären? Unser Schiff ist nicht bewaffnet."

„Also, wir wollen es nicht übertreiben", beschwichtigte der Kommissär, dem der Eifer des Dammwärters nun doch entschieden zu weit ging. „Ich finde, Herr Kamies hat einen akzeptablen Vorschlag gemacht. Wir holen jetzt den Zeugen für eine Gegenüberstellung. Bis gleich, Herr Kapitän."

Hartmann nahm den Ortspolizisten zur Seite und fragte halblaut: „Wo finden wir den Richard Maus?"

„Er ist entweder zu Hause oder in seiner Mühle", vermutete
Penk. „Wir können ja mal schauen, ob sein Nachen da ist."

Nur wenige Meter von der *DS Concordia* entfernt dümpelte eine
Reihe von Nachen im Altrhein. „Der grüne da drüben ist es",
rief der Polizeidiener. „Maus ist also nicht zu seiner Schiffsmühle rübergefahren."

Hartmann fragte sich, woran Penk den Nachen erkannt hatte.
Fast alle Boote hatten den gleichen grünen Anstrich. Aber dann sah
er die aufgemalten schwarzen Buchstaben: RM – Richard Maus.

Auf dem Weg zum Wohnhaus des Müllers sagte Penk: „Ich
kann einfach nicht glauben, dass Frau Schäfer ein Komplott
gegen ihren Mann geschmiedet haben soll. Heute Morgen war
die Tochter bei mir in der Wachstube und hat mir mitgeteilt, dass
ihre Mutter eine hohe Belohnung aussetzen will."

„Das könnte ein Ablenkungsmanöver sein", gab der Kommissär zu bedenken.

„Nein, nein und nochmals nein! Die Schäfers führen eine
vorbildliche Ehe. Ich weiß, dass Heinrich seine Frau abgöttisch
liebt. Sie ist ja auch die schönste Frau im ganzen Ort."

„Man kann nie wissen, Penk. Gerade eine schöne Frau gerät
auch leicht einmal in Versuchung. Beziehungstaten sind gar
nicht so selten. Eifersucht ist das dritthäufigste Mordmotiv, nach
Geldgier und der Vertuschung einer Straftat. – Aber wir wissen
ja noch gar nicht, ob es einen Mord gegeben hat. Nehmen wir
einmal an, Heinrich Schäfer ist dahintergekommen, dass seine
Frau heimlich mit dem Kapitän angebandelt hat."

„Aber dann hätte doch er selbst am ehesten Anlass gehabt,
eifersüchtig zu sein!"

„Eben, Penk. Vielleicht ist das ja der Grund seines Verschwindens. Er erwischt seine Frau bei einem Seitensprung und verlässt
sie in einem spontanen Entschluss, weil er es nicht erträgt."

Wilhelm Penk konnte nur wortlos den Kopf schütteln.

Das kleine Haus in der Frankfurter Straße war verlassen. Richard
Maus war nicht zu Hause.

„Vielleicht ist er ja in seiner Stammkneipe beim Mittagessen", fiel dem Kommissär ein. Aber beim Wirt der *Eiche* hatte sich Maus heute noch nicht blicken lassen.

Sie fragten noch einige der übrigen Nachbarn. Einer hatte den Müller gegen neun Uhr beim Verlassen seines Hauses gesehen. Ob er zwischendurch zurückgekommen war, konnte er nicht sagen. Ansonsten gab es keine Hinweise.

„Verdammt", sagte der Kommissär. „Ich fürchte, er ist uns entwischt. Penk, kommen Sie – wir gehen zurück zur Polizeiwache. Wir müssen eine Fahndung einleiten."

Die *DS Concordia* war klar zum Ablegen. Aus den beiden Schornsteinen quoll dicker Rauch, an den Radkästen zischten weiße Dampfwolken. Die mächtigen Schaufelräder, die so lange nichts zu tun hatten, erwachten wieder zum Leben und vollführten ein paar ungeduldige Drehungen vorwärts und rückwärts. Aber noch lag der Dampfer fest vertäut.

Wieder waren etliche Ginsheimer an den Altrhein gekommen, um das Schiff zu verabschieden. Ein paar Schulkinder hatten schwarz-weiß-rote Fähnchen mitgebracht; einer hatte sogar ein rot-weiß-blaues Fähnlein aufgetrieben. Lehrer Beckenhaub gab den Einsatz, und die Kinder sangen im Chor: „Muss i denn, muss i denn zum Städtele hinaus."

Auch Christoph Krug, der Postwirt, war erschienen. Er stand bei Helmut Reiss, dem Seemann, und sagte: „Jetzt kommt es endlich weg, das schwarze Ungetüm."

„Du hast noch keinen richtig großen Dampfer gesehen, Christoph", lachte der Seemann. „Die ‚Alexandra Woermann‘, auf der ich angeheuert habe, ist mehr als doppelt so lang, hat zwei Passagierdecks und wiegt 4.000 Tonnen."

„Wann soll's denn losgehen?"

„Morgen früh nehme ich den Zug nach Hamburg, und am Donnerstag stechen wir in See."

Die Kirchturmuhr schlug zwei Mal, als Hendrik und Niklas die Taue und den Landesteg einholten. Ganz langsam setzte sich die *Concordia* in Bewegung. Die Kinder liefen am Ufer nebenher und schwenkten ihre Fähnchen. Frau Kröll, Frau Stahl und sogar Frau Guthmann winkten den Männern an Bord ein freundliches Lebewohl zu.

Als die Häuser des Dorfes zurückblieben und der breite Rheinstrom in Sicht kam, verabschiedete sich Kapitän Kamies von den Ginsheimern mit einem längeren Konzert der Dampfpfeife. Hüüt-hüüüüt-hüüt-hüüt ... hüüüüt-hüüüüt ... hüüt-hüüüüt ... hüüt-hüüüüt ...

„Seemann, du kennst dich doch da aus", erkundigte sich Christoph Krug. „Was bedeutet denn das Gepfeife?"

Reiss war verwirrt. „Das ist kein übliches nautisches Signal", stellte er fest. Dann kam die Erleuchtung. „Moment, ich glaube, das waren Morsezeichen. Achtung, jetzt kommt es wieder: kurz-lang-kurz-kurz – L, ... lang-lang – M, ... kurz-lang – A, ... kurz-lang – noch mal A, ... L-M-A-A – Leckt mich am Arsch!"

Auf Geheiß von Kommissär Hartmann war Gendarm Mathes zur Nonnenau hinübergefahren, um dort nach Richard Maus zu forschen. Aber seine Mühle war verlassen, und die Mühlburschen auf den anderen Schiffsmühlen hatten ihn nicht gesehen. Auf dem Rückweg fragte er bei den Ruderburschen nach; sodann bei allen Gastwirten und Fuhrleuten, in den Geschäften und bei der Post. Dann kehrte er zur Polizeiwache zurück.

„Anscheinend hat niemand mehr Maus gesehen, nachdem er kurz nach zehn die Wachstube verlassen hat", fasste Konrad Mathes zusammen.

„Aber irgendwo muss er doch von hier aus hingegangen sein. Er kann sich doch nicht in Luft aufgelöst haben!", rief Wilhelm Penk. Er hatte inzwischen die Fahndungsmeldung samt Personenbeschreibung per Telegramm an die umliegenden Polizeistationen geschickt.

„Alles sieht nach einer geplanten und gut vorbereiteten Flucht aus", meinte Hartmann. „Zuerst kommt er hierher, um uns auf eine falsche Fährte zu locken und dadurch Zeit zu gewinnen. Danach macht er sich so unauffällig wie möglich aus dem Staub. Wir haben es mit einem äußerst gerissenen Verbrecher zu tun."

Pferdegetrappel war draußen auf der Straße zu hören, das vor der Polizeiwache schlagartig erstarb. Konrad Mathes ging zur Tür. Zwei Männer in Gendarmenuniform stiegen vom Pferd und banden ihre Rösser vor dem Rathaus an. Der Ältere grüßte militärisch.

„Oberwachtmeister Guldenthal vom Gendarmerieposten Mainz Neustadt", stellte er sich vor. „Das hier ist Gendarm Kallweit. Kamerad, wir sind gekommen, weil wir euch um Amtshilfe bitten müssen. Wir suchen den Müller Richard Maus."

„Den suchen wir auch", sagte Mathes.

„Da kommt ja einiges zusammen", stellte der Kommissär fest, nachdem die Mainzer Gendarmen den Grund ihres Besuches erklärt hatten. „Maus hat das Geld seines Kompagnons unterschlagen. Wahrscheinlich hat er auch den Heinrich Schäfer auf dem Gewissen. Seine überstürzte Flucht ist fast schon ein Geständnis. Was den Mord an Friedrich Fischer betrifft, gibt ihm allerdings der Wirt der *Eiche* für die Tatzeit ein Alibi. Aber das wollte ich sowieso noch einmal kritisch hinterfragen. Am wichtigsten ist jetzt, dass wir ihn möglichst schnell aufspüren."

„Wir können auf unserem Heimweg an den Bahnstationen in Bischofsheim, Gustavsburg und Kastel nachforschen", schlug der Oberwachtmeister vor. „Für den Fall, dass er von dort aus mit dem Zug abgehauen ist."

„Tun Sie das, Guldenthal – obwohl ich mir nicht allzu viel davon verspreche. Der Maus wird bei seiner Flucht darauf achten, möglichst keine Spuren zu hinterlassen. Er muss damit rechnen, dass wir an den Bahnhöfen der Umgebung nachfragen, und wird sie meiden. Eher wird er versuchen, unbemerkt auf einen Güterzug aufzuspringen."

„Oder sich an einen Schleppkahn anhängen", warf Konrad Mathes dazwischen.

„Auch das wäre eine Möglichkeit, Mathes. Sein Nachen ist allerdings noch hier, aber er könnte ein anderes Boot benutzt haben. Denkbar ist aber auch, dass er sich ganz in der Nähe versteckt hält – bei Freunden oder Verwandten."

„Ich glaube, eine Schwester von ihm wohnt in Mainz“, erinnerte sich Penk. „Soweit ich weiß, ist sie mit einem Bäcker verheiratet.“

„Wir werden das überprüfen“, sagte der Oberwachtmeister.

„Gut. – Trotzdem sollten wir die Fahndung ausweiten“, entschied Hartmann, „und zwar auf die ganze Provinz Starkenburg und die Provinz Rheinhessen. Außerdem auf die preußische Rheinprovinz, die bayerische Rheinpfalz und auf Baden. Auch das würde ich gerne den Mainzer Kollegen übertragen – sie haben die besseren Möglichkeiten dafür.“

„Machen wir“, bestätigte Guldenthal. „Wir brauchen nur eine möglichst genaue Personenbeschreibung.“

Wilhelm Penk schob ihm das Blatt mit dem Text zu, den er für die Fahndungsmeldung entworfen hatte. Die Mainzer Gendarmen verabschiedeten sich und stiegen wieder auf ihre Pferde.

Kommissär Hartmann öffnete sein kriminalistisches Köfferchen und entnahm ihm eine Stoppuhr. „Kommen Sie, Mathes“, sprach er zu dem jungen Mann. „Wir machen jetzt ein kleines Experiment.“

Just in dem Moment, als die beiden Polizisten vor der Tür der Gastwirtschaft *Zur Deutschen Eiche* angekommen waren, drückte Paul Hartmann auf den Startknopf seiner Stoppuhr. Die Gaststube war noch leer; nur der Wirt war hinter dem Tresen auf seinem Posten.

„Herr Dauborn, ich hätte gerne schnell ein Bier. So eines, wie Sie es vor einer Woche dem Richard Maus gezapft haben.“

Günther Dauborn wunderte sich ein wenig, dass es den Kommissär, der ja offensichtlich im Dienst war, nach einem Bier verlangte. Dennoch holte er einen Schoppenbecher aus dem Regal und öffnete den Zapfhahn. Zischend schäumte der Gerstensaft ins Glas.

„Ist der Maus wieder aufgetaucht?“, fragte er, während das Bier einlief.

„Noch nicht. Haben Sie eine Idee, wo er sich aufhalten könnte?“

Der Wirt überlegte. „Letzte Woche, ich glaube am Mittwoch war es, habe ich ihm einen Artikel in der Mainzer Zeitung gezeigt. Es ging um Deutsch-Südwestafrika, und dass man angeblich Gold in der Walfischbucht gefunden hätte. Da hat er zu mir gesagt: ‚Günther, unter uns – bald bin ich auch dort unten. Nächste Woche schon läuft mein Schiff in Hamburg aus.‘ Natürlich war mir sofort klar, dass er wieder einmal nur angeben wollte. Aber jetzt, wo er verschwunden ist … So, zum Wohl!“ Dauborn schob dem Kommissär das volle Bierglas über die Theke.

„Das ging aber schnell“, wunderte sich Hartmann und schaute unauffällig auf seine Stoppuhr. Sie waren gerade mal drei Minuten und vierzig Sekunden in der Wirtschaft. „Ich dachte, ein Bier schäumt stärker und braucht länger.“

„Unser Bier ist halt immer gut gekühlt“, erklärte der Wirt. „Im Winter, wenn der Altrhein zugefroren ist, sägen wir uns Stangen aus dem Eis. Die reichen ein ganzes Jahr.“

Tatsächlich, das Glas war beschlagen und fühlte sich eiskalt an.

„Wo saß denn der Herr Maus, als er letzten Montag hier war?“, erkundigte sich der Kommissär.

„Er hat sich überhaupt nicht gesetzt. Er ist hier an der Theke stehen geblieben und hat das Glas in einem Zug ausgetrunken. Anscheinend hatte er einen ziemlichen Durst. Es war aber auch verdammt heiß vor einer Woche.“

„In einem Zug? Etwa so?“ Hartmann nahm das Glas und ließ den Inhalt langsam in den Spülstein laufen, der in die Theke eingelassen war.

„Herr Kommissär, was machen Sie da?“, rief Dauborn entsetzt. „Das Bier ist einwandfrei. Ich beziehe es direkt von der Groß-Gerauer Unionbrauerei!“

„Das glaube ich Ihnen gerne, aber ich habe gerade keine Lust auf Bier“, meinte der Kriminalbeamte.

Warum bestellst du es dann, du Hornochse, dachte der Wirt. Aber er hielt den Mund.

„Nachdem der Richard Maus sein Bier ausgetrunken hatte – was haben Sie dann beredet?“

Dauborn überlegte einen Moment. „Eigentlich nicht mehr viel. Der Richard hat nur gesagt, dass er müde von der Arbeit sei und sich zu Hause ein bisschen hinlegen wolle. Dann ist er wieder gegangen."

„Er war also nicht länger hier, als wir jetzt?"

„Länger auf keinen Fall. Eher kürzer", meinte der Gastwirt.

Der Kommissär warf eine Zwanzig-Pfennig-Münze auf den Tresen. „Vielen Dank, Herr Wirt. Sie haben uns sehr geholfen. – Kommen Sie, Mathes!"

„Warten Sie – Sie kriegen noch zwei Pfennig zurück", rief Günther Dauborn. Aber die Polizisten waren schon durch die Tür.

Draußen auf der Straße schaute Hartmann wieder auf die Stoppuhr. „Sieben Minuten und zwanzig Sekunden", sagte er zum Gendarmen. „Letzten Freitag hat er mir erzählt, dass Maus etwa zwanzig Minuten geblieben sei. Dabei hat er mich nicht absichtlich belogen. Kaum jemand ist nämlich in der Lage, eine korrekte Zeitangabe zu liefern, wenn er nicht bewusst auf die Uhr schaut. Man kann die Menschen in zwei Gruppen einteilen – solche, denen eine Zeitspanne viel länger vorkommt als in Wirklichkeit und solche, die sich nach unten verschätzen. Dass jemand halbwegs richtig liegt, ist so gut wie ausgeschlossen."

Gemäßigten Schrittes liefen die beiden Polizisten die Rheinstraße entlang – etwa in dem Tempo, dachte der Kommissär, in dem sich ein Verbrecher, der nicht auffallen will, zum Tatort begibt. Als sie das Altrheinufer erreicht hatten, zeigte die Stoppuhr 14 Minuten und 35 Sekunden an.

„Hier liegt der Nachen von Richard Maus. Steigen Sie ein, Mathes, und bringen Sie mich hinüber zur Nonnenau."

Der Gendarm überquerte den Altrhein und hielt auf den Mühlkanal zu.

„Wo wollen Sie denn hin?", fragte Hartmann irritiert. „Müssen wir nicht da drüben anlegen? Von dort aus bin ich letzte Woche mit Penk über die Insel zu den Schiffsmühlen gelaufen."

Konrad Mathes lachte. „Ja, das kann ich mir lebhaft vorstellen. Unserem lieben Polizeidiener war es wohl ein bisschen zu anstrengend, gegen die Strömung zu rudern. Auch die Müller wählen manchmal den bequemeren Weg, wenn sie Zeit haben. Aber der kürzeste und schnellste Zugang zu den Mühlen führt hier durch den Kanal.“

„Sehr schön, Mathes. Ich sehe, Sie denken mit.“ Der Kriminalist blickte erneut auf seine Stoppuhr. 19 Minuten und 50 Sekunden.

„Sagen Sie mal, Mathes – hätten Sie nicht Lust, probehalber für ein halbes Jahr zur Staatsanwaltschaft nach Darmstadt zu kommen?[22] Sie könnten danach – selbstverständlich erst nach Ablegen einer Prüfung vor dem Distriktkommandeur – dauerhaft in den Kriminaldienst übernommen werden. Ich könnte mich für Sie verwenden.“

Der Gendarm hielt mit dem Rudern inne und nahm im Sitzen Haltung an. „Es wäre mir eine große Ehre, Herr Kommissär.“ Der Nachen wurde langsamer, verharrte für einen Moment bewegungslos – dann wurde er allmählich von der Strömung zurück in Richtung Altrhein getrieben.

„Rudern Sie weiter, Mathes“, drängte Hartmann. „Ich werde sehen, was ich für Sie tun kann.“

Wenige Minuten später erreichten sie die kleine Bucht zwischen den Krippen – und kurz darauf kletterten sie an Deck der landseitigen Schiffsmühle. Der Kommissär drückte auf die Stoppuhr.

„32 Minuten und 27 Sekunden“, rief er triumphierend. „Richard Maus war letzten Montag Punkt vier Uhr in der *Eiche* und hätte trotzdem ohne große Anstrengung kurz nach halb fünf hier sein können. Danach hatte er noch genügend Zeit, um den Mord zu begehen und zu verschwinden. Quod erat demonstrandum!“

Philipp Schrepfer hatte die Besucher gehört und kam heraus. Als er die beiden Polizisten sah, erschrak er. „Was ist denn passiert? Wollen Sie mich schon wieder verhaften?“

---

[22] *Dieses Weiterbildungsprogramm für ehrgeizige Gendarmen gab es tatsächlich; vgl.* Praetorius 1908.

Paul Hartmann lachte. „Keine Angst – ich glaube, wir wissen jetzt, wer der Mörder ist. Und ich freue mich, dass Ihre Mühle wieder in Betrieb ist.“

Schrepfer strahlte. „Ja, ich habe inzwischen sogar zwei tüchtige Helfer. Die Mühlburschen vom Richard Maus sind jetzt bei mir.“

„Wirklich? – Ach, könnte ich die beiden noch mal kurz sprechen? Da gibt es noch eine Kleinigkeit, die mir nicht klar ist.“

„Ja, natürlich. – Siegfried, Kurt, kommt mal her“, rief der Müller ins Schiff.

Die Burschen erschienen prompt. Der Kriminalist schaute nachdenklich zur Nachbarmühle hinüber. „Ihr seid doch letzten Montag, nachdem ihr den Schrei gehört habt, gleich da drüben aus eurer Mühle an Deck gekommen“, begann er. Die Jungen nickten.

„Dann zeigt mir bitte jetzt noch einmal genau die Stelle, wo ihr gestanden habt.“ Er kletterte über den schwankenden Steg hinüber aufs flussseitige Mühlenschiff, und die Burschen folgten ihm.

„Hier war das“, sagte Siegfried und stellte sich neben die Ankertrossen des Vorschiffs. „Wir haben zunächst ein paar Mal gerufen, aber keine Antwort bekommen. Dann war erst Kurt drüben, und ich habe hier gewartet. Etwas später bin auch ich hinübergelaufen.“

Hartmann schaute sich um. Von diesem Platz aus konnte er den Eingang zur Mühle nebenan, den Steg zur Krippe und den Weg bis zum Ufer vollständig überblicken. Auch die Wasserfläche rund um die Mühlen war größtenteils einsehbar – bis auf einen Streifen zur Landseite hin, der durch Schrepfers Schiff verdeckt war.

„Und ihr habt wirklich niemanden weglaufen oder mit einem Boot wegfahren sehen?“

„Nein“, antwortete Kurt. „Das haben wir doch schon gesagt.“

Der Kommissär holte tief Luft. Es gab nur eine Erklärung: Der Mörder war, als die Leiche entdeckt wurde, noch in der Mühle und hielt sich in irgendeiner Ecke versteckt. Erst als

Siegfried und Kurt weggelaufen waren, um Heinrich Schäfer zu alarmieren, nutzte er die Gelegenheit zur Flucht.

Aber das wollte er den beiden lieber nicht verraten.

„Wir müssen noch ein Telegramm an die Polizei in Hamburg schicken“, sagte Paul Hartmann, nachdem sie in die Polizeiwache zurückgekehrt waren. „Die Kollegen sollen feststellen, ob in dieser Woche ein Schiff nach Deutsch-Südwestafrika ausläuft. Falls ja, sollen sie die Liste der Passagiere und der Besatzung überprüfen. Es könnte sein, dass der Gesuchte an Bord ist. Auf jeden Fall müssen wir die Personenbeschreibung mitschicken, denn Maus wird möglicherweise unter falschem Namen reisen.“

Wilhelm Penk bereitete die Depesche vor und machte sich auf den Weg ins Telegraphenamt. Er war kaum draußen, als es an der Tür klopfte und Frau Guthmann hereinkam. Gendarm Mathes fragte nach ihrem Begehr.

„Ei, ich hab doch am Samsdaach zusamme mit der Hilde, also mit de Frau Kröll, die Mühl vom Philipp Schrepfer gebutzt“, erklärte sie. „Dodebei hab ich in de hinnersde Eck, unner dene Zahnräder, so e Zeddelsche gefunne. Ich wollds ja erst wegschmeiße, awwer dann hab ich den Stempel gesehe und hab mer gedenkt, es is vielleischd was Amtlisches. Ich hab also des Babiersche in moi Scherz gesteckt un habs dann vergesse. Heit Middach is mers widder in die Händ gefalle, un da habbich halt gedenkt, es iss vielleischd wischdisch.“

Ilse Guthmann präsentierte ein schmutziges Stück Papier; ölverschmiert und mit Blutspritzern bedeckt. Kommissär Hartmann kam neugierig näher. Offenbar handelte es sich um den unteren rechten Rand eines zerrissenen Briefbogens, auf dem nur wenige Worte zu erkennen waren.

Der Kriminalbeamte holte eine Lupe aus seinem unentbehrlichen Köfferchen und inspizierte den Zettel genauer. Mühsam versuchte er zu entziffern, was eben noch lesbar war: „*...fsmühle* – also wahrscheinlich *Schiffsmühle* – *... er an den ... Falls das nicht ... Amts wegen ...tz entfernt.* Hmm. Nicht sehr aufschlussreich.“

Dann untersuchte er das Fragment eines ovalen Stempels, das links an dem unregelmäßigen Abriss übrig geblieben war. Der Schwanz des hessischen Löwen war gerade noch sichtbar, und die umlaufenden Buchstaben ...*SGERICHT*.

Hartmann fuhr wie elektrisiert auf. „Vielen Dank, Frau Guthmann Das kann in der Tat sehr wichtig sein. Es war vollkommen richtig, dass Sie gleich zu uns gekommen sind.“

Ilse Guthmann stand auf und verließ die Wachstube mit einem Gesicht, als hätte sie soeben persönlich den Weltuntergang abgewendet.

Nachdem die Frau gegangen war, schaute der Kommissär den Gendarmen scharf an. „Und wer hat behauptet, dass er den Tatort gründlichst und bis in den letzten Winkel durchsucht hat?“, fragte er in strengem Ton.

Konrad Mathes bekam einen roten Kopf. „Ich dachte ..., ich habe ..., das heißt, ich wollte ...“, stotterte er. Seine Probezeit bei der Staatsanwaltschaft sah er in weiter Ferne verschwinden.

„Na ja, jeder macht mal einen Fehler“, meinte Hartmann leichthin. Er war viel zu aufgeregt, um dem Gendarmen ernsthaft böse zu sein.

„Wissen Sie, was wir hier haben, Mathes? Das ist ein amtliches Schreiben vom Gericht. Wir können also davon ausgehen, dass Fischer in einen Rechtsstreit verwickelt war, sonst wäre der Brief kaum in seiner Mühle gelandet. Offenbar geht es um seine oder eine andere Schiffsmühle. Das eigentlich Interessante aber ist das Datum. Schauen Sie mal, was hier unten steht.“

Mathes schaute dem Kommissär über die Schulter. Ganz unten auf dem Papierchen stand: ...*ber 1898*.

„Das ist aber kein vollständiges Datum“, bemerkte er.

„Nicht ganz, Mathes – aber fast. Es kann nur *September 1898* heißen. Die Monate vorher enden nicht auf ...*ber*. Fischer wurde vor einer Woche, also am fünften September, umgebracht. Seitdem lag der Zettel dort in seiner Mühle. Das bedeutet, dass das Schriftstück vom Gericht ein paar Tage vorher, also am ersten,

zweiten oder dritten September ausgefertigt worden sein muss.
Der vierte September war ein Sonntag."

Paul Hartmann kam so richtig in Fahrt.

„Jetzt kommen wir an das Motiv heran, Mathes. Fischer hatte
offensichtlich eine aktuelle gerichtliche Auseinandersetzung mit
Maus, zu der in den ersten Septembertagen eine amtliche Verfügung ergangen ist. Darüber muss es zum Streit gekommen
sein. Das ergibt sich schon aus der Tatsache, dass das Dokument
zerrissen wurde. Einer von den beiden, wahrscheinlich der impulsive Fischer, war wohl mit dem Inhalt nicht einverstanden
und wollte das Schriftstück einfach vernichten. – Die Frage ist
natürlich, wo die restlichen Teile des Briefes geblieben sind.
Die kann eigentlich nur der Mörder mitgenommen haben."

„Also wissen wir nicht, worum es in dieser Rechtssache
ging", stellte der Gendarm fest.

„Das dürfte wirklich leicht zu ermitteln sein", entgegnete
der Kommissär siegesgewiss. „Zuständig für den hiesigen Bezirk ist das Amtsgericht Groß-Gerau. Wir müssen dort nur
nachfragen, was der Inhalt dieses Schreibens von Anfang des
Monats war."

In diesem Augenblick kam Wilhelm Penk in die Wachstube
zurück.

„Sie dürfen gleich noch einmal zum Telegraphenamt gehen",
überfiel ihn der Kriminalbeamte. „Wir müssen noch eine dringende Anfrage an das Amtsgericht in Groß-Gerau absetzen."

Der Polizeidiener schaute auf die Uhr. „Es ist jetzt viertel
nach sechs. Da hat die Post schon geschlossen."

„Dann versuchen wir es eben mit dem Telephon."

„Mit Groß-Gerau? Nein, das funktioniert noch nicht", bedauerte Mathes. „Außerdem sitzt dort um diese Zeit niemand mehr
im Amt."

„Na prima", seufzte der Kommissär. „Dann machen eben
auch wir für heute Feierabend."

Christine Krug war nicht da, als Paul Hartmann zum Abendessen in der *Post* erschien. Ohne dass er danach gefragt hätte, er-

klärte ihm der Wirt: „Montags ist die Christel meist drüben bei den Krafts. Mit dem Rüdiger, dem Sohn des Bäckermeisters, ist sie ja so gut wie verlobt.“

Hartmann verstand nicht so recht, wieso ihm diese Mitteilung Unbehagen verursachte. Es war ja zu erwarten, dass eine attraktive Frau ihres Alters in festen Händen war – oder doch zumindest *so gut wie*.

„Na, dann wird ja sicher bald Hochzeit gefeiert“, vermutete er. Doch der Wirt hatte seine Zweifel.

„Bei der Christel würde mich das wundern. Es wäre ja nicht das erste Mal, dass sie eine Verlobung platzen lässt. Das Fräulein kann sich halt nicht entscheiden. Keiner ist ihr gut genug. Dabei ist sie schon sechsundzwanzig – wenn die so weitermacht, stirbt sie noch als alte Jungfer. Aber auf mich hört sie ja nicht.“

Jedenfalls ist es gut, dass sie heute nicht hier ist, dachte Hartmann. Der Fall war komplizierter geworden und erforderte seine volle Aufmerksamkeit. Eine Ablenkung durch irgendwelche Weibergeschichten konnte er sich nicht erlauben. Schlimm genug, dass er am Freitagmorgen völlig die Kontrolle verloren hatte. Unmöglich war das. Er hätte es nie so weit kommen lassen dürfen.

Dienstag, 13. September 1898

Heinz Stieglitz hatte seinem Kumpel Alfred nicht zu viel versprochen. Die Lisa hielt tatsächlich dicht. Sie erzählte keiner Menschenseele, dass Heinz die Kiste vom holländischen Dampfer in den Altrhein geworfen hatte. Nicht einmal ihren Eltern. Auch nicht den anderen Mädchen in ihrer Clique.

Außer der Hanne natürlich. Der Hanne musste sie es einfach erzählen. Selbstverständlich unter dem Siegel der strengsten Verschwiegenheit. Hanne war ihre beste Freundin. Vor seiner besten Freundin hat man keine Geheimnisse.

Hanne war nicht sonderlich beeindruckt. „Mein Vater hat gesagt, wer das mit der Kiste gemacht hat, verdient eine Tracht Prügel. Weil wir dadurch die Schiffer noch viel länger am Hals haben."

„Du darfst es aber auf keinen Fall weitererzählen. Nicht einmal deinen Eltern. Schon gar nicht jemanden aus unserer Gruppe. Das musst du mir versprechen!"

Hanne versprach es. Sie erzählte es auch wirklich niemanden weiter. Nicht einmal ihren engsten Freundinnen. Schon gar nicht ihren Eltern.

Aber Hanne hatte das Plakat gelesen. Da stand etwas von einer Belohnung. Und eine unvorstellbar große Zahl.

Hundert Mark! Was man dafür alles kaufen könnte! Die neuesten Kleider, die schicksten Schuhe – und es wäre immer noch genug übrig. Oder ein Reitpferd! Ja, ein eigenes Pferd, das wäre wirklich das Größte für sie. Das hatte noch keine in der Clique.

Vielleicht sollte sie es doch der Polizei erzählen. Von der Polizei hatte Lisa nichts gesagt.

Und so kam es, dass Hannelore Ittner an diesem Morgen schüchtern die Wachstube betrat und verkündete: „Ich komme wegen der Belohnung."

„Jetzt setz dich erst mal", sagte Polizeidiener Penk und bot dem Mädchen einen Stuhl an. „Welche Belohnung meinst du denn?"

„Ich weiß, wer das gemacht hat mit der Kiste auf dem holländischen Dampfer.“

„So? Wer denn?“

Hanne sah nach unten auf ihre Hände, die sich in ihrem Schoß verkrampften.

„Der Heinz Stieglitz war’s. Er hat die Kiste ins Wasser geschmissen.“

„Heinz Stieglitz, der Ruderbursche? Das hast du genau gesehen?“

Hannelore schüttelte den Kopf. „Gesehen nicht. Ich weiß es von meiner Freundin, der Lisa.“

„Soso. Die Lisa hat es also gesehen. Warum kommt sie dann nicht selbst?“

„Die Lisa hat es doch auch nicht gesehen. Sie weiß es vom Heinz. Der hat es ihr erzählt.“

„Und wer war noch mit dabei?“

Die Kleine betrachtete ausführlich ihre Hände. „Niemand sonst. Der Heinz hat es ganz alleine gemacht.“

„So, der Heinz ganz alleine. Da bist du dir sicher?“

„Ja. Ich weiß es von der Lisa. Und die weiß es vom Heinz.“

Wilhelm Penk überlegte. Heinz Stieglitz konnte die Tat unmöglich alleine begangen haben. Vielleicht war noch ein anderer Ruderbursche beteiligt. Oder der Junge wollte vor seinem Mädchen einfach nur ein bisschen renommieren.

„Bekomme ich jetzt die Belohnung?“, erkundigte sich Hanne hoffnungsvoll.

Penk lächelte. „Du hast das Plakat nicht richtig gelesen. Da steht: *Zeugen, die die Tat beobachtet haben, erhalten eine Belohnung.* Du hast aber nichts beobachtet, sondern weißt es nur vom Hörensagen. Woher soll ich denn wissen, ob die Geschichte überhaupt stimmt?“

„Doch, es stimmt! Die Lisa hat es mir doch gesagt!“

„Außerdem – wie alt bist du eigentlich?“

„Siebzehn“, log Hanne. Sie war sechzehn.

„Siehst du – da bist du noch gar nicht geschäftsfähig. Da würde dir sowieso nichts ausgezahlt – höchstens deinen Eltern.

Aber da du ja nichts gesehen hast ... tut mir leid. Trotzdem vielen Dank, dass du gekommen bist."

Hannelore Ittner verließ die Wachstube mit Tränen in den Augen. Tränen der Wut und der Enttäuschung. Soeben war ihr eigenes Pferd mit einem Satz über die Koppel gesprungen und auf Nimmerwiedersehen davongaloppiert.

„Mist. Das hilft uns auch nicht weiter!" Kommissär Hartmann knallte die Papiere, die er in der Wohnung von Richard Maus sichergestellt hatte, auf den Tisch. Ein paar alte Lieferscheine und Rechnungen. Ein Brief von der Schwester, in dem sie sich beschwerte, dass Richard sie lange nicht mehr besucht habe. Ein Bescheid vom Amtsgericht über den Nachlass des im letzten Jahr verstorbenen Vaters. Das war alles.

Zwei Stunden lang hatte er heute früh zusammen mit dem Gendarmen Mathes das kleine Haus des flüchtigen Müllers durchsucht, in der vagen Hoffnung, dort irgendwelche Unterlagen, die gerichtliche Auseinandersetzung mit Fischer betreffend, zu finden; vielleicht auch Hinweise auf weitere Straftaten. Drinnen war es düster und unaufgeräumt; es roch muffig. In der Küche stapelte sich das schmutzige Geschirr von einer Woche; leere Flaschen kullerten auf dem Boden. Ein typischer Junggesellenhaushalt eben. Nichts deutete darauf hin, dass der Bewohner des Häuschens eine längere Reise vorbereitet hätte.

Auf dem Rückweg hatten die Polizisten der Witwe Fischer noch einen kurzen Besuch abgestattet. Die Frau bestätigte, dass ihr verstorbener Mann den Richard Maus nicht leiden konnte. Von einem Gerichtsverfahren war ihr allerdings nichts bekannt.

„Noch keine Antwort vom Amtsgericht?", erkundigte sich Hartmann bei Wilhelm Penk.

„Leider nein – aber die Hamburger Polizei hat schon reagiert." Der Polizeidiener holte die gerade eingegangene Depesche und las vor: „DS Alexandra Woermann läuft Donnerstag Abend nach Swakopmund aus. Richard Maus aus Ginsheim bisher weder als Passagier noch bei Besatzung registriert. Ein Helmut Reiss aus Ginsheim hat als Stewart angeheuert."

„Die sind ja wirklich auf Zack, die hanseatischen Kollegen." Der Kriminalbeamte war beeindruckt. „Es geht also diese Woche tatsächlich ein Schiff nach Afrika. Und ein Ginsheimer ist an Bord?"

„Ja – den Helmut Reiss kenne ich. Wir nennen ihn hier den *Seemann*. Er ist regelmäßig auf allen Weltmeeren unterwegs."

„Und dieser Seemann kennt den Richard Maus und könnte ihn identifizieren?"

„Ja, sicher."

„Na, wunderbar", freute sich der Kommissär. „Dann soll die Hamburger Polizei, bevor das Schiff ablegt, zusammen mit dem Helmut Reiss noch einmal alle Personen an Bord überprüfen. Wenn Maus wirklich versuchen sollte, nach Afrika abzuhauen, kriegen wir ihn."

„Dann schicken wir denen gleich noch eine entsprechende Antwort", sagte Penk. „Übrigens – wir haben inzwischen auch eine Aussage zu der verschwundenen Kiste." Der Polizeidiener berichtete, was Hanne Ittner ihm erzählt hatte. „Den Heinz Stieglitz werden wir uns jetzt auf jeden Fall mal vorknöpfen", meinte er abschließend.

Polizeidiener Hebel hatte ein weiteres Plakat an der Tafel für amtliche Bekanntmachungen aufzuhängen. Langsam wurde dort der Platz knapp. Auf dem Plakat stand:

Seit den frühen Morgenstunden des 9. September wird der Müller Heinrich Schäfer aus Ginsheim vermisst. Er wurde zuletzt gegen sechs Uhr in der Nähe seiner Schiffsmühle gesehen. Für Hinweise zu seinem gegenwärtigen Aufenthaltsort hat die Familie eine Belohnung von 100 Mark ausgesetzt.

Einer der ersten, die vorbeikamen und es lasen, war der Ruderbursche Alfred Köhler. Dabei fiel ihm wieder ein, dass er ja der Luzie Schäfer bittere Rache geschworen hatte – Rache dafür, dass sie ihn bei seinen Annäherungsversuchen so kaltschnäuzig hatte abblitzen lassen. Jetzt gab es die Gelegenheit dazu. Das

andere Plakat, mit dem er selbst gesucht wurde, hing zwar auch
noch da. Aber mit jedem Tag wuchs seine Zuversicht, dass er
ungeschoren davon kommen würde. Immerhin waren schon
zehn Tage vergangen, seit er mit Heinz die Kiste über Bord geschafft hatte, und bisher hatte ihn noch niemand behelligt. Der
holländische Dampfer war wieder weg, und die Polizisten hatten derzeit wohl auch andere Probleme.

Die Zeit der Rache ist gekommen, sagte sich Alfred. Er
würde der Polizei erzählen, was er gesehen hatte. Die Luzie
würde sich wundern.

Das Amtszimmer von Oberinspektor Dautermann verbreitete die
monströse Behaglichkeit eines großbürgerlichen Herrenzim-
mers. Der Chef der Wasserbauinspektion in Mainz hatte schon
vor Jahren Möbel aus seinem Privatbesitz in sein Büro schaffen
lassen, weil er sich mit der nüchternen Zweckmäßigkeit der vor-
handenen Einrichtung nicht anfreunden konnte. Ein repräsenta-
tiver Bücherschrank aus dunklem Eichenholz mit kunstvollen
Schnitzereien nahm fast die gesamte Längsseite des Raumes ein.
In der Mitte stand ein monumentaler Schreibtisch im gleichen
Stil, dahinter ein Ledersessel mit gedrechselten Beinen und reich
verzierten Armlehnen. Am Fenster kämpfte ein kümmerlicher
Gummibaum seit Jahren ums Überleben.

Schwaden von bläulichem Tabakrauch waberten in der stickigen Luft und kündeten von der Leidenschaft des Amtsinhabers
für teure Zigarren. Diese waren wohl auch der Grund dafür, dass
die vergilbten Tapeten und die verräucherte Decke dringend nach
einer Auffrischung verlangten. Aber der Oberinspektor hatte angeordnet, dass nichts in dem Zimmer verändert werden durfte –
jedenfalls nicht vor seiner Pensionierung.

Die stand allerdings unmittelbar bevor. In wenigen Wochen,
freute sich August Dautermann, würde er dem Amt Lebewohl
sagen und sich ganz der Bewirtschaftung seines Weinguts in Ingelheim widmen. Als gewissenhafter Beamter wollte er natürlich
seinem Nachfolger ein geordnetes Haus hinterlassen. Deshalb erledigte er jetzt noch schnell alle Routinearbeiten, die seit längerem

liegen geblieben waren. Dazu gehörte unter anderem die halbjährliche Einbestellung der Dammwärter seines Bezirks zum Rapport.

Heute war Ludwig Gärtner, Dammwärter in Ginsheim, an der Reihe. Der Oberinspektor hörte mit halbem Ohr zu, als Gärtner von der Havarie, der Bergung, dem ungeplant langen Aufenthalt und der Abreise des holländischen Dampfers berichtete.

„Ich muss den Leinweber fragen, ob er schon die Rechnung für die Bergung an die Holländer geschickt hat", fiel Dautermann ein. „Wir wollen ja nicht auf den Kosten sitzen bleiben."

„Apropos – wären Sie so freundlich, noch mein Kassabuch abzuzeichnen", bat der Dammwärter und legte seinem Vorgesetzten eine Kladde mit langen Zahlenkolonnen vor.

Der warf einen flüchtigen Blick darauf. Zahlen hatten ihn noch nie sonderlich interessiert. „Sie haben ja sicher wie immer alles korrekt eingetragen", sprach er und schrieb an den Rand: Geprüft und genehmigt. Mainz, den 13. September 1898. A. Dautermann, Oberinspektor.

Er gab dem Dammwärter die Hand. „Wir werden uns hier nicht mehr sehen. Alles Gute für Sie, Gärtner. Besuchen Sie mich doch einmal in Ingelheim. Ich lade Sie zu einer zünftigen Weinprobe ein."

Kurz vor zwölf brachte der Telegraphenbote endlich die sehnsüchtig erwartete Antwort des Groß-Gerauer Amtsgerichts in die Polizeiwache. Kommissär Hartmann riss ihm die Depesche fast aus der Hand, und während er las, verdüsterte sich seine Miene schlagartig. „Das gibt's doch nicht", murmelte er konsterniert. Die lapidare Botschaft lautete: *betreffend Friedrich Fischer oder Richard Maus aus Ginsheim hier aktuell kein Vorgang anhängig.*

Der Kriminalist konnte seine Enttäuschung nicht verbergen. Die Hoffnung, dass ein schwelender Rechtsstreit zwischen Maus und Fischer das Mordmotiv liefern würde, schien dahin. „Kein Vorgang anhängig", wiederholte er. „Aber wieso kommt dann ein gerichtliches Schreiben, oder zumindest ein Fragment davon, in die Mühle des Opfers?"

Wilhelm Penk hatte auch keine Erklärung dafür. Wahrscheinlich hatte Hartmann auch gar keine Antwort erwartet, denn im nächsten Augenblick gab er sie selbst.

„Na klar", rief er und schlug sich an die Stirn. „Das Schreiben kam nicht vom Amtsgericht, sondern von einer höheren Instanz, vom Landgericht oder gar Oberlandesgericht. Dass ich da nicht gleich drauf gekommen bin! Wegen einer Bagatelle, die vor dem Amtsgericht verhandelt wird, wird man nicht zum Mörder. Es muss sich um eine größere Sache handeln, die strafrechtlich relevant ist. Ich muss sofort den Oberstaatsanwalt anrufen." Und schon lief er zum Telephonapparat und drehte an der Kurbel. „Hallo ... hallo ... Fräulein ..."

Unterdessen kam Polizeidiener Hebel von der Patrouille zurück. „Klaus, ich habe noch einen Auftrag für dich", empfing ihn sein Kollege. „Wir haben einen Hinweis erhalten, dass der Ruderbursche Heinz Stieglitz am Verschwinden der Kiste vom holländischen Dampfer beteiligt war. Schau doch mal, ob er sich unten am Altrhein herumtreibt. Wenn du ihn findest, bring ihn hierher, aber sag ihm noch nicht, worum es sich handelt."

Klaus Hebel machte auf dem Absatz kehrt und war schon wieder draußen.

Der Kommissär kämpfte indes weiter mit dem Fernsprecher.

„Fräulein ... endlich. Ich brauche dringend eine Verbindung mit der Staatsanwaltschaft in Darmstadt, Apparat 88 – Oberstaatsanwalt Dr. Praetorius. Wie lange wird das dauern? Wie? Was heißt, Sie wissen es nicht? Machen Sie schnell – es ist wichtig! Ja, gut, ich hänge ein und warte, bis Sie zurückrufen."

Nachdem der Dammwärter das Gebäude der Großherzoglichen Wasserbauinspektion verlassen hatte, stattete er noch dem Rheinschifffahrtsgericht einen kurzen Besuch ab und verlangte Amtsassessor Blaschke zu sprechen.

„Was kann ich für Sie tun, Gärtner?"

„Ich benötige einen neuen Block für gebührenpflichtige Verwarnungen bei Verstößen gegen die Rheinschifffahrts-Polizeiordnung."

Der Assessor schaute in seine Unterlagen. „Sie haben dieses Jahr doch schon zwei dieser Blocks bekommen – das sind 20 Verwarnungen. Gibt es denn so viele Sündenböcke?"

„Ja. Leider lässt die Disziplin der Schiffer immer mehr nach", erklärte Ludwig Gärtner.

Blaschke seufzte. „Da haben Sie wohl recht. Die Preußen wollen ja jetzt in ihrem Rheinabschnitt eine spezielle Strompolizei einrichten – sogar mit einem eigenen Dampfboot. Wir dagegen sind weiterhin auf die Dammwärter und Hafenmeister angewiesen."

Er händigte dem Ginsheimer den Formularblock aus. „Nicht alle Ihrer Kollegen sind so eifrig wie Sie, Gärtner. Die Einnahmen rechnen Sie doch immer korrekt mit Ihrer Dienststelle ab?"

„Selbstverständlich, Herr Assessor. Gerade war ich bei Oberinspektor Dautermann und habe ihm meine Abrechnung vorgelegt."

„Gärtner – das war doch nur ein Scherz", lachte Assessor Blaschke. „Übrigens, wenn Sie gerade hier sind – wir haben hier ein amtliches Schriftstück, das schnellstens nach Ginsheim muss. Könnten Sie das bitte mitnehmen? Dann brauche ich nicht extra einen Amtsboten zu schicken."

„Mach ich doch gerne, Herr Assessor." Es kam gelegentlich vor, dass man ihm, dem vereidigten großherzoglichen Beamten, wichtige Dokumente anvertraute, die amtlich zugestellt werden mussten. Er nahm den Umschlag an sich, der an die Ortspolizeibehörde Ginsheim adressiert war.

Paul Hartmann hatte endlich Oberstaatsanwalt Dr. Praetorius in Darmstadt an der Strippe, doch was er von ihm erfuhr, entsprach mitnichten seinen Erwartungen. „Sind Sie sicher?", fragte er vorsichtshalber, obwohl er wusste, dass er sich auf das Gedächtnis seines Vorgesetzten verlassen konnte.

„Ich kann ja noch mal bei den Kollegen nachfragen", antwortete dieser etwas pikiert. „Aber wenn es kürzlich einen Vorgang beim Landgericht oder gar beim Oberlandesgericht gegeben hätte, bei dem ein Müller aus Ginsheim betroffen war, dann wüsste ich das und hätte Ihnen auch schon längst von meiner Seite aus Bescheid gegeben. Kommen Sie denn voran mit Ihrem Fall?"

„Nicht so richtig", musste der Kommissär zugeben. „Wir haben einen dringenden Tatverdächtigen, aber der ist flüchtig."

„Dann sehen Sie mal zu, dass Sie allmählich zu Potte kommen, Hartmann. Sie sind ja jetzt schon ziemlich lange in Ginsheim. Am Donnerstag brauche ich Sie wieder hier im Amt. Viel Glück!"

Nachdenklich hängte der Kriminalist den Hörer ein. So ungeduldig hatte er seinen Chef selten erlebt.

Wilhelm Penk war überrascht, als wenig später der Ruderbursche Alfred Köhler in die Polizeiwache kam. Gerade hatte er überlegt, wer wohl zusammen mit Heinz Stieglitz die Kiste von Bord der *DS Concordia* geschafft haben könnte, und dabei waren ihm die Namen Emil Steinbach und Alfred Köhler als erstes eingefallen. War der Junge etwa gekommen, um ein freiwilliges Geständnis abzulegen?

Doch davon war Alfred weit entfernt. „Ich habe gehört, die Polizei sucht den Müller Richard Maus", begann er.

„Ja, das stimmt", bestätigte der Ordnungshüter. „Hast du mit seinem Verschwinden etwas zu tun?"

„Wieso ich? Nein. Aber ich könnte mir denken, wer was damit zu tun hat. Ich habe nämlich etwas gesehen!"

„So? Was hast du denn gesehen?"

„Gestern früh, so um halb zehn, habe ich beobachtet, wie die Luzie Schäfer auf der Straße vor ihrem Haus auf den Maus losgegangen ist. Sie hat auf ihn eingedroschen und dabei mehrmals geschrien: ‚Ich bringe dich um! Ich bringe dich um!' Richtig wütend war die!"

Wenn Alfred geglaubt hatte, dass er mit seiner Aussage eine kleine Sensation auslösen würde, sah er sich getäuscht Der Polizeidiener schaute ihn nur zweifelnd an.

„Wenn Sie mir nicht glauben, fragen Sie doch die Frau Möck, die schräg gegenüber wohnt. Sie hat aus ihrem Fenster geschaut und hat es auch gesehen und gehört. Sie hat nur den Kopf geschüttelt."

„Und jetzt willst du uns weismachen, dass die Luzie den Müller tatsächlich umgebracht hat? Wie soll sie das denn angestellt haben – eine schwache Frau gegen einen so starken Mann?"

„Alleine vielleicht nicht – aber vielleicht hat ihr ja jemand dabei geholfen."

„So? Und wer, bitte schön?"

Der Junge machte ein unschuldiges Gesicht. „Ich weiß nur, dass die Luzie ziemlich viel mit dem Mühlburschen Jean Berger zusammen ist."

Auch das war für Penk keine Neuigkeit, doch Alfred war noch nicht fertig.

„Letzten Freitag, an dem Morgen, an dem der Müller Schäfer verschwunden ist, habe ich die beiden in aller Herrgottsfrühe am Altrhein gesehen. Sie kamen von der Nonnenau, und die Luzie hatte Männerkleidung an. Das ist doch verdächtig, oder?"

Der Polizeidiener blieb unbeeindruckt. Alfred fuhr fort:

„Kurz darauf kam der Jean an die Verladestelle und hat gesagt, sein Meister hätte gesagt, dass die Arbeit heute ausfallen würde. Es gäbe etwas zu feiern – was, wollte er nicht verraten. Das ist doch verdächtig, oder?"

Der Polizist war einen Moment lang sprachlos. „Ja, willst du uns am Ende gar erzählen, dass die Luzie zusammen mit dem Jean auch noch ihren eigenen Vater beiseite geschafft hat?"

„Wenn es überhaupt ihr Vater ist", entgegnete der Bursche mit einem frechen Grinsen.

„Was soll das heißen?"

„Es gibt Leute, die glauben ..."

Wilhelm Penk verlor langsam die Geduld. „Was die Leute glauben, interessiert mich nicht", polterte er dazwischen. „Ich sage dir mal, was ich glaube. Ich glaube, du willst uns hier irgendwelche Märchen auftischen, um von deinen eigenen Schandtaten abzulenken!"

Mit einem Seitenblick auf den Kommissär entschloss sich der Polizeidiener zum Angriff: „Wir wissen nämlich, dass du zusammen mit dem Heinz Stieglitz die Kiste vom holländischen

Dampfer versenkt hast", bluffte er. „Besser für dich, wenn du es gleich zugibst!"

Alfred Köhler fiel aus allen Wolken. Eigentlich war er gekommen, um Luzie und Jean ein bisschen in Schwierigkeiten zu bringen, und jetzt stand er selber im Kreuzfeuer. Der Heinz, dieser Idiot! Hatte er schon ausgepackt?

„Nein, das stimmt nicht", verteidigte er sich vehement. „Damit habe ich nichts zu tun. Wenn der Heinz das behauptet, dann lügt er!"

Paul Hartmann hatte der Vernehmung anfangs nur mit einem halben Ohr, dann mit wachsendem Interesse zugehört. Jetzt warf er dem Polizeidiener einen anerkennenden Blick zu und schaltete sich ein, um noch eins oben drauf zu setzen.

„Das mit der Kiste ist schlimm genug", sagte er düster. „Aber dass ihr anschließend den Müllermeister Fischer umgebracht habt, um einen lästigen Zeugen zu beseitigen – das wird euch den Kopf kosten!"

Der Ruderbursche wurde kreidebleich. „Was wollen Sie uns denn da anhängen?", rief er entsetzt. „Wir sind doch keine Mörder!"

„Niemand ist von Natur aus ein Mörder – aber manchmal führen die Umstände dazu, dass jemand zum Mörder wird." Hartmann funkelte den Jungen an. „Der Friedrich Fischer hat euch in jener Nacht bei eurer Tat beobachtet – deshalb musste er sterben."

„Nein, es war niemand in der Nähe!", beteuerte Alfred hastig. Im nächsten Moment biss er sich auf die Zunge.

„Aha!", rief der Kommissär triumphierend. „Aber dass ihr die Kiste weggeschafft habt, das hast du soeben zugegeben!"

Der Bursche wollte protestieren, aber er sah ein, dass er sich geschlagen geben musste. „Wir wollten doch nur die Schiffer ein bisschen ärgern", sagte er kleinlaut. „Weil die immer unsere Müller ärgern."

„Den Ärger habt ihr jetzt am Hals, und zwar gründlich", donnerte Hartmann. „Glaubt bloß nicht, dass das eine Lappalie ist. Ein Jahr Gefängnis bringt euch das mindestens ein!"

Alfred schwieg und nagte nur noch an seiner Unterlippe.

Die Tür zur Wachstube ging auf. Polizeidiener Hebel kam zurück und brachte den Ruderburschen Heinz Stieglitz mit. Als der seinen Kumpel Alfred erblickte, schwante ihm nichts Gutes.

„Da haben wir ja auch den Komplizen", begrüßte ihn Wilhelm Penk. „Heinz, versuche gar nicht erst zu leugnen. Dein Kumpan hat bereits gestanden, dass ihr das mit der Kiste gemacht habt. Ihr seid beide vorläufig festgenommen!"

„Idiot!", zischte Heinz.

„Trottel!", fauchte Alfred.

Die Polizisten brachten die Ruderburschen hinunter in die Arrestzelle. Dort hatten sie genügend Zeit, um darüber zu diskutieren, wer an ihrer misslichen Lage die größere Schuld trug: Heinz, der gegenüber seiner Lisa geprahlt hatte, oder Alfred, der sich vom Kommissär hatte hereinlegen lassen.

Der Dammwärter hatte noch einige private Besorgungen in Mainz zu erledigen, bevor er sich am Nachmittag ans Rheinufer begab, wo beim Eisentor seine kleine Segeljolle lag. Geduldig wartete er, bis ein bergwärts fahrender Schleppverband in Sicht kam. Dann machte er die Jolle los, ließ sich von der Strömung auf gleiche Höhe mit dem dritten Lastkahn treiben und hakte sich seitwärts bei diesem ein. Er kletterte an Deck und zeigte dem Schiffsführer am Steuerrad seine Dienstmarke.

„Wissen Sie, dass Ihr Kahn überladen ist?", fragte er. „Nach Paragraph zwei der Rheinschifffahrts-Polizeiordnung darf kein Schiff tiefer gehen als die größte zulässige Einsenkung, die gemäß Schiffsattest mit Klammern und weißer Farbe an der Bordwand zu markieren ist."

„Aber das sind doch höchstens ein paar Zentimeter", wandte der Schiffer ein. „Da muss man doch nicht so kleinlich sein."

Ludwig Gärtner wurde eisig. „Wollen Sie jetzt mit mir diskutieren? Ich verwarne Sie hiermit bei einer Gebühr von zwanzig Mark, die sofort zu entrichten ist."

„Zwanzig Mark! Wegen so einer Lappalie!"

„Ich kann natürlich auch eine Anzeige erstatten. Dann wird es für Sie wesentlich teurer und unangenehmer. Sie könnten Ihre Lizenz verlieren."

Der Mann dachte daran, dass er mit seinem Beruf Weib und Kind ernähren musste, und suchte zähneknirschend das Geld zusammen. Unterdessen füllte der Dammwärter das erste Blatt seines neuen Verwarnungsblocks aus – einschließlich eines Kohledurchschlags, wie es sich gehörte.

Gärtner hatte keine Eile, den Schleppkahn zu verlassen, nachdem er kassiert hatte. Erst als am linken Ufer das Anwesen des Barons von Molsberg auftauchte, stieg er wieder in sein Boot, machte es los und schipperte quer über den Strom hinüber zum Mühlkanal.

In der kleinen Wachstube der Ginsheimer Polizei war eine Bombe eingeschlagen. Der Telegraphenbote hatte sie gebracht, nicht ahnend, welche Brisanz in dem harmlosen Umschlag versteckt war. Noch immer starrte Hartmann fassungslos auf die Depesche, die seit einer halben Stunde vor ihm lag.

ORTSPOLIZEI GINSHEIM +++ GESTERN ABEND MAENNLICHE LEICHE MIT SCHWERER KOPFVERLETZUNG AM RHEINUFER MOMBACH ANGETRIEBEN +++ WURDE HEUTE MORGEN IN DER GERICHTSMEDIZIN MAINZ OBDUZIERT +++ TODESURSACHE SCHAEDELBRUCH INFOLGE SCHLAG MIT STUMPFEM GEGENSTAND +++ KEIN WASSER IN DER LUNGE +++ AEUSSERE MERKMALE STIMMEN UEBEREIN MIT BESCHREIBUNG DES GESUCHTEN RICHARD MAUS +++ IDENTITAET MIT DIESEM DURCH DIE SCHWESTER ANNA LUENING GEB MAUS UND KOMPAGNON ARIEL BECKER ZWEIFELSFREI BESTAETIGT +++ OWM GULDENTHAL GENDARMERIE MAINZ

Es war unfassbar. Der Kommissär war sich sicher gewesen, dass Richard Maus den Friedrich Fischer und wahrscheinlich auch den Heinrich Schäfer auf dem Gewissen hatte – und plötzlich war der mutmaßliche Täter selbst zum Opfer geworden. Gedanken schwirrten durch seinen Kopf und kehrten immer wieder zu dem Schreckensbild eines wahnsinnigen Serientäters zurück, der es auf die Mühlenbesitzer abgesehen hatte.

Gendarm Mathes unterbrach Hartmanns Überlegungen. „Vielleicht hätten wir den Kapitän doch nicht so schnell ziehen lassen sollen", sagte er in die unbehagliche Stille hinein. „Ich habe nachgedacht. Es passt alles zusammen. Kamies tötet zuerst Friedrich Fischer. Vielleicht wollte er ihn wegen der Beleidigung zur Rede stellen, und der Streit ist eskaliert. Den Heinrich Schäfer räumt er aus dem Weg, weil er hinter dessen Frau her ist. Und den Richard Maus bringt er um, weil der ihn deswegen erpressen will."

Paul Hartmann stutzte einen Moment. Sollte er tatsächlich etwas so Offensichtliches übersehen haben? Dann schüttelte er den Kopf. „Nein, Mathes. Überlegen Sie doch mal. Wenn Maus den Kapitän erpressen wollte – warum ist er dann zur Polizei gegangen? Außerdem – gestern um zehn Uhr hat Maus diesen Raum lebend verlassen. Nach zwölf haben wir ihn trotz intensiver Suche nicht mehr gefunden. Er muss also zwischen zehn und zwölf Uhr ermordet worden sein. Zu dieser Zeit war der Kapitän mit der Reparatur seines Dampfers beschäftigt, was zahlreiche Zuschauer bestätigen können. Und die Motive für die Morde an Fischer und Schäfer scheinen mir doch etwas weit hergeholt. Nein, Mathes – ich fürchte, wir müssen unseren Täter woanders suchen!"

Wenn ich nur wüsste, wo, dachte er zerknirscht.

„Ludwig, ich habe wenig Zeit. Was gibt es denn so Dringendes?" Der Bürgermeister schien über seinen unangemeldeten Besucher nicht sonderlich erfreut zu sein.

„Ich habe hier eine amtliche Verfügung vom Rheinschifffahrtsgericht an die Ortspolizeibehörde", antwortete der Dammwärter. „Du musst mir nur hier auf dem Umschlag den Empfang quittieren."

Jakob Rauch unterschrieb, öffnete den Brief und las.

„Haftbefehl ... In der Nacht vom 2. zum 3. September wurde
vom Deck des Schleppdampfers *Concordia*, der zu dieser Zeit
im Ginsheimer Altrheinhafen vor Anker lag, eine Kiste mit
wertvollen Maschinenteilen entwendet. Falls die Täter ermittelt
werden, sind diese festzunehmen und umgehend an das Rheinschifffahrtsgericht zu überstellen. ... Mainz, den 12. September
1898 ... Stempel und Unterschrift.“

Er schmunzelte. „Ludwig, sei so gut und bring das gleich mal
runter in die Wachstube. Siehst du, unsere Polizei ist gar nicht
so blöd, wie manche denken. Der Wilhelm hat nämlich heute
bereits vorauseilend die Täter ermittelt und eingesperrt.“

Gärtner nahm das Dokument wieder an sich und ging zur Tür.

„Moment noch, Ludwig, sehen wir uns nachher beim Günther in der *Eiche*? Wir müssten noch einmal über die Gemeinderatswahlen sprechen. Es gibt da ein paar Leute im Ort, bei
denen ich mir nicht sicher bin, wie sie sich entscheiden werden.
Da würde mich deine Einschätzung interessieren.“

Der Dammwärter nickte, dann brachte er den Haftbefehl
wie angeordnet schnurstracks hinunter in die Polizeistube.
Während Wilhelm Penk las, schaute ihm der Kommissär über
die Schulter.

„Gratuliere, Penk! Damit wäre wenigstens dieser Kriminalfall erfolgreich abgeschlossen. Am besten, wir schicken dem
Oberwachtmeister Guldenthal gleich ein Telegramm, damit die
Mainzer Gendarmerie die Delinquenten morgen hier abholen
kann. Dann wäre auch die Arrestzelle wieder frei – für den Fall,
dass wir doch noch einen Mörder einsperren können.“

Paul Hartmann beschloss, sein Abendessen heute im Gasthaus
Zur Deutschen Eiche einzunehmen, statt wie gewöhnlich in der
Post. Er musste der Christel Krug, deren Bild sich gegen seinen
Willen immer wieder zwischen seine Gedanken schob, heute unbedingt aus dem Weg gehen. Die Ereignisse spitzten sich zu und
erforderten seine volle Konzentration. Außerdem hatte er das Gefühl, bei Günther Dauborn etwas gutmachen zu müssen, weil er
gestern das eigens für ihn gezapfte Bier verschmäht hatte.

In der kleinen Gaststube saßen zwei Männer in ein angeregtes Gespräch vertieft. Hartmann nahm am Tisch nebenan Platz und nickte dem Dammwärter kurz zu; den anderen Mann kannte er nicht. Gärtner flüsterte seinem Begleiter etwas ins Ohr, worauf dieser sich erhob und zu dem Kommissär herüberkam.

„Gestatten Sie – Jakob Rauch mein Name“, stellte er sich vor und machte eine Verbeugung. „Ich bin hier der Bürgermeister und Vorsteher der Ortspolizei. Wie ich höre, sind Sie der Kommissär Hartmann aus Darmstadt, der uns hier so kompetent unterstützt.“

Schwang da etwa Ironie mit? fragte sich Hartmann. Anscheinend nicht, denn der Bürgermeister fuhr beinahe unterwürfig fort: „Ich muss mich bei Ihnen aufs herzlichste bedanken und gleichzeitig entschuldigen. Schon letzte Woche wollte ich Sie unbedingt um ein Gespräch unter vier Augen bitten, aber die leidigen Amtsgeschäfte ... Sie wissen ja ...“ Er zwinkerte dem Kommissär vertraulich zu. Dann fragte er mit leiser Stimme: „Stimmt es, dass man den Richard Maus tot aufgefunden hat? Ermordet?“

Paul Hartmann nickte bestätigend.

„Schrecklich, schrecklich“, stöhnte Rauch. „Drei tote Müller innerhalb weniger Tage ...“

„Woher wollen Sie wissen, ob Heinrich Schäfer tot ist? Bis jetzt hat man keine Leiche gefunden.“

„Aber das ist doch naheliegend. Wo soll er denn sein? Heiner Schäfer ist nicht einer, der einfach davonläuft. – Na ja, jedenfalls hoffe ich, dass Sie bald Erfolg haben und den Täter schnappen. Wissen Sie was? Kommen Sie doch morgen einfach mal in mein Büro, wenn Sie Zeit haben. Dort können wir uns ungestört unterhalten. Die Amtsgeschäfte müssen halt warten. Schönen Abend, Herr Kommissär.“

Noch einmal verbeugte sich der Bürgermeister, bevor er an seinen Tisch zurückging und das intensive Gespräch mit Gärtner fortsetzte. Soweit Hartmann verstehen konnte, ging es um Wahlkampfstrategien.

Günther Dauborn kam an den Tisch des Kriminalbeamten: „Was darf es sein, Herr Kommissär?“

„Herr Wirt, bringen Sie mir doch bitte ein Glas von Ihrem selbst gekelterten Apfelwein. Und eine Portion von Ihrem berühmten Handkäs’.“

„Gerne. Mit Musik?“

„Wie bitte? Nein, ein Orchester brauchen Sie für mich nicht zu bestellen“, antwortete Hartmann leicht irritiert.

Dauborn grinste. „Ich meinte: mit Essig, Öl und reichlich Zwiebeln. Wir sagen *Musik* dazu; wegen der Geräusche bei der Verdauung, Sie verstehen?“

„Ach so“, lachte Hartmann. „Nun, ich schlafe ja heute Nacht alleine. Also mit Musik.“

Nachdem dies so weit geklärt war, verkündete der Wirt beiläufig: „Übrigens, zu dem Richard Maus ist mir ist noch etwas eingefallen. Ich hab das ja damals nicht ernst genommen. Aber jetzt, wo er tot ist ...“

„Erzählen Sie, aber bitte der Reihe nach“, bat der Kommissär.

„Also – vor drei Wochen ungefähr stand etwas in der Zeitung von einem hohen Beamten, der sich aus der Staatskasse bedient und außerdem Bestechungsgelder kassiert hatte. Ich habe mit dem Richard darüber gesprochen und gesagt: ‚Bei uns in Ginsheim wäre so was undenkbar. Hier gibt es nur ehrliche Leute.‘ Der Richard hat gelacht und gemeint: ‚Da täuschst du dich aber gewaltig, Günther. Ich habe Beweise, die eine Respektsperson aus diesem Ort für Jahre hinter Gitter bringen könnten.‘ Natürlich dachte ich, dass er wieder mal bloß angeben wollte, und um ihn ein bisschen herauszufordern, habe ich ihn gefragt: ‚Wo sind sie denn, deine Beweise? Zeig sie mir doch mal!‘ Da hat er wieder gelacht und gesagt: ‚Hältst du mich für blöd, Günther? Die Beweise sind gut versteckt – an einem Ort, wo keiner so leicht drankommt. Aber eines Tages bringe ich sie an die Öffentlichkeit, und dann werden sich einige wundern.‘ – Wie gesagt, ich hielt das alles nur für leeres Geschwätz.“

„Vielleicht war es diesmal kein Geschwätz“, erwiderte Hartmann nachdenklich. Wenn Maus wirklich etwas in seinem Besitz hatte, was einen angesehenen Bürger schwer belastete, dann war dies möglicherweise sein Todesurteil.

„Versteckt an einem Ort, wo keiner so leicht drankommt", wiederholte er langsam. „Na klar – er hat seine Schiffsmühle gemeint! Eine Mühle ist für fremde Besucher tabu und bietet tausend Möglichkeiten, etwas zu verstecken. Gut, dass Sie mir das erzählt haben, Herr Dauborn. Wir werden gleich morgen früh die Maus'sche Schiffsmühle genauestens durchsuchen." Und zwar etwas gründlicher als letzte Woche die Nachbarmühle, fügte er im Stillen hinzu.

„Hat Ihnen der Handkäs' geschmeckt, Herr Kommissär?", fragte Günther Dauborn, als er den Teller abräumte.

„Wie? Ja, danke, sehr gut sogar", log Hartmann.

Die Wahrheit war: Er wusste es nicht. Er konnte sich nicht mehr an den Geschmack erinnern. So sehr war er in seinen Gedanken gefangen, dass er gar nicht wahrnahm, was er dabei aß und trank. Dieser vertrackte Fall brachte ihn an die Grenzen des Wahnsinns. Er hatte das Gefühl, der Lösung ganz nahe zu sein, und doch fehlte ihm der Schlüssel, der die Tür zur Erkenntnis öffnen konnte.

„Noch einen Apfelwein?", schlug der Wirt vor.

„Ja, bitte", orderte sein Gast zerstreut.

Einen Tag noch hatte ihm der Oberstaatsanwalt zugestanden, um die Sache zum Abschluss zu bringen. Vierundzwanzig Stunden, die er nutzen wollte. Er versuchte, die Aufgaben für den morgigen Tag zu sortieren. Zum Durchsuchen der Schiffsmühle mussten sie Verstärkung von der Gendarmerie in Groß-Gerau anfordern, sonst würde es zu lange dauern. Er selbst würde zusammen mit dem Polizeidiener Penk noch einmal alle Müller, sofern sie noch am Leben waren, einzeln in die Zange nehmen. Auch die Familienangehörigen. Und die Mühlburschen. Er war sich inzwischen sicher, dass das Motiv für die Morde irgendwo im fremden, abgeschlossenen Universum der Müllerzunft zu finden war. Konkurrenzkampf, Geldprobleme, Neid, Eifersucht – alles war denkbar. Warum war die Tochter des Müllers Schäfer so wütend auf den Müller Maus, dass sie ihn umbringen wollte?

„Zum Wohl!" Der Wirte brachte ein frisches Glas Apfelwein, und Hartmann nahm einen tiefen Schluck. Er sah sich im Raum um und merkte, dass er inzwischen der einzige Gast in der kleinen Stube war. Der Bürgermeister und der Dammwärter hatten offenbar schon vor einer Weile das Lokal verlassen, ohne dass er es registriert hätte.

Wieder schweiften seine Gedanken ab. Sein Blick fiel auf eine gerahmte Urkunde, die an der Wand gegenüber hing. Automatisch las er den Text, ohne wirklich aufzunehmen, was da geschrieben stand:

Günther Adam Dauborn erhält die Erlaubnis, im Anwesen Frankfurter Straße 7 in Ginsheim eine Gastwirtschaft zu betreiben, dortselbst Apfelwein zu keltern und auszuschenken. Groß-Gerau, den 14. April 1892.

Darunter ein Stempel und die Unterschrift des Landrats.

Paul Hartmanns Blick blieb an dem Stempel hängen. Plötzlich spürte er ein seltsames Kribbeln unter seinen Haarwurzeln. Die Synapsen in seinem Hirn feuerten wie wild und verknüpften sich in Sekundenschnelle zu einer logischen Kette. Zu der einzig möglichen, unumstößlichen, endgültigen Erklärung.

Der Stempel ... Das Fragment eines Stempels auf dem Papierfetzen, den Frau Guthmann gefunden hatte ... Der Stempel auf dem Haftbefehl vom Rheinschifffahrtsgericht ... Der Bote, der den Haftbefehl gebracht hatte ...

Mit einem Satz sprang er auf. Das gerippte Glas mit dem Apfelwein ging klirrend zu Bruch. Günther Dauborn schreckte hinter seinem Tresen hoch und suchte nach einem Wischlappen.

Paul Hartmann war schon an der Tür, als er sich noch mal umdrehte und den verdutzten Wirt anschrie: „Wo wohnt der Polizeidiener Penk?"

„In der Gartenstraße, gleich um die Ecke. Das kleine Haus mit den grünen Fensterläden. Aber wollen Sie nicht erst Ihren Apfelwein ..."

Doch der Gast war schon draußen.

Gemächlich sammelte Dauborn die Glasscherben ein und wischte den Tisch ab. Er hatte es aufgegeben, sich über den Kommissär zu wundern.

Im Schutz der Dunkelheit überquerte Ludwig Gärtner in seinem Nachen den Altrhein und bog in den Mühlkanal ein. Er war auf eine lange Nacht vorbereitet, denn eines war klar: Er musste die Beweise finden, die Richard Maus aus seinem Büro gestohlen und offenbar in seiner Mühle versteckt hatte, bevor sie der Polizei in die Hände fielen.

Der Dammwärter stieß ein halblautes, höhnisches Lachen aus. Der vertrottelte Kommissär selbst hatte ihn mit der Nase drauf gestoßen, wo er suchen musste. Da hätte er ja auch alleine drauf kommen können. Aber solange die Polizei nach Maus fahndete, fühlte er sich sicher. Er hatte auch nicht damit gerechnet, dass die Leiche so schnell wieder auftauchen würde.

Wieder musste er lachen. Hartmann hatte ihm gestern sogar höchstpersönlich dabei geholfen, die Steine zu verladen, mit denen er den Leichnam beschweren wollte. Wie hätte der Polizist auch ahnen können, dass bereits zu diesem Zeitpunkt der mausetote Maus, versteckt unter der Persenning, direkt vor ihm im Boot lag?

Die groteske Situation hatte ihm, dem leidenschaftlichen Spieler, ein diebisches Vergnügen bereitet. Volles Risiko eingehen, um dann als Sieger dazustehen – das war es, was ihn immer wieder reizte.

Später, nachdem sie mit dem Kapitän verhandelt hatten, war Gärtner mit seiner Jolle auf den Rhein hinausgefahren. Er hatte die Steine zusammen mit der Leiche in die Persenning gepackt und alles gut verschnürt. Mit einiger Mühe hatte er das schwere Paket über Bord gewuchtet und zugesehen, wie es sofort in der Tiefe versank. Er war sich sicher, dass Maus nie wieder auftauchen würde. Doch der Rhein war tückisch, die Kraft des Stromes unberechenbar – das hätte er wissen müssen. Manchmal verschlang er seine Opfer für immer, manchmal spie er sie unerwartet an anderer Stelle wieder aus.

Richard Maus, dieser lächerliche, aufgeblasene Wichtigtuer, hatte doch tatsächlich geglaubt, ihn, Ludwig Gärtner, erpressen zu können. Der Kerl war in seiner maßlosen Gier so verblendet, dass er nicht einmal misstrauisch wurde, als sie zusammen in die Lagerhalle gingen, wo Gärtner angeblich sein Geld versteckt hatte. Selbst als er sich bückte, um den schweren Vorschlaghammer aufzunehmen, stand der Müller immer noch erwartungsvoll lauernd neben ihm. Erst im allerletzten Moment, als er herumwirbelte und zum tödlichen Schlag ausholte, flackerte für den Bruchteil einer Sekunde in den Augen des Anderen die schreckliche Erkenntnis über sein Schicksal auf. Doch es war zu spät. Es gab ein hässliches Krachen, als die Schädeldecke zersplitterte. Blut und weißliche Gehirnmasse spritzten umher, und dann hatte Richard Maus sein erbärmliches Leben auch schon ausgehaucht.

Wilhelm Penk hatte gerade sein Nachthemd angezogen, als er von draußen lautes Rufen hörte und jemand wie ein Berserker an seine Haustür hämmerte. Er öffnete das Schlafzimmerfenster und schaute hinunter auf die Straße.

„Herr Kommissär, sind Sie das? Was ist denn passiert?"

„Schnell, Penk, ziehen Sie sich an und kommen Sie herunter. Ich weiß jetzt, wer unser Mörder ist!"

Der Ortspolizist ahnte, dass dies nicht der Moment war, um Fragen zu stellen. Seine Frau half ihm in die Uniform. In der Eile knöpfte er die Jacke schräg zu.

An der Haustür merkte er, dass er seinen Säbel vergessen hatte. Er zögerte einen Moment. Sei's drum, dachte er. In der Dunkelheit wird es keiner merken. Er trat hinaus.

„Kommen Sie, Penk", sagte Hartmann. „Wir dürfen keine Zeit verlieren." Und schon lief er los. Wilhelm Penk hatte einige Mühe, Schritt zu halten.

Ludwig Gärtner hatte das Ende des Mühlkanals erreicht. Vor ihm ragten die dunklen Umrisse zweier Schiffsmühlen in den Nachthimmel. Hinter den Fenstern der vorderen Mühle schimmerte ein schwaches Licht. Dort war man offensichtlich bei der Arbeit. Er musste vorsichtig sein.

Unwillkürlich musste er daran denken, wie er vor acht Tagen, an jenem brütend heißen Nachmittag, dieser Schiffsmühle einen Besuch abgestattet hatte. Er hatte einen amtlichen Bescheid mitgebracht, der das Aus für Fischer und Schrepfer bedeutet hätte. Fritz Fischer, den er alleine antraf, war natürlich erst einmal geschockt. Danach hatte der Dammwärter seinen Köder ausgelegt. Er hatte sich eine glaubhafte Geschichte zurechtgelegt – von einem bestechlichen Amtsrichter, der für ein paar Hunderter bereit wäre, die Akte einfach verschwinden zu lassen. In dem Handel würde er, Gärtner, als Vermittler auftreten und das Geld übergeben. Natürlich hatte er vor, es für sich zu behalten.

Er hatte ja nicht ahnen können, dass auf dieser Mühle nichts mehr zu holen war, weil die Müller sowieso finanziell am Ende waren. Schlimmer noch – der streitbare Fischer hatte vor seinen Augen die amtliche Verfügung wütend zerrissen und angekündigt, dass er persönlich bei der Behörde vorsprechen und für sein Recht kämpfen wolle. Davon ließ er sich auch nicht mehr abbringen. Der Dammwärter konnte das natürlich auf keinen Fall zulassen. Da hatte er ihn im Streit ein wenig geschubst, und Fischer war in das Getriebe des Mahlstuhls gefallen. Im Grunde war es ein Unfall. Aber wer hätte ihm das geglaubt?

Eng wurde es für ihn, als die beiden Mühlburschen von nebenan auf das Geschehen aufmerksam wurden und kurz darauf zu ihm herüber kamen. Er konnte gerade noch das zerrissene Papier vom Boden aufklauben und sich in der Müllerstube verstecken. Dort stand er und hielt den Atem an, bis die beiden endlich davonliefen, um Hilfe zu holen. Die Gelegenheit hatte er genutzt, um mit seinem Nachen unbeobachtet zu entkommen. Wieder hatte er Glück: Zufällig kam gerade ein talwärts fahrender Schleppzug vorbei. Er steuerte einen der Schleppkähne an, zeigte seine Dienstmarke und fand gerade noch rechtzeitig im Führerhaus des Schiffes Schutz, bevor das Unwetter losbrach.

Als der Schleppverbund auf der Höhe von Mainz angekommen war, hatte das Gewitter schon wieder aufgehört. Er hatte seinen Nachen losgemacht und war zum Kasteler Ufer gerudert. Die verräterischen Papierfetzen warf er unterwegs in den Rhein.

In Kastel hatte er den nächsten Zug nach Wiesbaden bestiegen, um seine Olga zu besuchen. Sie hatten eine unglaubliche Nacht zusammen.

„Wo gehen wir eigentlich hin, Herr Kommissär?", japste der Polizeidiener. Endlich hatte er sich getraut, nach dem Sinn des nächtlichen Fußmarsches zu fragen.

„Zum Haus des Dammwärters. Ich muss ihm eine alles entscheidende Frage stellen."

Als sie ihr Ziel erreicht hatten, hämmerte Hartmann erneut wie wild an eine verschlossene Tür und versuchte, sich durch lautes Rufen bemerkbar zu machen. Nach einer Weile öffnete sich im Obergeschoss ein Fenster, aus dem der verschlafene Erich Kellmann herausschaute.

„Erich, wir müssen dringend deinen Chef sprechen", rief Penk hinauf. „Kannst du ihn holen?"

„Moment." Das Fenster schloss sich wieder. Es dauerte eine kleine Ewigkeit, bis der Gehilfe des Dammwärters schließlich unten an der Tür erschien.

„Der Chef ist nicht da", bedauerte er. „Vielleicht ist er zum Dämmerschoppen in die *Eiche* gegangen."

„Da komme ich gerade her", entgegnete der Kommissär. „Gärtner war dort, hat aber das Lokal schon vor einiger Zeit verlassen."

Der Assistent überlegte. „Manchmal bleibt er auch die ganze Nacht über in Wiesbaden", fiel ihm ein.

Hartmann schüttelte den Kopf. „Ich glaube, ich weiß, wo wir ihn finden. Schnell, Kellmann, holen Sie ein paar Laternen und kommen Sie mit. Wir müssen rüber zu den Schiffsmühlen!"

Lautlos machte der Dammwärter seinen Nachen an der Flussseite der Maus'schen Mühle fest und zündete das mitgebrachte Windlicht an. Vorsichtig stieg er an Deck. Das marode Türschloss war kein ernsthaftes Hindernis für ihn. Nach kurzer Zeit stand er im Innern der verlassenen Schiffsmühle und versuchte, sich zu orientieren.

Spontan entschied er, seine Suche ganz oben unter dem Dach zu beginnen und sich von dort aus systematisch nach unten voranzuarbeiten. Er stieg die schmale Treppe hinauf bis zum Getreideboden und leuchtete den kleinen Raum aus.

Ein paar halbvolle Maltersäcke standen da rum, eine alte Waage und eine Sackkarre. Gärtner leuchtete in alle Ecken, öffnete jeden einzelnen Sack und griff hinein. Nichts.

Im nächsten Moment gefror ihm das Blut in den Adern. Jemand fasste an sein linkes Hosenbein und zog heftig daran. Mit einem unterdrückten Schrei kickte er sich frei. Quiekend ließ die fette Ratte von ihm ab und verschwand blitzschnell hinter einer Bretterwand.

Seine Hände zitterten. Jetzt nur die Nerven bewahren, sagte er sich. Es kann dir nichts passieren. Die Sterne stehen günstig für dich.

Er richtete seine Laterne nach oben in den Dachfirst. Da – eingeklemmt unter einem Dachsparren entdeckte er ein kleines verschnürtes Päckchen. War das möglich? War er so schnell fündig geworden? Unglaublich!

Wieder stieß er ein Lachen aus – ein heiseres, irres Gelächter. Ja, ja, ja – zurzeit hatte er wirklich eine Glückssträhne! Niemand konnte ihm etwas anhaben. Er war unbesiegbar!

Aber wie sollte er an das Päckchen herankommen? Erneut leuchtete er die Umgebung ab und entdeckte unter den Treppenstufen eine Leiter. Na bitte!

Er stellte das Windlicht auf das Geländer, um beide Hände frei zu haben. Aber etwas ging schief. Als er die Leiter anstellen wollte – vielleicht etwas zu hastig und zu unvorsichtig – wischte er mit dem unteren Holmen die Laterne von der Brüstung. Glas splitterte, und auf einen Schlag war es stockdunkel in der Mühle.

Leise fluchend tastete sich der Dammwärter bis an das Geländer heran und schaute hinunter. Direkt unter ihm, im geöffneten Kasten des Sechskantsichters, sah er das Windlicht. Der

Glaszylinder war zerbrochen, aber die Lampe brannte noch. Langsam und vorsichtig stieg er die Treppe wieder hinab.

In dem Moment, als er sich über den Kasten beugte, um das Windlicht herauszufischen, traf ihn ein greller Blitz. Der Mehlstaub in den Siebrahmen hatte sich an der offenen Flamme entzündet und war mit einem Schlag verpufft. Die Wucht der Explosion warf ihn zurück; er stieß mit dem Kopf gegen einen Balken und verlor das Bewusstsein.

Der Nachen des Dammwärters lag nicht an seinem Platz, wie Paul Hartmann schon vermutet hatte. Die drei Männer hasteten weiter am Altrheinufer entlang und bestiegen das erstbeste Boot, das sie finden konnten.

Erich Kellmann legte sich in die Riemen. Über den hohen Bäumen auf der anderen Seite des Altrheins erhellte ein seltsames gelbrotes Flackern den Nachthimmel.

„Was hat das zu bedeuten?", fragte der Polizeidiener ängstlich.

„Ich fürchte, wir kommen zu spät", murmelte der Kommissär.

Allmählich kam er wieder zu sich. Verwundert stellte er fest, dass die Mühle auf einmal hell erleuchtet war. Dann wurde ihm klar, dass das Licht von den Flammen herrührte, die inzwischen den gesamten Sechskantsichter und das Gebälk um ihn herum erfasst hatten.

Umso besser, dachte Gärtner, als er sich benommen aufrichtete. Sollte der alte Kahn doch einfach abfackeln! Dann waren alle Beweise gegen ihn endgültig vernichtet. Jetzt nur schnell raus aus dem brennenden Schiff und zurück in das Boot!

Doch zu seinem Schrecken musste er feststellen, dass ihm das Feuer den Weg zum Ausgang versperrte.

Ich muss wieder nach oben, durchfuhr es ihn. Ich muss durch eines der Fenster kriechen, um rasch ins Freie zu gelangen.

Er erreichte die Treppe und stieg hinauf. Der Qualm und die Hitze wurden immer stärker, je höher er kam. Er rang nach Luft, hustete und keuchte. Endlich stand er vor einem Fenster, das gerade groß genug war, um sich hindurchzuzwängen.

In höchster Not riss er das Fenster auf. Das war ein entscheidender Fehler.

Der glühende Sog, der jetzt über ihn hinwegfegte, versengte im Nu seine Haare. Der dicke Qualm biss in seine Augen, sodass er nichts mehr sehen konnte. Er taumelte zurück, hustend, röchelnd und verzweifelt nach Atem ringend.

In diesem Augenblick ereignete sich direkt neben ihm die zweite, noch heftigere Explosion. Das Feuer hatte inzwischen die langen Filterschläuche der Absaugeinrichtung erreicht. Mit einer gewaltigen Stichflamme verpuffte der darin angesammelte Mehlstaub.

Jetzt stand er mitten im Inferno. Er merkte, dass auch seine Kleidung Feuer gefangen hatte. Die Schmerzen am ganzen Körper waren unerträglich. Noch einmal gelang es ihm, seine Lungen mit glühend heißer Luft zu füllen und sie mit einem tierischen, gellenden Schrei wieder entweichen zu lassen. In Panik rannte er los, ohne Orientierung, in einem letzten, verzweifelten Versuch, dem Feuer zu entrinnen. Aber die Flammen waren überall. Er stolperte, fiel zu Boden. Jetzt konnte er nicht mehr schreien – nur noch röcheln. Er erlebte, noch immer bei Bewusstsein, wie seine Haut und sein Fleisch unter unvorstellbaren Qualen langsam verschmorten. Irgendwann blieb sein Herz stehen, und sein Gehirn verdampfte.

Siegfried und Kurt verbrachten die erste Nacht alleine in der Mühle ihres neuen Meisters, nachdem Philipp Schrepfer sie gründlich eingewiesen hatte.

„Du, Kurt", sagte Siegfried, während er am Walzenstuhl hantierte, „schau mal zum Fenster. Ich glaube, nebenan brennt Licht. Ist denn der Meister Maus wieder zurückgekommen?"

Tatsächlich, hinter den Scheiben flackerte ein gelbliches Licht. Kurt erschrak: „Das ist kein normales Licht. Das ist Feuer! Los, komm mit an Deck!"

Fassungslos starrten die beiden Mühlburschen auf das Schauspiel, das sich ihnen bot. Das Mühlenschiff, auf dem sie bis vor wenigen Tagen gearbeitet hatten, stand in hellen Flammen.

Eine Stichflamme schoss aus dem Dachstuhl; dann drang ein gellender Schrei zu ihnen herüber. Diesen Schrei kannten sie. Seit einer Woche wussten sie, wie ein Mensch in Todesangst schreit.

Hinter einem der Fenster bewegte sich etwas. Eine menschliche Gestalt war zu erkennen – eine lebende Fackel. Sie bewegte sich zum nächsten Fenster, zum übernächsten – dann war sie verschwunden.

„Um Himmels Willen", flüsterte Siegfried. „Da ist ja noch einer drin ..."

Funken flogen herüber, der Rauch nebelte sie ein. Kurt löste sich endlich aus der Erstarrung.

„Schnell, die Axt!", schrie er. „Die Mühle ist nicht mehr zu retten, und der da drin auch nicht. Wir müssen die Trossen kappen, sonst greifen die Flammen auf unser Schiff über!"

In wenigen Sekunden brachte Siegfried das Werkzeug. Während Kurt wie ein Wilder auf die Taue eindrosch, die die beiden Schiffe verbanden, sprang sein Kollege, ohne lange zu überlegen, über den Verbindungssteg auf das Vorschiff nebenan, das bisher von den Flammen verschont geblieben war.

Siegfried fummelte an der Ankerwinde, fand die Sperrklinke und löste sie. Endlich – ganz langsam driftete der Bug des brennenden Mühlenschiffes zur Flussmitte hin. Erst jetzt spürte der Junge die enorme Hitze und den Rauch. Ein heftiger Hustenanfall schüttelte ihn. Nichts wie weg hier! Er wandte sich um und wollte auf dem gleichen Weg zurück, als der ehemalige Verbindungssteg abriss und klatschend ins Wasser fiel. Der Rückweg war ihm abgeschnitten. Siegfried blieb, vor Schreck gelähmt, an der Bordwand stehen, während die Flammen immer näher kamen.

„Spring!", schrie Kurt auf der anderen Seite. Siegfried sprang.

Mit ein paar kräftigen Stößen schwamm er zu seiner Mühle zurück. Kurt half ihm an Deck.

Völlig entgeistert sahen die Burschen zu, wie sich das lodernde Wrack weiter drehte und langsam flussabwärts trieb. Wie angewurzelt standen sie da, bis sie kapierten, dass ihr eigenes Schiff außer Gefahr war. Dann fielen sie sich in die Arme und heulten alle beide wie die Schlosshunde.

Auch Karl Volz, der die Nachtschicht auf seiner Mühle übernommen hatte, bemerkte das fremdartige Flackerlicht draußen über dem Rhein. Er lief an Deck und traute seinen Augen nicht.

Vor zwei Wochen hatte er von dieser Stelle aus mit ansehen müssen, wie ein riesiger Koloss aus Eisen direkt auf die Schiffsmühle zukam und beinahe mit ihr kollidiert wäre. Jetzt bewegte sich auf dem gleichen Kurs eine gewaltige Feuerwalze auf ihn zu. Wieder spürte er das Gefühl totaler Machtlosigkeit. Er hatte keine Chance, das drohende Unheil abzuwenden, und war dazu verdammt, sich als hilfloser Zuschauer in sein Schicksal zu ergeben.

Dann fiel ihm ein, dass er doch etwas tun konnte. Er hastete ins Innere des Schiffes zurück und schloss die Tür hinter sich. Anschließend kontrollierte er, ob sämtliche Fenster und Luken dicht verschlossen waren. Keine Lücke durfte bleiben, durch die umherfliegende Funken ins Mühlenhaus geraten konnten.

Er war noch nicht ganz fertig, als ein heftiger Ruck durch das Schiff ging, der ihn um ein Haar zu Boden geworfen hätte. Er rannte zur Steuerbordseite und schaute durchs Fenster. Das brennende Wrack war mit dem Heck gegen den Stahlrahmen des Wasserrades gestoßen und hing dort fest. Flammen züngelten herüber, doch zum Glück fanden sie in den nassen Radschaufeln keine Nahrung.

„Verschwinde!", brüllte er, so laut er konnte – obwohl er wusste, dass es sinnlos war. „Hau ab, du Krüppel!"

Und doch schien sein Geschrei etwas zu bewirken, denn kurz darauf gab es einen zweiten Ruck. Ganz langsam drehte die Feuerwalze nach rechts, löste sich von seinem Schiff und trieb davon. Erst mit einigem Abstand erkannte Volz, was ihn da beinahe vernichtet hätte: Die einstige Mühle von Richard Maus stand in hellen Flammen. Und noch etwas war zu sehen: Unterhalb der lichterloh brennenden Bordwand war ein kleines Boot befestigt.

„Großer Gott!", flüsterte Volz. „Das ist ja der Nachen des Dammwärters!"

Die gewaltige Feuersäule schwamm weiter und weiter durch die Nacht[23], wie ein leuchtendes Fanal einer zu Ende gehenden Epoche. Volz sah ihr lange nach und hatte Tränen in den Augen. Nach der Erleichterung, dass es für die eigene Mühle gerade noch mal gut gegangen war, kam eine tiefe Traurigkeit über ihn. Wieder eine weniger, dachte er.

An Weisenau trieb sie vorbei, ohne dass jemand von dem ungewöhnlichen Schauspiel Notiz genommen hätte. Die braven Bürger in diesem Ort waren längst in seligen Schlummer gefallen.

An der Mainzer Eisenbahnbrücke schließlich stieß das Wrack, schon mit erheblicher Schlagseite, gegen einen Brückenpfeiler und kenterte. Der Mahlstuhl mit dem schweren Getriebe versank sofort in der Tiefe. Das Mühlenhaus jedoch zerbrach in mehrere Teile, die hintereinander, und noch immer lichterloh brennend, ihre Reise fortsetzten. Wie ein feuriger Lindwurm bewegten sich die lodernden Reste der einst so stolzen Schiffsmühle am Mainzer Ufer entlang.

Beim Holztor erblickte sie ein später Zecher auf seinem Heimweg. Er rieb sich mehrfach die Augen. Dann krakeelte er los: „Tut Buße, Leute! Das Ende der Zeit ist gekommen! Der Rhein steht in Flammen! Tut Buße!"

Hinter der Straßenbrücke schließlich, genau an der Stelle, wo die Maus'sche Mühle einst ihren ursprünglichen Liegeplatz hatte, verlöschten zischend und gurgelnd die letzten Flammen. Die Rauchschwaden über dem Wasser waren bald verweht. Ein paar verkohlte Balken trieben vorbei und verschwanden.

Dunkel war es auf dem Rhein, und totenstill.

---

[23] *Die Schilderung ist einem im Juli 1880 erschienenen (und im Heimatmuseum Ginsheim dokumentierten) Zeitungsartikel entlehnt, wonach damals tatsächlich eine brennende Schiffsmühle von Ginsheim bis nach Mainz trieb; vgl.* Anzeigeblatt 1880.

Mittwoch, 14. September 1898

Ein niedergeschlagener und blasser Kriminalkommissär betrat an diesem Morgen die Ginsheimer Polizeiwache. Die Ereignisse der letzten Nacht hatten bei ihm deutliche Spuren hinterlassen.

Auch Wilhelm Penk war der Schrecken in die Glieder gefahren, als er die lichterloh brennende Schiffsmühle davonschwimmen sah. Der Schrecken steigerte sich zum Entsetzen, nachdem er von Schrepfers Mühlburschen erfahren musste, dass ein Mensch in dem Schiff verbrannt war. Später stieß noch Karl Volz hinzu, ebenfalls sichtlich erschüttert, und bestätigte, dass er den Nachen des Dammwärters am brennenden Wrack gesehen hatte.

Paul Hartmann aber erweckte den Anschein, als würde er sich persönlich die Schuld an den Vorkommnissen geben. „Ich habe versagt, Penk", sagte er düster. „Wir waren zu spät."

„Aber Herr Kommissär", versuchte ihn der Polizeidiener zu beruhigen. „Das konnte doch niemand vorhersehen!"

„Doch, Penk. Ich hätte es verhindern können. Gestern, als der Dammwärter hier war, um den Haftbefehl zu übergeben, hätte ich ihm nur eine einzige Frage stellen müssen. Eine einzige, simple Frage – und wenn er die nicht zufriedenstellend beantwortet hätte, hätten wir ihn festnehmen können."

„Wie sind Sie denn überhaupt auf Ludwig Gärtner gekommen?", wollte der Gendarm wissen.

„Falsche Frage, Mathes. Richtig wäre: Warum haben Sie so lange gebraucht, um auf Gärtner zu kommen? Oh, ich war blind!"

Der Kommissär riss sich zusammen. Schließlich war er den beiden Polizisten eine Erklärung schuldig.

„Schauen Sie, Mathes – am Montag, als uns Frau Guthmann den Papierfetzen zeigte, den sie beim Putzen gefunden hatte, war ich sicher, dass wir den Schlüssel für den Mord an Friedrich Fischer in den Händen hielten. Damit lag ich sogar richtig, wie Sie gleich sehen werden. Aber dann habe ich mich verrannt."

Er seufzte. „Das Papier kam zweifellos von einem Gericht und war höchstens ein paar Tage alt. Meine Hypothese war, dass es eine gerichtliche Auseinandersetzung zwischen Fischer und seinem Mörder gegeben habe. In dieser Sache war offensichtlich in den ersten Septembertagen ein richterlicher Bescheid ergangen, und deswegen erschien Fischers Kontrahent am vorletzten Montag auf der Schiffsmühle des Opfers. Dabei kam es zu einem Streit, und Friedrich Fischer wurde ins Getriebe seines Mahlstuhls gestoßen."

Sowohl Penk als auch Mathes nickten langsam. Ja, so könnte es gewesen sein.

Hartmann fuhr fort: „Als sich dann herausstellte, dass weder beim Amtsgericht noch bei einer höheren Instanz ein Vorgang bekannt war, der den Müller Friedrich Fischer betroffen hätte, wurde ich unsicher. Und als wir später erfahren mussten, dass unser Hauptverdächtiger Maus, zweifellos ein Mann mit kriminellen Neigungen, selbst zum Opfer geworden war, war ich völlig ratlos. Dabei war alles so einfach."

Der Kommissär öffnete die Schublade an dem langen Tisch vor ihm und entnahm ihr den Zettel, den Frau Guthmann gebracht hatte. Dann holte er den Haftbefehl vom Rheinschifffahrtsgericht aus dem Postkorb und legte ihn daneben. Mit seiner Lupe inspizierte er beide Papiere lange und gründlich.

„Es ist ohne Zweifel der gleiche Stempel", stellte er fest und reichte die Lupe weiter, damit sich auch seine Zuhörer davon überzeugen konnten. „Sehen Sie – der oberste Streifen am Schwanz des hessischen Löwen ist nicht ganz durchgängig, sondern in der Mitte unterbrochen."

„Das heißt also", nahm er den Faden wieder auf, „der gerichtliche Bescheid, von dem wir nur dieses Fragment haben, stammt von keinem Amtsgericht oder Landgericht, sondern vom Rheinschifffahrtsgericht! Dass ich da nicht eher drauf gekommen bin, kann ich mir einfach nicht verzeihen. Die einzige Entschuldigung, die ich vielleicht vorbringen könnte, ist die Tatsache, dass wir in Darmstadt bisher noch nie mit diesem Gericht zu tun hatten – obwohl ich natürlich von dessen Existenz weiß. Aber spätestens beim Eingang des Haftbefehls hätte der Groschen fallen müssen!"

Penk und Mathes sahen sich betreten an. Von den beiden hatte auch keiner an diese Möglichkeit gedacht, obwohl sie eigentlich – im wahrsten Sinne des Wortes – naheliegend war.

„Das ändert natürlich die Sachlage grundlegend", erläuterte der Kommissär. „Das Rheinschifffahrtsgericht befasst sich im Allgemeinen nicht mit Streitigkeiten zwischen Zivilpersonen. Dieses Gericht ist in erster Linie für den reibungslosen Ablauf des Verkehrs auf dem Rhein zuständig und erlässt von sich aus Anordnungen und Verfügungen für alles, was auf dem Fluss schwimmt – Schiffe, Flöße und natürlich auch Schiffsmühlen. Und um eine solche ging es ja in diesem Bescheid, wie der Wortfetzen …*fsmühle* hier beweist. Mit anderen Worten: Wir müssen keinen Kontrahenten in einem Rechtsstreit mit Fischer suchen – es gibt ihn nicht! Bei dem Papier handelt es sich um eine einseitige Verfügung des Rheinschifffahrtsgerichts, betreffend die Schiffsmühle von Fischer und Schrepfer."

„Dieser Bescheid hat also gar nichts mit dem Tod von Friedrich Fischer zu tun?", fragte der Polizeidiener.

„O doch, Penk! Die entscheidende Frage ist nämlich: Warum, wann und vor allem durch wen kam das Dokument in die Schiffsmühle?"

Die beiden Polizisten hingen jetzt wie gebannt an den Lippen des Kriminalisten.

„Natürlich hätte Fischer selbst den Bescheid auf seine Mühle mitnehmen können", führte Hartmann aus. „Allerdings hätte er dann spätestens am Samstag vor seinem Tod im Besitz des Schreibens sein müssen, denn am Montag ist er in aller Frühe zur Arbeit aufgebrochen. Er hätte es also zwei Tage lang bei sich aufbewahrt, ohne irgendjemandem davon zu erzählen – nicht einmal seiner Frau, nicht einmal seinem Kompagnon, obwohl es offenbar eine für den Betrieb der gemeinsamen Mühle wichtige Angelegenheit war. Und dann nimmt er das Schreiben heimlich mit in seine Mühle, um es dort zu zerreißen? Das passt nicht zu ihm. Das ergibt keinen Sinn."

„Also hat er den Bescheid erst am Montag erhalten, während er in seiner Schiffsmühle bei der Arbeit war", folgerte der Gendarm.

„Sehr gut, Mathes! Und höchstwahrscheinlich sogar erst am Nachmittag, nachdem Philipp Schrepfer die Mühle verlassen hatte. Denn hätte er ihn vorher bekommen, hätte er das sicher brühwarm seinem Partner erzählt – spontan und impulsiv, wie er war. Schrepfer aber wusste von nichts. – Nächste Frage: Wer hat ihm den Bescheid gebracht? Wie wir alle wissen, dürfen wichtige amtliche Verfügungen nicht einfach mit der Post verschickt werden – sie müssen vielmehr dem Betroffenen durch einen vom Absender legitimierten Beamten persönlich übergeben werden, der sich den Empfang quittieren lässt. Das kann zum Beispiel der Gerichtsbote sein – oder auch ein Beamter vor Ort, in dessen Zuständigkeit die betreffende Sache fällt."

„Ja, das stimmt. Ich selbst habe auch schon gelegentlich solche gerichtlichen Anordnungen zugestellt", bestätigte der Polizeidiener.

„Manchmal wird auch die Gendarmerie beauftragt, amtliche Dokumente zu befördern", ergänzte Mathes.

„Alles richtig, meine Herren. Ich gehe allerdings davon aus, dass Sie sich gemeldet hätten, wenn Sie in diesem speziellen Fall tätig geworden wären – oder?" Der Kommissär blinzelte den beiden Polizisten verschmitzt zu.

„Nehmen wir also einmal an", fuhr er fort, „ein Gerichtsbote – oder meinetwegen auch ein Gendarm aus Mainz – hätte den Auftrag bekommen, das Schreiben an einen der beiden Müller persönlich zu übergeben. Zu Hause trifft er sie nicht an. Er erfährt, dass Friedrich Fischer in seiner Mühle zu finden ist, und lässt sich den Weg dorthin beschreiben. Er bittet einen Ruderburschen oder einen Fischer, ihn hinüber zu der Schiffsmühle und wieder zurückzubringen. – Verstehen Sie, worauf ich hinaus will? Ein fremder Bote wäre auf jeden Fall aufgefallen. Frau Fischer oder Frau Schrepfer hätte uns bestimmt erzählt, dass jemand mit einem Gerichtsbeschluss da war. Der Ruderbursche oder der Fischer, der ihn über den Altrhein gebracht hätte, wäre zur Polizei gegangen, zumal eine Belohnung ausgesetzt war."
Das leuchtete den beiden Zuhörern unmittelbar ein.

„Folglich können wir davon ausgehen, dass der Bescheid von einer Person zugestellt wurde, die niemandem auffiel – weil es ganz selbstverständlich war, dass sie mit ihrem Nachen in der Nähe von Ginsheim unterwegs ist. Es war jemand, der wusste, dass er auf jeden Fall einen der beiden Müller bei der Arbeit antreffen würde. Ein örtlicher Beamter, in dessen Zuständigkeit die Schiffsmühlen fallen, und von dem wir wissen, dass er gelegentlich als Bote des Rheinschifffahrtgerichts fungiert – zum Beispiel, um einen Haftbefehl zu überbringen. Es war niemand anderes als Ludwig Gärtner, der hiesige Dammwärter. Er war der letzte Besucher auf der Mühle, der Fischer lebend gesehen hat!"

Paul Hartmann legte eine dramaturgische Pause ein, damit seine Zuhörer die Tragweite seiner Ausführungen nachvollziehen konnten.

„Das alles wurde mir schlagartig klar", sagte er dann, „als ich gestern Abend alleine in der Gastwirtschaft saß und zufällig auf einen Stempel schaute. Aber da war es zu spät. Ich konnte dem Dammwärter die entscheidende Frage nicht mehr stellen."

„Was wollten Sie ihn denn fragen?", erkundigte sich der Polizeidiener.

„Ich hätte ihn fragen müssen: Warum haben Sie uns verschwiegen, dass Sie dem Müller Friedrich Fischer an seinem Todestag ein amtliches Dokument vom Rheinschifffahrtsgericht zugestellt haben? – Nun, die ehrliche Antwort wäre gewesen: Weil ich ihn anschließend getötet habe und nicht wollte, dass die Polizei davon erfährt. Aber das hätte er natürlich nicht gesagt, sondern wahrscheinlich irgendwelche Ausflüchte vorgebracht. Wir hätten ihn trotzdem vorläufig festnehmen können."

Der Kommissär stieß einen tiefen Seufzer aus. „Der Wirt in der *Eiche* hat mir gestern Abend erzählt, dass Richard Maus angeblich belastendes Material gegen eine angesehene Ginsheimer Persönlichkeit versteckt habe. Zu dieser Zeit saß Gärtner noch am Tisch nebenan und konnte alles mit anhören. Und ich Idiot habe ihm noch den Hinweis gegeben, wo er suchen musste ... Kurz danach ist er wohl zu der Maus'schen Mühle aufgebrochen, weil er das Versteck unbedingt vor uns finden wollte. Damit hat er indirekt eingestanden, dass er selbst es war, der durch das Beweismaterial schwer belastet wurde. Wahrscheinlich hat Maus ihn damit erpresst, und deswegen hat er den Müller erschlagen."

„Und wie kam es dann zu dem Brand?", fragte der Gendarm.

„Wir werden es wohl nie erfahren, Mathes. Selbstmord halte ich für ausgeschlossen. Möglich, dass es vorsätzliche Brandstiftung war, um alle Beweise zu vernichten. Möglich auch, dass Gärtner unvorsichtig mit offenem Feuer hantiert hat und nicht mehr rechtzeitig ins Freie kam. So oder so – ich hätte es verhindern können. Ich hätte es verhindern müssen!"

„Quälen Sie sich nicht länger, Herr Kommissär", tröstete ihn der Polizeidiener. „Er hat seine gerechte Strafe bekommen."

Hartmann schüttelte nur traurig den Kopf. „Nein, Penk. Unsere Aufgabe wäre es gewesen, ihn der irdischen Gerechtigkeit zu übergeben. Jetzt werden wir nie mit letzter Gewissheit erfahren, was vorgefallen ist. Ich habe versagt", wiederholte er noch einmal.

Endlich gelang es ihm, die trüben Gedanken zu verscheuchen.

„Unsere Arbeit ist noch nicht zu Ende, meine Herren. Eigentlich fängt sie jetzt erst an. Wir müssen dem Dammwärter seine Verbrechen nachweisen, auch wenn er schon tot ist. Wir müssen hinter seine Motive kommen. Wir müssen herausfinden, in welcher Beziehung er zu Heinrich Schäfer stand, und was er mit dessen Verschwinden zu tun hat."

Hartmann stand auf und griff nach seinem unentbehrlichen Kriminalistenköfferchen. „Zunächst einmal werden wir die Dienststelle des Dammwärters einer gründlichen Untersuchung unterziehen. Dann möchte ich dem Rheinschifffahrtsgericht in Mainz einen Besuch abstatten. Ich will wissen, worum es in diesem ominösen Bescheid ging, der den Müllermeister Fischer so sehr erzürnte, dass er ihn zerrissen hat. Auf geht's!"

Die drei Polizisten waren gerade im Aufbruch, als an der Polizeistation eine geschlossene schwarze Kutsche mit vergitterten Fenstern vorfuhr. Die Gendarmen aus Mainz waren gekommen, um Alfred Köhler und Heinz Stieglitz abzuholen und ins Untersuchungsgefängnis zu bringen.

Während Penk und Mathes zur Arrestzelle hinunterstiegen, wechselte Oberwachtmeister Guldenthal ein paar Worte mit dem Kommissär.

„Wir wurden letzte Nacht alarmiert, weil eine brennende Schiffsmühle aus Ginsheim in Mainz angetrieben ist", berichtete der Gendarm. „Stimmt es, dass der hiesige Dammwärter dabei umgekommen ist?"

Hartmann nickte. „Der Brand steht im Zusammenhang mit den Morden, die hier passiert sind", sagte er. „Ich kann Ihnen das jetzt nicht alles erklären – es ist eine längere Geschichte. Die Untersuchungen sind auch noch nicht abgeschlossen, und morgen muss ich zurück nach Darmstadt. Es bleibt also wenig Zeit. Polizeidiener Penk wird Ihnen später ausführlich berichten. Sie könnten uns allerdings einen Gefallen tun."

„Gerne – wenn ich Ihnen helfen kann ..."

„Bitte avisieren Sie beim Rheinschifffahrtsgericht unseren Besuch für heute Nachmittag – Penk und ich brauchen ein paar wichtige Informationen. Anschließend möchten wir gerne noch bei der Wasserbauinspektion vorbeischauen und den Vorgesetzten des Dammwärters sprechen."

„Wird erledigt", versprach der Oberwachtmeister.

„Unglaublich! Dass er damit durchgekommen ist!" Kommissär Hartmann schlug mit der flachen Hand auf den Schreibtisch des Dammwärters. Vor ihm lagen das aufgeschlagene Kassabuch des laufenden Jahres und ein Ordner mit zahlreichen Belegen.

Zusammen mit Polizeidiener Penk war er dabei, die Akten und Unterlagen im Büro von Ludwig Gärtner zu sichten, während Gendarm Mathes, unterstützt durch Erich Kellmann, den Hof und die Nebengebäude inspizierte.

„Schauen Sie, Penk. Hier sind zwei Quittungsblocks mit Durchschlägen von gebührenpflichtigen Verwarnungen wegen Verstößen gegen die Rheinschifffahrtsordnung. Mal fünf Mark, mal zehn Mark – insgesamt zwanzig Verwarnungen im letzten halben Jahr. Aber nur sechs davon erscheinen im Kassabuch als Einnahmen. – Und hier: Eine Quittung vom Baron von Molsberg über 100 Mark für *4 Tage Aushilfe beim Instandsetzen des Sommerdamms – 2 Arbeiter und 2 Pferde*. Unter demselben Datum sind aber im Kassabuch 200 Mark auf der Sollseite eingetragen – für *8 Tage Aushilfe beim Instandsetzen des Sommerdamms*. Und so geht es munter weiter. Gärtner hat sich offenbar schamlos und systematisch aus der Amtskasse bedient. – Hier, das letzte Beispiel: Eine Quittung der Gemeindekasse Ginsheim über 80 Mark *Liegegebühr für* DS Concordia *im Altrheinhafen; 10 Tage à 8 Mark; bezahlt im Auftrag von Kapitän Kamies*. Und hier eine Quittung von Kamies selbst: *Rückzahlung der Kaution von 200 Mark; abzüglich Liegegebühr im Altrheinhafen: 160 Mark; verbleiben 40 Mark*. Der Gauner hat dem Kapitän glatt die doppelte Gebühr berechnet!"

Er klappte das Kassabuch zu. „Gärtner war auf seine Art ein gewissenhafter Beamter. Er hat alle Belege sorgfältig aufbewahrt, auch wenn sie ihn belasteten. Das Kassabuch vom letzten Jahr und die dazugehörigen Belege fehlen allerdings. Vermutlich sind das die *Beweise*, die Richard Maus in seinen Besitz gebracht hat, um den Dammwärter damit zu erpressen."

„Ich bin auch über etwas gestolpert." Der Polizeidiener hatte inzwischen die Kladde mit dem Etikett *Journal 1898* studiert, in die die täglichen Vorkommnisse eingetragen wurden.

„Hinweise für strafbare Handlungen finden sich zwar nicht", erklärte Penk. „Aber auf einer der letzten Seiten steht unter dem Datum von Mittwoch, dem 7. September: *Amtsgeschäfte an Hilfsdammwärter Kellmann übergeben. Ludwig Gärtner reist zu einer Schulung nach Koblenz*. Und ein paar Seiten weiter am Samstag, dem 10. September: *Ludwig Gärtner von Schulung zurück. Amtsgeschäfte wieder übernommen*. Jetzt fällt mir wieder ein, dass er mir von dieser Schulung erzählt hat. Er hat geheimnisvoll getan und angedeutet, die Maßnahme diene der Vorbereitung auf höhere Beamtenweihen.“

„Ja, und?“, fragte der Kommissär ungeduldig.

„Heinrich Schäfer ist am Morgen des 9. September spurlos verschwunden. Wenn Gärtner zu dieser Zeit in Koblenz war, kann er unmöglich etwas damit zu tun haben.“

Paul Hartmann blieb der Mund offen stehen. „Penk, Sie sind ja ein ... Alle Achtung! Gut, dass Ihnen das aufgefallen ist. Wir müssen unbedingt überprüfen, ob er tatsächlich abgereist ist oder ob er die Schulung geschwänzt hat.“

Konrad Mathes kam herein. „Herr Kommissär, können Sie bitte mal in die Lagerhalle kommen? Ich glaube, wir haben etwas gefunden.“

Sogleich schnappte Hartmann seinen Kriminalistenkoffer und folgte dem Gendarmen über den Hof.

„Die ganze Halle ist voller Staub und Schmutz“, berichtete Mathes. „Aber hier in dieser Ecke hat kürzlich jemand gründlich aufgewischt und gescheuert. Da drüben an der Wand haben wir trotzdem noch ein paar rotbraune Flecken entdeckt.“

Der Kommissär entnahm seinem Köfferchen ein kleines Fläschchen mit einer farblosen Flüssigkeit. Mit einem feinen Pinsel tupfte er ein paar Tropfen davon vorsichtig auf einen der Flecken. Sofort fing es an der Stelle an zu schäumen.

„Wasserstoffperoxid[24]“, erklärte er. „Es reagiert auf Hämoglobin. Das ist eindeutig frisches Blut, höchstens zwei oder drei Tage alt.“

„In der Nähe lag das hier“, sagte Erich Kellmann und brachte einen schweren Vorschlaghammer. „Der Hammer wurde ebenfalls sauber abgewischt.“

Der Kriminalist wiegte das Werkzeug in seinen Händen. „Glückwunsch, meine Herren. Wie es aussieht, haben Sie den Tatort und die Tatwaffe des Mordes an Richard Maus gefunden.“

---

[24] *Dieser von Christian Friedrich Schönbein entwickelte Test wurde in der Forensik lange Zeit zum Nachweis von Blut verwendet.*

„Aber wie kam die Leiche in den Rhein?", fragte der junge Gendarm.

Hartmann schwieg. Das Bild in seinem Kopf, das ihn die ganze Nacht verfolgt hatte, war schlagartig wieder da: Er sah sich im Boot des Dammwärters stehen und Steine verladen. Da lag etwas in der Jolle, unter einer Plane versteckt ...

In seinem Hals würgte es. Ich war dabei, dachte er. Der Mörder hat mich eiskalt herausgefordert, und ich habe nichts gemerkt.

Er wechselte abrupt das Thema. „Sagen Sie mal, Kellmann, Ihr Chef war doch letzte Woche auf einer Schulung in Koblenz?"

„Das stimmt, Herr Kommissär. Er war drei Tage weg."

„Sind Sie sicher, dass er wirklich abgereist ist? Oder könnte er die Reise nur vorgetäuscht haben?"

Kellmann kratzte sich am Kopf. „Er ist am Mittwoch in aller Frühe mit unserem Nachen nach Mainz gefahren, weil er den Passagierdampfer rheinabwärts um acht Uhr nehmen wollte. Am Samstagnachmittag ist er mit dem Zug zurückgekommen – hat er jedenfalls erzählt. Dazwischen habe ich ihn hier nicht gesehen. Manchmal blieb er allerdings über Nacht in Wiesbaden. Ich glaube, er hatte dort ein Verhältnis – mit einer Dame."

„Aha. Das ist ja interessant", murmelte der Kommissär.

Der Polizeidiener war in heller Aufregung, als Hartmann in das Büro des Dammwärters zurückkehrte. „Ich habe inzwischen das Wandregal etwas genauer untersucht", platzte er gleich heraus. „Sehen Sie – hier an dieser Stelle ist die Rückwand lose. Dahinter befindet sich eine Art Geheimfach. Und schauen Sie mal, was ich dort gefunden habe."

Er legte drei gleiche Briefbögen auf den Schreibtisch. Sie trugen den Briefkopf des Rheinschifffahrtsgerichts in Mainz und waren unten abgestempelt. Ansonsten waren die Blätter leer.

Der Kommissär war verblüfft. „Donnerwetter, Penk. Aus Ihnen wird ja noch ein richtiger Kriminalist", lobte er.

„Und das hier war auch noch drin." Wilhelm Penk präsentierte ein weiteres Papier. Der gleiche Briefbogen, aber in vier Teile zerrissen. Und eng mit einem Text beschrieben.

Paul Hartmann legte die vier Zettel aneinander. Die abgerissenen Kanten passten exakt. Mit angehaltenem Atem las er:

Amtliche Verfügung

Gemäß Art. 30 der Revidierten Rheinschifffahrtsakte vom 17. Oktober 1868 dürfen Konzessionen für neue Schiffsmühlen nicht mehr erteilt werden. Konzessionen, die nach Inkrafttreten der obigen Akte erteilt wurden, sind daher ungültig und werden zurückgezogen.

Davon betroffen ist auch die Konzession Nr. 1/69 für die gemeinsame Schiffsmühle von Friedrich Fischer und Philipp Schrepfer in Ginsheim, die am 10. Mai 1869 irrtümlich erteilt wurde. Diese Konzession wird hiermit widerrufen.

Die Besitzer werden aufgefordert, die betroffene Schiffsmühle bis spätestens 31. Dezember 1898 stillzulegen oder an den Inhaber einer gültigen Konzession zu verkaufen. Falls das nicht geschieht, wird die betroffene Schiffsmühle von Amts wegen versteigert und anschließend von ihrem Liegeplatz entfernt.

Mainz, den 26. August 1898

Das Schreiben trug keine Unterschrift und keinen Stempel.

„Wie erklären Sie sich das, Herr Kommissär?", fragte der Polizeidiener hilflos.

Aber er bekam keine Antwort. Stattdessen holte Hartmann aus einem Umschlag, den er mitgebracht hatte, den schmutzigen Zettel von Frau Guthmann und legte ihn neben das Fundstück. Noch einmal blätterte er das Kassabuch auf und untersuchte alle Dokumente, die vor ihm lagen, ausgiebig und sorgfältig mit der Lupe. Minutenlang fiel kein Wort.

Schließlich legte er die Lupe beiseite. „Es ist die gleiche Schrift, Penk. Die Eintragungen im Kassabuch und die Wortfetzen auf dem Abriss von Frau Guthmann wurden von der gleichen Person geschrieben. Hier, dieser kleine Bogen am *d* ist ganz typisch. Man müsste das noch genauer untersuchen, aber ich bin mir ziemlich sicher. Wussten Sie, dass man jeden Menschen an seiner Handschrift erkennen kann – fast so eindeutig wie mit seinem Fingerabdruck?"

Wilhelm Penk schüttelte ungläubig den Kopf.

„Der Text auf dem zerrissenen Blatt, das Sie gefunden haben, stammt dagegen von einer anderen Person; das sieht auch ein Laie. Das Schriftbild ist viel klarer und flüssiger – offenbar kommt es von jemandem, der viel schreibt und entsprechend geübt ist. Aber interessanterweise ist der Inhalt der gleiche wie auf dem Zettel von Frau Guthmann!"

Er reichte dem Polizeidiener die Lupe. „Vergleichen Sie mal die Endungen der letzten fünf Zeilen auf Ihrem Fundstück mit den Wortfetzen hier auf diesem Fragment: *...fsmühle ... er an den ... Falls das nicht ... Amts wegen ...tz entfernt.* Es ist ohne jeden Zweifel der gleiche Text!"

Penk erkannte die Übereinstimmung, aber er konnte sich keinen Reim darauf machen.

„Vergleichen Sie auch die Stempel auf den leeren Briefbögen mit dem Stempelfragment auf diesem Zettel", drängte der Kommissär. „Es ist wieder der gleiche Stempel! Was wissen wir also?"

Der Polizeidiener konnte nur mit den Achseln zucken. Hartmann aber war jetzt in seinem Element.

„Jemand, den wir nicht kennen, schreibt am 26. August eine amtliche Verfügung zum Nachteil der beiden Müller. Die Verfügung ist nicht unterschrieben und abgestempelt, also in dieser Form auch nicht wirksam. Das Papier gelangt in den Besitz von Ludwig Gärtner. Dieser fertigt in den ersten Septembertagen eine exakte Kopie des Schreibens an; ebenfalls auf einem Briefbogen des Rheinschifffahrtsgerichts, aber diesmal mit Stempel und einer Unterschrift versehen. Gärtner übergibt dieses Schreiben am 5. September an Fischer, der es liest und zerreißt. Anschließend wird er von Gärtner getötet."

Jetzt war Wilhelm Penk vollends verwirrt. „Wie hängt das alles zusammen, Herr Kommissär?"

„Ehrlich gesagt – ich weiß es nicht, Penk. Noch nicht. Aber wir müssen ja nicht spekulieren. Kommen Sie, wir packen jetzt

das alles hier zusammen und bringen es zum Rheinschifffahrtsgericht. Können Sie mir ein Pferd besorgen?"

„Ich reite nicht gerne", erwiderte der Polizist und zeigte auf
seinen Bauch. „Mir tun immer die armen Pferde leid. Ich
schlage vor, wir lassen uns von Günther Dauborn nach Bischofsheim bringen und nehmen den Zug."

„Auch recht", stimmte Hartmann zu. „Ich schulde dem Wirt
sowieso noch Geld. Gestern Abend habe ich in der Eile vergessen, meine Zeche zu bezahlen."

Im *Backes* war wieder Hochbetrieb. Sogar die Hausfrauen, die
heute gar nicht backen wollten, waren gekommen, denn noch
heißer als die beiden Steinöfen waren die Neuigkeiten, die man
jetzt unbedingt austauschen musste.

Frau Schroth hatte ja alles schon immer geahnt: „Also, bei unserm Dammwärder wunnert mich des net, bei dem Lewenswandel,
den der gefiehrt hot. Ich hab den ja neilisch gesehe – in Wissbade."

„Ei Frau Schroth, was mache Sie dann in Wissbade?"

„Also, vor e paar Woche war ich mit unserm Enkelsche dort,
wie de Kaiser da war. Unser Mäxje is doch ganz verrickt mit soim
Kaiser. In de Schul hadder e Versje gelernt: *Der Kaiser ist ein
guter Mann und wohnet in Berlin, und wär es nicht so weit von
hier, dann lief ich heut noch hin.* Wies dann geheiße hat, de Kaiser
is in Wissbade und fährt am Sunndaach dorsch die Stadt, hadder
so lang gequängeld, bis ich gesacht hab: also gut, mer fahrn nach
Wissbade. Sie, da war vielleischd was los in dere Stadt! Iwwerall
Fahne, un aa Milidärkapell nach de annern is uffmaschierd, un
die Leit hawwe Fähnscher geschwenkt un Hurrah gekrische. Es
Mäxje aach in soim Madrose-Oozuch ..."

Die Zuhörerinnen fragten sich, was das alles mit dem
Lebenswandel des Dammwärters zu tun hatte, aber sie wussten,
dass Frau Schroth gerne umständlich und ausschweifend erzählte.

„Ja, unn? Hawwe Se'n gesche, unsern Kaiser?"

„Ja – leider nur ganz korz un vun Weitem. Awwer ich hab
noch was annersders gesehe." Katharina Schroth setzte eine
wichtige Miene auf.

„De Dammwärder habbich gesehe, in Begleidung einer Dame. Ei guggemol, habbich gedenkt, de Herr Gärtner, unsern ewische Junggeselle – hatter jetzt doch jemand gefunne? Awwer wie die uffgedackelt war – mit eme riesische Hut uffem Kopp un em Haufe Schmuck, un geschmingt bis dortenaus. Un ein Degolldee hat die gehabt – also ich deht mich schäme!“

„Ja, ja – awwer de Maus Richard war aach net viel besser. Der war doch hinner jedem Rock her ...“

„Der is doch iwwerall abgeblitzt, der aale Strunzer“, sagte Frau Reinheimer, die Bäuerin. „Awwer der is annerweidisch uff soi Koste gekomme. Grad am letzde Freidaach habbich en in Meenz gesehe, in aller Herrgottsfrieh, wie mer unsern Gemies-karrn uff de Markt geschowe hawwe. Da isser aus eme sehr an-rüschische Haus eraus gekomme – Sie wisse schon, was ich mein – in de Kappelhofgass. Der hat mich ja garnet erkannt, so besoffe wie der war ...“

„Ach ja, die Männer – aaner wie de annern.“

Amtsgerichtsrat Heil empfing die beiden Polizisten im Sit-zungssaal des Rheinschifffahrtgerichts. Kommissär Hartmann kam ohne Umschweife zur Sache. Er legte zunächst den Haft-befehl auf den Tisch.

„Das haben Sie unterschrieben, richtig?“

„Ja, erst vorgestern“, bestätigte Heil. „Und wie ich gehört habe, wurden die Täter schon heute morgen ins Untersuchungs-gefängnis eingeliefert. Gute Arbeit, Herr Kommissär!“

„Bedanken Sie sich lieber bei Polizeidiener Penk. Er hat rich-tig kombiniert und den Fall gelöst.“

Wilhelm Penk bekam einen roten Kopf. Aber Hartmann war nicht gewillt, sich lange mit diesem Thema aufzuhalten. Er legte die vier Papierfetzen, die sie bei Gärtner gefunden hatten, pas-send zusammen.

„Und was hat es damit auf sich?“

Der Amtsgerichtsrat starrte verblüfft auf das Papier. „Wo haben Sie das her?“

„Es ist die gleiche Schrift, nicht wahr?“

Der Richter schaute sich beide Schriftstücke noch einmal genauer an. „Ja, es sieht so aus. Das ist die Handschrift von Lohrmann, unserem Sekretär. Aber für Schiffsmühlen ist der Kollege Blaschke zuständig. Warten Sie – ich hole ihn schnell."

Er verließ den Raum und kam nach kurzer Zeit mit dem jungen Assessor zurück. Der stutzte, als er das zerrissene Blatt sah, und stellte noch einmal die gleiche Frage: „Wo haben Sie das her?"

„Wir dachten, Sie könnten uns das erklären", erwiderte der Kommissär.

Blaschke schwieg einen Moment. „Da muss ich etwas weiter ausholen", sagte er dann. „Sie wissen sicher, dass die Mannheimer Rheinschifffahrtsakte von 1868 ein internationaler Vertrag ist, auf den sich die damaligen Uferstaaten geeinigt haben. Es ist ein Regelwerk, das die freie und ungehinderte Schifffahrt auf dem Rhein sicherstellen soll.[25] Es wurde auch eine Kommission eingesetzt, die die Einhaltung der Regeln überprüft und einen jährlichen Bericht erstellt."

Er ging zum Wandschrank und kam mit einer Drucksache in einem schwarzen Einband zurück.

„In Artikel 30 heißt es, dass Schiffsmühlen den Verkehr nicht behindern dürfen, und dass keine neuen Konzessionen mehr erteilt werden. Das wurde in den ersten Jahren nach Inkrafttreten der Mannheimer Akte noch ziemlich lasch gehandhabt. In diesem Jahr hat nun die Rheinkommission in ihrem Jahresbericht festgestellt, dass sich die Zwischenfälle mit Schiffsmühlen häufen. Wir wurden aufgefordert, härter durchzugreifen. Aus diesem Grund hatte ich für den 26. August alle hessischen Dammwärter, in deren Flussabschnitt Schiffsmühlen liegen, zu einer Anhörung einbestellt, um mir ein Bild von der Situation vor Ort zu machen."

„Und Ludwig Gärtner aus Ginsheim war auch dabei?", vergewisserte sich Wilhelm Penk.

---

[25] *Die Mannheimer Akte* (= Revidierte Rheinschifffahrtsakte von 1868), *ist bis heute (mit etlichen Zusatzprotokollen) gültiges Recht; vgl.* Mannheimer Akte 1963.

„Selbstverständlich – zusammen mit vier seiner Kollegen aus Worms, Gernsheim, Nackenheim und Bingen. Hier in diesem Saal haben wir getagt, bis in den späten Nachmittag. Für drei Schiffsmühlen, die zu nahe an der Fahrrinne liegen, haben wir eine Verlegung verfügt. Und zwei Schiffsmühlen haben wir gefunden, deren Konzession erst nach 1868 erteilt wurde. Ich habe unserem Amtssekretär Lohrmann die entsprechenden Verfügungen diktiert, damit die betroffenen Dammwärter sie gleich mitnehmen und zustellen konnten.“

„Betroffen war demnach auch die Mühle von Schrepfer und Fischer in Ginsheim?“, erkundigte sich der Kommissär.

„Ja – so dachten wir zumindest. Aber bevor ich die Schriftstücke Ihnen, Herr Amtsgerichtsrat, zur Unterschrift vorlegen wollte, habe ich noch einmal genau nachgelesen.“

Assessor Blaschke schlug die erste Seite seiner Drucksache auf.

„Hier, sehen Sie – die Revidierte Rheinschifffahrtsakte wurde am 17. Oktober 1868 unterzeichnet. Die Ratifikationsurkunden wurden aber erst am 17. April 1869 ausgetauscht. In Hessen ist sie dann durch einen Erlass des Großherzogs zum 1. Juli 1869 in Kraft getreten. Die Konzession für Fischer und Schrepfer war also nicht zu beanstanden.“

„Und was haben Sie getan, als Ihnen das klar wurde?“

„Nun, ich habe den Dammwärtern den Sachverhalt erklärt. Die Verfügung für Fischer und Schrepfer habe ich zerrissen und in den Papierkorb geworfen.“

Hartmann nahm einen tiefen Atemzug.

„Zu diesem Zeitpunkt muss Ludwig Gärtner die Idee gekommen sein, aus der komplizierten Rechtslage für sich Kapital zu schlagen. Er hat das zerrissene Schriftstück in einem unbeobachteten Moment aus dem Papierkorb gefischt und mitgenommen.“

„Ja, aber wozu?“, fragte Blaschke.

Statt einer Antwort legte Paul Hartmann die drei leeren Briefbögen auf den Tisch.

„Das haben wir im Büro von Gärtner gefunden. Ist es üblich, dass die Dammwärter solche Blankoformulare bekommen?“

„Um Gottes Willen, nein!“, beeilte sich Heil zu versichern. „Die muss er gestohlen haben!“

„Wo werden denn die Briefbögen und die Stempel aufbewahrt?“

„Na, in der Schreibstube natürlich!“

„Und da kann jeder einfach so hineinspazieren und sich bedienen?“

„Normalerweise nicht“, widersprach der Amtsassessor. „Der Sekretär Lohrmann sitzt ja dort und passt auf. An jenem Tag war er allerdings bei uns im Sitzungssaal, weil er Protokoll führen und die Verfügungen schreiben musste.“

„Und die Schreibstube war zu dieser Zeit nicht abgeschlossen? Dienstsiegel und Formulare waren nicht sicher verwahrt? Sie kennen doch die Vorschriften!“

„Ach, wissen Sie“, schaltete sich der Amtsgerichtrat ein, „wir nehmen das hier nicht so genau. Wir haben ja kaum Publikumsverkehr. Es ist auch bisher noch nie etwas vorgefallen ...“

„Nun ist aber etwas vorgefallen, Herr Amtsgerichtsrat“, unterbrach ihn Hartmann ungehalten. „Durch Ihre Nachlässigkeit haben Sie es einem Kriminellen ermöglicht, eine Straftat zu begehen, die mit einem Mord endete. Es tut mir leid, aber um eine Dienstaufsichtsbeschwerde werden Sie nicht herumkommen.“

„Jetzt wird langsam klar, was sich abgespielt hat“, sagte der Kommissär, nachdem sie das Rheinschifffahrtsgericht verlassen hatten und auf dem Weg zur Wasserbauinspektion waren.

„Ludwig Gärtner hat die Gelegenheit genutzt, sich unbeobachtet ein paar Briefbögen zu stibitzen und diese gleich an Ort und Stelle abzustempeln. Zu Hause hat er dann in aller Ruhe den Text von dem zerrissenen Blatt auf einen leeren Briefbogen übertragen. Die Unterschrift von Amtsgerichtsrat Heil ist ja leicht zu fälschen. Damit ist er dann zu Friedrich Fischer auf die Mühle gefahren, um ihn einzuschüchtern und zu erpressen. Was genau er dort erzählt hat, wissen wir natürlich nicht. Vielleicht hat er nur angeboten, den weiteren Betrieb der Mühle gegen Geld stillschweigend zu dulden. Vielleicht hat er auch behauptet, er könne den Bescheid wegen seiner guten Beziehungen zum Rheinschifffahrtsgericht rückgängig machen.“

„Aber Fischer ist nicht darauf reingefallen. Er hätte ja sowieso nicht zahlen können.“

„Richtig, Penk. Der Müller hat ihn durchschaut und wahrscheinlich damit gedroht, zur Polizei zu gehen. Dann wäre der Dammwärter aufgeflogen. Er musste ihn also töten.“

„Warum hat er denn gleich vier Briefbögen mitgehen lassen?“, fragte der Polizeidiener.

„Nun, ich denke, er hätte weitergemacht, wenn er bei Fischer erfolgreich gewesen wäre. Mit gefälschten Bescheiden hätte er versucht, noch andere Müller zu erpressen, vielleicht auch Rheinschiffer. Genug kriminelle Energie hatte er ja.“

Oberinspektor Dautermann empfing seine Besucher auf die übliche joviale Art.

„Ah, die Herren von der Polizei sind gekommen. Nehmen Sie bitte Platz. Möchten Sie eine Zigarre? Oder vielleicht ein Glas Ingelheimer Rotwein? – Aus eigenem Anbau!“, fügte er stolz hinzu.

Sowohl Penk als auch Hartmann lehnten dankend ab.

„Ich habe schon gehört, was mit dem Ginsheimer Dammwärter passiert ist“, sagte der Oberinspektor. „Schreckliche Sache, das. Gestern war er noch hier. Ich sollte vielleicht einen Nachruf verfassen ... ‚hat in treuer Pflichterfüllung den Tod gefunden‘ oder so ähnlich ...“

„Die Mühe können Sie sich sparen.“

Der Kommissär berichtete in knappen Worten, was dem Dammwärter alles angelastet wurde.

August Dautermann fiel aus allen Wolken.

„Was, der Gärtner? Ich fasse es nicht! Er war doch so ein eifriger Beamter ...“

„Eifrig war er schon. Vor allem, wenn es um seinen eigenen Vorteil ging.“

Hartmann packte das Kassabuch aus, das er mitgebracht hatte.

„Sind Ihnen denn nie Unregelmäßigkeiten in seiner Amtsführung aufgefallen? Sie haben doch erst gestern wieder sein Kassabuch abgezeichnet. Haben Sie die Belege geprüft oder wenigstens Stichproben gemacht?"

„Ach, da hätte ich ja viel zu tun", lachte der Amtsvorstand. „In zwei Wochen werde ich pensioniert. Meinen Sie, dass ich mir da jetzt noch ein Bein ausreiße? – Hier, lesen Sie mal."

Er schob den Polizisten die neueste Ausgabe des Großherzoglich hessischen Regierungsblatts über den Tisch. Auf der aufgeschlagenen Seite stand:

Seine königliche Hoheit der Großherzog haben allergnädigst geruht, den Leiter der Wasserbauinspektion in Mainz, Oberinspektor August Dautermann, unter Würdigung seiner Verdienste zum 1. Oktober 1898 in den Ruhestand zu versetzen.

Paul Hartmann glaubte, in der miefigen Luft des Büros ersticken zu müssen. Er kannte diese Typen. Im Großherzogtum gab es Heerscharen von Beamten in den merkwürdigsten Behörden; einige wussten selbst nicht so genau, wofür sie eigentlich zuständig waren. Die meisten arbeiteten streng nach Vorschrift; manche taten noch nicht einmal das. Spätestens nach dreißig Dienstjahren bestand ihre wichtigste Tätigkeit im Warten – warten auf den Tag, an dem sie „unter Würdigung ihrer Verdienste" und auf Kosten des Steuerzahlers von ihrer beschaulichen Amtsstube in den noch beschaulicheren Ruhestand umgebettet wurden.

Der Kommissär fragte sich manchmal, ob der Großherzog ahnte, wie es um seine Beamtenschaft bestellt war. Wahrscheinlich nicht. Es war in der Residenzstadt kein Geheimnis, dass sich Großherzog Ernst Ludwig lieber um die schönen Künste als um die Regierungsgeschäfte kümmerte.

Er schob die Zeitung beiseite und kam auf den Zweck ihres Besuches zurück.

„Wir möchten gerne von Ihnen wissen, ob Ludwig Gärtner letzte Woche auf einer Schulung in Koblenz war."

„Ja, war er", bestätigte der Oberinspektor. „Hat er dort womöglich auch etwas angestellt?"

Wilhelm Penk ergriff das Wort. „Mir hat er erzählt, dass er dort auf den gehobenen Dienst vorbereitet würde. Sollte er denn ihr Nachfolger werden?"

Dautermann lachte dröhnend. „Ein Dammwärter? Niemals! Für diese verantwortungsvolle Position braucht es ein abgeschlossenes Studium im Bauingenieurwesen, Schwerpunkt Wasserbau. Außerdem ist es von Vorteil, wenn man, so wie ich, als Offizier bei den Pionieren gedient hat. – Nein, da hat er Ihnen eine Bären aufgebunden."

„Worum ging es denn bei dieser Schulung?", fragte Hartmann.

„Das war reine Routine. Die Maßnahmen zum Hochwasserschutz und das Meldewesen für die Wasserstände sollen entlang des Rheins weiter verbessert und vereinheitlicht werden – natürlich unter der Führung Preußens. Deshalb schicken wir jetzt alle Dammwärter nach und nach zu dieser Schulung bei der Preußischen Wasserbauinspektion, damit sie die neuen Richtlinien kennenlernen."

„Und Ludwig Gärtner war auch wirklich dort? Wer kann uns das bestätigen?"

„Sie meinen, er hat geschwänzt? – Na ja, ich war ja nicht persönlich dabei und habe ihm das Händchen gehalten. Wenn Sie sichergehen wollen, fragen Sie am besten die Kollegen in Koblenz. Warten Sie – ich bringe Sie in die Schreibstube. Dort gibt es ein Telephon, und Sekretär Leinweber kennt sich mit diesem neumodischen Kram bestens aus. Vielleicht kriegt er eine Leitung nach Koblenz zustande."

Paul Hartmann war heilfroh, dem stickigen Büro entkommen zu können. „Leben Sie wohl, Herr Oberinspektor", sagte er zum Abschied. „Ich wünschen Ihnen eine angenehmen Ruhestand."

Amtssekretär Leinweber schaffte es tatsächlich innerhalb einer Viertelstunde, eine telefonische Verbindung mit Koblenz zu bekommen, und der Kommissär konnte mit Amtsinspektor Annweiler, dem Leiter der Schulungsmaßnahmen, sprechen.

„Ja – an den Herrn Gärtner aus Hessen kann ich mich jut erinnern“, bestätigte dieser. „Datt war einer von denen, die immer alles besser wissen. Der hat mich janz schön jenervt.“

„War er denn die ganze Zeit anwesend? Auch am Freitag, dem neunten, vormittags?“, hakte der Kommissär nach.

„Ja sicher datt. Moment, ich kontrolliere datt jerade noch mal. Da jittet nämlich eine Liste, wo sich die Teilnehmer eintragen müssen, wenn sie den Schulungsraum betreten ... Ja, da isser. Ludwig Gärtner, 7 Uhr 40. Um 8 Uhr hat dann der Unterricht bejonnen.“

„Vielen Dank, Herr Inspektor.“ Nachdenklich hängte Hartmann den Hörer ein.

Ludwig Gärtner war zweifellos ein eiskalter Verbrecher, der zwei Menschenleben und zahlreiche Betrügereien auf dem Gewissen hatte. Aber mit dem Verschwinden von Heinrich Schäfer konnte er nicht in Verbindung gebracht werden.

„Meine Mission in Ginsheim ist beendet“, sagte der Kommissär auf dem Heimweg. „Morgen früh fahre ich mit dem ersten Zug zurück nach Darmstadt. Wir werden uns also vorerst nicht mehr sehen. Sie können mich natürlich jederzeit anrufen, wenn Sie Hilfe brauchen.“

„Das Schicksal des verschwundenen Heinrich Schäfer werden wir wohl niemals aufklären können“, sinnierte der Polizeidiener.

„So schnell sollten Sie nicht aufgeben, Penk. Sie könnten zum Beispiel mal untersuchen, ob es eine Verbindung zwischen Maus und Schäfer gibt. Dem Richard Maus war ja auch einiges zuzutrauen. Versuchen Sie, herauszubekommen, wo er sich letzten Freitag am frühen Morgen aufgehalten hat.“

„Werden Sie mal wieder nach Ginsheim kommen, Herr Kommissär?“

„Bestimmt, Penk. Wenn nicht dienstlich, dann vielleicht privat. Ich würde ja gerne mal an einem Sonntag am Altrhein angeln. Mal sehen, wann ich die Zeit dazu finde.“

Nachdem sich Paul Hartmann vom Polizeidiener Penk verabschiedet hatte, schlug er den Weg zum Gasthof *Zur Post* ein. Heute, an seinem letzten Abend in Ginsheim, würde er sich noch einmal die „bevorzugte Bedienung" durch die Tochter des Wirts gönnen. Auf ihre versteckten und offenen Frechheiten würde er mit der gleichen Schlagfertigkeit reagieren, hatte er sich vorgenommen. Und ohne schlechtes Gewissen würde er in ihren Ausschnitt starren und vielleicht auch ein bisschen grabschen. Die Männer sind doch alle gleich – das hatte sie ja selbst gesagt.

Ja, heute würde er auf ihr frivoles Spiel eingehen – bis zur letzten Konsequenz. Auf die Diskretion von Christine konnte er sich zwar nicht unbedingt verlassen; schon gar nicht auf die der übrigen Gäste, die ihn sicher nicht aus den Augen lassen würden. Aber das war jetzt egal. Sollten sie sich doch ruhig ihre Mäuler über ihn zerreißen. Er musste keine Rücksichten mehr nehmen. So schnell würde er nicht wieder nach Ginsheim zurückkehren.

Es war allerdings nicht auszuschließen, dass sich sein Abenteuer bis nach Darmstadt herumsprechen würde. Dann musste er sich auf einige anzügliche Bemerkungen seiner Kollegen gefasst machen. Nun, auch das war ihm gleichgültig. Sie konnten ihm alle gestohlen bleiben, mitsamt ihrer scheinheiligen, verlogenen und verklemmten spießbürgerlichen Moral.

Natürlich würde Christel, neugierig wie sie war, ihn zu den jüngsten Ereignissen ausfragen – vor allem auch zu seiner Rolle bei der Aufklärung der Verbrechen. Aber was konnte er ihr erzählen? Wäre er nur ein wenig schneller gewesen, dann hätte er ihr heute stolz berichten können, wie er einen komplizierten Kriminalfall mit Bravour gelöst hatte, und ihr spöttisches Lachen wäre in Bewunderung umgeschlagen. Frauen mögen Helden, zu denen sie aufschauen können.

Aber er war zu spät gekommen. Der Mörder hatte sich seinem Zugriff entzogen, und der Fall des verschwundenen Müllers blieb ein Rätsel. Er hatte auf der ganzen Linie versagt. Frauen mögen keine Versager.

Sein Schritt wurde langsamer, je näher er dem Gasthof kam. Die Verheißung, die in ihrem sensationellen Kuss gelegen hatte – seit Tagen hatte sie seine Fantasie beschäftigt. Heute Nacht könnte sich alles erfüllen, was er sich in seinen wildesten Träumen erhoffte. Er müsste ihr einfach nur sagen, dass er die Tür seiner Kammer nicht abschließen würde, und Christel würde sofort verstehen. Nur – wohin sollte das führen? Diese Frau mit ihren radikalen Ansichten und ihren leichtfertigen Reden war definitiv nicht der richtige Umgang für ihn. Jeder in seinen Kreisen würde die Nase rümpfen, wenn so eine Person in seiner Gesellschaft auftauchen würde. Nach dieser Nacht würden sie sich sowieso niemals wiedersehen.

Vor der *Post* blieb er stehen. Die Fenster waren vom Schein der Petroleumlampen matt erleuchtet. Stimmengewirr drang nach draußen; dazwischen das helle Lachen der Wirtin, die mit ihren Gästen schäkerte.

Paul Hartmann fühlte sich auf einmal unendlich müde, erschöpft und fehl am Platz. Er machte kehrt und lief langsam die Hauptstraße hinunter, bog in die Rheinstraße ein und saß wenig später bei Günther Dauborn in der *Eiche*. Dort bestellte er sich einen Apfelwein, und zwar gleich einen ganzen Bembel.

Montag, 20. August 2012

Harald Jacobi war ein freundlicher und umgänglicher Mensch. Das zeigte schon sein Äußeres: Mit dem kleinen Bauchansatz, den verschmitzten Augen, dem weißen, kurz gehaltenen Vollbart und der Elbsegler-Mütze –seinem Markenzeichen – auf dem Kopf hätte er ohne Weiteres als Sympathieträger in einem Werbespot für Fischstäbchen durchgehen können. Die Kinder mochten ihn und hörten andächtig zu, wenn er von der Arbeit der Müller erzählte.

Wie gesagt: ein heiterer, ausgeglichener und friedfertiger Zeitgenosse. Bevor der mal ausflippte, musste einiges zusammenkommen. Und es war einiges zusammengekommen.[26]

Das Vorhaben, die historische Rheinmühle über ein Erdkabel mit Strom zu versorgen, hatte sich zunächst gut angelassen. Der kommunale Abwasserverband war einverstanden, die Leitung zur Schiffsmühle an seiner 500 Meter entfernten Pumpstation anzuschließen. Auch die verschiedenen Eigentümer des Deichvorlandes, das durchquert werden musste, hatten keine Einwände. Sie wiesen allerdings darauf hin, dass auf jeden Fall die Untere Naturschutzbehörde einzuschalten sei, da das Gelände unter Landschaftsschutz stehe.

Das Problem lag in den ersten 50 Metern der geplanten Trasse. Denn die Pumpstation lag unmittelbar hinter dem Hochwasserdeich, und folglich musste dieser in irgendeiner Weise über-, unter- oder durchquert werden.

Zuständig für Baumaßnahmen in der Nähe von Deichen war das Regierungspräsidium in Darmstadt, Dezernat Staatlicher Wasserbau. Bei dieser Behörde reichte Jacobi umgehend einen Antrag auf Bewilligung einer Überspan-

---

[26] *Die folgenden Ausführungen wurden satirisch überspitzt. Eine ausführliche und auch in der Formulierung sachliche Darstellung siehe:* Jack 2014.

nung des Rheinwinterdeichs mittels zweier Masten und einer Freileitung ein.

Im Regierungspräsidium saßen Heerscharen von Beamten, die allesamt wichtige und staatstragende Aufgaben wahrzunehmen hatten – auch wenn sie manchmal selbst nicht so genau wussten, worin diese bestanden. Die Beamten hatten Zeit und prüften den Antrag gründlich und sorgfältig. Sie schickten sogar einen echten Wasserbauingenieur als Sachverständigen nach Ginsheim, damit er sich vor Ort ein Bild der Situation machen konnte. Dieser schlug vor, anstelle der geplanten Freileitung lieber ein Erdkabel im Deich zu verlegen.

Derweil meldete sich auch das Energieversorgungsunternehmen bei Jacobi und bestätigte, dass eine Freileitung nicht mehr zeitgemäß sei. Ein Erdkabel durch den Damm sei auf jeden Fall die bessere Lösung.

Also richtete Harald Jacobi ein Schreiben an das Regierungspräsidium in Darmstadt, Dezernat Staatlicher Wasserbau, in dem er seinen ersten Antrag zurückzog und unter Bezug auf die Empfehlung des Energieversorgers und den Vorschlag des Wasserbauingenieurs einen neuen Antrag zur Verlegung eines Erdkabels beifügte. Nun mussten die fleißigen Beamten erneut prüfen; wie immer mit der notwendigen Gründlichkeit und Genauigkeit. Und als sie lange genug geprüft hatten, reichten sie den Antrag mit einem amtlichen Vermerk an ihren Vorgesetzten weiter.

Der Amtsinspektor hatte nun zu prüfen, ob seine Sachbearbeiter auch richtig geprüft hatten. Er tat das mit der ihm eigenen Sorgfalt und legte den Antrag samt dem Entwurf eines Bescheids nach nur zwei Wochen seinem Vorgesetzten, dem Amtsrat Buchecker, zur Unterschrift vor.

Ein Amtsrat im Regierungspräsidium ist begreiflicherweise ein viel beschäftigter Mann, aber trotzdem unterschrieb Buchecker bereits eine Woche später den Bescheid. Innerhalb weniger Tage gelangte dieser dann in die Poststelle der Behörde, und anschließend wurde er dem Antragsteller zugestellt.

Abgelehnt.

In der Begründung hieß es, dass „Leitungen in Deichen nur in Ausnahmefällen zulässig sind, wenn andere Alternativen zu einer unbilligen Härte führen würden".

Daraufhin telefonierte sich Harald Jacobi die Finger wund, um die Möglichkeit solcher Alternativen auszuloten. Es gab keine. Er rief noch einmal den Wasserbauingenieur an, der die Erdverlegung empfohlen hatte. Dieser erschien auch prompt zu einem zweiten Termin und brachte vorsichtshalber noch einen Kollegen mit.

Die Männer erklärten, dass eine Deichquerung mit einem Kabel durchaus genehmigt werden kann, wenn bei der Ausführung gewisse Vorsichtsmaßnahmen beachtet würden. Sie halfen sogar bei der Erstellung eines weiteren Antrags einschließlich eines Anhangs, der eine detaillierte technische Beschreibung der Vorgehensweise enthielt, sowie eine ausführliche Begründung, warum andere Lösungen nicht realisierbar waren.

Jetzt hatten die Beamten im Dezernat Staatlicher Wasserbau richtig Arbeit. Aber sie hatten Zeit und prüften diesmal besonders sorgfältig. Und prüften. Und prüften.

Monate waren ins Land gegangen. Inzwischen hatte auch die Untere Naturschutzbehörde in einem fünfseitigen Gutachten festgestellt, dass die in diesem Gelände einfallenden Rast- und Brutvogelarten durch die baulichen Maßnahmen voraussichtlich keine nachhaltige Traumatisierung erfahren würden, sodass sich Blesshuhn, Gänsesäger und Haubentaucher dort weiterhin heimisch fühlen konnten.

Die Beamten im Regierungspräsidium aber prüften immer noch. Jacobi verlor allmählich die Geduld. Er entschloss sich, bei der Behörde anzurufen, um den Stand seiner Angelegenheit zu erfragen. Und siehe da: Nach etlichen

Fehlleitungen und nach einigen Minuten in der Warteschleife mit nervtötender Spieldosenmusik wurde er tatsächlich mit Amtsrat Buchecker verbunden.

„Jawohl – Ihr Bescheid liegt seit Tagen unterschriftsreif auf meinem Schreibtisch", erfuhr Jacobi zu seiner Verblüffung.

„Und warum unterschreiben Sie ihn nicht?"

„Weil ich sachliche Bedenken habe", erwiderte der Amtsrat. „Die Verlegung eines Kabels durch den Damm kann ich nicht gutheißen. Dadurch wird der Deich nur unnötig geschwächt. Stellen Sie doch einfach einen neuen Antrag für eine Überquerung mit einer Freileitung, wie Sie es auch ursprünglich geplant hatten."

Harald Jacobi glaubte, nicht richtig gehört zu haben. „Ja, zum Kuckuck", entfuhr es ihm, „haben Sie denn überhaupt verstanden, worum es geht? Wir haben doch ausführlich dargelegt, warum eine Freileitung nicht infrage kommt, und folgen im Übrigen nur der Empfehlung Ihrer eigenen Mitarbeiter! Seit einem halben Jahr geht diese Hängepartie hin und her, ohne dass wir weiterkommen. Was ist denn das für ein Kasperletheater bei Ihnen?"

„Mäßigen Sie sich, Herr Jacobi", entgegnete der Beamte in scharfem Ton. „Ich vertrete hier staatliche Interessen und habe meine Vorschriften."

Das war der Moment, wo Harald Jacobi endgültig ausrastete. „Stecken Sie sich Ihre Vorschriften sonst wohin!", brüllte er in einer Lautstärke, dass man ihn fast schon ohne Telefon in Darmstadt hören konnte. „Sie vertreten angeblich staatliche Interessen, aber Sie treten die Interessen der Bürger dieses Staates mit Füßen! Ihre gesamte schlafmützige Abteilung könnte man problemlos auflösen und den ganzen Wasserkopf von sesselfurzenden Beamten mit vollen Bezügen nach Hause schicken, ohne dass sie irgendjemandem fehlen würden. Dann würde der Steuerzahler wenigstens die Kosten für die Büroräume sparen. Schlafen Sie ruhig weiter! Guten Tag!"

Er fummelte an seinem schnurlosen Telefon und drückte die Auflegetaste.

Diese blöde Technik, ging es ihm durch den Kopf. Früher konnte man nach einem solchen Gespräch wenigstens den Hörer wütend auf die Gabel knallen.

Er war sich darüber im Klaren, dass er soeben die letzte Chance verspielt hatte, doch noch die Genehmigung zu bekommen. Aber es war ihm egal. Er musste sich einfach Luft verschaffen.

Harald Jacobi sah auf die Uhr. In einer halben Stunde würde an der Schiffsmühle eine Besuchergruppe ankommen, die sich zu einer Führung angemeldet hatte. Er machte sich auf den Weg.

Wenn Harald Jacobi fremden Besuchern die Schiffsmühle zeigen durfte, vergaß er ziemlich schnell jeden Ärger. So war es auch diesmal. Sein Publikum zeigte sich aufgeschlossen, an allen Details interessiert, und stellte viele Fragen. Er hatte keine Zeit, an den sturen Beamten im Regierungspräsidium zu denken.

Besonders anregend fand er es immer, wenn seine Gäste kleine Geschichten und Anekdoten aus der „guten alten Zeit" beisteuern konnten – winzige Mosaiksteinchen, die seine Vorstellung vom Leben und Arbeiten in der Vergangenheit bereicherten. Heute war eine ältere Dame dabei, die sich offenbar mit Ahnenforschung beschäftigte. Sie erzählte, dass ihr Ururgroßvater als großherzoglich hessischer Dammwärter auf dem nahe gelegenen Schusterwörth stationiert war. Sie hatte herausgefunden, dass ihr Urahn – offenbar, um seine bescheidenen Bezüge aufzubessern – nebenher eine kleine Gastwirtschaft betrieb und auch als Fährmann fungierte, um Fußgänger, die nach Oppenheim wollten, mit dem Ruderboot hinüber auf die andere Rheinseite zu bringen.

Ja, das waren noch Zeiten, dachte Jacobi. Damals hätte man wohl kaum wegen einer Lappalie irgendwelche komplizierten Anträge an eine anonyme Behörde schicken müssen. Man wäre mit seinem Anliegen direkt zum Dammwärter gegangen und hätte die Sache freundschaftlich geregelt. Und wenn der Dammwärter gezögert hätte, wäre man ihm mit einer kleinen Gefälligkeit entgegengekommen – nach dem Prinzip: eine Hand wäscht die andere. Heute war das natürlich undenkbar. Die heutigen Beamten handelten streng nach Vorschrift und waren absolut unbestechlich. Dafür waren sie umso bürokratischer.

Harald Jacobi hatte seine Besucher verabschiedet und wollte gerade das Mühlenhaus abschließen, als sein Handy klingelte.

„Hier spricht die Sekretärin von Amtsrat Buchecker. Ich soll Ihnen ausrichten, dass der Chef Ihren Antrag genehmigt und den Bescheid unterschrieben hat. Er geht Ihnen in den nächsten Tagen zu."

Jacobi war völlig von den Socken. Mit allem hätte er gerechnet, nur damit nicht. Eher hätte er erwartet, dass sich der Verfassungsschutz für ihn interessierte – wegen staatsfeindlicher Äußerungen. Er war so perplex, dass er völlig vergaß, sich zu bedanken. „Dann können wir also endlich mit den Arbeiten beginnen", sagte er nur.

„Das würde ich Ihnen nicht raten", antwortete die Sekretärin. „Sie müssen sich schon gedulden, bis Sie den schriftlichen Bescheid in den Händen halten, sonst machen Sie sich strafbar. Aber erfahrungsgemäß erreicht so ein Bescheid schon nach zwei oder drei Tagen unsere Poststelle und geht dann zwei Tage später raus. Nächste Woche haben Sie ihn."

Jacobi rief bei der Tiefbaufirma an, der er schon im Frühjahr den Auftrag für die Erdarbeiten in Aussicht gestellt hatte.

„Ich habe gute Nachrichten", sagte er. „Wir kriegen die Genehmigung. Wann können Sie anfangen?"

„Ich habe leider nicht ganz so gute Nachrichten, Herr Jacobi", erwiderte der Disponent. „Wir wurden inzwischen davon in Kenntnis gesetzt, dass das Gelände, durch das die Trasse führt, im Zweiten Weltkrieg Bombenabwurfgebiet war. Die Bomben waren eigentlich für Wiesbaden bestimmt, aber im Nebel verfehlten die Alliierten ihr Ziel. Es könnten noch Blindgänger vorhanden sein."

„Und was bedeutet das für uns?"

„Das bedeutet, dass wir den Kampfmittelräumdienst bestellen müssen, der eine Sondierung vornimmt. Das verzögert die Sache natürlich. Und teurer wird es auch. Aber machen Sie sich keine Sorgen – ich kümmere mich um alles."

Mit einem Stöhnen legte Jacobi auf.

Freitag, 21. Oktober 1898

Im Herbst wurde es allmählich ruhiger auf den Schiffsmühlen. Zwar hatten die Müller das ganze Jahr über zu tun – außer im Winter, wenn die Mühlenschiffe zum Schutz gegen Eisgang in den Altrhein verbracht wurden. Aber nachdem die Erntezeit schon lange vorbei war, konnte man auf Sonntagsarbeit verzichten und auch schon mal die eine oder andere Nacht zu Hause bei der Familie verbringen.

Als sich Karl Volz und Georg Stahl am frühen Morgen ihrer Mühle näherten, bemerkten sie schon von Weitem, dass ihr Schiff mit erheblicher Schlagseite im Wasser lag. Karl erschrak und ruderte schneller. „Elender Mist!", fluchte er. „Wir müssen gleich an die Pumpe und können nur beten, dass wir den verdammten Kahn halbwegs aufrichten, bevor der erste Raddampfer kommt!"

„Nächste Woche bekommen wir ja endlich die neue automatische Kreiselpumpe", erinnerte ihn sein Partner. „Du weißt schon – das Modell, das die Luzie Schäfer ausgesucht hat. Dann kann so was ́hoffentlich nicht mehr passieren."

„Das ist aber keine Dauerlösung, Schorsch. Der Kahn ist einfach am Ende. Wir hätten schon längst ein neues Schiff kaufen müssen."

„Wovon denn, Karl? Einen kompletten Neubau auf einem Stahlponton und mit der Einrichtung, wie wir sie uns vorstellen, können wir uns einfach nicht leisten. Andererseits – lange warten können wir auch nicht. Ich schätze mal, dass unsere alte Arche den Winter nicht mehr überlebt. Unsere einzige Chance wäre, eine moderne Schiffsmühle mit kompletter Einrichtung günstig zu ersteigern – so eine, wie wir sie neulich bei den Doffleins in Gernsheim gesehen haben. Aber wer so eine Mühle besitzt, verkauft sie nicht. Der wäre ja blöd. Damit kann man auch heute noch gutes Geld verdienen."

Georg und Karl fanden ihre schlimmsten Befürchtungen bestätigt, als sie die Schiffsmühle erreicht hatten. Kniehoch schwappte die braune Brühe in der Bilge. Volz hatte auch bald die

Ursache gefunden: Ein fingerdickes kreisrundes Loch im Boden, durch das das Wasser ungehindert eindrang. Während Georg die Bilgepumpe in Stellung brachte, suchte Karl nach einem passenden Holzpfropfen, um das Leck mit ein paar vorsichtigen Hammerschlägen wenigstens provisorisch abzudichten.

Dann begannen sie mit dem Auspumpen. Es war ein Wettlauf gegen die Zeit. Der nächste Schleppdampfer, der vorbeikam, konnte die Situation dramatisch verschlimmern, denn solange sich das Mühlenschiff geradezu einladend zur Fahrrinne hin neigte, würden selbst kleinere Wellen mühelos die Bordwand überspülen.

Nebenan hatte Johannes Ittner die kritische Lage seiner Nachbarn erkannt. Sofort kam er mit seinem Mühlburschen herüber, um Georg und Karl zu unterstützen. Sie hatten Eimer mitgebracht, mit denen sie pausenlos Wasser aus dem Bauch des Schiffes schöpften. Das war gut gemeint und wurde auch dankbar angenommen, aber trotzdem nahm das Bilgewasser viel zu langsam ab. Es war, als würde man versuchen, mit einem Fingerhut eine Badewanne auszuschöpfen.

In der Ginsheimer Polizeiwache schrillte das Telefon. Polizeidiener Penk fuhr zusammen. Die lärmende Klingel hatte sich seit Wochen nicht mehr gemeldet.

Am Apparat war Kriminalkommissär Hartmann aus Darmstadt.

„Wie geht es Ihnen, Penk? Wir haben ja seit langem nichts mehr voneinander gehört.“

„Danke, hier ist so weit alles in Ordnung“, brüllte Wilhelm Penk zurück.

Hartmann hielt sich nicht lange mit Höflichkeitsfloskeln auf. Er wusste, dass die wacklige Leitung nach Ginsheim jederzeit zusammenbrechen konnte.

„Schreien Sie nicht so, Penk. Sonst kann ich Sie nicht verstehen. Hören Sie? – Ich sitze gerade über meinem Abschlussbericht zu den Ereignissen in Ginsheim und wollte Sie fragen, ob es im Fall des vermissten Müllers Heinrich Schäfer neue Erkenntnisse gibt?“

Der Polizeidiener schüttelte den Kopf. Dann fiel ihm ein, dass es der Kommissär ja nicht sehen konnte.

„Leider nein, Herr Kommissär. Der Richard Maus, den Sie im Verdacht hatten, konnte jedenfalls nichts damit zu tun haben. Eine Zeugin hat sich gemeldet, die ihn am Tag des Verschwindens von Schäfer frühmorgens in Mainz gesehen hat, als er gerade aus einem Bordell herauskam. Die ... die Besitzerin des Etablissements hat bestätigt, dass Maus dort die ganze Nacht verbracht hat. Gegen sechs Uhr hat sie ihn an die frische Luft gesetzt, nachdem er in betrunkenem Zustand zu randalieren anfing. Um neun Uhr hat ihn dann das Marktschiff mitsamt seinem Nachen nach Ginsheim zurückgebracht, was mehrere Fahrgäste bezeugen können.“

„Hört sich nach einem wasserdichten Alibi an, Penk. Aber ein Toter braucht ja kein Alibi. – Und es gab keine weiteren Hinweise, trotz der ausgeschriebenen Belohnung?“

„Leider nein, Herr Kommissär.“

Paul Hartmann seufzte. „Es scheint, als würden Sie mit Ihrer Vermutung recht behalten. Dieser Fall wird wohl niemals aufgeklärt werden. – Übrigens, was ist denn aus den beiden Ruderburschen geworden, die Sie verhaftet haben? Wurden die inzwischen verurteilt?“

Wilhelm Penk lächelte. „Sie werden es nicht glauben – das Verfahren wurde eingestellt. Die holländische Reederei hat nämlich Nachwuchsprobleme. Als der Vertreter der NSR die kräftigen Burschen sah, hat er ihnen ein Angebot gemacht. Die Anzeige könnte zurückgezogen werden, wenn sich Alfred Köhler und Heinz Stieglitz für zwei Jahre als Schiffsjungen verdingen würden. Nun, die beiden haben dann doch die harte Arbeit auf einem Schleppraddampfer einer Gefängnisstrafe vorgezogen. Amtsrichter Heil war einverstanden.“

„Na prima! Dann können ja alle Beteiligten zufrieden sein“, freute sich der Kriminalbeamte.

„Da gibt es noch etwas, was Sie vielleicht interessieren wird, Herr Kommissär. Den beiden Mühlburschen von Philipp Schrepfer wurde das Allgemeine Ehrenzeichen des Großherzogs verliehen – für mutiges und besonnenes Verhalten in der Brandnacht. Der Landrat war persönlich hier und hat die Orden übergeben."

Hartmann musste innerlich grinsen. Im Großherzogtum wurden ständig massenweise Orden für alles und jeden verteilt. Aber im Gegensatz zu manch anderem Ordensträger hatten die beiden Jungen die Auszeichnung wirklich verdient, musste er zugeben. Immerhin hatten sie die Schrepfer'sche Mühle vor dem Untergang bewahrt.

„Dann weiterhin alles Gute, Penk. Ich habe ja immer noch vor, mal zum Angeln oder zum Paddeln nach Ginsheim zu kommen. Aber ich fürchte, in diesem Jahr wird das nichts mehr. Vielleicht nächstes Frühjahr."

„Denken Sie an die Rheinschnaken", sagte der Polizeidiener.

Die entscheidende Prüfung für die leckgeschlagene Schiffsmühle kam nicht ohne Vorankündigung. Zunächst zeigte sich nur eine dünne Rauchfahne am Horizont in Höhe der Mainzer Eisenbahnbrücke. Sowohl Georg als auch Karl hatten sie bemerkt, aber sie verloren kein Wort darüber. Unwillkürlich beschleunigten sie den Takt an der Bilgepumpe, obwohl sie nach gut einer Stunde pausenlosen Abpumpens am Rande der Erschöpfung waren. Auch Ittner und sein Mühlbursche schleppten unermüdlich Eimer für Eimer nach oben.

Noch rund 20 Minuten blieben ihnen, bis der Dampfer an ihnen vorbeifahren würde. Das Mühlenschiff hatte sich inzwischen leicht aufgerichtet. Die flussseitige Bordkante lag immerhin schon 40 Zentimeter über dem Wasserspiegel.

Die Rauchfahne wurde größer und kam unabwendbar näher, während die Männer auf der Schiffsmühle ihren verzweifelten Kampf fortsetzten. Erst als bereits das Fauchen und Stampfen der Dampfmaschine zu hören war, ließ Georg von der Pumpe ab und sah der drohenden Gefahr ins Auge.

Die Bedrohung hatte einen Namen. „Franz Haniel I" stand in großen Lettern am Bug des Schleppraddampfers, der fünf mit Steinkohle beladene Lastkähne bergwärts zog.

Eigentlich müsste der doch sehen, in welcher Lage wir uns befinden, dachte Georg Stahl. Wir haben immer noch gefährliche Schlagseite. Der Schiffsführer müsste nur die Fahrt ein klein wenig zurücknehmen, um die hohen Wellen zu vermeiden. Dann hätten wir eine Chance.

Anscheinend hatte Karl Volz den gleichen Gedanken. Er lief zum Heck und schwenkte einen leeren Mehlsack heftig hin und her, um den Mann im Führerstand des Dampfers in letzter Sekunde auf die bedrohte Schiffsmühle aufmerksam zu machen.

Doch unbeeindruckt und unaufhaltsam setzte der riesige Schlepper seinen Kurs fort. Mit der geballten Kraft seiner 800 Pferdestärken zog er an der Schiffsmühle vorbei. Das Stampfen und Fauchen der Maschine wurde wieder leiser. Die Männer auf dem angeschlagenen Mühlenschiff hielten den Atem an. Sogar der Wasserspiegel des Rheins verharrte für einige Sekunden in trügerischer Ruhe.

Dann kam die erste Welle. Sie versetzte das alte Holzschiff in heftige Schaukelbewegungen, aber sie schaffte es nicht, die Bordwand zu überwinden. Der zweite Wellenberg war höher und erwischte die Schiffsmühle auf voller Breitseite. Donnernd schlug der Brecher aufs Deck; wie ein Wasserfall rauschte die Flut die engen Stufen hinunter in den Bauch des Schiffes.

Noch bevor die nächste Welle herankam, erschütterte ein heftiger Schlag das gesamte Mühlenschiff. Der 15 Zentner schwere Läuferstein, der neben dem Steinmahlgang aufgebockt stand, war umgekippt und rutschte polternd über den schrägen Boden auf die gegenüberliegende Wand zu. Holz splitterte, als er dort anschlug.

Damit war das Schicksal der Schiffsmühle besiegelt. Das Gewicht des Mühlsteins drückte die Steuerbordseite noch tiefer hinunter, bis das Wasser seinen Weg ins Innere gefunden hatte – zuerst als kleines Rinnsal, dann als rasch anschwellender Bach.

„Runter vom Schiff, wenn wir nicht mit absaufen wollen!",
schrie Karl Volz. Hannes Ittner war als erster am Steg und blieb mit einem Schrei stehen.

Seine eigene Mühle war ebenfalls in tödlicher Gefahr. Das sinkende Schiff zerrte mit seinen Verbindungstrossen an seinem landseitigen Nachbarn und drohte, ihn mit in die Tiefe zu reißen. Inzwischen lief auch hier schon das Wasser ungehindert über die Bordwand.

„Schnell – wir müssen die Taue kappen!" Georg Stahl wollte zurück und die Axt holen, aber es war zu gefährlich – er kam nicht mehr an das Werkzeug heran. Ittner löste sich aus seiner Erstarrung, sprang hinüber auf sein Schiff, fand das Beil und drosch wie besessen auf die Seile ein.

Endlich – die verhängnisvolle Verbindung zwischen den beiden Schiffen war gelöst. Das Mühlenschiff von Ittner und Guthmann konnte sich trotz beträchtlicher Schlagseite ein wenig aufrichten.

Jedoch die Erleichterung währte nicht lange, denn der Untergang der flussseitigen Mühle nebenan war nicht mehr aufzuhalten. Sie kippte zur Seite, schlürfte gurgelnd immer mehr Wasser aus dem Rhein und ging auf Grund. Doch es schien, als wolle sie nicht alleine sterben. In ihrem Todeskampf erzeugte sie einen gewaltigen Strudel, der die angeschlagene

Abgerissene Schiffsmühle im Rheinstrom vor der Langenaue.

Nachbarmühle packte, schüttelte und am Ende mit hinunter ins Verderben zog.

Voller Entsetzen mussten die vier Männer, die sich mit knapper Not ans Ufer retten konnten, mit ansehen, wie auch das zweite Mühlenschiff innerhalb von Minuten versank[27].

Stunden nach der Katastrophe saßen Johannes Ittner und Georg Stahl noch immer auf der Krippe und starrten fassungslos auf das, was von ihrer Existenzgrundlage übrig geblieben war. Die landseitige Mühle lag auf der Seite; die Schaufeln des Wasserrades zeigten anklagend gegen den Himmel. Von der anderen Mühle ragte nur noch der Kiel aus dem Wasser. Karl Volz war inzwischen nach Hause gegangen, weil er den Anblick nicht ertragen konnte.

„Die Mühle ist futsch, und die Maschinen auch", sagte Ittner düster. „Zehn Malter Weizen und sieben Zentner Mehl sind mit abgesoffen. Und zu allem Überfluss müssen wir auch noch die Bergungskosten aufbringen. Ihr seid ja wenigstens versichert."

Stahl lachte bitter. „Nicht mehr, Hannes. Vor vier Wochen war der Versicherungsagent bei uns. Er meinte, wir müssten jetzt die doppelte Prämie bezahlen, wenn wir den Vertrag fortsetzen wollten. Das Risiko sei einfach zu groß. Der Karl und ich waren uns einig. Wir haben die Versicherung gekündigt."

Wieder saßen die Männer lange schweigend nebeneinander.

„Was werdet ihr jetzt tun?", fragte Georg schließlich.

Johannes Ittner zuckte die Achseln. „Der Peter wollte sowieso bald aufhören. Er verträgt ja den Mehlstaub nicht, und sein Husten wird immer schlimmer. Immerhin hat er noch seine Landwirtschaft. Um die kann er sich jetzt etwas mehr kümmern. Was mich betrifft – ich bin schon seit einiger Zeit am überlegen, ob ich mir nicht eine Dampfmühle zulegen sollte. Ich habe ja noch das Grundstück draußen vorm Ort, am Bauschheimer Weg. Ein bisschen was habe ich auf der hohen Kante, und die Bank will mir einen Kredit geben. Wie sieht's aus, Schorsch? Willst du nicht bei mir einsteigen?"

---

[27] *Der Untergang zweier Schiffsmühlen im Oktober 1898 ist belegt:* Gräf 2006.

Stahl schüttelte den Kopf. „Ich glaube immer noch, dass eine moderne und gut eingerichtete Schiffsmühle eine Zukunft hat. Überleg doch mal – du musst keine Kohle anschaffen, keinen Heizer und keinen Maschinisten beschäftigen. Der Rhein liefert dir die Antriebskraft kostenlos; ohne Rauch, Dreck und Gestank."

„Die Zeiten sind vorbei, Schorsch. Sie werden dich weiter drangsalieren und dir das Leben schwer machen. – Schau mal: Der Oskar Schäfer aus Nackenheim hat doch neulich angefragt, ob er sein Schiff nicht nach Ginsheim verlegen könne. Weil ja der Platz vom Richard Maus frei geworden ist. Weißt du, was sie ihm geantwortet haben? Der Liegeplatz wird nicht mehr vergeben – angeblich viel zu nah am Fahrwasser. Und weißt du, was sie ihm stattdessen angeboten haben? Einen Ankerplatz bei der Kreuzlache, direkt vor der Altrheinmündung."

„Direkt vor der Altrheinmündung – soll das ein Witz sein? Das weiß doch jeder, dass es da überhaupt keine Strömung gibt. An dieser Stelle taugt eine Schiffsmühle allenfalls als Museum."

„Du sagst es, Schorsch. Wirst sehen, bald gibt es Schiffsmühlen nur noch als Museum. Und wir wandern auch ins Museum, wenn wir nicht mit der Zeit gehen. Nein, ich lasse mir eine Dampfmühle bauen und bleibe künftig an Land."

Noch einmal studierte Kommissär Paul Hartmann in seinem Büro sorgfältig alle Protokolle und Notizen zum Fall des verschwundenen Heinrich Schäfer. Er versuchte, sich den Müller, dem er nie begegnet war, vorzustellen. Vor seinem geistigen Auge entstand das Bild eines fleißigen und rechtschaffenen Handwerkers, eines fürsorglichen Familienvaters, von jedem respektiert und anerkannt. So jemand hat normalerweise keine Feinde.

Er sah ihn vor sich, wie er in seinem leckgeschlagenen Nachen nur noch mühsam vorankam. Immer mehr Wasser lief ins Boot, bis es kippte und der Ruderer in die Fluten stürzte. Aber noch war er nicht verloren. Denn aus den Wellen des Rheins stieg eine Nixe empor, mit langen, kastanienbraunen Haaren und einem spöttischen Lächeln. Sie schlang ihre Arme ganz fest um den Ertrinkenden, schwamm mit ihm in eine kleine versteckte Bucht und zog ihn an Land. Wunderschön war sie, als sie splitternackt aus dem Wasser stieg. Und Paul Hartmann merkte plötzlich, dass er selbst es war, der da erschöpft und wehrlos im Sand lag. Die Nixe beugte sich über ihn, bedeckte ihn mit heißen Küssen und hauchte ihm neue Kraft ein. Er wollte sich aufrichten, um ihre Zärtlichkeiten zu erwidern ...

Der Kommissär schreckte hoch. Jetzt war er doch tatsächlich an seinem Schreibtisch eingenickt. Draußen wurde es dunkel. Er schaltete die neue elektrische Schreibtischlampe ein und wandte sich wieder der Akte zu. Die Buchstaben verschwammen vor seinen Augen.

Hartmann stieß einen langen Seufzer aus. Wieder ein ungeklärter Fall für die Kriminalstatistik, dachte er. Dann schrieb er auf die letzte Seite: „Suche nach dem Vermissten erfolglos. Keine Hinweise auf ein Gewaltverbrechen. Vermutlich im Rhein ertrunken."

Er klappte den Aktendeckel zu, schloss sein Büro ab und ging nach Hause.

Donnerstag, 11. Oktober 2012

Harald Jacobi und Rainer Kramer lehnten lässig und entspannt am Geländer des Stegs, der zu ihrer Schiffsmühle führte, und schauten zu, wie das letzte Stück des Erdkabels verlegt wurde, auf das sie so lange warten mussten. Der Bagger, der den Graben aushob, war nur noch gut 60 Meter von ihnen entfernt.

Vorneweg sondierte der Mann vom Kampfmittelräumdienst mit einem geheimnisvollen schwarz-gelben Spezialfahrzeug, welches mit allerlei Messgeräten vollgepackt war, vorsichtig das Terrain.

„Wenn alles gutgeht, werden die heute fertig", stellte Jacobi befriedigt fest. „Der Rest ist dann unsere Sache. Hubert hat schon alles vorbereitet. Das Leerrohr hier am Steg ist bereits montiert."

„Stell dir vor, die hätten tatsächlich einen Blindgänger gefunden", unkte Kramer. „Das hätte einige Konsequenzen gehabt. In Offenbach haben sie neulich so ein Ding entschärft. Alle Gebäude im Umkreis von 500 Metern mussten evakuiert werden."

„Im Umkreis von 500 Metern sind wir das einzige Gebäude, Rainer. Das ist ganz schnell evakuiert. Dazu müssen nur wir beide von Bord gehen."

„Ist die Schiffsmühle denn überhaupt ein Gebäude?"

Harald zwinkerte verschmitzt. „Gute Frage. Warte, ich sehe mal nach."

Er ging ins Schiff, wo in einem kleinen Schrank Kopien der wichtigsten Dokumente aufbewahrt wurden, und kam mit dem Bescheid des Wasser- und Schifffahrtsamtes Mannheim zurück.

„Also, hier steht: *Das von Ihnen angemeldete Objekt ist gemäß §1.01 Nr. 11 der Binnenschifffahrtsstraßenordnung – in Klammer: BinSchStrO – eine schwimmende Anlage, welche in der Regel nicht zur Fortbewegung bestimmt ist.* Rainer, hast du das verstanden?"

Aber Rainer Kramer hatte gar nicht zugehört. Er beobachtete fasziniert die Vorgänge an der Baustelle. „Was machen die denn da?", fragte er verwundert.

Harald Jacobi folgte den Blicken seines Freundes. Der Bagger verharrte in Wartestellung, während der Kampfmittelsondierer sein Fahrzeug mehrfach aus verschiedenen Richtungen über dieselbe Stelle bewegte. Dann gab er dem Baggerführer ein Zeichen, worauf dieser seine Arbeit fortsetzte – allerdings sehr behutsam, dirigiert von der Pantomime des anderen. Schließlich stellte er seine Maschine ab und sprang herunter. Der Mann im gelben Schutzanzug stieg in die Grube, wo er mit einem Spaten vorsichtig weiterbuddelte.

„Komm, wir schauen uns das mal aus der Nähe an", schlug Harald Jacobi vor. Die beiden Männer liefen hinüber. „Na, haben Sie jetzt doch noch eine Bombe gefunden?", erkundigte sich Jacobi leichthin.

Der Mann mit dem Spaten schaute auf. „Das zum Glück nicht – aber sehen Sie selbst."

In der Grube lag ein rostiges Eisenteil, an dem eine ebenfalls total verrostete Kette befestigt war.

„Das scheint ein alter Bootsanker zu sein", meinte Rainer Kramer. „Zivilisationsschrott. Dann können wir ja jetzt unbesorgt weiter graben."

„Ich fürchte, das geht nicht, meine Herren", sagte der Kampfmittelexperte. „Schauen Sie mal hier."

Das andere Ende der Kette ruhte auf einem gelblich-weißen Untergrund. Mit den Händen scharrte der Mann die Erde an der Stelle beiseite, solange, bis Kramer und Jacobi erkennen konnten, was dort verborgen lag.

Ein eisiger Schauer lief ihnen über den Rücken. Es gab nicht den geringsten Zweifel. Sie blickten auf eine Sammlung von Knochen hinunter – auf die Rippen, das Brustbein und die Schulter eines menschlichen Skeletts.

Der Bombensucher stieg aus der Grube. „Ich denke, wir müssen die Polizei verständigen." Er zog sein Mobiltelefon aus der Tasche und wählte die 110.

Eine halbe Stunde später holperte ein Polizeifahrzeug über den Leinpfad heran. Zwei Männer in Zivil – Kommissar Benno Hauffe von der Regionalen Kriminalinspektion in Rüsselsheim und sein Assistent – stiegen aus. Während der Kommissar sich von den Arbeitern erklären ließ, wie es zu dem Fund gekommen war, sperrte sein Kollege das Gelände großräumig mit einem blauweißen Plastikband ab.

Kurz danach kam noch ein Van mit dem Team der Spurensicherung hinzu. Die Polizisten, zwei Männer und eine Frau, zogen weiße Schutzanzüge über und machten sich an die Arbeit. Mit kleinen Schaufeln und Pinseln entfernten sie vorsichtig und Schicht für Schicht die Erde von den Knochen. Zwischendurch fotografierten sie ständig aus verschiedenen Blickwinkeln mit der Digitalkamera.

Nachdem das Skelett vollständig freigelegt war, machten sie eine merkwürdige Entdeckung. Die rostige Ankerkette war zweifach um den Brustkorb gewickelt.

„Eine seltsame Form der Bestattung", bemerkte der Kriminalkommissar. „Das könnte die Tat eines Psychopathen gewesen sein."

„Der Tote liegt mindestens fünf Jahre hier; vielleicht auch länger", erklärte der Chef der Spusi. „Schwer zu sagen. Das hier ist Moorboden, der die Leiche ungewöhnlich gut konserviert hat. An den Händen und Füßen sind sogar noch Reste von Haut und Muskelgewebe vorhanden. Sicher genug Material für eine DNA-Analyse. Wir bringen ihn jetzt ins Landeskriminalamt zur forensischen Untersuchung. Danach wird man weitersehen."

Die Polizisten packten die Knochen in schwarze Plastiksäcke, die sie sorgfältig beschrifteten. Anschließend entnahmen sie zahlreiche Bodenproben an verschiedenen

Stellen der Grube und füllten sie in kleine Beutel, die ebenfalls genauestens beschriftet wurden.

„Sollen wir den Anker auch mitnehmen, Herr Kommissar?", fragte der Leiter der Spurensicherung.

„Den können Sie erst mal liegen lassen. Da werden wir kaum noch Fingerabdrücke finden", witzelte Hauffe.

Harald Jacobi, der zusammen mit Rainer Kramer die Arbeit der Polizei mit einer Mischung aus Grusel und Neugier verfolgt hatte, wandte sich an den Kommissar: „Dürfen wir denn jetzt mit der Kabelverlegung weitermachen?"

„Auf keinen Fall!", entschied Benno Hauffe. „Wir müssen erst die Untersuchungen abwarten. Vielleicht müssen wir anschließend die Umgebung noch einmal gründlich absuchen. Bis dahin darf niemand den abgesperrten Bereich betreten."

Jacobi stöhnte. Noch eine unvorhergesehene Verzögerung. „Wie lange kann das dauern, Herr Kommissar?"

Der Kriminalbeamte überlegte. „Ich rufe Sie an", versprach er. Die beiden Männer tauschten ihre Visitenkarten aus.

Dienstag, 29. November 1898

Das Adventshochwasser kam früh in diesem Jahr[28], und es kam schneller und heftiger als in all den Jahren davor, soweit sich jemand erinnern konnte.

Bereits am Vorabend hatte man alle Durchlässe des Sandsteinmäucherchens am Altrhein mit schweren Bohlen abgesperrt und zusätzlich mit Sandsäcken gesichert. Die ganze Nacht über patrouillierten die Dammwachen rund um Ginsheim, und auch das kleinste Mauseloch, durch das vielleicht Wasser eindringen könnte, wurde abgedichtet. Alle erwachsenen Männer im Ort waren in Bereitschaft und wurden von Erich Kellmann, dem neuen Dammwärter, zur Wache eingeteilt.

Die beiden verbliebenen Ginsheimer Schiffsmühlen hatte man rechtzeitig in Sicherheit gebracht. Sie lagen jetzt im Altrhein, an hohen Pfosten angebunden, und hatten Winterpause, bis auch die Gefahr einer Beschädigung durch Eisgang vorüber war.

Am frühen Morgen plätscherte das Wasser schon an der Sohle des Dammes und stieg rasch höher. Es regnete immer noch wie aus Kübeln. Unheimlich still war es in dem kleinen Ort. Das normale alltägliche Leben war völlig zum Erliegen gekommen.

Gegen zwei Uhr Nachmittags erreichte die Flut bereits die Sandsteinmauer, die sich zum ersten Mal seit ihrer Errichtung vor einigen Jahren bewähren musste. Noch hielt sie den Wassermassen stand.

Dann, kurz nach vier Uhr, läuteten die Sturmglocken. Der völlig aufgeweichte Ortsdamm hatte nachgegeben – aber nicht auf der Seite des Altrheins, wie viele befürchtet hatten. Heimtückisch und brutal kam das Verderben von hinten, durch einen Deichbruch nahe der Straße nach Bischofsheim, der sich rasch vergrößerte.

Innerhalb von Minuten überschwemmte eine braune Brühe alle Straßen. Das Wasser lief in die Keller, in die Ställe, ins Erdge-

---

[28] *Die folgende Schilderung orientiert sich an Berichten über das „Jahrhunderthochwasser" von 1882.*

schoss der Häuser. Obwohl Menschen nicht unmittelbar zu Schaden kamen, wurde die Flut zur existentiellen Bedrohung für viele Familien. Eingelagerte Vorräte für den Winter wurden auf einen Schlag vernichtet. In beinahe jedem Haushalt lebten außerdem ein paar kleinere Haustiere für die eigene Versorgung. Jetzt schaffte man die Hühner, die Ziegen, das Schweinchen eilends hinauf in die Schlafzimmer und Wohnstuben, um sie vor dem Ertrinken zu retten. Nur die Kinder fanden das lustig.

Das Großvieh aber, die Pferde und Rinder, musste anderweitig in Sicherheit gebracht werden. Die Bauern versuchten, ihre von Panik erfassten Tiere durch das eiskalte Wasser hinüber nach Bauschheim zu treiben. Der Nachbarort lag auf einer flachen Kuppe – gerade mal drei Meter über der gefluteten Rheinebene. Drei Meter, die für Mensch und Tier den Unterschied ausmachen konnten zwischen Leben und Tod.

Auf einem der hohen Bäume, die noch aus der Wasserwüste aufragten, kauerte auf der unteren Astgabel eine dunkle Gestalt. Aus der Ferne hätte man sie für einen großen Vogel halten können; ein Reiher vielleicht, der es versäumt hatte, seinen Artgenossen hinüber auf die trockenen rheinhessischen Hügel zu folgen. Aber es war kein Vogel. Die Gestalt, die dort regungslos zusammengekauert hockte, war ein Mensch.

Toni fror entsetzlich. Er wusste nicht mehr, wie lange er schon hier auf dem Baum saß. Als er am Morgen aufgewacht war, kam das Wasser bereits zu ihm in die Hütte herein. Verzweifelt hatte er versucht, wenigstens einen Teil seiner bescheidenen Habe zu retten. Seine Angeln und Netze konnte er gerade noch im Nachen verstauen, bevor er mit ansehen musste, wie die Flut seine armselige Behausung einfach hinwegspülte. Und wenig später hatte sich auch sein Nachen losgerissen und war zusammen mit Treibholz und steifbeinigen Tierkadavern rasch davongeschwommen, ohne dass er ihn aufhalten konnte. Es blieb ihm nur noch die Flucht auf den Baum.

Von seinem Platz aus konnte er die kleine Kirche sehen und die Männer, die auf dem Damm hin und herliefen. Er hatte überlegt, ob er nicht durch lautes Rufen auf sich aufmerksam machen sollte, aber er wusste, dass es zwecklos war. Sie konnten ihn nicht hören. Sie konnten ihn nicht sehen. Selbst wenn sie ihn entdeckt hätten – keiner würde es bei dieser tödlichen Strömung wagen, zu ihm herüberzurudern. Sie hatten jetzt andere Sorgen. Sie hatten ihn vergessen.

Toni war ein guter Schwimmer. Vielleicht würde er es sogar schaffen, das Ufer zu erreichen. Aber es hatte keinen Sinn. Alles hatte er verloren. Niemand würde auf ihn warten. Er sah seiner gerechten Strafe entgegen.

Eine undeutliche, schemenhafte Erinnerung an seine Kindheit stieg in ihm hoch – an einen Mann im schwarzen Anzug, der hin und wieder seine Mutter besuchte, als sie noch zusammen in dem versteckten Häuschen tief im Wald wohnten. Der Mann hatte ihm viele Geschichten erzählt von dem allmächtigen Gott im Himmel, der alles sah und alles wusste. Ein strenger und strafender Gott war das, der die Sünden der Menschen unerbittlich rächte. Einmal, so erzählte der Mann, schickte der Herr im Himmel sogar eine gewaltige Flut, um die gesamte sündige Menschheit zu vernichten. Jetzt war es wieder so weit.

Denn auch Toni hatte gesündigt. Er hatte einen Menschen getötet. Der Mann mit der schwarzen Kleidung hatte gesagt, das sei die schlimmste Sünde von allen. Tiere dürfe man töten, um seinen Hunger zu stillen, aber niemals einen Menschen.

Er erinnerte sich noch genau an jenen Morgen im Spätsommer, als es geschah. Lange vor Sonnenaufgang war er mit seiner Harpune zur Altrheinmündung aufgebrochen. Er wollte versuchen, noch einmal einen von diesen ganz großen Fischen zu erlegen – so einen, wie er dem Postwirt verkauft hatte. Den Fisch würde er der Luzie schenken. Dann würde sie merken, dass er nicht blöd war. Dann würde sie bestimmt zu ihm in die Hütte ziehen.

Aber er hatte kein Glück an diesem Morgen. Keiner von den großen Fischen ließ sich blicken, obwohl Toni lange Zeit bewegungslos im flachen Wasser lauerte.

Dann sah er den Nachen. Er merkte sofort, dass mit dem Boot etwas nicht in Ordnung war. Der Ruderer hatte einige

Mühe, es ans Ufer zu bringen, weil es offenbar schon halb voll Wasser gelaufen war.

Den Mann im Boot kannte er. Es war Luzies Vater, der gesagt hatte, er wäre niemals damit einverstanden, dass seine Tochter zu ihm in die Hütte ziehen würde. Wahrscheinlich hielt er ihn für blöd. Wenn aber der Müller tot wäre, würde ihm niemand mehr im Weg stehen. Dann könnte er die Luzie zu sich in die Hütte holen.

Versteckt hinter den Hecken beobachtete der Junge, wie der große Müller das Boot am Ufer festband und sich zu Fuß auf den Weg ins Dorf machte. Toni hatte die Harpune noch in der Hand, als er sich lautlos von hinten heranschlich.

Luzies Vater hatte nicht die geringste Chance. Mit zwei Sätzen war Toni bei ihm und schoss ihm den Stahl zwischen die Rippen; direkt ins Herz. Der Müller drehte sich erstaunt um und wollte noch etwas sagen, aber es kam nur ein unverständliches Röcheln und dann ein Blutschwall aus seinem Mund, bevor er zusammensackte. Er zuckte noch ein paar Mal am Boden; dann war er tot.

Zu den wenigen Männern, die in diesen schweren Stunden nicht bei ihren Familien sein konnten, gehörten Georg Stahl und Karl Volz. Die beiden hatten, nachdem ihre Schiffsmühle kläglich untergegangen war, ziemlich schnell in der Nähmaschinen- und Fahrradfabrik von Adam Opel im nahe gelegenen Rüsselsheim Arbeit gefunden. Dort waren die vielseitigen und einfallsreichen Handwerker hoch willkommen. Nachdem man ihr Talent erkannt hatte, wurden ihnen auch gleich besondere Aufgaben anvertraut.

Der gründliche und visionäre Georg sollte sich um die Qualitätsverbesserung im Fahrradbau kümmern. Er studierte ausgiebig die Beschwerdebriefe der Kunden, fand die Schwachstellen in der Konstruktion heraus und regte zahlreiche Verbesserungen an.

Karl, der begnadete Tüftler, wurde in eine sorgfältig abgeschirmte Spezialwerkstatt versetzt, über die die Kollegen hinter vorgehaltener Hand tuschelten. Dort durfte er zusammen mit einem Herrn Lutzmann aus Dessau an einer Kutsche herumbasteln, die anstelle von Pferden von einem Benzinmotor angetrieben wurde. Die Brüder Opel hatten allen Ernstes vor, eine solche Benzinkutsche im kommenden Jahr auf den Markt zu bringen.

Georgs Tätigkeit brachte es mit sich, dass er regelmäßig die neuesten Fahrradmodelle auf längeren Testfahrten ausprobieren durfte. Er sorgte dafür, dass sein Freund ebenfalls ein Fahrrad zum Testen bekam. Jetzt brauchten sie für ihren täglichen Weg von Ginsheim nach Rüsselsheim und zurück nur noch dreißig Minuten pro Strecke, anstelle von eineinhalb Stunden zu Fuß.

Aber heute war nach Feierabend an den Heimweg nicht zu denken – weder zu Fuß, noch mit dem Rad oder irgendeinem anderen Fahrzeug. Am Morgen hatten sie über aufgeweichte und teilweise überflutete Wege mit knapper Not noch die Fabrik erreicht. Am Nachmittag verbreitete sich dann die Kunde, dass die Ortschaften längs des Rheins, von der Mainspitze bis tief hinein ins Ried, komplett von den Fluten eingeschlossen waren. In den Fabrikhallen wurden in aller Eile Feldbetten aufgestellt, damit die Arbeiter aus den betroffenen Gemeinden dort übernachten konnten.

Die mächtige hundertjährige Erle, auf der Toni Zuflucht gefunden hatte, neigte sich ächzend zur Seite. Die reißenden Fluten hatten ihre Wurzeln so weit unterspült, dass sie zu kippen drohte. Toni hing halb im Wasser und kletterte mühsam weiter nach oben zur nächsten Astgabel. Er bibberte am ganzen Körper vor Kälte und merkte, wie seine Kräfte langsam nachließen.

Er hatte kein Mitleid gespürt, damals, als der Müller tot zu seinen Füßen lag. Er hatte nach den Gesetzen der Natur gehandelt, in der er lebte und mit der er lebte: Wenn zwei sich im Weg waren, musste einer von ihnen weichen. Der Stärkere blieb Sieger. Oder der Klügere. Er war ja nicht blöd.

Toni wusste auch, dass er die Leiche verschwinden lassen musste. Ganz in der Nähe gab es eine sumpfige Stelle, von Schilf gesäumt, mit einem kleinen, von außen nicht sichtbaren Wasserloch in der Mitte. Dorthin schleifte er sein Opfer.

Auf seinen Streifzügen hatte er schon vor einiger Zeit die schwere Eisenkette mit dem Anker entdeckt, die, überwuchert von Brennnesseln und Gestrüpp, am Rande des Sumpflochs versteckt lag. Die konnte er jetzt gut gebrauchen. Er wand die Kette zweimal um den Oberkörper des Leichnams und vergewisserte sich, dass sie sich nicht mehr lösen konnte. Danach hatte er einige Mühe, den schweren Körper samt Kette und Anker in den Sumpf zu ziehen. Bis zur Brust stand er in der morastigen Brühe, bevor seine Last langsam und mit einem leisen Blubbern in der Tiefe versank.

Hinterher war er zurückgegangen, hatte den leckgeschlagenen Nachen des Müllers losgebunden und ihm nachgeschaut, wie er gemächlich flussabwärts schaukelte. Das Boot hätte sonst leicht das Versteck der Leiche verraten können. Nein, er war nicht blöd.

Nach Feierabend gab es für die Männer bei Opel, die nicht nach Hause konnten, eine warme Suppe. Die Witwe des Firmengründers, Frau Sophie Opel, ging von Tisch zu Tisch, schöpfte eigenhändig die Teller voll und hatte für jeden, der sich Sorgen um seine Angehörigen machte, ein tröstendes Wort.

„Eigentlich geht es uns hier doch ganz gut", meinte Karl, während er seine Suppe löffelte. „Wir kriegen regelmäßig unseren Lohn, haben sonntags frei und sind nachts bei unseren Familien, wenn nicht gerade Hochwasser ist. Wie oft haben wir geflucht, wenn wir uns auf der Schiffsmühle eine Nacht um die Ohren schlagen mussten! Du weißt ja: Das Müllerleben ist von Gott gegeben, doch das Mahlen bei Nacht hat der Teufel erdacht."

Georg war anderer Meinung. „Die Fabrikluft ist auf die Dauer nichts für mich, Karl. Ich brauche den Rhein und die frische Brise am Wasser. Es gibt nichts Schöneres, als nach getaner Arbeit bei Sonnenaufgang nach Hause zu rudern und die Vögel zu beobachten. Vor allem aber möchte ich wieder mein eigener Herr sein."

Nebenan saß ein junger Mann, der das Gespräch mit angehört hatte und sich nun einmischte.

„So, ihr hattet früher eine Schiffsmühle? Mein Großvater hat auch eine, zusammen mit seinem Bruder. – Ich bin Werner Dofflein aus Gernsheim", stellte er sich vor.

„Ach, so ein Zufall, die Mühle kennen wir!", rief Stahl. „Die haben wir uns im September angeschaut und waren schwer beeindruckt. Sie ist bestimmt die modernste Schiffsmühle auf dem Rhein."

„Ja, und die beiden Besitzer haben anscheinend in den letzten drei Jahren ganz gut daran verdient. Jedenfalls wollen sie sich nächstes Jahr zur Ruhe setzen[29]", verriet Werner Dofflein.

Georg sah Karl an. „Siehst du, ich habe doch immer gesagt, dass man auch heute noch mit der richtigen Schiffsmühle ordentlich Kasse machen kann. Keiner will mir das glauben."

„Und was wird dann aus der Mühle, wenn dein Großvater und dein Onkel aufhören?", wollte Volz von dem jungen Mann hören.

Der zuckte die Achseln. „Ich weiß nicht. Vielleicht werden sie das Schiff verkaufen. Es sind ja keine Nachkommen da, die sich für die Müllerei interessieren."

Georg Stahl war plötzlich hellwach.

Mit einem heftigen Ruck zog die alte Erle ihre letzten Wurzeln aus dem Boden und löste sich unwiderruflich von ihrem Standort, den sie hundert Jahre lang nicht verlassen hatte. Die Krone peitschte ins Wasser, dann suchte der große Baum sich seinen Weg ins Ungewisse.

Toni klammerte sich mit schwindender Kraft am Stamm fest und ließ sich willenlos mit davon treiben. Auch er hatte hier keine Wurzeln mehr. Ein letztes Mal zogen die Häuser des kleinen Ortes in der Dämmerung an ihm vorüber; dann die Pappelallee, die normalerweise das Ufer markierte, die aber jetzt inmitten eines riesigen Sees stand.

---

[29] *In einer Festschrift heißt es, die Gebrüder Dofflein hätten ihre Schiffsmühle abgestoßen, weil sie ihre Dampfmühle in der Stadt ausbauen wollten; vgl.* Gernsheim 1956.

Alles war umsonst gewesen. Luzie hatte ihr Herz einem anderen geschenkt, das wurde ihm ziemlich schnell klar. Sie würde nie zu ihm in die Hütte kommen, auch wenn ihr Vater jetzt tot war. Seitdem hatte er stärker denn je die nächtliche Kälte gespürt, wenn er aus furchtbaren Träumen auf seinem Lager hochschreckte.

Doch das war nichts gegen die Eiseskälte, die ihn jetzt gepackt hatte. Sie war lähmend und endgültig. Er wusste, dass es kein Entrinnen mehr gab.

Im letzten fahlen Licht des scheidenden Tages sah er einen anderen großen Baum vorbeischwimmen, der sein Herbstlaub noch nicht abgeworfen hatte. Rötlichgelb schimmerte es im Geäst. Plötzlich erkannte Toni zwischen den Zweigen Luzies Gesicht.

Ja, sie war es. Sie lächelte ihm zu und winkte ihn zu sich herüber. Jetzt war sie doch noch zu ihm gekommen, und sie würde von nun an für immer bei ihm bleiben.

„Luzie ... Luzie!", flüsterte Toni. Er löste sich von seinem Baumstamm und ließ sich zu ihr hinübertreiben. Und auf einmal war ihm überhaupt nicht mehr kalt. Eine wunderbare, nie gekannte Wärme durchströmte seinen Körper, als Luzie ihn in die Arme nahm und ganz fest an sich drückte.

„Luzie ..." Er lächelte voller Seligkeit.

Dann wurde es Nacht um ihn.

Dienstag, 7. März 1899

Nur ein knappes Dutzend Interessenten hatte sich im Sitzungssaal des Amtsgerichts Groß-Gerau eingefunden, um der Versteigerung beizuwohnen, die schon vor vier Wochen im Amtsblatt des Kreises angekündigt worden war.

Während man noch auf den Auktionator wartete, bildeten sich kleine Grüppchen, in intensive Gespräche vertieft. Georg Stahl und Karl Volz diskutierten angeregt mit den Dofflein-Brüdern. Ein weiterer Müller aus Gernsheim fachsimpelte lautstark mit einem Kollegen aus Worms. Ariel Becker, Kaufmann aus Mainz, tuschelte mit seinem Anwalt.

Auf der anderen Seite des Saales plauderten Philipp Schrepfer und Peter Guthmann mit Oskar Schäfer aus Nackenheim, dem Bruder des immer noch verschollenen Heinrich Schäfer. Sie unterhielten sich über die Hochzeitsfeier am vergangenen Sonntag, zu der sie alle eingeladen waren. Luzie Schäfer und Jean Berger hatten sich in der Ginsheimer Kirche das Jawort gegeben.

„Ich war ja völlig von den Socken, als ich Luzies Trauzeugen gesehen habe“, sagte Guthmann. „Zuerst dachte ich: Diese Uniform kennst du doch. Als er sich dann umdrehte, bin ich fast in Ohnmacht gefallen!“

Oskar Schäfer lachte. „Mich hatte die Marga ja vorgewarnt. Wusstet ihr, dass sie den Kapitän Kamies schon fast 20 Jahre lang kennt? Sie ist ihm damals, noch vor ihrer Heirat, in Mainz begegnet, als er mit seinem Schiff im Eis festsaß.“

Philipp Schrepfer staunte. „Wirklich? Also, Zufälle gibt es ...“

„Sag mal, Oskar“, erkundigte sich Peter vorsichtig. „Hat sich deine Schwägerin denn jetzt damit abgefunden, dass der Heiner nicht mehr wiederkommt?“

Oskars Gesicht verdunkelte sich. „Man darf sie immer noch nicht darauf ansprechen, Peter. Ich selbst habe auch einige Zeit gebraucht, bis ich akzeptiert habe, dass mein Bruder ertrunken ist. Der lange Winter war schrecklich für Marga. Aber jetzt, wo die Tage länger werden, scheint es ihr besser zu gehen. Sie freut sich ja schon so auf ihr Enkelkind!“

Peter grinste. „Das wurde aber auch höchste Zeit, dass die jungen Leute endlich geheiratet haben. Das Bäuchlein bei der Braut war ja nicht zu übersehen. Wann ist es denn so weit?"

„Anfang Juni, hab ich gehört. Das gibt bestimmt einen tüchtigen Müller – bei den Eltern!"

„Oder eine Müllerin", lachte Philipp. „Es ist kaum zu glauben, aber ich sehe die Luzie fast jeden Tag draußen bei Jean auf der Mühle. Also, normal ist das ja nicht – eine schwangere Frau an den Maschinen ..."

„Die Zeiten ändern sich halt, mein Lieber", entgegnete Oskar Schäfer mit einem Augenzwinkern. „Ich sage euch, die Luzie versteht mehr von der Technik als wir alle miteinander. Kürzlich stand in der Zeitung, dass an der Technischen Hochschule von Lausanne in der Schweiz demnächst auch Frauen zum Studium zugelassen werden. Als die Luzie davon hörte, hätte sie sich am liebsten gleich angemeldet. Jean konnte sie gerade noch davon überzeugen, damit wenigstens zu warten, bis das Baby da ist."

Die Gespräche verebbten, als der Auktionator Egon Schneider, ausgestattet mit Ärmelschonern, Vatermörderkragen und einem Kneifer, den Sitzungssaal betrat und umständlich am Richtertisch Platz nahm.

„Zunächst muss ich die Anwesenheitsliste überprüfen", verkündete er. „Bitte treten Sie einzeln heran und weisen Sie sich aus."

„Peter, wieso bist du eigentlich hier?", raunte Schäfer, während sie sich einreihten. „Willst du jetzt doch wieder in die Müllerei einsteigen?"

„Keine Sorge, Oskar", lächelte Guthmann. „Ich habe mit meinen Rindviechern und meinen Äckern genug zu tun. Mein Husten ist auch schon fast weg, seitdem ich nur noch in der Landwirtschaft arbeite. Aber mein Ältester, der Nikolaus, macht doch im Mai seine Meisterprüfung. Eigentlich sollte er meinen Anteil an unserer früheren Schiffsmühle übernehmen – die ist ja nun leider abgesoffen. Der Philipp hat angeboten, dass Nikolaus bei ihm einsteigen kann. – Und was machst du hier?"

„Ich muss mich allmählich nach einem neuen Schiff umsehen, damit es mir nicht so ergeht wie euch, Peter. Mein alter Holzkahn läuft auch ständig voll Wasser. Die Mühle der Doffleins würde mir schon gefallen. Aber ich fürchte, ich kann sie mir nicht leisten.“

Schneider räusperte sich und bat die Anwesenden um Ruhe. Nachdem sich alle gesetzt hatten, begann er mit der Auktion.

„Zur Versteigerung kommt zunächst eine halbe Rheinmühle aus dem Nachlass des verstorbenen Friedrich Fischer aus Ginsheim, derzeit im Besitz der Witwe Dorothea Fischer, per Vollmacht vertreten durch den hier anwesenden Philipp Schrepfer. Die Mühle ist in gutem Zustand und voll betriebsbereit. Das Mindestgebot wurde auf 2.500 Mark festgesetzt. Bietet jemand 2.500?“

Peter Guthmann hob die Hand.

„2.500 Mark sind geboten. Wer bietet mehr?“

Niemand im Saal rührte sich.

Der Auktionator blätterte in seinen Unterlagen. „Ich darf darauf hinweisen, dass in dieser Mühle erst letztes Jahr zwei neue Walzenstühle und ein Plansichter eingebaut wurden; Wert etwa 4.000 Mark. Bietet jemand 2.600 Mark?“

Doch offensichtlich war keiner der Anwesenden dazu bereit.

„2.500 Mark zum Ersten … zum Zweiten … und zum Dritten.“ Der Hammer fiel. „Der Anteil geht für 2.500 Mark an Peter Guthmann aus Ginsheim.“

Die Aufmerksamkeit im Saal steigerte sich merklich, als die nächste Auktion angekündigt wurde.

„Wir kommen nun zur Versteigerung der Rheinmühle der Brüder Eugen und Hartmut Dofflein aus Gernsheim, beide hier anwesend. Die Mühle ist auf einem Schiff aus Stahl errichtet und wurde 1895 von der Firma Bühler in Uzwil komplett neu ausgerüstet. Sie besitzt alle erforderlichen Maschinen zur Getreidereinigung; unter anderem einen Aspirateur, einen Tireur … äh … Trieur …“

Der Auktionator verhaspelte sich bei den komplizierten französischen Fachbegriffen. „Nun, die Interessenten hatten ja Gelegenheit, die Schiffsmühle zu besichtigen und sich ein Bild von deren Zustand zu machen. Das Mindestgebot liegt bei 8.000 Mark. Wer bietet 8.000 Mark?“

Diesmal gingen gleich fünf Hände hoch; die Hand von Georg Stahl ebenso wie die von Oskar Schäfer und Ariel Becker. Auch die beiden Müller aus Worms und Gernsheim meldeten ihr Gebot an.

„8.000 Mark sind geboten. Wer bietet 8.100 Mark? 8.200? 8.300?“ Mit monotoner Stimme leierte Schneider seine Zahlenreihe herunter. In Schritten von hundert Mark wurden die Gebote erhöht, bis jenseits von 10.000 Mark die ersten Bieter passen mussten. Oskar Schäfer ließ seine Hand sinken, und kurz darauf stieg auch der Wormser Müller aus.

„12.300 ... 12.400 ... 12.500 ...“

Georg Stahl standen die Schweißperlen auf der Stirn. 14.000 Mark waren das Äußerste, was Karl Volz und er gemeinsam aufbringen konnten. Das hatten sie vorher abgesprochen. Die Schmerzgrenze kam immer näher.

„13.400 ... 13.500 ... 13.600 ...“ Jetzt ging auch die Hand des Gernsheimer Konkurrenten runter. Nur noch Ariel Becker und die Herren Volz und Stahl waren im Rennen.

Der Auktionator legte eine Pause ein. Jeder im Saal spürte, dass die Entscheidung unmittelbar bevorstand. Die Spannung knisterte.

„13.600 Mark sind geboten. Bietet jemand 13.700 Mark?“

Das Herz schlug Georg bis zum Hals, als er erneut seine Hand hob. Gleich ist es vorbei, ging es ihm durch den Kopf. Wir werden die Mühle nicht bekommen. Aber wir haben es wenigstens versucht.

Er wartete auf die Fortsetzung der Zahlenreihe durch den Auktionator, doch stattdessen hörte er: „13.700 Mark sind geboten. Bietet jemand mehr?“

Georg Stahl drehte den Kopf und bemerkte zu seiner Verblüffung, dass Beckers Hand nicht nach oben gegangen war. Der

Anwalt flüsterte seinem Mandanten etwas ins Ohr, doch der Mainzer Kaufmann schüttelte fast unmerklich den Kopf.

„Das letzte Gebot liegt bei 13.700 Mark. 13.700 zum Ersten... zum Zweiten ... und zum Dritten! Die Rheinmühle der Brüder Dofflein geht für 13.700 Mark an die Herren Georg Stahl und Karl Volz aus Ginsheim, jedem zur Hälfte!“

Karl und Georg fielen sich in die Arme.

Nachdem die Auktion vorbei war, schwoll das Stimmengewirr im Sitzungssaal erneut an. Volz und Stahl nahmen die Glückwünsche der Kollegen entgegen.

„Aber hör mal, Schorsch“, erkundigte sich der neugierige Guthmann. „Wie wollt ihr denn jetzt euer neues Schiff von Gernsheim bis zu seinem Liegeplatz nach Ginsheim bringen?“

Georg Stahl schmunzelte. „Kein Problem, Peter. Am Sonntag auf der Hochzeit habe ich einen Freund getroffen, der uns dabei helfen will. Es kann allerdings ein paar Wochen dauern, bis er wieder mal vorbeikommt. – Aber dir kann man ja auch gratulieren! Das war ja ein richtiges Schnäppchen, das du da für deinen Nikolaus an Land gezogen hast!“

„Wie man’s nimmt, Schorsch. Du hast ja gesehen – kein Mensch interessiert sich heute mehr für ein Mühlenschiff aus Holz, und das aus gutem Grund. Aber ich habe 6.000 Mark zurückgelegt, um meinem Ältesten den Einstieg ins Geschäft zu ermöglichen. Die Hälfte davon bekommt die Doris Fischer – ich denke, das ist ein fairer Preis. Die andere Hälfte spendiere ich dem Philipp und dem Nikolaus als Betriebskapital, damit die sich möglichst bald auch ein eisernes Schiff leisten können!“

Allmählich leerte sich der Gerichtssaal. Auf dem Weg zur Tür kam Ariel Becker noch einmal zu den neuen Besitzern der Gernsheimer Schiffsmühle herüber und wedelte mit einem dicken Geldscheinbündel.

„Das hier sind 16.000 Mark, meine Herren“, schmunzelte er. „Alles ehrlich verdientes und ordnungsgemäß versteuertes Geld! Bis zu dieser Höhe wollte ich heute eigentlich bieten. Allein die Maschinen in dieser Mühle sind so viel wert. Aber dann habe ich mich gefragt – wozu? Ich bin ja nicht vom Fach, und noch einmal wollte ich das Risiko, von einem unseriösen Partner hereingelegt zu werden, nicht eingehen. Ich hätte die Schiffsmühle ausschlachten lassen, die Geräte einzeln verkauft und das Schiff anschließend zum Schrottwert an eine Werft gegeben. Bei Ihnen beiden habe ich gespürt, dass Sie Ihr Handwerk verstehen und mit Begeisterung und Leidenschaft an die Sache herangehen. Ich bin sicher, dass Sie mit Ihrer neuen Mühle Erfolg haben werden, und wünsche Ihnen alles Gute für die Zukunft. Glück zu, meine Herren!"

Freitag, 19. Oktober 2012

Bei Harald Jacobi klingelte das Telefon. Am Apparat war Kriminalkommissar Benno Hauffe.

„Herr Jacobi, ich hatte Ihnen ja versprochen, dass ich Sie anrufe, um Ihnen aus erster Hand von unseren Ermittlungen zu berichten, bevor Sie wieder irgendeinen Schwachsinn in der Zeitung lesen."

Jacobi musste grinsen. In den letzten Tagen hatte sich die Lokalpresse schon zu wilden Spekulationen über *das Geheimnis der Ginsheimer Moorleiche* hinreißen lassen.

„Was haben Sie herausgefunden, Herr Kommissar?"

„Also – am Anfang unserer Untersuchungen stand naturgemäß die Frage, wie lange die Leiche schon am Fundort vergraben lag. Die Bestimmung des sogenannten postmortalen Intervalls gehört zu den schwierigsten Problemen in der Forensik. Immerhin kann man heute anhand des Dekompositionsgrades der Knochen, unter Berücksichtigung der chemischen und physikalischen Eigenschaften des Bodens am Fundort, zumindest eine grobe Abschätzung wagen. Und jetzt halten Sie sich fest, Herr Jacobi."

„Machen Sie's nicht so spannend, Herr Hauffe."

„Das Skelett lag nicht etwa fünf Jahre dort, auch nicht zehn Jahre. Unsere Experten sind sich ziemlich sicher, dass es seit mindestens hundert Jahren an dieser Stelle lag!"

Jacobi war ehrlich überrascht. „So genau kann man das feststellen?", fragte er.

„Eben nicht, Herr Jacobi. Es können hundert Jahre sein oder auch hundertfünfzig – wir wissen es nicht. Mit Sicherheit ist das aber kein Fall mehr für die heutige Polizei, sondern eher für die Archäologie. Mord verjährt zwar nicht, aber wir können davon ausgehen, dass auch der Mörder schon seit vielen Jahrzehnten tot ist. Das gleiche gilt für eventuelle Angehörige des Opfers."

Harald Jacobi schwieg. Ein Verbrechen, irgendwann in grauer Vergangenheit geschehen, war durch einen Zufall ans Licht gekommen. Wer war der Täter, wer das Opfer? Niemand würde es je erfahren.

„Für die Kriminalpolizei ist die Sache damit erledigt", sagte der Kommissar. „Aber man ist ja nicht nur Polizist – man hat ja vielleicht auch noch ein kleines Hobby." Hauffe verriet, dass er sich in seiner Freizeit beim Heimat- und Geschichtsverein seines Wohnorts engagierte und von daher an allen historischen Vorkommnissen in der näheren Umgebung interessiert war.

„Ich habe also ein bisschen weiter recherchiert", erzählte er. „An der Stelle, wo wir das Skelett gefunden haben, ist auf älteren Karten ein kreisrunder Teich verzeichnet, der *Schwarzes Loch* genannt wurde. Es handelte sich offenbar um ein Strudelloch, das nach dem großen Hochwasser von 1882 zurückgeblieben war. Mit der Zeit ist es verlandet. Um 1900 herum war wohl nur noch eine kleine Sumpfzone übrig – wahrscheinlich ein idealer Platz, um eine Leiche verschwinden zu lassen."

Harald Jacobi spürte, wie ihm ein Schauder eiskalt den Rücken herunter lief.

„Der Tote war männlich, circa vierzig bis fünfzig Jahre alt, und von kräftiger Statur", fuhr Benno Hauffe ungerührt fort. „Gewisse Deformationen der Wirbelsäule lassen auf harte körperliche Arbeit schließen. Könnte ein Rheinschiffer gewesen sein."

Oder ein Müller, dachte Jacobi. Laut sagte er: „Man müsste doch feststellen können, ob in dieser Zeit ein Mann aus Ginsheim auf ungeklärte Weise verschwunden ist."

„Unterlagen darüber sind nicht mehr vorhanden", antwortete der Kommissar. „1930 wurde Ginsheim nach Mainz eingemeindet. Die Ginsheimer Polizeistation wurde aufgelöst, und alle Akten wanderten ins Mainzer Polizeipräsidium. Dort sind sie dann in der Bombennacht des 27. Februar 1945 verbrannt."

Genau wie das Vorbild unserer Museumsmühle, ging es Jacobi durch den Kopf. Dreißig Jahre lang hatte die Schiffsmühle, die Georg Stahl und Karl Volz im Frühjahr 1899 nach Ginsheim holten, dort brav ihren Dienst versehen. Als letzte Rheinschiffsmühle trotzte sie erfolgreich der Konkurrenz vieler Mühlen an Land, die von Dampfmaschinen oder Gasmotoren angetrieben wurden. Nachdem man sie endlich stillgelegt hatte, kam schon damals die Idee auf, sie als technisches Denkmal zu erhalten. Zu diesem Zweck wurde sie in den Mainzer Winterhafen verbracht, wo sie in den letzten Wochen des Zweiten Weltkriegs im Bombenhagel unterging. Nach allem, was man wusste, war nichts von ihr übrig geblieben.

„Was passiert jetzt mit den Knochen?", interessierte sich Jacobi.

„Nun, nach den gesetzlichen Bestimmungen werden die sterblichen Überreste einer nicht identifizierbaren Person zur Bestattung an die Gemeinde übergeben, in deren Gemarkung sie gefunden wurden. Ihre *Moorleiche* erhält wohl ein anonymes Grab auf dem Ginsheimer Friedhof."

Jacobi kannte die Stelle, direkt an der Friedhofsmauer. Dort hatte man einst einen alten Mühlstein im Mauerwerk verbaut. Wenn es wirklich ein Müller war, dachte er, dann bekommt er jetzt nach all den Jahren wenigstens einen würdigen Grabstein.

Er bedankte sich und wollte schon auflegen, als ihm noch etwas einfiel. „Brauchen Sie den Anker noch?", fragte er.

Hauffe lachte. „Den können Sie wieder verbuddeln. Da wir keinen Kriminalfall haben, kommt er jedenfalls nicht in die Asservatenkammer. Oder wollen Sie ihn als Andenken behalten?"

„Den machen wir sauber und legen ihn bei uns aufs Vorschiff", entschied Harald Jacobi. „Ich denke, das passt ganz gut."

Donnerstag, 30. März 1899

Georg Stahl stand an der Bugspitze seines Mühlenschiffes, einsam und unbeweglich wie eine Galionsfigur, und schaute hinunter aufs Wasser, das sich am Vordersteven zischend und aufschäumend teilte. Gezogen von dem mächtigen Raddampfschlepper vor ihm waren sie rheinabwärts unterwegs, von Gernsheim zum neuen Liegeplatz der Schiffsmühle.

Er konnte es immer noch nicht richtig glauben. Karl Volz und er waren die Besitzer der modernsten Rheinmühle, die je gebaut worden war. Sein Traum war in Erfüllung gegangen. Allen würden sie nun beweisen können, dass die Zeit der Schiffsmühlen noch lange nicht zu Ende war.

Hüüüüt-hüüt-hüüt. Das Heulen der Dampfpfeife riss Georg aus seinen Gedanken. Kapitän Kamies hatte ein Wendemanöver über Backbord eingeleitet, um das Schiff in einer weiten Schleife mit dem Bug gegen die Strömung zu bringen.

Es war ein klarer, sonniger Tag. In der Ferne grüßte der blaue Höhenzug des Taunus. Die großen, noch kahlen Bäume am Sommerdamm zeichneten filigrane Muster gegen den Himmel. Dazwischen glitzerte das breite Band des Stromes in der Frühlingssonne.

Der Rhein, dachte Georg – das ist nicht einfach nur ein Fluss, der Schiffe trägt und Mühlen antreibt. Der Rhein – das ist seit jeher die kraftvolle und kraftspendende Lebensader unserer Heimat. Menschen aus vielen Ländern hat er zusammengeführt, und vielen hat er Wohlstand und Glück beschert. Aber denen, die seine Macht unterschätzten, die seine Gesetze missachteten, konnte er Tod und Verderben bringen.

Am Ufer erkannte er Karl Volz und Erich Kellmann. Auch die Männer vom Hofgut Langenau waren mit ihren Pferden gekommen, die die Schiffsmühle in ihre endgültige Position ziehen würden. Ein Reiher erhob sich träge aus dem Sand und segelte in niedriger Höhe über das Schiff hinweg.

Georg Stahl spürte plötzlich eine nie geahnte Stärke und Zuversicht in sich. Es war ihm, als würde etwas von der Kraft des

Stromes, der seit ewigen Zeiten ruhig und unaufhaltsam dem Meer zustrebte, über die eisernen Wände des Schiffes direkt in ihn hineinfließen. Unwillkürlich stieß er einen lauten Freudenschrei aus.

Urban Lankes, Chefmechaniker bei Bühler in Uzwil, hörte ihn und kam näher. „Jetzt sind Sie am Ziel, Herr Stahl. Wie abgemacht bleibe ich die nächsten beiden Tage hier auf dem Schiff. Wir justieren noch einmal alle Maschinen und tauschen die Verschleißteile aus. Ich zeige Ihnen und Herrn Volz noch ein paar Tricks; dann können Sie loslegen. Ich garantiere Ihnen, dass Sie mit dieser Mühle auf Jahre hinaus gegen jeden Wettbewerb bestehen können!"

„Hoffentlich behalten Sie recht, Herr Lankes." So ganz sicher war er sich trotz allem nicht. Aber wenn man es nicht versucht, sagte er sich, weiß man nicht, ob es möglich ist.

Nachwort

Im Sommer 2014 arrangierte der Verein Historische Rheinschiffsmühle Ginsheim e.V. auf dem Getreideboden des Mühlenschiffs eine kleine Ausstellung zur Geschichte der Ginsheimer Schiffsmühlen. Neben alten Gemälden und Fotos, historischen Landkarten und anderen Dokumenten waren auch einige Zeitungsausschnitte aus dem Jahre 1887 zu sehen. Da war von einem Müller die Rede, der „die Räder seiner Mühle mit Öl versehen und dabei das Gleichgewicht verloren" hatte. Später wurde berichtet, er sei vermutlich ertrunken, als er mit seinem Nachen die Mühle verlassen wollte. Die Leiche wurde offenbar nie gefunden.

Im gleichen Jahr, einige Monate später, hieß es von einem weiteren Müller, er sei „unter Umständen verschwunden, die auf einen Mord schließen lassen". Ein paar Tage danach wurde spekuliert, ob er sich möglicherweise aus dem Staub gemacht habe, weil er nach einem Rechtsstreit seine Mühle räumen musste. Kurz darauf wurde seine Leiche mit eingeschlagenem Schädel aus dem Rhein geborgen. Ein Müllerkollege kam in Untersuchungshaft, wurde aber wieder freigelassen.

Diese Geschichten beflügelten meine Fantasie, und ich begann zu überlegen, ob man sie irgendwie plausibel zu Ende erzählen könnte. Doch damit musste ich scheitern. Zu dürftig und widersprüchlich waren die Zeitungsmeldungen, und wenig war bekannt über das damalige Umfeld und sonstige Ereignisse in diesem Jahr.

So entschloss ich mich, die Geschichte um einen fiesen Müllermeister und einen korrupten Beamten komplett neu zu erfinden und sie kurzerhand in das Jahr 1898 zu verlegen. Es war ein schicksalhaftes Jahr für die Ginsheimer Rheinmühlen. Zwei von ihnen versanken im Oktober gleichzeitig in den Fluten des Rheins. Die betroffenen Besitzer zogen aus diesem Unglück unterschiedliche Konsequenzen: Johannes Ittner investierte in eine neue Dampfmühle, Georg Stahl und Karl Volz erwarben eine gebrauchte Schiffsmühle aus Gernsheim – das Vorbild unserer heutigen Museumsmühle.

Diese Personen tauchen in dem Roman auf. Auch viele andere Figuren tragen Namen, die alteingesessenen Ginsheimern durchaus geläufig sind. Es ist dies ein beliebter Trick von Heimatautoren, ihren Werken etwas mehr Authentizität und Lokalkolorit zu verleihen. Ich möchte aber betonen, dass sowohl die Handlung als auch die Personen völlig frei erfunden sind und folglich keiner der damals lebenden Ginsheimer Bürger dargestellt ist – erst recht nicht irgendjemand aus den Reihen ihrer Nachfahren, die heute noch in diesem Ort oder anderswo leben. Jede Ähnlichkeit wäre rein zufällig und unbeabsichtigt.

Nachdem dies pflichtgemäß gesagt ist, muss ich allerdings einräumen, dass einige Figuren aus der Rahmenhandlung, die im Jahr 2012 spielt, durchaus dem wahren Leben entsprungen sind.

Meine Freunde vom Schiffsmühlenverein mögen es mir verzeihen, wenn ich ihre liebenswerten Eigenheiten etwas überspitzt gezeichnet habe. Ich verdanke ihnen viel. Alles, was ich über Mühlentechnik und Mühlengeschichte weiß, habe ich von ihnen gelernt.

Mein besonderer Dank gilt Karin und Robert Kammer sowie Herbert Jack, die es auf sich genommen haben, die Rohfassung des Textes akribisch genau zu lesen. Sie haben zahlreiche sachliche Fehler, Ungenauigkeiten und unglückliche Formulierungen entdeckt und somit einen entscheidenden Beitrag zur Qualitätsverbesserung geleistet.

Bei der Recherche zu den Lebens- und Arbeitsbedingungen gegen Ende des 19. Jahrhunderts habe ich allgemein zugängliche Quellen und Archive genutzt. Einige davon sind im Quellennachweis aufgeführt.

Zur speziellen Situation in Ginsheim bin ich unter anderem im dortigen Heimatmuseum fündig geworden. Wertvolle ergänzende Informationen verdanke ich Hans-Benno Hauf, dem Stadtschreiber von Ginsheim-Gustavsburg und profunden Kenner der Heimatgeschichte.

Horst Seil, den ich leider erst kennengelernt habe, als der Roman schon fertig war, hat dankenswerterweise einige seiner Skizzen des alten Ginsheim beigesteuert.

Trotzdem erhebt dieses Buch nicht den Anspruch, eine korrekte historische Dokumentation abzuliefern. Einige Fakten wurden aus dramaturgischen Gründen bewusst geändert; ebenso wurden verschiedene Ereignisse, die im Roman erwähnt werden, vor- oder zurückdatiert. Vieles, was die damalige Epoche prägte, konnte bestenfalls angedeutet werden – die Dominanz des Militärs etwa, die prekäre Lage der kleinen Leute, insbesondere der weiblichen Dienstboten, sowie der teils latente, teils offene Antisemitismus und Rassismus. Leser, die sich dafür interessieren, finden sicher genügend seriöse Literatur zu diesen Themen.

Zum Schluss möchte ich einige Personen erwähnen, die, vielleicht ohne es zu wissen, wesentlich zur Entstehung des Romans beigetragen haben. Peter Erfurth schulde ich Dank für die Initialzündung. Dem Bestsellerautor Marc Elsberg danke ich für das anregende Gespräch im November 2014, bei dem er mir etliche handwerkliche Kniffe verriet und mich ermutigte, mit der Arbeit fortzufahren.

Und zu guter Letzt muss ich mich bei meiner Frau bedanken – für ihr anhaltendes Verständnis bei meinen gelegentlichen geistigen Absencen während der Niederschrift, als die Figuren aus dem Buch plötzlich mit mir zu „reden" anfingen ...

Jochen Frickel
Ginsheim, im September 2015

Quellennachweis

Anzeigeblatt 1880 – *[Mühlenbrand]* Darmstädter Anzeigeblatt v. 3.7.1880.

Gernsheim 1956 – *Gernsheim am Rhein. 600 Jahre Stadt.* Hgg. vom Festausschuß. Gernsheim: Juli 1956.

Gewerbeordnung 1912 – *Verordnung, die Vollzugsverordnung zur Gewerbeordnung betreffend.* Großherzogl. Hess. Regierungsblatt (Darmstadt) 1912, Nr. 9, S. 47f.

Gräf 2006 – Daniela Gräf: *Boat Mills in Europe from Early Medieval to Modern Times.* Dresden 2006.

Hagen 2009 – Rüdiger Hagen: *Die Entwicklungsgeschichte der Mühlen.* Leipzig: 2009.

Herberger 1855 – Carl Herberger: *Handbüchlein für Polizeidiener.* Pappenheim: 1855.

Jack 2014 – Herbert Jack: *Die Ginsheimer Rheinschiffsmühle. Von der Idee zur Rekonstruktion.* Neuauflage Köln 2023[3] (siehe S. 300).

Mannheimer Akte 1963 – *Revidierte Rheinschifffahrtsakte vom 17. Oktober 1868 in der Fassung vom 20. November 1963.* Strasbourg (Commission Centrale pour la Navigation du Rhin).

Oehmig 1980 – Alfred Oehmig: *Dampfer auf dem Rhein in alten Ansichten.* Moers: 1980.

Oppermann 2012 – Philipp Oppermann / Torsten Rüdinger: *Kleine Mühlenkunde, Deutsche Technikgeschichte vom Reibstein zur Industriemühle.* Detmold: 2012.

Praetorius 1908 – Praetorius: *Das staatsanwaltliche Verfahren im Großherzogtum Hessen.* in: Staatsanwaltschaft und Kriminalpolizei in Deutschland. Berlin: 1908.

Rheinurkunden 1918 – *Rheinurkunden, Sammlung zwischenstaatlicher Vereinbarungen [...], veranstaltet von der Zentralkommission für die Rheinschifffahrt mit Zustimmung der Regierungen von Baden, Bayern, Elsass-Lothringen, Hessen, Niederland und Preussen [...].* Zweiter Teil (1860-1918). München und Leipzig: 1918.

Schäffer 1892 – T. Schäffer: *Über das Wasser- und Dammbauwesen am Rhein im Großherzogthum Hessen.* in: Deutsche Bauzeitung, Berlin: 26. Jg. 1892. Seite 129 [März-Ausgabe].

Thomas 2011 – Peter Thomas: *Mahlen mit der Kraft des Stromes.* in: Frankfurter Allgemeine Sonntagszeitung vom 4.12.2011.

Weber 1894 – Max Weber: *Die Börse.* Göttingen: 1894.

www.schiffsmuehle-ginsheim.de/?p=185 *[Mühlburschenverordnung].*

www.windmuehle-bederkesa.de – [Interpretation des Müllerwappens als pdf-Download unter *Mühleninfos*].

Der Nachbau der letzten Rheinschiffsmühle

„Ich garantiere Ihnen, dass Sie mit dieser Mühle auf Jahre hinaus gegen jeden Wettbewerb bestehen können!", versprach der Chefmechaniker (siehe S. 295). Tatsächlich konnten die Familien Volz und Stahl, nachdem sie die von der Schweizer Firma Bühler eingerichtete Schiffsmühle 1898 ersteigert hatten, den Betrieb in Ginsheim noch 30 Jahre lang aufrechterhalten.

Bereits 1928, als mit ihrer Stilllegung die große Ära der Rheinschiffsmühlen unwiderruflich endete, erkannte man den Wert dieses einzigartigen Industriedenkmals und verfolgte das Ziel, die Mühle als Museum zu erhalten. Aber der Bombenhagel auf Mainz machte diese Pläne 1945 zunichte: Die Schiffsmühle verbrannte und ging unter.

Es grenzt an ein Wunder, dass sie rund 65 Jahre später originalgetreu rekonstruiert und ab 2011 funktionsfähig ausgebaut werden konnte. Möglich wurde dies durch die Hartnäckigkeit von Herbert Jack und einer Handvoll Idealisten, durch eine große Resonanz in der Bevölkerung sowie durch die Unterstützung vieler Sponsoren und Helfer – worüber das vom langjährigen Ersten Vorsitzenden des Vereins „Schiffsmühle Ginsheim am Rhein e.V." verfasste Buch in Wort und Bild Bericht ablegt.

Herbert Jack: *Die Ginsheimer Rheinschiffsmühle*
Von der Idee zur Rekonstruktion
132 Seiten, ca. 260 Farbfotos und Abbildungen
Roland Reischl Verlag (Köln). ISBN 978-3-943580-20-4

Herzlich willkommen!

Schauen Sie ma(h)l R(h)ein ...

Die authentische Rekonstruktion der letzten produktiven Rheinschiffsmühle bietet interessante und spannende Einblicke in Technik und Arbeitsbedingungen vergangener Zeiten.

Der Verein Schiffsmühle Ginsheim am Rhein e.V. freut sich auf Ihren Besuch!

Die aktuellen Öffnungszeiten, Anfahrt und weitere Informationen finden Sie unter: **www.schiffsmuehle-ginsheim.de**

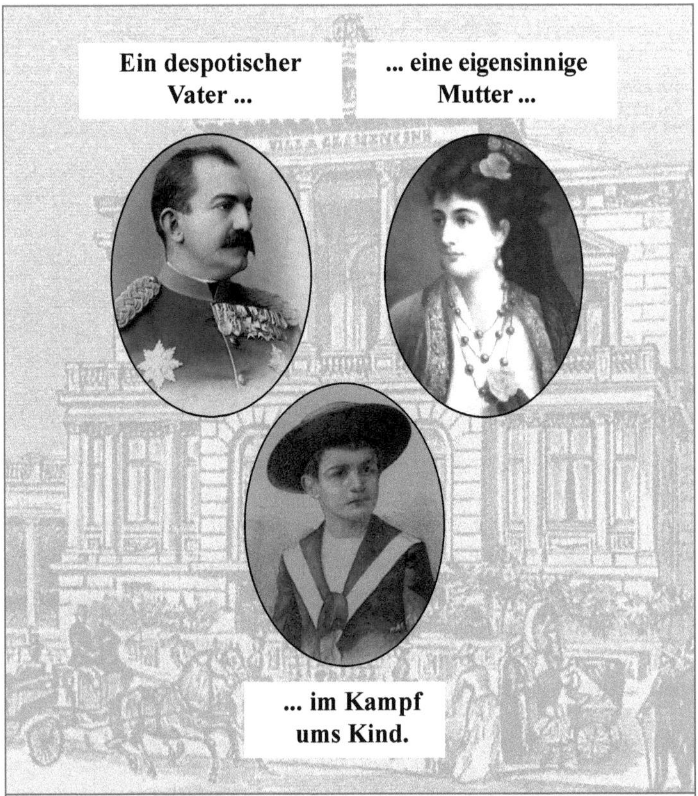

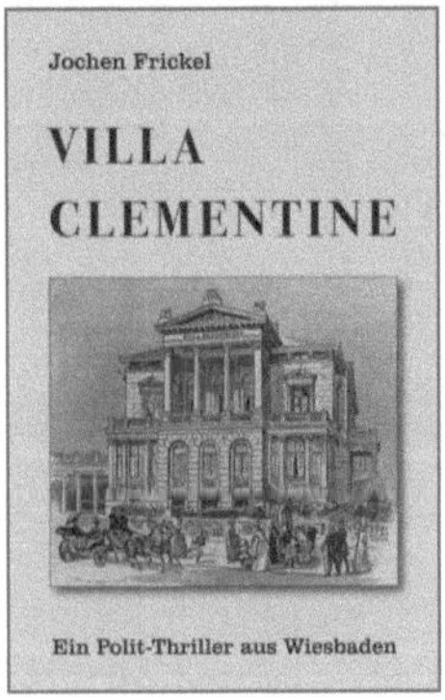

Mit dem „Wiesbadener Prinzenraub" sorgte das serbische Königshaus 1888 weltweit für Schlagzeilen. Und mit ihm der Schauplatz, die „Villa Clementine". 130 Jahre später hat Jochen Frickel die wahre Geschichte neu erzählt.

Jochen Frickel: *Villa Clementine*
Ein Polit-Thriller aus Wiesbaden
348 Seiten. ISBN 978-3-943580-24-2
(auch als E-Book)

Kommissär Hartmanns dritter Fall

Eine Wette mit einem Mainzer Holzhändler befeuert die Rivalität zwischen den Flößern aus Oberfranken und dem Schwarzwald. Auf der zweiwöchigen Fahrt kommt es zu unerwarteten und mysteriösen Zwischenfällen. Als eine Leiche aus dem Main auftaucht, tritt Paul Hartmann in Aktion.

Jochen Frickel:
Das Wettrennen der Fichtenstämme
Historischer Kriminalroman
340 Seiten. ISBN 978-3-943580-43-3
(auch als E-Book)

Andres Genre – gleiche Feder (siehe S. 304)

25. Oktober 2039: Rick Elfenjochs namenloser Protagonist wacht auf und stellt fest, dass sein Chip nicht funktioniert. Plötzlich ist nichts mehr, wie es mal war.
„Dieses kleine unschuldige Bit entscheidet über deine digitale Existenz", erläutert Allmech. „Eine Eins bedeutet: Du lebst. Eine Null dagegen: Du bist nicht mehr existent, ein Nichts: Nihil."

Rick Elfenjoch: *NIHIL*
Science Fiction. 128 Seiten
ISBN 978-3-943580-35-8

Der Autor

Jochen Frickel, Jahrgang 1946, lebt in Bischofsheim bei Mainz und bezeichnet sich scherzhaft als „Deutschlands ältesten Nachwuchsautor". Aufgewachsen in der Mainspitze, kennt er Land und Leute dieser Gegend seit seiner Kindheit.

Als Vorstandsmitglied des Vereins *Schiffsmühle Ginsheim am Rhein e.V.* beschäftigt sich Frickel ausgiebig mit der Geschichte der Ginsheimer Schiffsmühlen und mit Mühlentechnik. Er gehört zum Kreis der Mühlenführer, die regelmäßig Besucher der Ginsheimer Schiffsmühle betreuen.

In seinem früherem Berufsleben als IT-Spezialist hatte Frickel wenig Zeit, seinen Hobbys zu frönen. Erst nach dem Eintritt in den Ruhestand fand er die Muße, sich ausgiebig mit der Geschichte seiner Heimat zu befassen – insbesondere mit den gesellschaftlichen Umbrüchen des 19. Jahrhunderts.

Jochen Frickels Charaktere sind glaubhaft – und doch teilweise frei erfunden; was auch für die komplex verschachtelten und spannenden Handlungsstränge gilt. Der historische Hintergrund, die wirtschaftlichen und sozialen Verhältnisse sowie die technischen Möglichkeiten früherer Epochen sind jedoch sorgfältig recherchiert und akribisch genau beschrieben. Darüber hinaus finden sich zahlreiche versteckte Anspielungen auf aktuelle Vorkommnisse und Zustände.

Nach *Die Kraft des Stromes* sind auch seine beiden weiteren historischen Kriminalromane *Villa Clementine* und *Das Wettrennen der Fichtenstämme* im Roland Reischl Verlag erschienen. Unter dem Pseudonym Rick Elfenjoch hat Frickel zudem den Science-Fiction *NIHIL* publiziert (siehe Seite 303).

Weitere Infos und Kontakt:
tcb@frickel-net.de, www.frickel-net.de